EVA IBBOTSON

Das Lied eines Sommers

Buch
Die junge Engländerin Ellen Carr erfüllt sich einen Traum. In den dreißiger Jahren geht sie nach Österreich, um die hauswirtschaftliche Leitung einer Privatschule zu übernehmen. In dem herrlichen Schloß findet sie eine ganz eigene, bunte Welt vor: Die Sportlehrerin ist eine russische Tänzerin, der Handwerkslehrer ein ungarischer Adliger, der Koch ein lateinamerikanischer Flüchtling, der Direktor ein unkonventioneller Engländer. Die Kinder – alle aus reichem Haus und leicht exentrisch – hungern nach Ellens Zuneigung, die sie ihnen auch aus vollem Herzen schenkt.
Und dann ist da noch Marek, der als »Mädchen für alles« im Internat arbeitet und offensichtlich ein Geheimnis verbirgt. Ellen verliebt sich Hals über Kopf in ihn und erfährt, daß er ein tschechischer Komponist auf der Flucht ist – unter anderem. Aber die dunklen Schatten des Dritten Reiches beginnen die Idylle immer stärker zu bedrohen ...

Autorin
Eva Ibbotson, geboren in Wien, kam 1933 nach England. Sie arbeitete jahrelang als Naturwissenschaftlerin und lebt heute als Schriftstellerin in Newcastle-upon-Tyne. Alle ihre Romane eroberten die Bestsellerlisten und machten sie zu einer Lieblingsautorin von Lesern und Buchhändlern.

Von Eva Ibbotson sind außerdem erschienen:

Die Morgengabe. Roman (34314)
Die Vertraute. Roman (43413)
Sommerglanz. Roman (35015)
Ein Hauch von Jasmin. Roman (35072)
Sternenmelodie. Roman (35158)

EVA IBBOTSON
Das Lied eines Sommers

Roman

Aus dem Englischen
von Monika Curths

BLANVALET

Die englische Originalausgabe erschien 1997 unter dem Titel
»A Song for Summer« bei Century Ltd., London

*Meiner Familie
in Dankbarkeit und Liebe*

Umwelthinweis:
Alle bedruckten Materialien dieses Taschenbuches
sind chlorfrei und umweltschonend.

Blanvalet Taschenbücher erscheinen im Goldmann Verlag, München,
einem Unternehmen der Verlagsgruppe Bertelsmann GmbH.

Einmalige Sonderausgabe März 2001
Copyright © der Originalausgabe 1997 by Eva Ibbotson
Alle deutschsprachigen Rechte beim
Scherz Verlag, Bern, München, Wien
Umschlaggestaltung: Design Team München
Umschlagmotiv: Abigail Edgar
Druck: Elsnerdruck, Berlin
Made in Germany · Titelnummer: 35417

ISBN 3-442-35417-X

www.goldmann-verlag.de

Erster Teil

1

Die Norchester-Schwestern waren emanzipiert, exzentrisch und tapfer und so gesehen die geborenen Tanten. Sie wohnten in einem großen grauen Haus in Bloomsbury, einen Katzensprung vom Britischen Museum entfernt.

Der Londoner Stadtteil Bloomsbury ist bekannt für seine Intellektuellen. An vielen Häusern erinnern blaue Schilder an Gelehrte und Wissenschaftler, die dort lebten, und die jetzt dort lebenden Universitätsprofessoren und Bibliothekare gehen durch die stillen Straßen mit dem abwesenden Blick von Menschen, die mit höheren Dingen befaßt sind.

Gowan Terrace Nummer 3, das Haus von Charlotte, Phyllis und Annie Norchester, gehörte ganz in diese Tradition. Es war ein dreistöckiges, ungemütliches Haus. Die Möbel waren dunkel und abgenutzt, die Betten schmal, die Schreibtische und Schreibmaschinen überdimensional. Im Salon standen die Stühle in einer Reihe vor einem Tisch und einem schwarzen Brett. Aber auf seine Art war das Haus eine Reliquie, denn die Schwestern, inzwischen in den mittleren Jahren, gehörten zu jenen beherzten Frauen, die auf weiblichen Flitter verzichtet und sich ganz dem Kampf für das Frauenwahlrecht gewidmet hatten.

Charlotte, die älteste, hatte im Holloway-Gefängnis einen sechswöchigen Hungerstreik durchgestanden. Phyllis war länger an das Geländer der verhaßten Women's Gallery im Parlament angekettet gewesen als jede andere Suffragette. Und Annie, die jüngste, hatte nicht weniger als sieben Polizisten den Helm vom Kopf gestoßen, bevor sie unter lautem und vehementem Protest ihrerseits abgeführt und ins selbe Gefängnis wie ihre Schwester gebracht wurde.

Es war eine ruhmreiche Zeit gewesen. Die Stunde ihres Sieges kam 1918, als die heldenhafte Arbeit der Frauen im Ersten Weltkrieg von den Männern nicht länger übergangen werden konnte. Inzwischen bestand das Frauenwahlrecht seit fast zwanzig Jahren, aber die Schwestern waren der Sache treu geblieben. Die Gardinen in den Suffragettenfarben Lila, Grün und Weiß mochten ausgebleicht und verstaubt sein, sie blieben hängen. Das Bild ihrer inzwischen mit einem Standbild auf dem Victoria Embankment geehrten Führerin, der verstorbenen Emmeline Pankhurst, hing als Ikone im Eßzimmer. Wenn sie sich im Badezimmer neben einem verrosteten Durchlauferhitzer mit Karbolseife wuschen und mit den verschlissenen, groben Handtüchern abtrockneten, erinnerte sie das an die berauschenden Tage, in denen sie von brutalen Gefängniswärterinnen mit dem Schlauch abgespritzt wurden. Der Kochfisch, der ihnen von der bejahrten Köchin serviert wurde, unterschied sich kaum von dem Essen, das sie während ihres Hungerstreiks aus den Zellenfenstern geworfen hatten. Und in der Diele hing noch das Plakat mit dem Motto der Suffragetten: THEY MUST GIVE US FREEDOM OR THEY MUST GIVE US DEATH – Sie müssen uns Freiheit geben oder den Tod.

Aber wenn sie vor dem Schlafengehen im Bademantel beisammensaßen, ihren Kakao tranken und »Wißt ihr noch?« spielten, vergaß keine von ihnen, daß es auch nach der Einführung des Frauenwahlrechts noch vieles gab, um das Frauen kämpfen mußten.

Charlotte hatte Medizin studiert und war jetzt Oberärztin an der Frauenklinik in Bloomsbury. Sie war eine energische und vielbeschäftigte Frau, die ihr Stethoskop trug wie andere Damen ihre Perlen. Phyllis leitete eine Lehrerbildungsanstalt; und Annie war die einzige Professor*in* für angewandte Mykologie – d. h. Pilzkunde –, und das nicht nur an der University of London, sondern im ganzen Vereinigten Königreich.

Sie hätten sich auf ihren Lorbeeren ausruhen können, aber sie dachten nicht daran. Jede Woche fanden im kalten Salon von Gowan Terrace Versammlungen statt, um in der Öffentlichkeit die Forderung zu vertreten, daß mehr Frauen ins Parlament, in die Universitäten und in den Völkerbund gehörten. Es wurden Vorträge gehalten über den unglückseligen Brauch der weiblichen Beschneidung in Betschuanaland, die beschämend geringe Zulassung von Frauen in juristischen Berufen, die skandalöse Diskriminierung von Mathematikstudentinnen. Flugblätter wurden verteilt, Artikel geschrieben, Ansprachen gehalten, und als die zwanziger in die dreißiger Jahre übergingen und sich in Deutschland, Italien und Spanien der Faschismus breitmachte, forderten sie die Frauen auf, sich gegen Hitler und dessen primitiven Antifeminismus zu wenden.

Doch in diesem Jahrzehnt bahnte sich in Gowan Terrace zugleich eine Entwicklung an, die ebenso beunruhigend wie schwer zu begreifen war. Sie betraf Charlottes einzige Tochter Ellen.

Keine der Norchester-Schwestern hatte je einen Gedanken an Heirat verschwendet. Aber der Zufall wollte es, daß Charlotte bei der Beerdigung der tapferen und schönen Emily Davison, die sich 1913 beim Derby vor die Hufe eines Pferdes aus dem Stall des Königs geworfen hatte, um auf den Kampf der Suffragetten aufmerksam zu machen, neben einem gutaussehenden Gentleman stand; und als sie am Grab der von ihr geliebten Emily hilflos in Tränen ausbrach, nahm dieser Herr ihren Arm und begleitete sie aus dem Friedhof. Er hieß Alan Carr, war Anwalt und Sympathisant der Frauenbewegung. Sie heirateten, und ein Jahr später bekamen sie eine Tochter, die sie Ellen nannten.

Im November 1914 fiel Alan bei Ypern.

Das Baby war entzückend, rund und rosig, mit Wangengrübchen, blonden Löckchen und großen braunen Augen. Und, was noch wichtiger war – jede Erprobung seiner Intelligenz deutete darauf hin, daß es gescheit war. Selbstverständlich taten Dr. Carr (die Mutter) sowie die Tanten Phyllis und Annie alles, um den Verstand des kleinen Geschöpfs zu fördern. Wenigstens dieses Mädchen sollte nicht um seine Chancen kämpfen müssen. Ellen würde in Oxford oder Cambridge studieren, ihren Doktor machen und dann, wer weiß ... vielleicht winkte ein Botschafterposten oder ein Sitz im Kabinett? Jedenfalls sollte für Ellen nichts unerreichbar sein.

Deshalb waren sie anfangs auch gar nicht beunruhigt. Alle kleinen Mädchen pflückten Gänseblümchen und stellten sie in Eierbecher, gewöhnlich an die unpraktischsten Stellen, und wenn Dr. Carr von ihrer Tochter gebieterisch aufgefordert wurde, daran zu riechen, hielt sie pflichtschuldigst die Nase an das Sträußchen, obwohl der Duft von Gänseblümchen für jemand, der tagtäglich Lysol und Chloroform roch, nicht leicht wahrzunehmen war. Es war natürlich, daß kleine Mädchen Plätzchen backten – Ellen auf einem Hocker und mit umgebundenem Kopftuch neben der brummigen Köchin war für Mutter und Tanten ein reizender Anblick. Kinder machten auch kleine Gärten und pflanzten Stiefmütterchen und Vergißmeinnicht, und daß Ellen auf dem schwarzbraunen Viereck hinter dem Haus, für das keine der vielbeschäftigten Schwestern Zeit fand, ein Stück Erde für sich beanspruchte, war ebenfalls natürlich. Nur, solche Kinderbeete sind meistens schnell vergessen. Ellens kleines Beet jedoch gedieh zu einem richtigen Blumengärtchen heran; und sie pflanzte Ableger und zog Geißblatt und Klematis, die bis zu den Fenstern im ersten Stock hinaufrankten.

Ellen half auch im Haushalt. Es war in Ordnung, daß Kinder den Dienstboten halfen. Dienstboten waren schließlich immer noch eine Art Unterschicht und hätten eigentlich befreit werden sollen, wenn es nur nicht so schwierig gewesen wäre, einen Haushalt ohne sie zu führen. Aber es stellte sich heraus, daß Ellen *Spaß* daran hatte, Betten zu machen, das Kamingitter zu polieren und Feuer zu machen. Mutter und Tanten beobachteten, wie sie Wäsche zusammenlegte und genüßlich die Nase an das gestärkte Leinen hielt. Einmal, als das Hausmädchen krank war, ertappten sie sie, wie sie in ihrer Schuluniform mit hochgekrempelten Ärmeln den Fußboden schrubbte. Und alles, was sie dazu sagte, war: »Seht mal, wie schön sich das Licht in den Seifenblasen bricht!«

Sah sie vielleicht zu viel in die Dinge hinein? Die Schwestern hatten ihren Blake gelesen; sie wußten, es war durchaus erstrebenswert, die Welt in einem Sandkorn und Ewigkeit in einer Stunde zu sehen. Aber die Welt in einer Putzbürste? Oder in einer Schale mit Äpfeln?

»Vielleicht wird sie ja Malerin«, meinte Tante Phyllis.

Eine bedeutende Malerin, die erste Präsident*in* der Royal Academy? Es war eine Möglichkeit.

Aber Ellen wollte Äpfel nicht malen; sie wollte sie riechen, in die Hand nehmen und essen.

Andere Mitglieder des Schwesternkreises, die Tanten ehrenhalber, wurden zu Rate gezogen: Tante Delia, ein Blaustrumpf, die eine linke Buchhandlung leitete, und Tante Lydia, die Direktorin von Ellens Schule, eine vollbusige und selbstbewußte Person, deren flaschengrüne Mädchen die intellektuell motiviertesten in London waren.

»Sie *ist* doch klug, nicht wahr?« fragte Dr. Carr. »Du würdest mich doch nicht anlügen, Lydia, nach allem, was wir gemeinsam durchgestanden haben.«

Und Lydia, Charlottes einstige Zellengenossin, nachdem sie gemeinsam Ziegelsteine in die Fenster von Downing Street Nummer 10 geworfen hatten, sagte: »Ich versichere dir, sie ist sogar sehr klug. Ihre letzten Arbeiten waren ausgezeichnet.«

Aber am Ende des nächsten Schuljahrs kam Ellen zu ihrer Mutter und fragte, ob sie in der sechsten Klasse den Kochkurs belegen dürfe.

»Den Kochkurs? Aber meine Liebe, der ist für Mädchen, die nicht auf die Universität gehen werden.«

»Ich will nicht auf die Universität gehen«, sagte Ellen. »Ich will auf eine Hauswirtschaftsschule, wo man nähen und kochen und saubermachen lernt. Ich möchte meine Hände gebrauchen«, sagte sie mit einem flehenden Blick ihrer sanften braunen Augen. Und sie hob ihre Hände und hielt sie mit gespreizten Fingern über eine imaginäre Tastatur, als wäre Kochen dasselbe wie Klavierspielen.

Ellens Mutter und die Tanten wußten, wem sie diese Krise zu verdanken hatten. Es war eine Frau, die alles verkörperte, was ihnen an ihren Geschlechtsgenossinnen mißfiel – Fußabstreifer, Hausklavin, eine Person ohne eigenen Willen oder Verstand. Es war die Frau, die Ellens Großvater den Haushalt führte, eine Österreicherin ländlicher Herkunft, an der Ellen seit ihrem sechsten Lebensjahr einen Narren gefressen hatte.

Dieser Großvater war kein Norchester, sondern Alan Carrs Vater – ein Wissenschaftler, der ein Glossar der Fischwelt in griechischen Gewässern zusammenstellte. Es war eine so umfangreiche Arbeit, daß er kaum hoffen konnte, sie zu seinen Lebzeiten zu beenden. Kurz nach dem Krieg war er nach Wien gereist, um am Naturhistorischen Museum bestimmte Manuskripte einzusehen. Er hatte in einer Pension in Nußdorf logiert, wo ihn die freundliche blonde Tochter der Pensionswirtin bediente. Diese Henny war ein ruhiges und geschicktes Mädchen, das den ernsten Professor bewunderte und auch von Herzen bemitleidete, weil er im Krieg seinen Sohn und bald danach seine an Krebs leidende Frau verloren hatte.

Bevor er nach England zurückkehrte, fragte er Henny, ob sie zu ihm kommen und ihm den Haushalt führen würde, und sie sagte ja.

Kein anderes Haus wurde je so proper geführt wie »Walnut Tree Cottage« in Wimbledon. Henny kochte für den Professor, wusch seine Wäsche und polierte seine Möbel. Sie hob die Zettel mit den griechischen Schriftzeichen vom Boden auf, die ihm hinuntergefallen waren; sie wärmte seine Hausschuhe vor und begrünte den kleinen Londoner Garten, in dem trotz des Hausnamens nie ein Nußbaum gestanden hatte.

»Er ist ein sehr gelehrter Herr, und ich möcht es ihm halt schön machen«, war das einzige, was sie den schockierten Norchester-Schwestern entgegenhalten konnte.

Nachdem sie drei Jahre bei ihm war, fand der Professor, daß sie heiraten sollten.

Henny wollte nicht. Sie sagte, sie gehöre nicht in seine Welt; es wäre unpassend. Sie hatte von Anfang an sein Bett geteilt, weil das ihrer Meinung nach für einen Mann genauso wichtig war wie ein richtig gekochtes Essen und genug heißes Wasser für das Bad. Aber wenn Besuch kam, zog sie sich in die Küche zurück, wo sie sich ihr eigenes Reich geschaffen hatte.

Ellen war sechs Jahre alt, als sie zum ersten Mal nach Wimbledon kam. Sie stahl sich aus dem Salon, wo über Literatur geredet wurde, und fand Henny beim Erbsenschälen in der Küche.

»Da muß ich mithelfen«, sagte sie.

Und so fing es an. In Hennys Küche mit dem blank gescheuerten Tisch, den rotweiß karierten Gardinen, den Geranien am Fenster und der Kuckucksuhr an der Wand verbrachte sie ihre glücklichsten Stunden. Mit Henny pflegte sie das Gärtchen mit dem Alpinum; gemeinsam buken sie Krapfen und Buchteln und stickten Kreuzstichborten auf die Handtücher. Ellen lernte, wie man den Topfen in einem Seihtuch abtropfen läßt; daß der Gurkensalat ein Aroma haben konnte – und daß hübsch sein keine Schande war. Daß sie hübsch war, hatte sie beunruhigt, denn wenn Besucher ihre seidigen Locken oder ihre großen braunen Augen bewunderten, schien das Mutter und Tanten nicht recht zu sein. Aber Henny lachte und sagte, hübsch sein komme vom lieben Gott, und es mache den Menschen Freude, und deshalb müsse man sich die Haare bürsten und die Fingernägel polieren, gerade so wie man Töpfe und Pfannen scheuerte, damit sie ihren Glanz behielten.

Henny hielt bunte Sachen an Ellens Gesicht und sagte: »Schau, wie gut man jetzt das Goldene in deinen Augen sieht.« Und ohne daß Henny ein Wort über Liebe verlor, wußte Ellen, daß Henny sie liebte und den selbstsüchtigen Professor mit seinen griechischen Fischen auch, und sie lernte, daß dieses Gefühl, über das so viel gesprochen und geschrieben wurde, mit Tun und Sich-nützlich-Machen zusammenhängen konnte und nicht unbedingt mit dem, was man sagte.

Eines Tages machten sie Apfelstrudel. Das weiße Tuch war auf dem Tisch ausgebreitet, und sie rollten den Teig aus und zogen ihn mit gespreizten Fingern über ihre Handrücken vorsichtig dünner und dünner, bis er ganz durchsichtig wurde, ohne daß auch nur ein einziges Loch entstand, und Henny hielt für einen Augenblick inne und sagte ungewohnt ernst: »Du hast ein echtes Talent, Hascherl.«

Doch als es Zeit wurde, sich für einen Beruf zu entscheiden, hatte Ellen nicht den Mut zu rebellieren. Sie machte ihre Abschlußprüfungen in der Schule und ging nach Cambridge, um Neuphilologie zu studieren, weil sie Deutsch bereits konnte und sehr gerne plauderte. Wie sich herausstellte, wurde während ihrer Tutorenkurse nicht viel geplaudert, und ihr Seminarleiter fand Schillergedichte mit österreichischem Akzent vorgetragen abwegig. Trotzdem gefiel ihr Cambridge ganz gut; der Fluß und die Parkanlagen hinter den Colleges und auch die jungen Männer, die ihr Komplimente machten und sie zu Kahnfahrten und Tanzveranstaltungen einluden. Sie lernte, Heiratsanträgen vorzubeugen, und fand Freunde unter Kommilitonen, Ladenbesitzern und Enten.

Bei Kendrick Frobisher verhielt sie sich weniger geschickt. Er war ein blonder, beängstigend dünner junger Mann von 28 Jahren, hatte ernste hellblaue Augen und gehörte zu ihrem Leben in London, wo er fleißig die Zusammenkünfte in Gowan Terrace besuchte, Kuverts adressierte und aufrichtiges Interesse für die Hochschulausbildung von Frauen bewies.

Kendrick war der jüngste Sohn einer herrischen Mutter, die in Cumberland lebte und einst als junges Mädchen auf dem Kirchgang ein Kamel entbunden hatte. Dieser Vorfall hatte sich in Indien zugetragen, wo sie als Tochter eines in Poona stationierten Colonels aufgewachsen war. Das Kamel war trächtig und in Schwierigkeiten, und obwohl Kendricks Mutter damals erst neunzehn Jahre alt war, hatte sie, ohne zu zögern, einen Arm in das Kamel gesteckt und getan, was notwendig war, bevor sie ungeachtet ihres blutbefleckten Kleides und ruinierten Sonnenschirms weiterging, um den Gottesdienst nicht zu versäumen.

Diese tatkräftige, respekteinflößende Frau heiratete später in England einen Großgrundbesitzer. Zwei ihrer Söhne wuchsen zu Männern heran, die jagten, Tontauben schossen, angelten und wohl auch bald heiraten würden; nur Kendrick, der dritte, ein unsportlicher, bleicher, nervöser Junge, der in der Schule schikaniert wurde und Bücher las, war von Anfang an eine Enttäuschung.

In der London Library, wo er die weniger bekannten metaphysischen Dichter las, über die er eine Monographie schreiben wollte, oder bei den Vorlesungen, Kunstausstellungen und Konzerten, die er besuchte, fühlte sich Kendrick wohl, aber lebende Menschen machten ihm angst. Er setzte sich für erstrebenswerte Ziele ein – und welche hätten erstrebenswerter sein können als Bildungschancen für Frauen und weibliche Emanzipation?

Aus diesem Grund nahm er auch an den Zusammenkünften in Gowan Terrace teil, und dort fand er Ellen, die Sandwiches reichte.

»Die mit Ei und Kresse sind gut«, sagte sie – und das war's.

Weil Kendrick so offensichtlich jemand war, den man nicht heiratete, ging Ellen mit ihm weniger vorsichtig um als mit den jungen Männern, die sie beim Kahnfahren küßten. Sie fand es traurig, daß jemand eine Mutter hatte, die beim Kirchgang ein Kamel entbunden hatte; und Kendrick hatte noch andere Probleme.

»Wie ist es bei dir daheim, in deinem Elternhaus?« fragte sie ihn einmal, denn er wohnte in einer kleinen Junggesellenwohnung in Pimlico und fuhr selten nach Hause.

»Naß«, antwortete er traurig.

»Feuchter als in anderen Häusern?«

Kendrick bejahte. Sein Elternhaus stand in Borrowdale im Lake District, der niederschlagsreichsten Gegend Englands. Er sagte, es sei so naß, wie es rot war, weil der Sandstein, aus dem es gebaut war, bei Regen eine blutrote Farbe annahm.

Ellen verstand, daß es nicht einfach war, in einem nassen roten Haus mit zwei erfolgreichen älteren Brüdern und einer so tatkräftigen Mutter zu leben, und war nett zu ihm. Sie ging mit ihm in Konzerte und Kunstgalerien und Theateraufführungen ohne Kulissen, und wenn er ihr Komplimente machte, lächelte sie und war in Gedanken woanders.

Dabei machte Kendrick keine Komplimente der üblichen Art. Sie waren das Ergebnis stundenlangen vergnüglichen Stöberns in Bibliotheken und Museen. Ellens Haar hatte, als sie erwachsen war, eine wenig aufregende hellbraune Farbe angenommen, und zu ihrer großen Erleichterung hatte sie auch keine Grübchen mehr, aber Kendrick fand viele Maler und Dichter, die die besondere Art, wie Ellen die Locken in die Stirn fielen, oder einen ähnlich großzügig geschwungenen Mund wie den von Ellen gemalt oder besungen hatten.

»Sieh mal, Ellen«, sagte er dann. »Das ist ein Porträt der Sophronia Ebenezer von Raffael.« Und er würde gewissenhaft hinzufügen: »Vielleicht ist es auch nur von einem Raffaelschüler. Das weiß man nicht genau. Aber sie neigt den Kopf genau so zur Seite wie du, wenn du zuhörst.«

Obwohl Ellen wußte, daß sie Kendrick gefiel, kam es für sie völlig überraschend, als er ihr eines Tages in die Küche folgte, wo sie Kaffee kochen wollte, und ihre Hand ergriff und mit vor Aufregung versagender Stimme sagte: »Oh, Ellen, ich liebe dich so. Willst du mich heiraten?«

Es half nichts, daß Ellen sich Vorwürfe machte; daß sie Kendrick erklärte, sie würde ihn nicht lieben, sie könne ihn nicht heiraten und habe auch in absehbarer Zukunft nicht vor, zu heiraten. Sie hätte ebenso versuchen können, Parsifal von seiner Gralssuche abzubringen, wie Kendrick zu überzeugen, daß alles verloren war. Er würde warten, wenn nötig auch mehrere Jahre. Er würde sie nicht mehr behelligen. Er wollte nur weiterhin ihrer Familie behilflich sein, Briefumschläge adressieren, Meetings besuchen und sie sehen dürfen, wenn sie ihrer Arbeit nachging.

Ellen konnte ihm schwerlich das Haus ihrer Mutter verbieten. Sie konnte nur hoffen, daß sich seine Leidenschaft mit der Zeit legte. Und in ihrem letzten Universitätsjahr geschah dann etwas, was den gebildeten jungen Mann völlig aus ihren Gedanken verdrängte.

Henny wurde krank. Sie litt an Krebs im fortgeschrittenen Stadium, und Professor Carr, dem sie ihr Leben gewidmet hatte, schlug vor, sie in der geriatrischen Abteilung des örtlichen Krankenhauses unterzubringen.

Aber Henny hatte einen Horror vor Krankenhäusern. Und jetzt beschloß Ellen, nicht länger Rücksicht auf ihre Familie zu nehmen. Sie verließ die Universität drei Monate vor dem Abschlußexamen und erklärte ihrem Großvater, daß Henny in ihrem eigenen Bett sterben und sie sie pflegen würde.

Tagsüber halfen Krankenschwestern, die ins Haus kamen, aber die meiste Zeit verbrachte Ellen bei Henny. Sie schufen sich ihre eigene Welt, in der es keinen Hitler gab und keinen Mussolini, und selbst von dem Trubel um die silberne Hochzeit des Königspaars drang kaum etwas zu ihnen.

In dieser Zeit, die merkwürdigerweise nicht traurig war, kehrte Henny wieder in ihre Kindheit zurück, die sie in den österreichischen Bergen verbracht hatte. Sie sprach vom Wind in den Fichten, den Kühen mit den großen Glocken, von ihren Brüdern und Schwestern und vom Alpenglühen.

Und immer wieder erzählte sie von den Blumen, von Enzian und Edelweiß und dem winzigen Steinbrech, der zwischen den Felsen wuchs; aber von einer Blumenart schwärmte sie besonders. Es war das Schwarze Kohlröschen – Kohlröserl nannte sie es –, eine auf Bergwiesen wachsende, bis zu zwanzig Zentimeter hohe Orchidee mit fast kugeligem, schwarzrotem Blütenstand.

»Es schaut gar nicht besonders aus, aber, Elli, es duftet! Du hast es riechen können, bevor du es gesehen hast. In den Büchern schreiben sie, daß es wie Vanille riecht, aber wenn's so ist, dann muß Vanille grad so im Himmel riechen. Du mußt einmal zu mir heimfahren, im Sommer, wenn die Kohlröserl blühen.«

»Das mache ich, Henny. Und dann bringe ich eine Wurzel mit und –«

Aber Henny tätschelte ihr nur die Hand und lächelte, denn sie wußten beide, daß Henny keine aus ihrer natürlichen Umgebung gerissenen Blumen auf ihrem Grab haben wollte.

»Wenn du sie findest, sag einfach – danke«, sagte Henny.

Nach Hennys Tod kehrte Ellen nicht mehr an die Universität zurück. Statt dessen schrieb sie sich an der Lucy-Hatton-Schule für Hauswirtschaft ein und – Henny hatte recht wegen Ellens Talent – absolvierte mit summa cum laude. Ihre Mutter, die Tanten und Kendrick Frobisher waren zugegen, als sie ihr Diplom überreicht bekam. Und als sie mit ihren Preisen vom Podium stieg, war die gutmütige Frau Dr. Carr doch so gerührt, daß sie ihre Tochter umarmte und sagte: »Liebling, wir sind alle sehr stolz auf dich. Wirklich sehr stolz.«

Ein Vierteljahr später, im Frühjahr 1937, fuhr sie nach Österreich, um eine Stellung als Hauswirtschafterin in einer Internatsschule anzutreten, in der die musischen Fächer Musik, Theater und Tanz besonders gefördert wurden. Gründer und Leiter der Schule war ein Engländer.

2

Im Reiseführer wurde Schloß Hallendorf als Sehenswürdigkeit genannt, die einen Umweg lohnte. Es war keine Burg mit Zugbrücken oder Schießscharten, sondern ein elegantes Schloß, das ein Habsburger für seine Mätresse gebaut hatte, mit Türmen, die Schlafzimmer und Boudoirs beherbergten. Hellblaue Fensterläden lagen aufgeschlagen an rosaroten Mauern, und Kletterrosen rankten sich bis zu den Fenstern im ersten Stock.

Kärnten ist der südlichste Landesteil von Österreich, in dem so gut wie alles gedeiht. Im Schloßgarten blühten Klematis und Oleanderbüsche. Wolken von Jasmin hingen von Säulen herab, steinerne Ziergefäße quollen über von Geranien und Heliotrop. Hinter dem Haus lag ein Obstgarten mit Pfirsich- und Aprikosenbäumen, und blumenübersäte Wiesen stiegen sanft bergan zu Lärchen- und Fichtenwäldern. Die Vorderseite des Schlosses, wo Steinstufen zum Wasser und den schwarzen Schwänen hinunterführten, bot eine Aussicht, die niemand vergaß, der einmal von hier aus über den See zum Dorf und hinauf zu den wild gezackten schneeweißen Gipfeln geblickt hatte.

Schon bevor das Haus Habsburg-Lothringen 1919 durch das Habsburgergesetz seine Besitztümer an die Republik Österreich verlor und des Landes verwiesen wurde, war das Schloß etliche Jahre leergestanden. Im Ersten Weltkrieg wurde es ein Erholungsheim für verwundete Soldaten und stand dann wieder leer, bis es 1928 von einem Engländer namens Lucas Bennet gepachtet und als Schule eingerichtet wurde.

Ellen stand an der Reling des kleinen Dampfers und blickte zurück zu den Holzhäusern des Dorfes, dem Gasthaus mit dem Wirtsgarten unter Kastanienbäumen und der auf einer kleinen Anhöhe errichteten Kirche mit dem schlanken, spitzen Turm.

Die scheckigen Kühe auf den Wiesen oberhalb des Dorfes sahen aus wie Holzspielzeug. Weideten sie wohl zwischen Hennys Kohlröserln, diese glücklichen österreichischen Kühe?

Auf den Bergen lag noch Schnee; trotzdem wehte ein mildes Lüftchen über den See. Es war ein zauberhafter Anblick gewesen, als der Zug aus dem Mallnitztunnel gekommen war und sie sich plötzlich im Süden befand. In London herrschte trübes Nieselwetter, und hier leuchteten an den Bahnhöfen Hyazinthen und Narzissen in der Sonne, die Kastanien entfalteten ihre Blütenkerzen, und sie hatte sogar Zitronenbäume und Mimosen gesehen.

Der Dampfer, der dreimal am Tag die Runde machte, schien eine wichtige Rolle zu spielen. An den Anlegestellen herrschte frohe Geschäftigkeit, wenn Fahrgäste ein- und ausstiegen, Körbe mit Küken und andere Waren verladen wurden. Und der Kapitän trug eine goldbetreßte Uniform.

Nachdem sie bei einem Kloster angelegt hatten, wo zwei Nonnen mit Schubkarren auf den Steg kamen, um die gelieferten Waren abzuholen, passierten sie ein bewaldetes Inselchen und hielten erneut bei etlichen Ferienhäusern.

»Da wohnt der Professor Radow«, sagte eine alte Bäuerin unter ihrem schwarzen Kopftuch und wies auf ein kleines Haus mit grünen Fensterläden, das etwas abseits am Ufer stand. »Der mag keine Nazis, und jetzt wohnt er halt hier.« Als das Schiff weiterfuhr, schob sie sich näher an Ellen heran. »Wollen Sie hinüber zu der Schule?« fragte sie.

Ellen wandte sich lächelnd um. »Ja«, antwortete sie.

»Besuchen S' dort jemand?«

»Nein. Ich werde dort arbeiten.«

Die alte Frau sah sie verblüfft an und tuschelte mit ihren Nachbarinnen.

»Es ist kein guter Platz. Er ist bös. Gottlos.«

»Das ist wahr«, sagte ein anderes Weiblein. »Bei denen regiert der Teufel.«

Ellen schwieg. Der Dampfer umrundete eben eine Landzunge, und plötzlich lag Schloß Hallendorf vor ihnen. Die Fenster glänzten im nachmittäglichen Sonnenschein, und es schien Ellen, als hätte sie noch nie einen schöneren Ort gesehen. Die Sonne liebkoste die rosa Mauern und die verblichenen Läden. Weiden tauchten die Zweige ins Uferwasser. Eine herrliche Zypresse überschattete die untere Terrasse.

Aber wie vernachlässigt, wie heruntergekommen sah alles aus! Nur ein Gewirr von Kletterpflanzen schien das Bootshaus vor dem Einsturz zu bewahren. An einem oberen Fenster schwang ein Laden lose hin und her. Die Eibenhecken waren struppig und überwuchert. Natürlich wirkte dadurch alles noch anmutiger, und wer hätte bei diesem Anblick nicht an Dornröschen und das verwunschene Schloß gedacht? Daß es kein Märchenschloß war, zeigte sich, als das Schiff anlegte. An einem kleinen griechischen Tempel am Ufer stand zu lesen: EURYTHMIE IST SCHEISSE.

»Die Kinder sind wild«, zischte ihr die alte Bäuerin ins Ohr. »Wild wie die Viecher!«

Der Dampfer tutete herausfordernd. Ein Junge kam mit einem Tau.

Ellen ging über die Landebrücke, stellte ihren Koffer ab und schritt langsam den Anlegesteg entlang. Es roch nach Heliotrop. Zwei Rotschwänzchen schwirrten um das Bootshaus mit seinem Gewirr aus Knöterich und Efeu – und daneben, im Wasser zwischen den Schilfhalmen, sah sie einen runden schwarzen Kopf.

Ein Fischotter?

Der Kopf kam nach oben, tauchte auf und gehörte zu dem etwas unterernährten Körper eines kleinen nackten Mannes.

Es war zu spät, um wegzusehen. Ellen starrte den Mann an, und unverhoffte Gefühle regten sich in ihrer Brust. Sie könnte ihn aufpäppeln, wer immer er war; ihm vielleicht die Haare ordentlich schneiden. Aber gegen die schrecklich gezackte Narbe, die sich über seinen Unterleib zog, konnte wohl kaum noch etwas getan werden.

»Chomsky«, sagte die tropfnasse Gestalt – »Laszlo

Chomsky, Metallverarbeitung«, nahm formvollendet Haltung an und verneigte sich.

Das erklärte zumindest, was ihm passiert war. Er war Ungar, vielleicht in der Puszta geboren, wo es viele Pferde, Gänse und Windmühlen gab, aber kaum einen Arzt, der einen entzündeten Blinddarm kunstgerecht entfernen konnte.

Während sie die flachen Steinstufen hinaufstieg, die über Terrassen zum Haus führten, kam ihr ein ungefähr zwölfjähriges Mädchen entgegen.

»Ich hab mich verspätet. Wir haben vergessen, daß der Dampfer jetzt nach dem Sommerfahrplan fährt«, sagte das Mädchen aufgeregt. »Ich sollte die neue Hausmutter abholen, aber sie ist nicht gekommen.«

Ellen lächelte. Das also war eines der »wilden« Kinder. Das Mädchen hatte lange dunkle Zöpfe, und aus dem schmalen, feinen Gesicht blickten große graue Augen. Die weißen Söckchen waren von zwei verschiedenen Paaren. Das Kind sah müde aus.

Ellen streckte die Hand aus. »Doch, sie ist gekommen«, sagte sie. »Ich bin Ellen Carr.«

Das Mädchen schüttelte Ellen die Hand. »Ich bin Sophie«, sagte sie und knickste. Dann errötete sie. »Oh, tut mir leid. Das hätte ich nicht tun sollen.«

»Was hättest du nicht tun sollen?«

»Knicksen. Das tut hier niemand, und sie gehen auch nie rechtzeitig schlafen und tragen keine weißen Söckchen. Aber ich bin nicht lange hier, und in meiner Klosterschule in Wien war alles anders.«

»Mir hat es gefallen«, sagte Ellen, »aber ich werde dich nicht verraten. Nur eines muß ich dir sagen: Ab jetzt werden die Leutchen hier rechtzeitig schlafen gehen, und wer weiße Söckchen tragen will, der trägt sie, und sie werden zusammenpassen und sauber sein.«

Das Kind sah sie mit einem geradezu verklärten Ausdruck an. »Das werden Sie tun? Wirklich?« Dann erlosch das Strahlen, und Sophie wirkte plötzlich bekümmert. Ellen Carr hatte schulterlanges lockiges Haar und sanfte Augen. Sie trug eine moosgrüne Jacke und einen Rock, der so weich aussah, daß man ihn gern berührt hätte. Und das bedeutete Verehrer – viele, viele Verehrer – wie bei Sophies Mutter, die ebenfalls schön war und wegen ihrer Verehrer von Wien nach Paris gereist war und von Paris nach London; die zur Zeit einen Film in Irland drehte und die nie schrieb. »Nein«, sagte sie. »Sie werden sich verlieben und wieder fortgehen.«

»Nein, das werde ich nicht«, sagte Ellen.

Sie legte den Arm um Sophies Schultern und ging mit ihr zum Haus. Aber sie kamen nur langsam voran, denn Ellen bewunderte eine rosa Kamelie und eine weiße Schnecke, die zart wie eine Schneeflocke an einem Grashalm schaukelte.

Dann blieb sie unvermittelt stehen. »Sophie, was in aller Welt ist das?«

Sie hatten die erste Terrasse erreicht, als ihnen auf dem Rasen etwas entgegenkam, das weitgehend wie eine Schildkröte aussah – der vorgestreckte Kopf, die zielstrebige Bewegung –, aber am hinteren Ende war ein zweirädriges Fahrgestell befestigt, auf dem das Tier wie auf Rollschuhen fuhr.

»Das ist Achilles«, sagte Sophie. »Seine Hinterbeine sind lahm. Er konnte kaum noch laufen, und wir dachten schon, wir müßten ihn töten. Aber dann kam Marek und hat ihm die Räder gemacht.«

Ellen bückte sich und hob die Schildkröte auf. Achilles verzog sich kurz in seinen Panzer und ließ sich ergeben von unten betrachten, wo ein kleiner Karren, der auf zwei gut geölten Metallrädern lief, an seinen Panzer geschraubt war. Es war eine geniale Erfindung. Ellen setzte Achilles wieder ins Gras, wo er sich schleunigst davonmachte.

»Marek hat stundenlang an dem Gestell gearbeitet. Er hat sich in der Werkstatt eingesperrt und niemand hineingelassen.«

»Wer ist Marek?« fragte Ellen, aber bevor Sophie antworten konnte, rief jemand irgendwo zu ihrer Rechten mit heiserer Stentorstimme: »*Nein!* Ihr seid nicht starr wie Stahl! Das sind keine Zinken! Ihr müßt es im Rückgrat spüren, das Metall, sonst werdet ihr keine Gabel!«

Neugierig überquerte Ellen die Terrasse. Eine schmälere Treppe führte hinunter zu einem von einer Eibenhecke umgebenen Rasenplatz. Hier stand eine große Frau mit kurzem Haar, knielanger Tunika und Flanellhosen und gab rund einem Dutzend Kindern, die rücklings auf dem Rasen lagen, lautstark Anweisungen.

»Jetzt die Finger spreizen ... aber nicht weich, sondern zackig. Mit diesen Fingern wollt ihr aufspießen, stechen, ins Fleisch bohren.«

»Das ist Hermine. Eigentlich Frau Dr. Ritter«, flüsterte Sophie. »Sie ist sehr gebildet. Sie hat in Berlin Ausdruckstanz studiert. Wir lernen bei ihr, wie man ein Schlüsselbund ist und eine Gabel, und manchmal müssen wir uns selbst gebären.«

Aber bevor die Kinder das Wesentliche einer Gabel darstellen konnten, kam von der Hecke, wo eine Art Heringskiste stand, ein miauender Schrei, und Dr. Ritter ging hin und nahm aus der Kiste einen kleinen rosigen Säugling, den sie unter ihre Tunika schob.

»Das ist ihre uneheliche Tochter. Sie heißt Andromeda. Hermine bekam sie auf einer Konferenz, aber niemand weiß, wer der Vater ist.«

»Vielleicht sollten wir ihr zeigen, wie man auf der Vorderseite ihres Kittels einen Schlitz anbringen kann«, sagte Ellen, denn das Baby war spurlos in den Falten der Tunika verschwunden. »Ich habe auch keine Windel gesehen.«

»Sie trägt keine Windeln«, erklärte Sophie. »Andromeda ist ein selbstregulierendes Baby.«

»Wie gut, daß ich gern viel zu tun habe«, sagte Ellen, die schon sah, was alles an Arbeit auf sie zukam.

Sie folgte Sophie in das Schloß. Die Zimmer mit den hohen Decken, den vergoldeten Stuckleisten und weißen Kachelöfen waren so schön und so vernachlässigt wie das Grundstück. Aber als sie den obersten Stock erreichten und Sophie sagte: »Das hier ist Ihr Zimmer«, konnte Ellen nur tief Luft holen und sagen: »Oh, Sophie, wie wundervoll!«

Das Kind sah sich um und runzelte die Stirn. Das Zimmer enthielt außer Bett und Schrank ein kaputtes Spinnrad, ein zusammengerolltes, von Mäusen zerfressenes Buddhabild, einen Stapel vergilbter Zeitschriften – kurzum, die ganze Hinterlassenschaft verschiedener Hausmütter, die sich ihrer Aufgabe nicht gewachsen gefühlt hatten.

Aber Ellen war geradewegs zum Fenster gegangen.

Sie war ein Teil des Himmels ... sie wohnte darin. Man konnte auf diesen nicht sehr finsteren Wolken segeln, Vögel oder Engel berühren.

Nur langsam trennte sie sich vom Anblick dieser lichten Unendlichkeit. Sie blickte hinüber zum anderen Seeufer, sah die weißen Berggipfel, die Fichtenwälder oberhalb des Dorfes und den kleinen Dampfer, der über den blauen See und an der einsamen Insel vorbei seinem Hafen zustrebte.

Sophie wartete. Sie und ihre zwei Zimmergenossinnen hatten denselben Blick von ihrem Zimmer aus aber wenn sie aus dem Fenster schaute, schob sich immer etwas davor: Bilder ihrer sich streitenden Eltern; die Angst, verlassen zu werden; die Briefe, die nicht kamen. Nun sah sie für einen Augenblick, was Ellen sah.

Nach einer Welle fragte Ellen: »Gibt es hier in Hallendorf Störche, Sophie?«

»Ich glaube nicht.«

»Wir brauchen unbedingt Störche«, sagte Ellen. »Wir müssen dafür sorgen, daß sie kommen. Störche sind etwas Schönes, und sie bringen Segen über ein Haus. Hast du das gewußt?«

Sophie überlegte. »Das mit dem Segen könnte schwierig sein«, sagte sie, »weil hier nicht gesegnet wird. Gott gibt es bei uns nicht.«

»Na gut«, sagte Ellen und wandte sich dem Zimmer zu. »Eins nach dem anderen. Jetzt müssen wir erst einmal einen Haufen Zeug verbrennen. Kannst du mir zwei große, kräftige Jungen schicken?«

Sophie runzelte die Stirn. »Die größten sind Bruno und Frank, aber sie sind furchtbar. Bruno hat das von der Eurythmie an den Tempel geschrieben, und Frank knufft und schubst einen dauernd ...«

»Die zwei sind genau die richtigen. Geh und hol sie bitte.«

Lucas Bennet saß in seinem Arbeitszimmer, umgeben von Bücherwänden, durchgesessenen Ledersesseln und einer Shakespeare-Büste, die das Papierchaos auf seinem Schreibtisch zusammenhielt. Er erwartete die neue Hausmutter und war auf das Schlimmste vorbereitet. Ellen Carr war erst seit einer Stunde im Haus. Er hatte sie noch nicht zu Gesicht bekommen, aber er wußte bereits, daß sie sehr hübsch und sehr jung war, und das konnte nur wieder eine Katastrophe bedeuten. Sie würde ein Ballett aufführen wollen nach dem dritten Gesang der Odyssee, die sie bestimmt nicht gelesen hatte, oder ein Stück schreiben, in dem sie die Hauptrolle übernehmen würde, während die Kinder im Hintergrund als Waldgeister oder verdammte Seelen in der Hölle fungieren durften. Chomsky würde sich in sie verlieben, Jean-Pierre würde mit ihr flirten, die Kinder würden in den Schlafräumen toben, und nach einem halben Jahr würde sie gehen.

Dabei hatte er diesmal auf seine so vernünftige Sekretärin gehört und nicht in *The Socialist Gazette* oder *The Progressive Educator* inseriert, sondern in *The Lady,* einer Zeitschrift, in der Kinderschwestern und Haushälterinnen und Köchinnen herkömmlichen Stils gesucht wurden. Ihm schwebte eine stattliche Witwe mit schwellendem Bizeps vor, seit Conchita ihr Bedürfnis, sich einer marxistischen Flamenco-Truppe anzuschließen, nicht länger hatte unterdrücken können, sich vierzehn Tage nach Schulanfang davongemacht und die Kinder sich selbst überlassen hatte.

Und nun sollte alles wieder von vorne anfangen.

Neun Jahre waren vergangen, seit Lucas Bennet das Schloß gepachtet und seine Schule gegründet hatte. Er war ein kleiner, rundlicher und schon ein wenig kahler Mann aus einer wohlhabenden und exzentrischen Familie von Bankiers, Diplomaten und Gelehrten. Er hatte in Oxford alte Sprachen studiert, wurde 1916 vor Beendigung seines Studiums eingezogen und kehrte mit einer schweren Beinverletzung und einem gründlichen Haß auf Nationalismus, Fahnenschwenken und große Worte zurück. Tief überzeugt von der Idee, daß allein die Kunst der Schlüssel zum Paradies sein konnte, daß nur sie die Menschen frei und gleich mache, beschloß er, eine Schule zu gründen, in der Kinder aus allen Ländern im gleichen Bestreben zusammenkommen sollten – eine Schule ohne die Regeln und Tabus, die ihm sein eigenes Schülerleben so vergällt hatten, und in der neben den üblichen Fächern Musik, Theater und Tanz besonders gepflegt werden sollten.

Die Zeit war reif für einen solchen Versuch. Der Völkerbund ließ auf Frieden in der Welt hoffen. In Deutschland war die Weimarer Republik geradezu ein Synonym geworden für alles, was es in der Kunst gab. Die Armut und das Elend der Nachkriegszeit schienen vorbei zu sein. Und anfangs zog Schloß Hallendorf in der Tat Idealisten und Enthusiasten aus aller Welt an. Nachfolger von Isadora Duncan kamen und lehrten den modernen symphonischen Tanz. Russische Grafen erklärten das System des berühmten Pädagogen und Theatermannes Stanislawski. Aus Deutschland kamen Brecht-Jünger, um Ferienseminare abzuhalten und Theaterstücke zu spielen. Die Dorfbewohner waren zwar auf Distanz geblieben, und es gefiel ihnen nicht, wenn sich nackte Musiklehrer in ihren Fischernetzen verfingen, aber in jenen ersten Jahren schien sich Bennets Vision weitgehend zu verwirklichen.

Nun, fast zehn Jahre später, mußte er sich eingestehen, daß Hallendorf seine Hoffnungen nicht erfüllt hatte. Gewiß, Intellektuelle aus Europa und Amerika schickten auch jetzt noch ihre Kinder zu ihm, aber es wurde immer deutlicher, daß seine fortschrittliche Schule von den Eltern als Abladeplatz benutzt wurde. Die Kinder kamen größtenteils aus wohlhabenden Familien, und er konnte ohne weiteres ein hohes Schulgeld verlangen, so daß er auch Stipendien gewähren konnte; aber viele waren so unglücklich und gestört, daß mehr nötig gewesen wäre als experimentelle Aufführungen der russischen Klassiker oder Eurythmie auf den Seewiesen, um sie zu normal fröhlichen Kindern zu machen. Auch das Personal war – nun ja, gemischt. Aber wie konnte er unfähige Lehrer entlassen, wenn er Tamara erlaubte, die Kinder mit ihrem schrecklichen Unsinn zu belästigen?

Bennet mußte auch zugeben, daß die jährlich stattfindenden Aufführungen in dem kleinen Theater, das der einstige Schloßherr für seine Mätresse gebaut hatte, nicht die Regisseure und Musiker anlockte, auf die er gehofft hatte. Toscanini war nicht aus Mailand gekommen (und eine Dame, die angeblich die Tante des berühmten Dirigenten war, hatte sich als jemand ganz anderer entpuppt), Max Reinhardt nicht aus Berlin, und auch die Dorfbewohner waren ferngeblieben.

Und jetzt konnte Reinhardt nicht mehr kommen, weil er nach Amerika emigriert war wie viele andere deutschsprachige Bühnenkünstler. Die Zeit war so schnell vergangen, und vielleicht stand schon wieder Krieg vor der Tür. Bennet glaubte nicht, daß dieses Hitler-Deutschland Bestand haben würde oder daß sich die Österreicher vom Dritten Reich schlucken lassen würden. Aber der Faschismus war überall auf dem Vormarsch und verdüsterte seine Welt.

Dazu kam, daß ihm das Geld ausging. Bennets Vermögen war beträchtlich gewesen, aber wenn er sich auf eine Brücke gestellt und sein Geld ins Wasser geworfen hätte, wäre er es nur ein klein wenig schneller losgeworden als mit der Schule.

Ein Klopfen an der Tür ließ ihn aufblicken. Die neue Hausmutter trat ein.

Sie war genau so, wie er befürchtet hatte, dennoch fiel es ihm schwer, bei ihrem Anblick enttäuscht zu sein. Sie war sehr jung und sehr hübsch, aber sie hatte auch ein Lächeln, das lustig und ganz entzückend war, und aus ihren sanften braunen Augen sprach Intelligenz. Was ihn jedoch stutzen ließ und ihn als Seltenheit überraschte, war etwas anderes. Seine neue Haushälterin wirkte glücklich.

»Sie sind viel jünger, als wir erwartet haben«, sagte er, nachdem er sich nach ihrer Reise erkundigt und eine begeisterte Antwort erhalten hatte.

Sie räumte ein, daß sie vielleicht ein wenig jung sei, wobei sie den Kopf leicht zur Seite neigte – eine Haltung, die sie anscheinend einnahm, wenn sie über etwas nachdachte.

»Es könnte doch auch ein Vorteil sein. Ich meine, hier gibt es viel zu tun.«

»Ja. Aber einige der größeren Kinder sind nicht einfach.« Er dachte an Bruno, der den griechischen Tempel mit seiner Meinung über Eurythmie verunziert hatte, und an Frank, der seinen fünften Psychoanalytiker hatte und verrückt spielte, wenn etwas nicht nach seinem Kopf ging.

»Ich fürchte mich nicht vor Kindern«, sagte sie.
»Wovor dann?«
Sie überlegte. Er hatte bereits bemerkt, daß nicht nur ihr Gesicht, sondern auch ihre Hände ausdrückten, was sie gerade dachte. Nun legte sie die Handflächen wie zu einem Gefäß zusammen, das ihre Gedanken aufnehmen sollte.
»Daß ich nicht sehen könnte«, sagte sie.
»Sie meinen, daß Sie blind werden könnten?«
»Nein, nicht auf diese Weise blind. Das wäre zwar auch sehr schlimm, aber Homer kam damit zurecht, und unser blinder Klavierstimmer ist einer der heitersten Menschen, die ich kenne. Ich meine ... nicht sehen zu können, weil man von etwas besessen ist, das die übrige Welt vernebelt ... von einer Manie, einem Glauben oder einer Leidenschaft. Von dieser schrecklichen Art von Liebe, die Blätter und Vögel und Kirschblüten unsichtbar macht, weil sie nicht das Gesicht eines bestimmten Mannes sind.«
Einen Augenblick lang wagte er zu hoffen. Begriff sie tatsächlich, wie wichtig die Arbeit war, die sie hier tun müßte? War sie vielleicht sogar bescheiden genug, um zu bleiben?
»Ich fürchte, ich konnte Ihnen in meinem Brief Ihre Aufgaben nicht vollständig darlegen. Meine Sekretärin, Margaret Sinclair, wird Ihnen alles sagen, was Sie wissen möchten. Aber kurz gesagt geht es darum, daß die Zimmer der Kinder sauber und ordentlich sind, daß die Kinder rechtzeitig ins Bett kommen, daß ihre Wäsche gewaschen wird und so fort. Tagsüber sollen möglichst alle Englisch sprechen. Vermutlich sind Englischkenntnisse das Wichtigste, was wir heutzutage zu bieten haben. Nicht, weil es die Sprache Shakespeares ist«, sagte er mit einem wehmütigen Blick auf die Büste des Dichters, »sondern weil immer mehr Eltern nach England und Amerika blicken, um dem Naziregime zu entkommen. Aber am Abend können Sie die Kinder in ihrer Muttersprache plaudern lassen.«

»Ja«, sagte sie. »Selbstverständlich werde ich das alles tun, aber ich habe mich gefragt, wieviel Zeit ich –«

Aha, jetzt kommt es, dachte er, und sein Überdruß war um so größer, weil er für einen Augenblick an ihre Ernsthaftigkeit geglaubt hatte.

»Ellen, eines muß Ihnen absolut klar sein«, sagte er, um ihr keine Gelegenheit zu geben, ihm zu erklären, sie habe Opern für die Fabian Society inszeniert oder sei auf der Freilichtbühne in Regent's Park für Ariel eingesprungen. »Die Arbeit, die Sie hier erwartet, ist anstrengend und eine Ganztagsbeschäftigung. Selbstverständlich können Sie am Wochenende bei den Proben zusehen – vergangenes Jahr haben wir Gorkis *Nachtasyl* einstudiert –, und wenn Sie Lust haben, können Sie im Chor mitsingen, obwohl unser Musiklehrer zur Zeit im Spanischen Bürgerkrieg kämpft. Und an den wöchentlich stattfindenden Versammlungen, in denen die Produktionen besprochen werden, kann ebenfalls jeder teilnehmen, aber –«

Ellens Augen wurden immer größer. Sie richtete sich immer höher in ihrem Stuhl auf.

»Oh, bitte, ich kann überhaupt nicht singen. Und bei Versammlungen bin ich auch nicht gut. Ich bin mit Versammlungen groß geworden und fast immer dabei eingeschlafen. Selbstverständlich –« Sie holte tief Luft und versuchte es noch einmal. »Selbstverständlich werde ich alles tun, was ich zu tun habe ... Ich wollte nur wissen, wieviel Zeit mir in der Küche zusteht.«

»Zusteht?«

»Ja. Offensichtlich steht das Wohl der Kinder an erster Stelle, aber es ist nicht einfach, Kinder und das, was sie essen, getrennt zu sehen. Ich kann das Küchenpersonal nicht anleiten, ohne selbst in der Küche mitzuarbeiten. Und ganz ehrlich, Mr. Bennet –«

»Bennet. Wir sind hier nicht sehr förmlich.«

Ellen dachte an Chomskys Blinddarmnarbe und nickte. »Also, Bennet, ich denke nur, es wäre ziemlich unfair, wenn ich bei Proben und Versammlungen anwesend sein müßte und mir diese Zeit in der Küche fehlen würde.«

Bennet hatte ihr offenen Mundes zugehört.

»Sie meinen, Sie wollen gar nicht auf der Bühne stehen? Sie wollen keine Schauspielerin sein?«

»Um Gottes willen, nein! Ich kann mir nichts Schlimmeres vorstellen – immer im Dunkeln leben und mittags aufstehen und sich Sorgen machen, wie einen die Leute finden.«

»Und Sie wollen auch nicht produzieren?«

Sie lehnte sich zurück und verschränkte die Hände hinter dem Rücken. Sie wirkte nachdenklich und – da war das Wort wieder – glücklich. »O ja, ich möchte schon *produzieren*. Ich möchte gern eine perfekte Crêpe Suzette für jeden in der Schule machen. Es ist kein Problem für eine Person, aber für einhundertzehn ... Das ist es, was mich sehr interessiert. Wie man in größeren Mengen gutes Essen produziert.« Sie unterbrach sich und blickte aus dem Fenster. »Oh, sehr gut. Was für nette und hilfsbereite Jungen!«

Bennet folgte ihrem Blick. Es gab viele Möglichkeiten, Bruno und Frank, seine schwierigsten Schüler aus der obersten Klasse, zu beschreiben, aber diese, fand er, traf entschieden nicht auf sie zu. Bruno schob einen mit einem kaputten Spinnrad, einem zerbrochenen Stuhl und zwei alten Bongotrommeln beladenen Schubkarren zum Küchengarten, ihm folgte Frank, der einen Sack hinter sich herschleifte, aus dem verschiedene Papierrollen und ein zerbeulter Gitarrenkoffer ragten.

»Ich habe sie gebeten, das Zeug aus meinem Zimmer zu verbrennen, das offensichtlich niemand braucht. Sie haben versprochen, das Feuer dort zu machen, wo die Gartenabfälle verbrannt werden, und sehr vorsichtig zu sein.« Und weil Bennet schwieg, fragte sie: »Haben Sie etwas dagegen?«

»Nein«, antwortete Bennet. »Durchaus nicht.«

Ellen stand auf, um zu gehen. An der Tür drehte sie sich noch einmal um. »Da fällt mir noch etwas ein, was wir hier bräuchten.«

Vor Bennet lag ein Brief, den er an diesem Morgen von seinem Börsenmakler erhalten hatte. »Ist es teuer?« fragte er.

Sie lächelte. »Ich glaube nicht. Es sind Störche. Man bräuchte wahrscheinlich ein Rad auf dem Dach, um sie anzulocken.«

»Da müssen Sie Marek fragen. In ein paar Tagen ist er wieder hier.«

Marek hatte auch das Gestell für die Schildkröte gemacht. »Ja«, sagte sie. »Er könnte es machen.«

Als sie gegangen war, humpelte Bennet zum Fenster und blickte über den See. War es möglich, daß einmal etwas richtig lief? Daß sie bleiben und arbeiten würde – daß seine Kinder sogar in ihrer Obhut gesehen würden?

Und Tamara hatte Ellens Zimmer nicht aufräumen lassen, obwohl er sie darum gebeten hatte; aber wann hatte Tamara schon etwas für andere getan? Doch heute wollte er nicht darüber nachdenken. Heute würde er nicht bis spät in die Nacht über den Rechnungen sitzen. Er würde zu Bett gehen mit einem großen Whisky und der goldenen Nausikaa und Homers straffes, schlichtes, atemberaubendes Griechisch genießen.

»Sie wird nicht eine Woche bleiben«, sagte Ursula, die in einem scheußlich gestreiften Pyjama auf ihrem Bett saß.

Sophie wischte sich die Tränen aus dem Gesicht und nickte. Bei Anbruch der Dunkelheit war die Hoffnung verflogen, die Ellens Ankunft in ihr geweckt hatte. Ellen würde sich wie die anderen Hausmütter in ihrem Zimmer verschanzen, Frank und Bruno würden auf dem Gang toben und gegen die Türen rumpeln – und ihr Vater, der jetzt in Amerika Vorträge hielt, würde weiter und weiter fortgehen, bis er eines Tages für immer verschwand.

»Ich hab's so satt«, sagte sie.

Ursula zuckte die Achseln. Sophie war ihr nicht ganz so zuwider wie die meisten anderen Menschen, aber sie war trotzdem eine Heulsuse. Ursula hielt sich aufrecht, indem sie alles haßte – ihre alten Großeltern in dem schrecklichen Haus in Bath; Frank, der sie wegen ihrer Zahnspange hänselte; Dr. Hermine, die ihr ekliges Baby während der Unterrichtsstunden stillte und von Ursula erwartete, sich selbst zu gebären oder eine Gabel zu sein. Über Ursulas Bett hingen Bilder von indianischen Kriegern. Sie waren die einzigen menschlichen Wesen, für die Ursula etwas übrig hatte.

Die Tür öffnete sich, und die neue Hausmutter trat ein.

»Ich komme nur, um gute Nacht zu sagen und nachzusehen, ob ihr etwas braucht.«

Sie trat an Ursulas Bett, lächelte und strich die Bettdecke glatt. Ursula befürchtete schon, sie würde sie küssen, aber sie tat es nicht. Sie blieb nur stehen und sah sich die beschrifteten Indianerporträts an, die Ursula in einer Reihe aufgehängt hatte: Little Crow, Häuptling der Santee; Geronimo, der letzte der freien Apachen, der Ursulas Lieblingsheld war; Big Foot, sterbend im Schnee.

»War das nicht bei dem schrecklichen Massaker am Wounded Knee?«

»Ja. Wenn ich erwachsen bin, gehe ich dorthin.«

»Das erscheint mir sinnvoll«, sagte Ellen. Dann ging sie hinüber zu Sophie. »Was ist los? Was hast du?«

»Sie hat ihre Eltern verloren. Ich weiß nicht, wie man sich deshalb so aufregen kann. Ich habe meine Eltern schon vor Jahren verloren. Ich habe meine Mutter umgebracht, weil ich bei meiner Geburt einen Arm vorgestreckt habe, und ich habe meinen Vater umgebracht, weil er fortging, um Tiger zu schießen. Er wollte dabei seinen Kummer vergessen und ist am Fieber gestorben. Aber Sophie kriegt Zustände.«

Ellen setzte sich auf das Bett und strich Sophie über das lange dunkle Haar. »Sophie, wenn du sagst, du hättest sie ›verloren‹ – was meinst du damit?«

Aber was Sophie meinte, konnte sie nicht mit Worten ausdrücken. Seit ihrem zweiten Lebensjahr wurde sie zwischen ihren streitenden Eltern hin und her geschoben; sie wußte nie, wer sie abholen würde oder wohin sie gehörte. Sie litt an jenem verheerenden Heimweh, an dem Kinder leiden, die kein Zuhause haben.

»Ich habe die Adresse meines Vaters verloren. Er ist nicht in Wien. Er lehrt in Amerika, und ich weiß nicht, wo. Und meine Mutter dreht irgendwo in Irland einen Film, aber wo genau weiß ich auch nicht.«

Ellen überlegte. »Gibt es denn jemand in Wien, der mit der Arbeit deines Vaters zu tun hat?«

»Czernowitz hat für ihn gearbeitet.« Sophie saß jetzt ganz aufrecht. »Er ist der Laborassistent meines Vaters. Er kümmert sich um die Ratten. Einmal hat er mir eine geschenkt, eine hübsche Ratte mit einem braunen Ohr, aber sie ist eingegangen.«

»Sie ist an Altersschwäche gestorben«, warf Ursula ein. »Ein ganz normaler Fall.«

»Hast du vielleicht die Adresse von Czernowitz?«

»Ja, die hab ich.«

»Also, dann werden wir Bennet fragen, ob du in Wien anrufen darfst, und dann wird dir Czernowitz über deinen Vater Bescheid geben.«

Sophies Schluchzen ließ nach. »Ginge das? Meinen Sie, ich könnte das tun?«

»Natürlich. Und wo steckt nun Janey? Ich möchte nämlich das Licht ausmachen.«

»Sie geht nicht ins Bett. Sie schläft im Badezimmer.«

»Wie bitte?«

»Sie pinkelt ins Bett, obwohl sie älter ist als wir. Und die Kukuschka sagt, sie würde ihr nicht mehr jeden Tag frische Bettwäsche geben. Nachdem die letzte Hausmutter gegangen war, sollte sie sich um uns kümmern. Bennet weiß nicht, daß sie das gesagt hat – er wäre wütend, weil Janeys Mutter immer wieder Selbstmordversuche macht und –«

Ellen unterbrach Sophies Redeschwall. »Wer ist diese Kukuschka?«

»Sie ist Ballettänzerin. Eigentlich heißt sie Tamara. Sie tut, als wäre sie Russin, und will Kukuschka genannt werden, weil es kleiner Kohlkopf heißt – glauben wir jedenfalls. Es ist ein russisches Kosewort wie *petit choux* bei den Franzosen. Aber auf englisch klingt es blöd – *little cabbage*!«

»Das ist wahr«, sagte Ellen.

Sie fand Janey, ein blasses Mädchen mit ernsten blauen Augen. Sie saß in eine Decke gehüllt neben der Badewanne und las.

»Komm ins Bett, Janey. Die anderen wollen schlafen.«

»Ich geh nicht ins Bett. Ich schlafe hier.«

»Nein, das wirst du nicht. Du schläfst in deinem Bett, und wenn du es naß machst, werde ich das Laken morgen waschen, weil das meine Arbeit ist.«

Janey schüttelte den Kopf. »Die Kukuschka hat gesagt –«

»Janey, es interessiert mich nicht, was diese Frau Kohlkopf gesagt hat. Jetzt bin ich eure Hausmutter, und du wirst warm und gemütlich in deinem Bett schlafen. Das Bettnässen wirst du dir mit der Zeit abgewöhnen, das vergeht von ganz allein, und bis dahin spielt es nicht die geringste Rolle. So, und nun ab ins Bett, bevor dir kalt wird.«

»Ja, aber –«

Ellen warf einen Blick auf den Umschlag von Janeys Buch, auf dem ein fröhliches Mädchen in Reithosen auf einem Pony über eine Hürde sprang. »Hast du gewußt, daß

Fenella Finch-Delderton als junges Mädchen Bettnässerin war?«

Janey sah sie verblüfft an. »Die bei den Olympischen Spielen die Silbermedaille gewonnen hat? Ehrlich?«

»Ehrlich«, sagte Ellen, die gelegentlich ihre eigene Moral hatte. »Ich war mit ihrer Schwester auf der Schule.«

Blieben noch Bruno und Frank. Sie bolzten auf dem Gang herum, allerdings nicht mit ihrer üblichen Energie, was Ellen aber nicht wissen konnte.

»Ah, gut, daß ihr noch nicht im Bett seid«, sagte sie. »Ich dachte, ich könnte euch noch bitten, den Teppich aus meinem Zimmer in den Keller zu bringen. Mir gefällt der blanke Holzboden besser. Und den alten Schemel, der nur drei Beine hat, könnt ihr auch gleich mitnehmen.«

Die Jungen liefen die drei Treppen zum Keller hinunter und wieder hinauf, einmal und noch einmal, bis Frank stehenblieb und mit störrischem Gesicht sagte: »Es ist längst Schlafenszeit. Wir sollen um halb zehn im Bett sein.«

»Oje«, sagte Ellen ganz unschuldig. »Das kommt davon, wenn man neu ist. Dann will ich euch nicht länger aufhalten.«

Zehn Minuten später war es im Westflügel still, und Ellen konnte in ihr Zimmer gehen, in dem es fast keine Möbel mehr gab. Morgen würde sie das Bett unter das Fenster stellen, damit sie die Sterne sehen konnte.

»Du hattest recht, Henny«, dachte sie, als sie sich aus dem Fenster beugte, um den leise ans Ufer schlagenden Wellen zu lauschen. »Es ist ein schönes Land.«

Viele Bilder drängten sich vor ihr inneres Auge. Der erste Anblick von Sophie, die ihr auf den Terrassenstufen entgegenkam; Bennets Hand auf dem Kopf seines geliebten Shakespeare; die Rotschwänzchen, die am Bootshaus ein und aus flogen, und die Schildkröte, die quer über den Rasen Rollschuh lief.

Es gab hier so viel, so erschreckend viel zu tun, aber der Mann, den sie Marek nannten und der das Gestell für die Schildkröte gemacht hatte, würde ihr helfen – das wußte sie, und das machte Bennets Worte, als sie ihn fragte, wer Marek sei, noch rätselhafter.

»Das ist eine gute Frage, Ellen«, hatte der Schulleiter gesagt. »Man könnte sagen, daß er hier als Platzwart arbeitet, und das entspräche der Wahrheit. Oder daß er den älteren Jungen Fechtunterricht gibt; das wäre ebenfalls wahr. Und genauso wahr wäre es, daß er zur Zeit für Professor Radow, der auf der gegenüberliegenden Uferseite wohnt, Chauffeur ist. Aber das alles sagt nicht sehr viel. Ich denke«, und damit hatte er sie mit seinem freundlichen Lächeln angesehen, »Sie werden es selbst herausfinden müssen – und es würde mich sehr interessieren, was Sie entdecken.«

3

Sie waren fast den ganzen Tag gefahren, nachdem sie Hallendorf auf der Straße, die über den Paß führt, verlassen hatten. Anschließend waren sie dem Fluß nach Nordosten gefolgt. Die Berge wurden niedriger und sanfter mit Weinbergen an den Hängen. Auf den Feldern und in den stillen Dörfern gingen die Menschen ihrer Arbeit nach.

Nun begann der Wald. In einer Stunde würden sie an der Grenze sein.

Der Wald paßte zu Marek, einem großen, breitschultrigen Mann mit dichtem glatten Haar, schroffen, unregelmäßigen Zügen und nachdenklichen Augen. Er fühlte sich darin wie in einem guten alten Mantel. Sie fuhren auf einer schnurgeraden Holzfällerstraße. Mareks Hände lagen beinahe reglos auf dem Steuerrad. Die Gerüche, mit denen er aufgewachsen war – Harz, Sägemehl, moderndes Laub –, drangen durch die offenen Fenster des Lieferwagens.

»Der Wind kommt von Süden«, sagte er.

Er hatte immer gewußt, woher der Wind kam, ob in Wien, Berlin oder in den Straßenschluchten von New York. Die Frauen hatten ihn deswegen geneckt, weil sie es für einen Trick hielten, mit dem er sich hervortun wollte.

»Vermißt du die schöne Tamara?« fragte Professor Radow, der normalerweise keine albernen Witze machte. Der Professor war doppelt so alt wie Marek, ein Gelehrter mit einem Gesicht, das Dürer gezeichnet haben könnte, mit grauem Vollbart und klugen, kurzsichtigen blauen Augen. Es war ein von Alter und – seit einigen Jahren – auch von Sorgen gezeichnetes Gesicht.

Marek lächelte. Er war so froh, für einige Zeit von dieser verrückten Schule wegzukommen, daß er beinahe heiter war. Doch Heiterkeit konnte er sich im Augenblick nicht leisten. Er hatte einem gebrechlichen und überdies ziemlich bedeutenden Mann erlaubt, ihn bei einem Abenteuer zu begleiten, das übel ausgehen konnte. Was ihnen bevorstand, waren nicht Gefahren, die Kletterer oder Seefahrer auf sich nahmen. Eine Felswand oder ein Sturm waren nichts Böses, wohl aber die Hölle, die Hitler-Deutschland geworden war.

»Ich bitte Sie noch einmal, auf dieser Seite der Grenzstation auf mich zu warten«, sagte Marek. »Ich verspreche Ihnen –«

»Nein.«

Der Ton des alten Mannes ließ keinen Widerspruch zu. Wenn jemand das Risiko kannte, das sie eingingen, dann war es dieser Mann. Er stammte aus einer preußischen Familie, deren Mitglieder seit Generationen in der deutschen Politik mitgewirkt hatten. Radow hatte den größten Teil seines Lebens in Weimar verbracht, in einer Stadt, die das Schönste und Beste in Deutschlands Geschichte zu verkörpern schien.

Goethe und Schiller hatten hier gelebt; Plätze und Statuen erinnerten an berühmte Männer. Die Leute in Weimar konnten ihre Uhr nach Professor Radow stellen, wenn er, den Spazierstock in den rücklings verschränkten Händen, zur Orchesterschule ging. Radows Arbeiten über die osteuropäische Volksmusik waren berühmt; aus der ganzen Welt waren Wissenschaftler und Schüler gekommen, um seine Vorlesungen zu hören.

Im Jahr 1929 war er nach Berlin gegangen, wo er an der Preußischen Akademie der Künste lehrte, Vorträge hielt, Konzerte besuchte, Hausmusik machte und seine Studenten betreute.

Warum war es ausgerechnet Radow und keiner seiner linken oder politisch aktiven Kollegen, der sich nach Hitlers Machtübernahme geweigert hatte, seine jüdischen Studenten von der Hochschule auszuschließen? Warum setzte er und nicht einer wie Heinz Kestler, der auf so vielen Versammlungen der Linken gesprochen hatte, sich für die Sozialdemokraten unter seinen Mitarbeitern ein? Warum war es nicht möglich gewesen, diesen älteren Herrn zum Schweigen zu bringen, der doch bei den endlosen Versammlungen seiner Fakultät so gelassen schwieg?

Die Nazis wollten Professor Radow zunächst nicht entlassen. Seine Familie war bekannt; er war reinrassiger Arier und genau der Typ, den sie als Vorzeigedeutschen brauchten. Sie gaben ihm eine Chance nach der anderen, verwarnten ihn, verhafteten ihn, ließen ihn wieder frei.

Schließlich verloren sie die Geduld. Radow verlor seine Stellung und seine Auszeichnungen und wurde des Landes verwiesen. Andere in seiner Lage gingen nach Frankreich, Amerika oder England. Radow ging ins noch freie und unabhängige Österreich. Seine Familie besaß am Hallendorfer See seit langem ein Sommerhaus. Dort lebte er seit drei Jahren nur mit seinen Büchern und Manuskripten. Hin und wieder beobachtete er mit sanfter Ironie die grotesken Vorgänge auf der anderen Seite des Sees, wo das Schloß lag, das diese merkwürdige Schule beherbergte.

Dann war vor zwei Monaten plötzlich Marek aufgetaucht. Radow hatte Mareks Eltern gekannt, aber es war nicht die Familienbekanntschaft, die Radow vor Jahren auf den Jungen aufmerksam werden ließ. Schon bevor Mareks Begabung zutage trat, zeichnete ihn etwas Besonderes aus, eine innere Kraft, gepaart mit Sanftheit, wie man sie manchmal bei Menschen findet, die eine glückliche Kindheit hatten.

»Ich möchte nur den Wagen borgen, Professor«, hatte Marek gesagt. »Und die Ausrüstung. Auf keinen Fall will ich Sie da hineinziehen. Wenn man mich für einen Ihrer Studenten hält, der berechtigt ist, Ihre Arbeit fortzusetzen, genügt das vollkommen.«

»Du kannst den Wagen haben, aber ich werde mitkommen, denn wie ein Volksliedsammler siehst du beim besten Willen nicht aus. Als mein Fahrer und Assistent wirkst du glaubwürdiger.«

Nach einigem Hin und Her hatte Marek schweren Herzens eingewilligt. Er wußte, warum Radow sein Leben riskierte, warum er die guten Stellungen im Ausland abgelehnt hatte und immer noch in Österreich war. Auch er, Marek, hatte seine Heimat verloren.

Auf einer Lichtung hielten sie an. Marek stieg aus und öffnete die hintere Tür des schwarz lackierten Kleinlasters, auf dem mit weißen Buchstaben geschrieben stand: INTERNATIONALES ETHNOLOGISCHES VOLKSLIEDPROJEKT. Im Wageninneren befanden sich Mikrophone, Wiedergabegeräte und Wachsplatten, stapelweise Noten- und Schreibpapier, alles Dinge, die sie brauchten, um die alte Musik des Landes aufzunehmen; daneben Lebensmittel und Decken, weil sich Volksliedsammler häufig auch in abgelegene Gebiete begeben müssen; ebenso ein geladenes Gewehr, denn in diesem Wald, der zu dem großen Waldgürtel gehörte, der sich bis nach Polen und Rußland erstreckte, gab es noch Bären und Wölfe; und nicht zuletzt Spaten und Säcke, um den Wagen notfalls aus einem Schlammloch herauszubekommen.

»Dann wollen wir mal etwas Hübsches für Anton aussuchen«, sagte Marek. Es war nicht das erste Mal, daß sie hier die Grenze überquerten, und die Grenzposten interessierten sich allmählich für ihre Arbeit.

Er setzte die Nadel auf den Plattenspieler, und eine unheimliche, klagende Stimme durchbrach die Stille.

»Warum sind Hochzeitslieder nur immer so traurig?« fragte Marek in Erinnerung an das tränenüberströmte Gesicht des alten Mannes, der es ihnen in einer verrauchten Hütte in Ruthenien, völlig betrunken vom vielen Sliwowitz, vorgesungen hatte.

»Das weiß ich nicht. Dafür sind die Totenlieder immer lustig ... und auch die Verwünschungen.«

»Nun, das kann man verstehen«, sagte Marek. »Also, dann wollen wir mal.«

Er setzte sich eine Schirmmütze auf, stieg wieder ein und fuhr weiter in die zunehmende Dämmerung.

Beide Männer schwiegen, während sie sich der Stelle näherten, wo sich die Grenzen von Österreich, Deutschland und der Tschechoslowakei trafen. Hundertfünfzig Kilometer weiter östlich lag Mareks Zuhause. Jetzt würden die Männer aus dem Wald und von den Feldern heimkommen, die schweren Gäule ausspannen, und die Abendsonne würde die hohen Fenster des ockerfarbenen Hauses in Gold verwandeln. Auf den Dächern von Pettovice würde das Klappern der Störche verstummen, und die kleine stupsnasige Magd würde im Salon die Kerzen anzünden.

Aber es war besser, jetzt nicht an Pettovice zu denken, das früher Pettelsdorf hieß. Marek durfte sich zur Zeit nicht in seiner Heimat blicken lassen. Die Tschechoslowakei war zwar noch frei, aber es gab auch dort Meinungsverschiedenheiten – Nazisympathisanten, die Unruhe schufen, und er wollte die Menschen, die er liebte, auf keinen Fall gefährden.

Auch Professor Radow dachte an früher, an seinen Großvater, den preußischen Junker, der hirschlederne Kniehosen und Joppen aus Luchspelz trug und jüdische Hausierer mit Flüchen von seiner Haustür verjagte. Daß sie ein paar Männer, adelige Hitzköpfe, die versucht hatten, Hitler in die Luft zu jagen, aus Deutschland geschmuggelt hatten, hätte ihn vielleicht amüsiert. Sogar der Mann, den sie heute zu treffen hofften, hätte seine Zustimmung gefunden – ein Reichstagsabgeordneter und tadelloser Arier, der gegen die Nationalsozialisten aufgetreten war. Aber was hätte der alte Pharisäer gesagt, wenn er gewußt hätte, daß sich sein Enkel im Böhmerwald herumtrieb wegen eines kleinen Mannes, der Koteletten trug und Isaac Meierwitz hieß? Meierwitz war ein enger Freund von Marek, und um ihn zu retten, hatten sie sich mit anderen zusammengetan, die von den Nazis verfolgte Menschen heimlich über die Grenze brachten. Sie hatten noch keine Nachricht von Meierwitz, der aus einem Lager geflohen war und sich irgendwo versteckt hielt, aber solange er nicht aus Deutschland heraus war, gab es für Marek keine Sicherheit und Ruhe.

Alten Menschen ist ein Abenteuer willkommen, dachte der Professor. Sie haben wenig zu verlieren. Aber Marek hatte alles zu verlieren. Er nahm das größte Risiko auf sich, wenn er die Flüchtlinge nach Osten brachte. Es war nicht richtig, weil die Welt brauchte, was Marek ihr zu bieten hatte – sie brauchte es sogar dringend.

Doch wie hätte ich ihn abhalten können? fragte er sich. Er erinnerte sich, was ihm Mareks Mutter einmal erzählt hatte, als sie zusammen nach einem Konzert nach Hause gingen.

»Als Marek drei Jahre alt war, bin ich mit ihm ans Meer gefahren«, sagte sie. »Freunde hatten uns ihre Villa bei Triest zur Verfügung gestellt. Marek stand da und schaute auf das viele Wasser, und dann sagte er: ›Mama, ist das das Meer?‹ Und als ich nickte, hat er mich sehr ernst angesehen und gesagt. ›Mama, ich werde es austrinken. Ich werde es ganz austrinken!‹«

Nun, er hat seine Sache nicht schlecht gemacht in den 29 Jahren seines Lebens, dachte Radow und sah Marek prüfend an, der mit unbewegtem Gesicht und konzentriert hinter dem Steuer saß, denn sie näherten sich ihrem Ziel. Marek hatte genug aus diesem Meer getrunken, aber was er jetzt tat, war Wahnsinn. Von allen Menschen, die er kannte, hatte dieser Mann am wenigsten das Recht, sein Leben wegzuwerfen.

Aber vielleicht irre ich mich, dachte Radow. Vielleicht ist er doch nicht das, was ich von ihm denke.

Aber im Innersten wußte er, daß er sich nicht irrte.

4

Nach einer Woche hatte sich Ellen in ihre Arbeit hineingefunden. Sie hatte mit ihrem Zimmer begonnen, weil sie den Kindern das Gefühl geben wollte, daß sie jederzeit zu ihr kommen konnten. Nachdem sie die Hinterlassenschaft früherer Hausmütter beseitigt hatte, war ihr nicht mehr geblieben als nackte Bohlen, ein Bett und ein Schrank.

Um ein paar Möbel für ihr Zimmer zu bekommen, wandte sie sich an Margaret Sinclair, die Schulsekretärin, die ihr auf den ersten Blick gefallen hatte.

Margaret spazierte durch das pittoreske Chaos von Hallendorf in einem properen Kostüm mit frischer weißer Bluse und vernünftigen Schnürschuhen. Sie war vollkommen glücklich gewesen als Sekretärin der »Sunny Hill School« in Brighton, wo die Mädchen pflaumenblaue Turnhosen trugen, die Lehrerinnen mit »Madam« anredeten und bei Wind und Wetter Hockey spielten; und sie schien vollkommen glücklich in Hallendorf. Sie fühlte sich weder durch Chomskys Blinddarmnarbe gestört noch durch die lärmenden Kinder, und ihr Respekt vor Lucas Bennet, der dieses idealistische Irrenhaus gegründet hatte und auf selbstlose Weise führte, grenzte an Heiligenverehrung. Aber das ganze Personal wußte, daß Hallendorf ohne Margaret Sinclair ziemlich schnell am Ende gewesen wäre.

»Nehmen Sie einfach, was Sie finden«, sagte sie zu Ellen, in der sie eine verwandte Seele erkannte. »Sollte jemand kommen und danach fragen, werde ich Sie vorwarnen.«

Also »borgte« sich Ellen zwei zerrissene Matten aus dem Turnsaal und machte Sitzkissen daraus. Die Bezüge dafür lieferte ein gemustertes Baumwolltischtuch, das sie zusammengeknüllt in einer Kostümkiste fand. Sie holte sich einen Sessel, der in einem Gemeinschaftsraum genug gelitten hatte, nahm den Bezug ab und polierte die Armlehnen. Sie »borgte« sich einen Servierwagen aus der Küche und gab ihm einen frischen Anstrich; und ein kleiner Zitronenbaum in einem Tontopf, der bislang im Hof stand, fand in ihrem Zimmer einen weniger gefährdeten Platz.

Aber was Sophie sah, als sie, nachdem sie schüchtern geklopft hatte, das Zimmer betrat, war vor allem Helligkeit.

»Oh!« sagte sie. »Wie haben Sie das geschafft?«

»Ein Zimmer sagt dir, was es will. Du mußt nur zuhören.«

In Sophies Leben hatte bis jetzt jedes Sicherheitsgefühl gefehlt. Das einzige, was sie sicher zu wissen glaubte, war, daß ihre Eltern sie verlassen hatten. Aber nun gab es Ellen.

Ellen hatte ihr Versprechen gehalten und dafür gesorgt, daß sie Czernowitz in Wien anrufen durfte, und sie hielt auch andere Versprechen. Sophie war aufmerksam während des Unterrichts; sie ertrug die Eurythmiestunden und absolvierte ihr Pensum an Schlüsselbunden und Gabeln, aber in jeder Freizeit kam sie zu Ellen, half ihr Wäschekörbe tragen oder Decken zusammenlegen, und abends saß sie gemütlich in Ellens Zimmer auf dem Fußboden.

Und mit Sophie kam Ursula und brachte ihr rotes Heft mit, in dem sie die Grausamkeiten der amerikanischen Armee gegen die Indianer auflistete, immer noch finster und voller Haß auf alles, aber manchmal ging ihr durch den Kopf, was Ellen an jenem ersten Abend gesagt hatte – daß es *sinnvoll* sei, nach Wounded Knee zu gehen –, und dieses ruhige Wort wurde zu einer Wohltat für Ursulas aufgebrachte Seele.

Und etliche andere kamen: Janey und Ellens Leibwächter Bruno und Frank und ein langbeiniges amerikanisches Mädchen, das Flix genannt wurde und von der alle sagten, sie sei eine tolle Schauspielerin; aber Flix wollte nichts anderes werden als Tierärztin und hatte einen Termitenbau aus Gips unter ihrem Bett.

Und es kam ein dunkler, gutaussehender Junge namens Leon, der mit seiner Herkunft um Sympathie warb.

»Ihr müßt nett zu mir sein, weil ich Jude bin«, sagte er, was besonders Ursula auf die Palme brachte.

»Du bist nur Halbjude«, sagte sie. »Und ich wette, daß nur deine untere Hälfte jüdisch ist. Zu ihr werde ich nett sein, aber nicht zu deiner gräßlichen Oberhälfte.«

Leon war überzeugter Kommunist und tapezierte sein Zimmer mit Plakaten von Lenin, auf denen er das Proletariat um sich schart. Aber seine sorgfältig ausgefransten Pullover waren aus reiner Kaschmirwolle und seine Unterhosen aus Seide. Leons Vater (den er als »Faschistentier« bezeichnete) war ein reicher Industrieller, der seine Unternehmen von Berlin nach London verlegt hatte, als Hitler an die Macht kam; und seine Mutter schickte ihm Pakete mit Schokolade und Leckereien von Harrods, die er verachtete, aber aß. Aber so schwer es auch fiel, diesen Jungen zu mögen – an seiner musikalischen Begabung war nicht zu zweifeln.

Ellen hatte damit gerechnet, daß die Kinder zu ihr kommen würden, aber nicht, daß auch das Personal lieber bei ihr saß, ihre Kekse aß und ihren Chinatee trank, statt allein in den eigenen ungemütlichen Wohnschlafzimmern zu sitzen. Hermine Ritter kam mit ihrem Säugling in der Heringskiste, saß in ihren Flanellhosen breitbeinig auf dem Boden und erzählte von der historischen Konferenz in Hinterbrühl, wo sie im Schlaf von einem Logopädieprofessor übermannt worden war, der zuviel Enzianschnaps getrunken hatte und sie mit Andromeda zurückließ, die selbstregulierend erzogen wurde, aber fast ständig schrie, wenn sie nicht gerade schlief.

»Ich will gerne hin und wieder auf sie aufpassen«, sagte Ellen. »Aber Sie müssen sie anständig wickeln.«

»Aber nicht doch! Natalie Goldberger schreibt in ihrem Buch –«

Doch Ellen, die sah, daß das wunde, quengelnde Baby in Hermines Tunika herumfuhrwerkte wie Donald Duck in einem Zelt, sagte, sie fände Windeln *schön* für Andromeda.

Es kamen der Mathematiklehrer Jean-Pierre mit seinen Schlafzimmeraugen, der behauptete, Kinder zu hassen, und sie trotzdem für Pythagoras und Logarithmen zu begeistern verstand; und Freya, eine freundliche Norwegerin, die Geschichte und Leibeserziehung unterrichtete und in einen hartherzigen Schweden verliebt war, der in einer Hütte in Lappland wohnte und keine Briefe schrieb.

David Langley, der klapperdürre Biologielehrer, kam, der sich mit der Identifizierung der gesamten Haferfliegenpopulation Kärntens beschäftigte, und natürlich Chomsky, der seine von Geburt an schwermütigen Augen auf Ellen richtete und ziemlich viel von ihren Keksen aß.

Nur der kleine Kohlkopf Tamara glänzte durch Abwesenheit, und als Ellen – zwei Tage nach Tamaras Rückkehr – mit ihr zusammentraf, verlief die Begegnung nicht glücklich.

Ellen arbeitete in diesen ersten Tagen so viel wie noch nie in ihrem Leben. Sie putzte, nähte Namensschilder an, stellte ihr Bügelbrett in der Waschküche auf, schleppte Blumentöpfe in die oberen Stockwerke, leerte Körbe mit schmutziger Wäsche und flickte Gardinen.

Bald hörte man die Frage »Wo ist Ellen?« immer öfter, wenn Kinder mit aufgeschürften Knien, einer Beule am Kopf oder sonst einem Kummer ankamen. An der Art, wie Ellen ihr Haar trug, erkannten sie, wieviel Zeit sie ihnen widmen konnte. Bei einem auf dem Kopf zusammengedrehten Schopf war es am besten, sich ihr mit einem Staubtuch in der Hand anzuschließen; hing es zu einem Zopf geflochten über eine Schulter, war sie auf dem Weg in den Garten; trug sie es offen, hatte sie Zeit zum Reden. Ihre sauberen, gestärkten Schürzen, die rosa oder weiß oder blau sein konnten, wurden zu einer Art Leuchtfeuer. Wenn sie blau waren, fand Chomsky regelmäßig eine Ausrede, um den Metallwerkraum zu verlassen und ihr zu sagen, daß sie ihn an seine Amme Katya erinnerte, die er sehr geliebt hatte.

In dieser Zeit, in der sie sich kaum eine Pause und keinen Gedanken an Kohlröserl gönnte, hatte Ellen das Gefühl, daß sie ihre Aufgabe hervorragend meisterte.

Aber Hochmut kommt vor dem Fall. Es passierte, als sie ein kleines rundes Zimmer im Ostturm säuberte. Auf einem Tisch vor einer dunklen Wand mit einem Bild lag unappetitlicher Abfall: eine rostige Büchse Cerebos-Salz, ein gefährlich weit abgebrannter Kerzenstummel, ein verwelkter Strauß Ringelblumen mit schleimigen Stielen und, zwischen Mausköteln, ein altes Stück Brot.

Entsetzt über diese Leib und Leben gefährdende Unordnung machte sich Ellen an die Arbeit. Sie fegte das Brot und das Salz in ihr Kehrblech, warf die welken Blumen fort, raffte das ausgefranste Tischtuch mit dem Mäusedreck zusammen und steckte es in einen Eimer mit Desinfektionslösung. Eine halbe Stunde später war das Zimmer sauber. Sie zog die Jalousien hoch, um die Sonne hereinzulassen, und nun sah sie auch das Bild über dem Tisch genauer, das mehrere kleine Männer in spitzen Hüten und Unterhosen auf einer Eisscholle zeigte.

Ellen hob Kehrblech und Eimer auf und wollte gerade gehen, als ihr eine große schlanke Frau mit rotgefärbtem, strähnigem Haar, spitzer Nase und funkelnden blauen Augen den Weg versperrte. Sie trug ein Baumwollkleid mit zipfelndem Saum; ihre großen nackten Füße waren leicht gelblich und hatten Zehen wie Greiforgane, und sie bebte vor Zorn.

»Was unterstehen Sie sich!« schrie sie mit merkwürdigem Akzent, den Ellen nicht unterbringen konnte. »Wie kommen Sie dazu, dieses Heiligtum zu zerstören – den einzigen Ort, wo ich meine Seele erfrischen kann?«

»Heiligtum?« stammelte Ellen und warf einen Blick auf das schimmlige Brot und die rostige Salzbüchse in ihrem Abfalleimer.

»Sie ungebildete englische Bäuerin«, schimpfte die Frau. »Selbstverständlich haben Sie keine Ahnung, wie Russen beten. Sie haben noch nicht einmal von der Ikonenecke *gehört*, die in jedem russischen Haushalt das Herz des Hauses ist.«

Ellen kam gar nicht zu Wort. Die Frau schäumte vor Empörung. Ihre schmale Nase war weiß vor Zorn. Und Ellen stiegen zum eigenen Ärger die Tränen in die Augen.

»Ich wußte nicht ... Das Brot war schimmlig, und –«

»O ja, natürlich. Das ist alles, worum Sie sich kümmern, Sie kleine bürgerliche Hausfrau. Ich habe schon gehört, was Sie alles geschrubbt haben ... Dieses Bild«, rief sie und wies auf die kleinen, dürftig bekleideten Männer auf der Eisscholle, »hat mir Toussia Alexandrowna, die Primaballerina von Diaghilews *Ballets Russes,* geschenkt. Diese Männer sind die Märtyrerbischöfe von Tula. Sie starben lieber auf einer Eisscholle, als dem alten Glauben abzuschwören. Jeden Tag zünde ich hier in dieser Ecke, der *krasny ugol,* eine Kerze an, und nun kommen Sie mit Ihrer primitiven Hygiene und ruinieren die ganze Atmosphäre.«

»Es tut mir sehr leid. Das habe ich nicht gewußt. Aber die Blumen waren welk –«

»Genug!« Die Frau hob die Hand, die so lang und so gelb war wie ihre Füße. »Gehen Sie! Ich werde mit Bennet sprechen. Man wird Sie entlassen!«

Obwohl Ellen das Absurde dieser Begegnung nicht entgangen war, bedrückte es sie, daß sie ein Mitglied des Personals so aufgebracht hatte, und statt zum Nachmittagstee in den Gemeinschaftsraum zu gehen, suchte sie Margaret Sinclair in deren kleinem Büro auf.

»Ah, Sie kommen gerade recht, meine Liebe«, sagte die Sekretärin. »Ich wollte Sie nämlich sprechen.«

»Margaret, ich habe etwas Schreckliches getan – aber ich hatte keine Ahnung. Ich dachte, es wäre – nun, Sie wissen, es liegt so viel herum, was einfach vergessen wurde, und ich habe noch nie etwas von den Märtyrerbischöfen von –«

»Natürlich nicht. Das Zimmer da oben war unmöglich, und wir sind alle sehr froh, daß Sie dort Ordnung geschaffen haben.«

»Ja, aber ... Tamara war wütend. Sie will deswegen mit Bennet sprechen, und sie sagt, man wird mich entlassen.«

»Ach du liebe Zeit! Kommen Sie, ich mache Ihnen eine Tasse Tee. Was für ein Unsinn! Bennet weiß, was Sie hier alles tun. Nicht in tausend Jahren würde er Sie entlassen! Und auf Tamara hört er am allerwenigsten.«

Aber Ellen war nicht leicht zu beruhigen. »Meinen Sie nicht, daß ich zu ihm gehen und mich entschuldigen sollte?«

»Er würde sich bestimmt freuen, Sie zu sehen – er hat momentan ein bißchen Ärger mit dem neuen Theaterstück. Aber es ist besser, nicht mit ihm über Tamara zu sprechen. Es ist nicht einfach für ihn. Er sagt nie etwas gegen sie, aber sie ist eine sehr unangenehme Person. Was er durchmacht –«

Sie unterbrach sich und wandte sich ab, um den Tee aufzugießen.

»Aber wenn sie so furchtbar ist ... und ich muß sagen, wie sie mit Janey umgegangen ist ... ich meine, warum entläßt er *sie* nicht?«

Margaret drehte sich um und sah Ellen aus ihrem freundlichen, unscheinbaren Gesicht erstaunt an. »Großer Gott! Hat Ihnen niemand gesagt, daß sie seine Frau ist?« Sie reichte Ellen die Teetasse. »Er ist mit Tamara verheiratet.«

»Oh!« Es schien unglaublich und auch unsagbar traurig. Ellen hegte bereits nach der kurzen Zeit, die sie hier war, große Bewunderung für den klugen und schwer arbeitenden Mann, der ganz für seine Vision lebte. »Es geht mich zwar nichts an, aber –«

»Es war in Paris. Bennet wollte an der Sorbonne einige Texte einsehen. Er ist ein hervorragender Altphilologe, wie Sie vielleicht wissen. Das war vor zwölf Jahren, als er noch in Oxford lehrte. Eines Nachts ging er über den Pont Neuf. Kennen Sie Paris?«

»Ja. Ich war ein halbes Jahr dort, um Französisch zu lernen.« Ellen sah das Bild vor sich, die Seine, die Laternen, das Mondlicht und die Schiffe, die unter der Brücke durchfuhren.

»Und dann sah er ein Mädchen, das weinend unter einer Laterne saß. Sie hatte langes Haar, ein schmales Gesicht ... und alles das«, sagte Margaret und klang plötzlich verbittert. »Er ist ein ritterlicher Mann. Wie sich herausstellte, war sie Tänzerin bei den *Ballets Russes,* aber man hatte sie entlassen, weil sie schwanger war. Ihr Liebhaber hatte sie sitzenlassen, ihre Mutter wollte sie nicht aufnehmen. Sie wußte nicht, wohin.«

»Ich verstehe. An so viel Verzweiflung kann man nicht einfach vorbeigehen. Und sie war Russin?«

»Nein. Sie hieß eigentlich Beryl Smith und stammt aus einer nordenglischen Bergarbeiterstadt. Sie hatte so eine ehrgeizige Ballettmutter, die sie dauernd antrieb und durch alle Prüfungen jagte. Und dann wurde sie von Diaghilew für die *Ballets Russes* engagiert, wo alle Tänzerinnen russische Namen haben mußten. Sie wurde Tamara Tatriatoff. Vermutlich war es die schönste Zeit ihres Lebens, als Mitglied der Truppe, all die Kolleginnen und der Klatsch, und man trank Tee aus dem Samowar und nannte sich Täubchen und kleiner Kohlkopf und was weiß ich.«

Margarets Fairneß gegenüber Tamara forderte ihren Tribut. Obwohl sie ihren Tee seit längerem ungesüßt trank, leistete sie sich nun einen ordentlichen Löffel voll Zucker.

»Heißt Kukuschka nicht eigentlich ›kleiner Kuckuck‹?« fragte Ellen. »Wir haben in der Schule Tschechow gelesen, und –«

»Sie haben ganz recht. Aber die Kinder sind überzeugt, daß es ›Kohl‹ bedeutet, und ich muß sagen...«

Sie verstummte wieder, weil sie nicht zugeben wollte, daß sie Tamara auch lieber mit einem Gemüse in Verbindung brachte als mit Vögeln, die ihr dafür zu schade waren. »Bennet hat sie jedenfalls geheiratet«, fuhr sie fort. »Das Kind wurde tot geboren, und anscheinend hat sie das sehr mitgenommen. Bennet sagte, er habe noch nie jemand so verzweifelt gesehen. Bald danach hat er sie hierher zur Erholung gebracht, und als sie das Schloß sah, wollte sie darin wohnen. Damals hat Bennet zum ersten Mal an die Schule gedacht. Sie sagte, sie wäre gern für andere Kinder eine Mutter, wenn sie schon keine eigenen haben könnte, aber es hat natürlich nicht funktioniert. Nicht, daß es allein ihre Schuld gewesen wäre«, sagte Margaret. »Leider ist es nun einmal so: Je bedürftiger ein Kind ist, um so weniger attraktiv ist es. Ich glaube, sie hat sich die Kinder kleiner vorgestellt, wie Elfen in einem Ballett. Seit damals ist sie immer verrückter geworden und klammert sich mehr und mehr an das russische Hirngespinst. Niemand glaubt ihr diese Geschichte. Ich glaube, sie glaubt sie selbst nicht. Vermutlich ist sie ein bißchen wirr im Kopf, aber das spielt keine Rolle. Bennet wird sie nie verlassen. So ist er eben. Er hält sie soviel wie möglich davon ab, zu unterrichten, aber sie ist felsenfest überzeugt, sie habe als Tänzerin eine Mission.«

»Ist sie es, die Eurythmie unterrichtet?« fragte Ellen.

»Ja.«

Ellen nickte. »Es war sehr freundlich von Ihnen, daß Sie mir das alles erzählt haben.«

Margaret hatte Ellen beruhigt, aber für sich selbst fand sie keinen Trost. Warum habe ich meine friedlichen, in Pflaumenblau spielenden Mädchen verlassen? fragte sie sich, während sie die Teetassen spülte. Was tue ich hier, wo ich mich für einen kleinen, kahlen Mann verzehre, der an einen Kohlkopf gefesselt ist?

Am Morgen nach Margarets Enthüllungen stand Ellen sehr früh auf und ging hinunter in die Lagerräume, um eine Dose weiße Farbe, zwei große Pinsel und eine Flasche Terpentin zu holen.

Sie hatte Bruno gesagt, was sie vorhatte, und es ihm überlassen, ihr dabei zu helfen. Aber sie rechnete nicht wirklich mit ihm – vermutlich schlief er lieber. Sie war fest entschlossen gewesen, Bruno sein schändliches Werk selbst beseitigen zu lassen – zu ihrem Bild von Hallendorf gehörten keine verunzierten griechischen Tempel –, aber jetzt, nachdem sie Tamara kennengelernt hatte, dachte sie anders darüber. Tamara hatte vor einem leeren Kinderbett gestanden und geweint; daran wollte Ellen immer denken, wenn sie wütend auf Tamara war, was bestimmt noch öfter vorkommen würde. Andererseits mußte jeder Unterricht, den Tamara gab – ob es nun Eurythmie war (für Ellen immer noch ein Buch mit sieben Siegeln) oder etwas anderes –, schwer zu ertragen sein für einen Jungen wie Bruno, der sich gern als Muskelmann aufspielte und entschlossen war, Soldat zu werden.

Aber als sie zu dem kleinen Tempel kam, der so romantisch am Seeufer lag, saß Bruno bereits auf den Stufen und wartete auf sie.

»Was haben Sie mitgebracht?« fragte er, während er aufstand, um Farbtopf und Pinsel zu inspizieren. »Scheint das Richtige zu sein. Ich nehme den größeren Pinsel.«

Er goß etwas Terpentin in die Farbe und verrührte es – mit dem größeren Pinsel. Er schien vergessen zu haben, daß es sich hier um eine erzieherische Maßnahme handelte; der technische Aspekt des Jobs interessierte ihn offensichtlich. Als er begann, die Buchstaben an der Mauer zu übermalen, sah ihm Ellen für einen Augenblick überrascht zu. Er ging geschickt mit der Farbe um und verteilte sie gleichmäßig mit breiten Pinselstrichen. Sie hatte damit gerechnet, den größten Teil der Arbeit selbst tun zu müssen, fand sich aber bald in der Rolle des Gehilfen. Ihr fiel auch auf, daß die Buchstaben, die sie übermalten, nicht irgendwie hingekritzelt, sondern mit elegantem Schwung gemalt waren.

»Es sieht scheußlich aus«, sagte Bruno, als sie fertig waren. »Es muß noch einmal überstrichen werden. Lassen Sie die Farbe hier. Ich kümmere mich darum.«

Ellen zögerte, doch dann beschloß sie, ihn gewähren zu lassen. Es war Sonntag. Bruno würde keinen Unterricht versäumen. »Ich bringe dir das Frühstück«, sagte sie.

Am Nachmittag ging sie zu Rollo, dem Kunsterzieher, der in seinem Atelier Rahmen zusammenbaute.

»Ich möchte Sie etwas wegen Bruno fragen«, sagte sie und erzählte ihm, was sie beobachtet hatte. »Er scheint so gut, so sicher mit Pinsel und Farbe umzugehen.«

»Kommen Sie mir nicht mit Bruno«, sagte Rollo, ein rothaariger Waliser mit Bierbauch. »Den Burschen könnte ich umbringen.« Er trat an seine unordentliche Werkbank und zog eine Schublade auf. »Sehen Sie sich das an!«

Er holte ein zerfleddertes Heft hervor, ein Mathematikheft, in dem die meisten Ergebnisse von Jean-Pierres Rotstift durchgestrichen waren. »Sehen Sie sich den Umschlag an.«

Ellen sah Bleistiftzeichnungen von Kätzchen, die aus Körben hüpften, gefaltete Hände, Jean-Pierres Kopf im Profil und Sophie mit ihren locker geflochtenen Zöpfen, die sich über ihr Schreibpult beugt.

»Er kann alles zeichnen, aber er will nicht. Wenn er unbeobachtet ist, kritzelt er so vor sich hin, aber im Unterricht kann ich ihn zu nichts bewegen. Er glotzt mich nur an und stellt sich dumm. Wenn wir Kulissen für die Theaterstücke machen, klebt er Tapeten und nagelt Leisten zusammen, aber wenn er etwas Kreatives machen soll, verschwindet er.«

»Aber warum?«

»Haben Sie schon mal von Klaus Feuermann gehört?«

Ellen runzelte die Stirn. »Ist er ein Maler?«

»Ja. Einer, der sehr in Mode ist. Ganz talentiert, aber ein Idiot. Läuft mit Kutschermantel und Künstlerhut herum und tut, als wäre er Augustus John. Bruno ist sein Sohn, und das arme Kind hat die ersten sechs Jahre seines Lebens als Putto verbracht. Sie kennen doch diese fetten Dinger mit Grübchen in den Pobacken, die man hier auf allen Deckengemälden sieht. Alle Feuermannkinder mußten Modell stehen – und er hat viele Kinder von vielen Frauen. Sie können

Bruno an der Decke des Züricher Odeons sehen und im Rathaus von Rotterdam und Gott weiß wo. Wenn er kein Putto war, wurde er irgendeiner Frau auf den Schoß gesetzt und mußte das Jesuskind sein, oder er wurde als Cupido mit Pfeil und Bogen über ein Himmelbett gehängt. Als er zehn war, hat er gestreikt und war nicht mehr in die Nähe eines Bildes zu bringen, und wenn ihn andere Kinder neckten, hat er sich mit ihnen geprügelt. Deshalb will er Soldat werden und spielt den starken Mann. Aber ich kann Ihnen sagen, Ellen, es ist verdammt frustrierend. Wir brauchen hier Talente.«

»Ja«, sagte Ellen. »Ich verstehe.«

»Und sagen Sie ihm um Gottes willen nicht, was ich Ihnen erzählt habe. Sagen Sie es niemand. Ich weiß das alles nur, weil ich in diesem Metier arbeite. Bennet weiß auch davon, aber sonst niemand. Bruno ist aus drei Schulen weggelaufen, weil es seine Mitschüler herausgefunden und ihn gehänselt haben.«

»Ich verspreche es. Vielen Dank, Rollo.« An der Tür wandte sie sich noch einmal um. »Wissen Sie, als ich hierherkam, habe ich mir geschworen, die Kinder zu lieben, alle, und wenn sie noch so schrecklich wären, und ich denke, es wird mir gelingen. Aber die Eltern zu lieben ... das wird ein Problem.« Sie schüttelte den Kopf und ging.

So wenig die Kinder von Tamara gesprochen hatten, bevor sie zurückgekommen war, so häufig und bereitwillig erzählten sie und auch das Personal von Marek Tarnowsky.

»Wenn Sie ihm die Augen verbinden, richtig fest mit mehreren Schals«, sagte Frank, »und hinter ihm mit verschiedenen Zweigen durch die Luft wedeln, kann er sagen, von welchem Baum sie sind.«

»Es ist wahr«, sagte Janey. »Er sagt dann ›Eiche‹ oder ›Esche‹ oder ›Birke‹. Er macht nie einen Fehler. Er sagt, sie *klingen* verschieden.«

»Und er hat den Renner gehoben, ein völliges Wrack, hat neue Planken eingesetzt, alle Ritzen verpicht ...«

»Aber er hat es nicht allein getan«, warf ein anderer Junge ein. »Wir haben ihm geholfen.«

»Ja, schon, aber er hat gewußt, wie man es macht und worauf es bei diesen Lastkähnen ankommt. Und jetzt ist der Renner flott und so ziemlich das beste Boot auf dem See.«

Sophie sagte, Marek sei ein Mensch, der immer etwas findet.

»Zum Beispiel?« fragte Ellen.

»Oh ... Mausnester und Glühwürmchen ... und Sterne mit ihren Namen. Und wenn er es einem zeigt, ist es, als würde man etwas geschenkt bekommen.«

Ein schüchterner französischer Junge, der kaum Englisch sprach, sagte, Marek habe ihm erklärt, worum es beim Fechten eigentlich geht. »Es ist nicht so, daß man nur versucht, den anderen zu treffen. Es ist ein System des Körpers.«

Ellen war auch selbst überall auf Mareks Spuren gestoßen. Die Stütze für den alten Trompetenbaum im Hof hatte er gemacht; den Brunnenrand der Fontäne hatte er repariert; die neuen Einfassungen im Küchengarten hatte er gebaut.

Deshalb war sie überrascht, daß eines der Kinder Marek zu hassen schien. Leon kritisierte ihn nicht nur; er war richtig wütend auf ihn.

»Er ist nicht ehrlich. Er ist ein Lügner und Betrüger.«

»Du liebe Zeit! Was meinst du damit?«

»Was ich sage«, antwortete Leon. Er kam gerade aus einem der Klavierzimmer, wo er sich mit einer Beethovensonate geplagt hatte. »Er haßt Musik. Wenn jemand Platten spielt oder wenn der Chor probt, rennt er jedesmal weg. Wieso fährt dann so jemand in der Gegend herum, um Volkslieder zu sammeln? Das möchte ich mal wissen.«

»Er fährt doch nur für Professor Radow.« Und als Leon das nicht als Erklärung gelten ließ, sagte Ellen: »Niemand könnte ein Lügner sein und für Achilles tun, was er getan hat.« Für Ellen war die Schildkröte eine Art Talisman geworden. »Um so etwas zu tun, mußt du praktisch selbst eine Schildkröte werden.«

»Ja, und das heißt nichts anderes als lügen – so tun, als wäre man eine Schildkröte«, sagte Leon und stapfte davon, seine mit Monogramm versehene, echt lederne Notentasche schwenkend, bei der er es noch nicht geschafft hatte, sie in den Zustand zu versetzen, den er für proletarisch hielt.

Am Ende von Ellens zweiter Woche wurde das Wetter richtig warm, und nicht nur Chomsky, sondern auch die anderen gingen jetzt an den See, um zu baden. Nachdem Ellen mit der Blinddarmnarbe des Ungarn bereits Bekanntschaft gemacht hatte, lernte sie nun auch die dünnen weißen Beine des Biologielehrers David Langley kennen, dessen Jagd auf die Karinthische Haferfliege offensichtlich nicht zur Stärkung seiner Muskulatur beigetragen hatte, sowie den orangeroten Pelz auf Rollos Brust und Bauch.

Ohne über den traurigen Unterschied zwischen nackt und schön nachzudenken, beschränkte sich Ellen darauf, dafür zu sorgen, daß die Kinder ihre Handtücher nicht draußen liegen ließen und nicht mit nassen Füßen durch den frisch gebohnerten Hausgang liefen.

Andere hatten größere Sorgen. Sophie sagte, sie könne nicht schwimmen gehen, weil sie ein Muttermal auf der Schulter habe, und Ursula fand Schwimmen blöd. Ein indisches Mädchen namens Nandi blieb ebenfalls im Haus, obwohl es schwer vorstellbar war, daß sie an ihrem vollkommenen Körper etwas auszusetzen hatte.

Ellen hörte sich die Meinung dieser Mädchen an, ohne etwas dazu zu sagen. An einem besonders schönen Nachmittag lud sie sie in ihr Zimmer ein, damit sie ihren Badeanzug bewunderten. »Ist er nicht hübsch? Er war schrecklich teuer.«

»Er ist schön«, sagte Sophie. »Aber wollen Sie ihn wirklich tragen?«

»Ja, natürlich. Ich bekam ihn von meiner Mutter geschenkt.«

»Aber finden Sie das richtig? Ich meine, einen Badeanzug zu tragen. Was werden die anderen sagen?«

»Also, Sophie, sei nicht albern. Was könnten Freiheit und Ausdruck der eigenen Persönlichkeit denn sonst bedeuten, als daß du dir etwas zum Schwimmen anziehst, das dir gefällt? Ich werde ihn morgen nachmittag ausprobieren.«

5

Marek saß auf der Bank vor Professor Radows kleinem Haus und trank ein Glas Bier. Er wirkte entspannt und ruhig. Über das Schilf am Ufer flitzten die Schwalben, und die Nachmittagssonne schien warm, als wäre schon Sommer. Bald mußte er zum Schloß hinüberrudern. Er war länger fort gewesen, als er beabsichtigt hatte; aber er hatte es nicht eilig, zu Fischgrätenrisotto, Kindergeschrei und Tamaras peinlichen Avancen zurückzukehren.

Die Fahrt war gut verlaufen. Sie hatten die Grenze ohne Zwischenfälle erreicht und ihren Mann gefunden. Nach einem Jahr Konzentrationslager war Heller zwar körperlich ausgemergelt, aber der Elan dieses lässig eleganten Reichstagsabgeordneten war ungebrochen.

»Es wird nicht so weitergehen«, sagte er, als sie durch den Böhmerwald nach Osten fuhren. »Die Welt wird merken, was hier vorgeht. Ich will bei Gott keinen Krieg, aber worauf sonst könnten wir hoffen?«

Aber er war ärgerlich auf Marek, den er aus Berlin kannte. »Sie sollten das nicht tun. Auf Sie warten andere Dinge.«

Marek winkte ab. Er wollte nicht hören, was er schon ständig von Radow hören mußte. Fünfzehn Kilometer vor der polnischen Grenze ließen sie den Professor mit dem Wagen zurück und machten sich auf den Weg, um das letzte Stück zu Fuß zurückzulegen. Während sie im Unterholz versteckt auf die dunkelste Nachtzeit warteten, fragte Marek, ob Heller etwas von Meierwitz gehört habe.

»Vor einem Monat war er jedenfalls noch am Leben«, sagte Heller. »Eine Bäuerin versteckt ihn auf ihrem Hof. Der Knirps hat wirklich Mut. Er hätte doch 1934 ohne weiteres ausreisen können.«

»Er ist meinetwegen geblieben«, sagte Marek.

»Quatsch«, widersprach Heller. »Ich habe zwar davon gehört, aber es war seine Entscheidung. Er wollte nicht auf den Ruhm –«

Ein Hund bellte in der Ferne und verbot jedes weitere Wort, ja selbst das leiseste Flüstern. Um drei Uhr ging der Mond unter. Sie zogen ihre Sachen aus, wateten durch den Fluß, und drüben erhob sich ein Mann aus einem Roggenfeld und winkte ihnen.

Heller war jetzt in Sicherheit, dachte Marek. Er besaß eine gefälschte Aufenthaltsgenehmigung für Polen; seine Schwester war mit einem Polen verheiratet und würde ihn aufnehmen. Als ehemaliger Flieger wollte er sich bei der polnischen Luftwaffe als Fluglehrer melden. Sie würden ihn nehmen; er hatte das Eiserne Kreuz.

Aus dem Wohnzimmer drang die zittrige Stimme der Alten, die Radow in dem kleinen Dorf gefunden hatte, wo er auf Marek wartete. Er hatte sie ganz hoffnungsfroh in den Wagen geholt. Sie war arm und zahnlos; das braune Gesicht war von einem Schmutzrand umgeben. Diese Olga Czernowa mit ihren schwarzen Kleidern, die rochen, als hätte man sie aus dem Waldboden ausgegraben, mußte eine Fundgrube alten Liedguts sein.

Doch die Melodien, die jetzt an Mareks Ohr drangen, waren keine Schnitterlieder oder Begräbnisgesänge. »Lippen schweigen, flüstern Geigen«, trällerte die Alte und »Im Grunewald, im Grunewald ist Holzauktion«. Denn in der Brust der alten Olga wohnte ein junges Mädchen, das mit einem jungen Mann, der schwor, sie zu heiraten, in die Stadt gegangen war – nicht nach Prag oder Wien, sondern nach Olmütz, dem heutigen Olomouc, wo einst ein Habsburger-Kaiser gekrönt wurde. Und in Olmütz hatte es Musik gegeben! Und was für welche! Nicht die langweiligen Trauerlieder, mit denen sie aufgewachsen war, sondern flotte Weisen, die von der städtischen Musikkapelle gespielt wurden, in den Operetten von Husaren in silbernen und blauen Uniformen gesungen und von Zigeunerinnen mit wirbelnden Röcken getanzt wurden. Und in den Cafés wurde ebenfalls Musik gespielt!

Der junge Mann hatte sie verlassen – es war nicht schade um ihn –, aber die Melodien jener wunderbaren Zeit waren geblieben. Trotz Radows zunehmender Verzweiflung hatte sie ihm die Champagnerarie aus der *Fledermaus* vorgesungen, Offenbachs *Cancan* und beide Partien eines Duetts aus dem *Praterfrühling*.

Radow hatte ihr die Freude gemacht und alles aufgenommen mit der Absicht, es später zu löschen, weil er Gesänge dieser Art kaum an die Musikhochschule in Budapest für Bartóks Volksmusiksammlung schicken konnte. Aber jetzt hatte er beschlossen, sie doch nicht zu löschen, denn auch er war einmal jung gewesen und hatte in Cafés gesessen. Und Olgas letztes Lied erinnerte ihn überdies an den Augenblick, als er Marek unversehrt aus dem Wald zurückkommen sah. Das Warten auf Marek fiel ihm von Mal zu Mal schwerer.

Während Radow in der Küche rumorte und das Abendessen zubereitete, saß Marek schläfrig in der Sonne. Er machte keine Anstalten, ihm zu helfen. Die Küche des Professors war, wie das ganze Haus, winzig; das war auch der Grund, warum er Radows Angebot, bei ihm zu wohnen und in der Schule nur zu arbeiten, abgelehnt hatte.

Dann wurde er gerufen: »Marek, komm doch mal her!«

Radows einziger Luxus in seinem Exil war ein Fernrohr, mit dem er die Sterne beobachtete. Aber es machte ihm auch Spaß, die Menschen auf dem Dampfer zu beobachten, die Tiere auf den hohen Almen oder die Feriengäste, die auf der Insel Picknick machten.

Jetzt hatte er das Teleskop auf das Schloß gerichtet, und als Marek das Auge daran hielt, sah er wie zum Greifen nah das Gras am Fuß der Terrassenstufen, den Kahn neben dem Bootshaus und den Holzsteg, auf dem eine junge Frau mit einem weißen Handtuch über den Schultern anmutig und zielstrebig dahinschritt.

Hinter ihr kamen vier, nein, fünf kleine Mädchen, auch sie in schneeweiße Handtücher gehüllt und merkwürdig entschlossen. Er erkannte Sophie mit ihren langen Zöpfen und das ewig schlechtgelaunte englische Mädchen, das für Indianer schwärmte.

Aber die Frau, die voranging, fesselte seinen Blick. Sie hatte ihr Handtuch fallen gelassen, und nun hob sie die Arme, um ihr langes hellbraunes Haar auf dem Kopf festzustecken. Sie trug einen blauen einteiligen Badeanzug, der alles verdeckte, was er verdecken sollte.

Der Reihe nach ließen auch die Mädchen ihre Handtücher fallen, rafften wie die Frau ihre Haare zusammen, und tatsächlich trugen auch sie Badeanzüge.

»Das habe ich ja noch nie gesehen«, sagte Radow.

»Ich auch nicht«, meinte Marek und dachte an den dürren, sehnigen Körper von Tamara, die sich stets dort sonnte, wo er vorbeikommen mußte; an die käsigen Gliedmaßen des Biologielehrers und Chomskys allbekannte Blinddarmnarbe.

Dann sah er, wie die junge Frau den Mädchen zunickte, die Treppe zum Wasser hinunterstieg und losschwamm. Nach ein paar Zügen drehte sie sich um, um zu sehen, ob ihr die Mädchen folgten. Einige sprangen wie die Frösche ins Wasser, andere wagten einen Kopfsprung, und dann folgten sie der jungen Frau in keilförmiger Formation wie kleine Stockenten der Entenmutter.

Marek trat beiseite, um Radow ein weiteres Mal durch das Glas sehen zu lassen.

»Wie proper«, sagte der alte Mann, und Marek nickte.

Es war das richtige Wort für das Benehmen dieser offensichtlich umsichtigen und entschlossenen jungen Frau. Und gleichzeitig dachte er, wie schade es war, daß die erste Person an diesem merkwürdigen Ort, die er mit Vergnügen nackt gesehen hätte, einen züchtigen Badeanzug trug.

Ellen hatte nicht erwartet, daß es in Hallendorf Morgenandachten gab, aber es gab sie. Dreimal in der Woche versammelte sich die ganze Schule im Großen Saal, der fast den ganzen ersten Stock des Schlosses einnahm. Statt der üblichen Porträts von Schuldirektoren, Würdenträgern und Ehrentafeln mit den Namen von Preisträgern war diese Aula mit Plakaten dekoriert, auf denen Sprüche zu lesen waren, sowie mit einem Fries, das Rollos Kunstklasse gemalt hatte und Arbeiter bei der Ernte zeigte, denn das Proletariat, von dem die meisten Kinder in Hallendorf wenig Ahnung hatten, lag allen hier sehr am Herzen.

Auf dem Podium am Kopfende des Saals standen ein Klavier und eine Musiktruhe. Die Lautsprecheranlage sollte gerade erneuert werden, als der erste mahnende Brief von Bennets Börsenmakler eintraf. Es gab auch eine Filmleinwand und einen Projektionsapparat.

Mitglieder des Personals oder Kinder, die sich freiwillig melden konnten, gestalteten diese Andachten, bei denen weder gebetet noch gesungen wurde. Ellen fand sie echt bewegend, denn auf ihre Weise beschäftigten sich auch diese Menschen mit dem Überirdischen und versuchten, ihre Seele zu erheben. Einmal las Bennet aus einem Werk von Bertrand Russell vor, einem Philosophen, der trotz seines anstößigen Lebenswandels kluge Gedanken über das menschliche Dasein schrieb. Rollo erzählte auf einer Versammlung von Goya, der Krankheit und Verzweiflung überwunden hatte und zu einem der mitfühlendsten Maler menschlicher Leiden wurde. Jean-Pierre stellte seinen Zynismus hintan und erklärte seinen Zuhörern, was die ersten Grundsatzerklärungen der Französischen Revolution für die vielen Armen von Paris bedeutet hatten. Und ein amerikanischer Junge zeigte Lichtbilder von Walden Pond, einem Weiher in Massachusetts, wo Thoreau – ein Schriftsteller und Gelehrter, der für viele ein Maßstab für das Gute und Edle auf dieser Erde wurde – zwei Jahre in völliger Wildnis gelebt hatte.

Aber als Leon bei einer Morgenversammlung auftrat, sehnte sich Ellen nach der langweiligen, vertrauten Routine englischer Gottesdienste, nach schlichten Liedern und heruntergeleierten Gebeten, denn seine Vorstellung hatte etwas Beunruhigendes.

Ellen war in letzter Minute in den Saal gekommen und ganz hinten stehen geblieben. Der Saal war voll besetzt, und alle waren still und warteten; aber Leon, der am Klavier saß, rührte sich nicht. Er blickte nur gespannt in Ellens Richtung – aber nicht zu ihr, sondern zur Tür. Dann ging die Tür auf, und ein Mann trat ein und stellte sich neben Ellen. Sie hatte ihn noch nie gesehen, aber es gab keinen Zweifel für sie, wer er war. Es war wirklich merkwürdig, wie genau sie ihn sich vorgestellt hatte: die große kräftige Figur, die entspannte Haltung, in der er an der Wand lehnte; auch die freundlichen blaugrünen Augen stimmten sowie das dichte helle Haar, das ihm in die Stirn fiel.

Mareks Eintreten schien das Signal für Leon gewesen zu sein. Er begann zu spielen, einen Satz aus einer Beethovensonate, und er spielte gut. Alle im Saal saßen still, denn so schwer es allgemein fiel, Leon zu mögen – sein Talent war unbestritten.

Als er geendet hatte, stand er auf und kam nach vorn. Er war sehr blaß, und für einen extrovertierten und wichtigtuerischen Jungen, der obendrein Bühnenerfahrung hatte wie alle Hallendorfschüler, wirkte er erstaunlich nervös.

»Das war Beethovens Opus 26 – die Sonate mit dem Trauermarsch. Und über Beethoven möchte ich sprechen, nicht über sein ganzes Leben, sondern nur über das, was in Heiligenstadt passierte, als er dreißig Jahre alt war.«

Er räusperte sich und blickte wieder durch den Saal zu dem Mann, der reglos neben Ellen stand. In Leons Blick lag fast so etwas wie Verzweiflung.

»Heiligenstadt ist ein Dorf in der Nähe von Wien, mit schönen Linden und einem Bach und was sonst noch dazugehört, aber nicht deshalb war Beethoven dorthin gezogen, sondern weil er sich verkriechen wollte. Er war voller Angst und Verzweiflung und wollte vor der Welt fliehen. Er wurde nämlich taub und hatte erkannt, daß ihm die Ärzte nicht helfen konnten. Sein Gehör war innerhalb weniger Jahre immer schlechter geworden, aber er konnte es zuerst nicht glauben. Wie konnte *ihm* das passieren? Wie konnte ein *Beethoven* taub werden?

Es ist schrecklich, wenn man liest, was er alles versucht hat, um sich zu heilen«, fuhr Leon fort. »Er goß sich klebriges Zeug in die Ohren, spülte sie, schluckte alle möglichen Arzneien, steckte sich Hörhilfen, die die reinsten Folterinstrumente waren, in die Ohren, aber nichts half. Daraufhin beschloß er zu sterben.«

Leon machte eine Pause und wischte sich mit dem Handrücken die Nase. Kein Taschentuch, dachte Ellen schuldbewußt, und ihr Herz klopfte vor Rührung, die dieser unsympathische Junge hervorgerufen hatte.

»Aber er lebte weiter. Er hat sich nicht umgebracht«, sagte Leon und schaute mit diesem brennenden, leicht hysterischen Blick wieder dorthin, wo Marek stand. »Er schrieb das berühmte Heiligenstädter Testament, in dem er zunächst den Menschen riet, gut zu sein und einander zu lieben. Aber dann schrieb er über Kunst. Er sagte, wenn man ein Talent hat, müsse man es nützen, um dem Leben näherzukommen, und man dürfe sich ihm nicht entziehen. Wegen seiner Kunst, sagte er, habe er beschlossen, in die Welt zurückzukehren. Ich lese euch die Stelle vor.«

Er nahm ein Buch vom Klavier und las, zuerst auf englisch und dann auf deutsch, die Worte, mit denen sich der unglückliche Komponist wieder der Musik und dem Leben zugewandt hatte.

»Ihr seht also«, sagte Leon leidenschaftlich. »Sie begreifen doch ...« Und Ellen sah, daß sich Bennet umdrehte und Leons Blick folgte. Marek stand immer noch mit verschränkten Armen neben der Tür. »Man muß weitermachen. Beethoven ging nach Wien zurück und schrieb weitere sieben Symphonien und das Violinkonzert und *Fidelio*. Er schrieb Streichquartette und die *Missa solemnis* ... Gut, er war brummig und launenhaft, er hämmerte auf die Klaviere ein, daß die Saiten rissen, und wenn Leute zu ihm kamen, stolperten sie über ungeleerte Nachttöpfe, aber er *gab nie auf*. Und als er starb, blieben alle Schulen in Wien geschlossen, damit die Kinder zu seiner Beerdigung gehen konnten. Wir hätten auch schulfrei bekommen«, sagte Leon, als hätte das die Sache entschieden.

Er strich sich das Haar zurück und ging zur Musiktruhe. »Ich will euch zum Schluß einen Teil der Neunten Symphonie vorspielen – wenn das verdammte Grammophon funktioniert«, sagte er und war wieder der alte Leon.

Als die triumphierenden Klänge der *Ode an die Freude* den Saal erfüllten, spürte Ellen einen Luftzug.

Der Mann, dem diese merkwürdige Versammlung gegolten hatte, war gegangen.

Ellen stand gewöhnlich früher auf als alle anderen, um ihre Runde auf dem Grundstück zu machen. Der See war um diese Zeit am schönsten, wenn sich der Dunst über dem Wasser hob und die Vögel sich zu regen begannen.

Aber während ihres Spaziergangs sammelte sie auch alle die Dinge ein, die die Kinder im Garten und auf den Terrassenstufen hatten herumliegen lassen.

An dem Morgen nach Leons beunruhigender Versammlung ging sie zum Brunnen in dem gepflasterten Hof hinter dem Schloß, um einen Turnschuh herauszufischen, den sie am Abend zuvor dort entdeckt hatte.

Aber es gab noch jemand, der den Frieden des frühen Morgens schätzte. Marek schlief nicht im Schloßgebäude. Er hatte ein Zimmer über der Remise, das man über eine Außentreppe am Stallgebäude erreichte. Es war sparsam möbliert – ein Bett, ein Tisch, ein Stuhl – wie eine Mönchszelle.

Nun stieg er die Treppe herunter, nachdem er sorgfältig hinter sich abgeschlossen hatte, und überquerte den gepflasterten Hof auf dem Weg zum Schuppen, wo das Werkzeug aufbewahrt wurde.

Das über den Brunnenrand gebeugte Mädchen sah ihn nicht kommen, und er wäre wortlos an ihr vorbeigegangen, hätte sie nicht einen Augenblick später den Kopf gehoben und lächelnd gesagt: »Hallo.«

»Sie wollen doch hoffentlich keinen Frosch herausholen«, sagte er, während er in seinen Taschen nach der Brille kramte und zu ihr hinüberging, denn ihr Ärmel war naß, und ein Büschel Moos hatte sich in ihrem Haar verfangen.

Sie schüttelte den Kopf. »Nein. Und wenn, würde ich ihn nicht küssen, das versichere ich Ihnen. Ich könnte einen Prinzen küssen, wenn ich wüßte, daß er sich in einen Frosch verwandelt, aber nicht umgekehrt. Ich versuche, einen Turnschuh herauszuholen, aber er steckt in dem Rost fest.«

»Lassen Sie mal sehen.«

Sie hatte den Eindruck, daß er stark genug war, notfalls den ganzen Eisenrost, der auf dem Boden befestigt war, heraufzuheben. Aber er rollte nur den Ärmel hoch, bückte sich nach dem Schuh und legte ihn neben sie auf den Brunnenrand.

»Ich verbringe so viel Zeit damit, Turnschuhe und Jo-Jos und nasse Handtücher einzusammeln«, sagte sie, nachdem sie sich bedankt hatte. »Ich wollte den Kindern beibringen, ordentlich zu sein, indem ich es ihnen vormache, aber es sind so viele, und ich bin nur allein. Einige werden es wahrscheinlich nie lernen.«

»Aber ein paar werden es lernen.«

Er hatte sich neben sie auf den steinernen Brunnenrand gesetzt, und als sie dankbar für die Ermutigung zu ihm aufblickte, mußte er seinen ersten Eindruck von ihr korrigieren. Am Badesteg mit ihrer Brut hatte sie willensstark und zielstrebig gewirkt. Und nach Chomskys närrischer Schwärmerei, Bennets Lobreden und der Geschichte mit der Ikonenecke hatte er eine Art heilige Johanna mit Mop und Eimer erwartet. Statt dessen sah sie sanft und humorvoll aus ... und möglicherweise auch verletzlich, dachte er, als er ihren breiten Mund und die nachdenklichen Augen betrachtete.

Und Ellen war von ihm ebenfalls überrascht. Die breite Stirn, das ungekämmte Haar und seine Unterkunft in der Remise entsprachen vielleicht dem Bild eines einzelgängerischen Waldarbeiters, aber nicht seine Stimme. Er hatte englisch mit ihr gesprochen, und seine wohlklingende, klare Stimme war die eines weltläufigen Mannes.

»Ich wollte Sie noch etwas fragen«, sagte sie. »Bennet sagte, Sie würden mir helfen. Ich hätte so gern Störche in Hallendorf. Was müßte man tun, damit sie kommen?«

Sein Gesicht hatte sich plötzlich verändert. Er wirkte in sich gekehrt und schwieg.

»Vielleicht ist es dumm von mir«, fuhr sie fort, »aber ich denke, die Kinder hier *brauchen* Störche.«

Er antwortete erst nach einer Weile. »Bei Störchen kommt es nicht unbedingt darauf an, ob man sie braucht, sondern ob man sie verdient.«

Aber damit ließ sie sich nicht abspeisen.

»Sophie verdient sie. Und andere auch. Storchenpaare bleiben ihr Leben lang beisammen.«

»Für dieses Jahr ist es zu spät.«

»Ja, aber nicht für nächstes Jahr.«

»Nächstes Jahr...«

Sie hatte sich nicht getäuscht. Irgendwie hatte sie ihn verärgert.

»Natürlich. Als Insulanerin von jenseits des Ärmelkanals denken Sie natürlich, wir würden auch nächstes Jahr noch hier sein. Glauben Sie, die Welt wird für Sie stillstehen?«

»Nein«, sagte sie und reckte das Kinn. »Das glaube ich gar nicht. Ich bin hierhergekommen, weil ich Kohlröserl finden wollte, und ich dachte auch, daß ich vielleicht nicht lange bleiben könnte. Aber das spielt keine Rolle. Die Störche aber würden –«

»*Kohlröserl?* Die kleinen schwarzen Orchideen?«

»Ja, meine Großmutter sprach davon, bevor sie starb. Aber egal. Ich wünsche mir für hier Störche, weil sie einem Haus Segen bringen.«

Er wurde wieder sehr still, aber sie spürte, daß er nicht mehr ärgerlich war. »Was genau haben Sie für diesen Ort vor?« fragte er.

Nun war es an ihr, zu schweigen. Sie hockte mit angezogenen Beinen auf dem Brunnenrand und hatte den Rock über die Knie gezogen.

»Ich kann es schwer mit Worten ausdrücken. Es hat etwas mit den Bildern zu tun, auf denen man Löwen neben Schafen liegen sieht. Sie kennen sicher diese primitiven Maler, die die Dinge sehr schlicht sehen – Paradiesvögel und große Blätter, und alles ist harmonisch miteinander verbunden. Oder der Wald von Fontainebleau ... Ich bin nie dort gewesen, aber ich habe einmal ein Bild gesehen, wo die Hirsche Kruzifixe zwischen den Geweihen hatten, und sogar die Tiere, die wahrscheinlich erschossen werden, sehen glücklich aus. Als ich Schloß Hallendorf zum ersten Mal vom See aus gesehen habe, habe ich mir alles vorgestellt. Die Zimmer sauber und hell und nach Bienenwachs und Blumen duftend, und die Kletterrosen frei rankend, aber nicht von Unkraut überwuchert ... eine Art von heimlicher Pflege, bei der sie gedeihen. Ich dachte an Hängematten unter den Bäumen, wo die Kinder liegen könnten, und habe mir vorgestellt, wie sie ins Freie laufen, wenn es zu regnen anfängt, um die Gesichter zum Himmel zu heben – aber nicht, bevor sie die Fenster geschlossen und die Läden angelegt haben, damit sie nicht klappern. Ich dachte, hier könnte ein Ort sein, wo man für alles ... aufgeschlossen und dankbar ist – für den Unterricht und für Ideen und für das Essen, das aus der Küche kommt. Natürlich würde das Essen anders sein als jetzt«, sagte sie lächelnd. »Morgens würde es nach warmen Brötchen riechen. Es gäbe köstliche frische Butter ... Und im Theater, das der Graf mit so viel Liebe für seine Geliebte gebaut hat, würde ein wundervolles Stück aufgeführt werden, zu dem die Menschen von überall her kommen würden ... auch die Dorfbewohner. Sie würden in ihren Booten über den See kommen, sogar die Fischer, in dessen Netzen sich Chomsky verheddert hat.« Sie blickte errötend auf. »Ich weiß, daß es einen solchen Ort nicht geben kann, aber –«

»Doch, so etwas gibt es«, sagte er abrupt. »Ich könnte Sie an einen Ort bringen, wo man sich so fühlt. Wenn wir andere Zeiten hätten, würde ich es tun.«
»Und dort gibt es Störche?«
»Ja.«
Er stand auf und ließ den Turnschuh in ihren Korb fallen. Dann blickte er auf sie hinunter – nicht lächelnd, sondern nachdenklich, und ihr stockte für einen Augenblick der Atem, weil sie das Gefühl hatte, daß sie verstanden wurde.
»Ich sehe mich nach einem Rad um«, sagte er und ging zurück über den Hof, um seine Arbeit aufzunehmen.

Später, als Marek Gartenabfälle verbrannte, wunderte er sich, warum er sein Zuhause mit diesem Irrenhaus verglichen hatte. Pettelsdorf verdankte seine Existenz und seinen Wohlstand dem Wald, der es umgab, und die Menschen, die Hüter des Waldes, führten ein streng geregeltes Leben. Sein Vater und vor ihm sein Großvater kannten die zweitausend Hektar ihres Besitzes bis in den letzten Winkel. Wenn ein Architekt kam, um Eichenholz für einen Kirchturm zu bestellen, wurde er zu dem Baum in den scheinbar grenzenlosen Wäldern geführt, der dafür in Frage kam. Es gab auch Bäume, die nie angerührt wurden; eine fünfhundert Jahre alte Linde mit ihren heimlichen Höhlen und Eichhörnchennestern, die Marek als Junge als seinen Baum beansprucht hatte, würde niemals gefällt werden, und auch nicht die Ulme neben dem Haus, durch deren schwankende Zweige er in Sommernächten zu den Sternen aufgeblickt hatte. Aber im allgemeinen leistete man sich in Pettelsdorf keine Sentimentalitäten. Ein Wald mit Edelkastanien und Fichten, Nußbäumen, Erlen und Birken gedeiht nicht von allein. Nur eine sorgfältige Pflege sichert das Gleichgewicht zwischen heranwachsenden und alten Bäumen, zwischen sonnigen Lichtungen und dichten Schonungen.

Auch Ellen hatte von Pflege gesprochen. Sie sah die Kinder auf ähnliche Weise, wie sein Vater und er die Bäume sahen: Einige mußten zurechtgestutzt werden, andere wuchsen schief, wieder andere brauchten nur Licht und Luft. Sie war wie eines jener Mädchen auf den Genrebildern, die *Spitzenklöpplerin, Wasserträgerin* oder *Näherin* hießen – stille Mädchen, deren Name ungenannt blieb, ohne die es jedoch viele lebensnotwendige Dinge nicht geben würde.

O verflucht, dachte er ... weil er Störche versprochen, weil er die Tür zu einem Haus geöffnet hatte, das er nie hatte verlassen wollen und in das er nicht zurückkehren konnte, bevor seine gefährliche Arbeit getan war. Es war merkwürdig. Wäre die Situation anders gewesen, er hätte Ellen ohne weiteres nach Pettelsdorf mitnehmen können. Sie würde vor ihm die Verandastufen hinaufgehen. Der Wolfshund würde an ihrem Rock schnuppern; seine Mutter würde ihre Übersetzungsarbeit unterbrechen und sein Vater das Gewehr, das er gerade reinigte, in den Schrank stellen und den alten Tokaier herausnehmen, den er für besondere Gäste bereithielt. Und am Bach hinter dem Haus würden die Störche, nach denen sie sich sehnte, herumstolzieren und Frösche fangen.

Aber das war natürlich alles Unsinn, denn die Arbeit, die er zu erledigen hatte, mußte er allein tun; und selbst wenn er eines Tages geschafft haben sollte, was er sich vorgenommen hatte, wäre er immer noch nicht frei, denn es sah ganz danach aus, als ob es wieder Krieg geben würde.

Erst in ihrer zweiten Woche in Hallendorf fand Ellen Zeit für die Küche. Hier war fast alles unverändert geblieben seit der Zeit, als der letzte Besitzer von Schloß Hallendorf den Kaiser Franz Joseph nach einem mehrtägigen Jagdausflug verköstigt hatte. Ein Elektroherd hatte die riesigen Backöfen und den Kohleherd ersetzt, und es gab einen Eisschrank mit Aufklebern, auf denen mit revolutionären Slogans der Sturz der

Regierung von Costa Rica gefordert wurde. Aber der riesige Küchentisch stammte noch aus früherer Zeit. Es gab noch die langen Gänge, die Küche und Speisekammer trennten, und die Steinstufen hinunter zum Keller.

Doch als Ellen eintrat, um auch hier ihrer Aufsichtspflicht nachzukommen, sah sie sich mit Wohlgefallen um. Die Küche war hell; die Fenster gingen auf den Hof, wo der Trompetenbaum stand, und alles war solide und sauber.

Die Sauberkeit überraschte sie, weil das Essen, das bisher serviert wurde, schrecklich war: klumpiger, brauner Reis mit Fischstücken voller Gräten; Salat ohne Soße, aber mit Sand zwischen den Blättern, und schleimige tropische Früchte aus Dosen.

Ellens Ankunft rief in der Küche keine Begeisterung hervor, weder bei Juan, dem politisch Verfolgten aus Costa Rica, noch bei Fräulein Waltraut von Nußbaum-Eisenberg, einer verarmten Adeligen, deren Neffe Bürgermeister von Klagenfurt war.

Juan kochte. Als Gegenleistung erhielt er Kost und Logis sowie ein kleines Taschengeld. Aber er erwartete jeden Tag, daß die Geheimpolizei seines Landes kam, um ihn mitzunehmen. Fräulein Waltraut mißbilligte Fleisch, Eier und Fisch und hätte die Schule am liebsten mit Borretsch und Blaubeeren ernährt, wenn Bennet es erlaubt hätte.

»Wir brauchen natürlich Salat«, sagte Ellen, »aber ohne Sand. Brennesseln dürfen nur jung verwendet werden. Und weil wir es hier mit Kindern zu tun haben, die im Wachstum sind, müssen wir für eine eiweißreiche Kost sorgen.«

Sie legte ihre Kochbücher auf den Tisch und bat, die Speisekammer sehen zu dürfen. Das empfand Fräulein Waltraut als Zumutung; sie sei es nicht gewöhnt, überprüft zu werden – und Juan fuchtelte mit den Armen umher und erklärte, heute sei Donnerstag und morgen Freitag, und dann erst käme das Boot mit den frischen Lebensmitteln.

Doch nachdem offensichtlich sowohl Juan als auch Fräulein Waltraut und die Dosenmangos aus dem armen Afrika zum Hallendorfer Programm »Unterstützung und Förderung der Bedürftigen« gehörten, äußerte Ellen ihre angenehme Überraschung über den fast weiß gescheuerten Holztisch und die blankgeputzten, ordentlich gestapelten Töpfe und Pfannen. Ellen war ziemlich klar, daß außer Juan und Fräulein Waltraut hier unten noch jemand arbeitete. Diese Person fand sie in der Spülküche beim Abwaschen des Frühstücksgeschirrs.

Ellen trat unbeobachtet ein, und als sie das Mädchen sah und wie es arbeitete, hob sich ihre Stimmung. Sie war vielleicht 18 Jahre alt, trug ein tadellos sauberes Dirndlkleid mit blaugeblümtem Rock, rosa Leibchen und weißer Bluse; der blonde Zopf war ordentlich rings um den Kopf festgesteckt. Sie war klein und stämmig und arbeitete konzentriert und in gleichmäßigem Rhythmus.

»Grüß Gott«, sagte Ellen und streckte die Hand aus. »Ich bin die neue Wirtschafterin. Ich heiße Ellen.«

Das Mädchen drehte sich um und trocknete sich die Hände. »Ich bin die Lieselotte«, sagte sie und knickste. Und Ellen hatte Mühe, sie nicht sofort zu umarmen. Denn sie hätte Henny sein können – Henny, wie sie leibte und lebte, in ihrem Heimatland, natürlich, freundlich und redlich.

»Lieselotte, hast du am Sonntag die Eier gekocht und die Mohnsemmeln gebacken?«

Lieselotte nickte. »Ja. Weil am Sonntag das Fräulein Waltraut nicht da ist, und dann –« Sie errötete. »Sonst muß ich bloß abspülen und putzen. Aber ich bleib nicht mehr lang. Ich glaube, ich such mir einen anderen Platz.«

»O nein!« Ellen schüttelte heftig den Kopf. »Das kannst du uns nicht antun! Von jetzt an übernehmen wir zwei das Kochen.«

Das Gesicht des Mädchens hellte sich auf. »Ich koche

für mein Leben gern. Jeder meint, österreichisches Essen ist schwer und fett, aber das kommt ganz darauf an. Meine Mutter macht federleichte Omeletten, und ihre Buttermilch ist immer frisch.«

»Dann hast du bei ihr kochen gelernt?«

»Ja.«

»Hast du auch Geschwister? Wir brauchen nämlich noch jemand, der uns hilft, weil ich auch oben im Haus zu tun habe.«

»Ich habe zwei Schwestern. Sie möchten schon hier arbeiten, aber unsere Mutter hat gedacht, es wäre nicht gut. Sie sind jünger als ich ... und manchmal führen sich die Kinder hier schlimm auf.«

»Ich glaube, jeder würde sich schlimm aufführen, wenn er Risotto mit Gräten essen müßte«, sagte Ellen. »Ich verspreche dir, Lieselotte, wir werden hier einiges ändern.«

»Aber ...« Das Mädchen warf einen Blick zur Küche, wo sich zwischen Juan und Fräulein Waltraut eine Auseinandersetzung anbahnte. »Wie wollen Sie das machen? Er kann nirgends hin, und sie ist mit dem Bürgermeister von Klagenfurt verwandt.«

»Vielleicht kann Juan die Töpferwerkstatt übernehmen. Mir wird schon etwas einfallen. Nun sieh her. Das ist der Speiseplan für die nächste Woche. Ich möchte möglichst viele einheimische Erzeugnisse verwenden. Du kennst doch bestimmt Leute, die uns beliefern könnten.«

»Ganz bestimmt.« Sie lächelte glücklich. »Sie wohnen nur nicht in Abessinien.«

6

In Gowan Terrace fehlte Ellen mehr, als ihre Mutter und die Tanten für möglich gehalten hätten. Ohne Ellen wirkte das Haus leer, viel zu still und kalt. Wenn die vielbeschäftigte Frau Dr. Carr früher die Blumen, die Ellen aufgestellt hatte, kaum bemerkte, so fiel ihr jetzt auf, daß sie fehlten. Die Köchin war zu Kochfisch und künstlich gefärbtem Wackelpeter zurückgekehrt, und der Mann, der im Garten half, warf Ellens Pfingstrosen auf den Kompost und ruinierte die Klematis.

Es war jedoch nicht so, daß die Schwestern in Apathie verfallen wären. Es gab mehr Versammlungen denn je. Man traf sich wegen der entrechteten Frauen von Mesopotamien, beriet über Mathematikunterricht für fortbildungswillige Bürger und kostenlose Verhütungsmittel für Prostituierte. Aber selbst die Versammlungen waren nicht mehr das, was sie einmal waren. Sie waren kürzer, es kamen weniger junge Männer, und die belegten Brote, die aus der Küche heraufgeschickt wurden, waren so wenig verlockend, daß die Schwestern wieder auf Vollkornkekse zurückgriffen.

Ein wenig anders verliefen diese Abende, wenn ein Brief von Ellen aus Hallendorf eingetroffen war. Wenn dann nach den Meetings die Stühle weggestellt waren und der Diaprojektor abgebaut, gestatteten die Schwestern einigen Auserwählten, wie der »Tante«, die den Left Book Club leitete, oder Ellens früherer Schuldirektorin und sogar Männern, die sich nachweislich für eine Sache eingesetzt hatten, noch etwas zu bleiben. Zu den letzteren zählte auch Kendrick Frobisher.

Kendrick hatte sich in Gowan Terrace so nützlich gemacht, hatte Adressen geschrieben, Dias sortiert und Flugblätter von der Druckerei abgeholt, daß man ihn von etwas so Erfreulichem wie dem Vorlesen der neuesten Berichte aus Hallendorf unmöglich ausschließen konnte. Annie (diejenige der Norchester-Schwestern, die Mykologie studiert hatte und gewohnt war, leidenschaftslos an die Dinge heranzugehen), hatte diesbezüglich Zweifel geäußert.

»Er ist sehr verliebt in Ellen«, hatte sie zu bedenken gegeben. »Möglicherweise macht er sich Hoffnungen, wenn wir ihn zu diesen familiären Anlässen einladen.«

Aber sie brachten es nicht übers Herz, Kendrick auszuschließen, der eben ein Familientreffen in dem nassen Haus in Cumberland hinter sich hatte, wo der älteste Bruder, ein Major der Army in Indien, von der Sauhatz geschwärmt hatte, und der andere, ein Börsenmakler, von den Flugstunden in seinem eigenen Flugzeug und den Loopings.

Kendrick saß also bei Charlotte und Phyllis und Annie und hörte von dem merkwürdigen Benehmen des Kleinen Kohlkopfes und dem Theaterstück, das zum Schuljahresschluß aufgeführt werden sollte und in einem Schlachthof spielte und das politisch in Ordnung, aber traurig sei. Sie erfuhren von der erfreulichen Lieselotte, von Ellens Empörung über Eltern, die ihren Kindern nicht schrieben, und von Andromedas Umstellung von Torfmoos auf Frotteewindeln. Und es wurde, wenn auch nur kurz, ein Mann namens Marek erwähnt, der einer Schildkröte Räder angepaßt hatte und dafür sorgen wollte, daß sich in Hallendorf Störche ansiedelten. Manchmal fügte Ellen am Schluß hinzu: »Bitte grüßt Kendrick von mir und sagt ihm, daß ich ihm demnächst schreiben werde.«

Danach ging der junge Mann wie auf Wolken in die Nacht hinaus, entschlossener denn je, das zu tun, was er für seine Aufgabe hielt – und die bestand in nichts Geringerem als darin, Ellen über die vielen kulturellen Aktivitäten ihrer Heimatstadt auf dem laufenden zu halten. Aber es hatte damit noch eine andere Bewandtnis.

Wenn Kendrick eine Ausstellung mexikanischer Bestattungsurnen besuchte oder sich in einem Keller in Pimlico ein griechisches Theaterstück ansah, tat er das nicht nur *für* Ellen, sondern in gewissem Sinn auch *mit* ihr. Er besorgte sich stets zwei Programme, machte sich während der Vorstellung sorgfältig Notizen, damit er ihr in seinem wöchentlichen Brief über alles, was er gesehen und gehört hatte, genauestens berichten konnte, und ergänzte diese mit seinen persönlichen Eindrücken und Kommentaren.

Nach einem Konzert mit zeitgenössischer Musik verfaßte er für Ellen eine vollständige Analyse der aufgeführten Stücke, legte ein mit Erläuterungen versehenes Programm bei und daran geheftet einen zweiseitigen handschriftlichen Kommentar. In seinem Brief an Ellen schrieb er:

»Ich glaube sogar, daß ich den Mann kenne, der die von mir angestrichenen Lieder, die sogar wiederholt wurden, komponiert hat. Wie Du siehst, heißt er Altenburg. Er war auf dem besten Weg, in Deutschland berühmt zu werden, aber seit Hitler an der Macht ist, läßt er seine Kompositionen dort nicht mehr aufführen. Er läßt sie nicht einmal mehr dort drucken. In meiner Schule gab es einen Jungen, der genauso hieß; er hatte einen deutschen Vater, oder vielleicht war es auch ein Österreicher. Er war sehr gut in Musik und außerdem ziemlich stark und mutig. Nach einem Jahr mußte er von der Schule abgehen, weil er einen Lehrer aus dem Fenster im ersten Stock gehängt hat. Er hat ihn an den Füßen festgehalten und kopfüber über den Johannisbeersträuchern baumeln lassen. Es war ein ziemlicher Skandal, weil es für den Mann ja nicht ungefährlich war; aber wir alle freuten uns, denn dieser Lehrer war ein Sadist, der jüngere Schüler bösartig schlug, und Altenburg war für uns ein Held. Aber er ging kurz danach von der Schule ab. Es hieß, man habe ihn dazu gezwungen, aber ich glaube, er ist einfach gegangen. Es schien ihn auch gar nicht zu bekümmern, was er getan hatte. Er sagte, seine Mutter komme aus Prag, und jemand aus dem Fenster zu werfen sei dort etwas ganz Normales.«

Kendrick hielt inne und überlegte, ob er erklären sollte, was es mit dem Prager Fenstersturz im Jahre 1618 auf sich hatte. Aber Ellen sah manchmal müde aus, wenn er so ausführlich wurde, und so schrieb er ihr lieber zum wiederholten Male, daß er sie immer lieben würde und daß er, wenn sie ihn sich jemals als Ehemann vorstellen könnte, unsagbar glücklich sein würde.

Dann unterschrieb er, legte noch das Programm des griechischen Stücks bei und die dazugehörigen Kritiken aus der *Times*, zwei Ausstellungskataloge sowie das Programm des Altenburg-Konzerts und brachte den Brief zum Briefkasten.

Das alles traf wohlbehalten ein mit dem gelben Postbus, der mit dem Schubertschen Hornsignal im ersten Morgengrauen um den See kurvte. Ellen las den Brief, weil Kendrick ihr immer noch leid tat, aber die Kataloge und das Konzertprogramm ließ sie auf ihrem Arbeitstisch liegen. Sie plante gerade eine völlige Auffrischung des Hallendorfer Speisesaals. Das kulturelle Leben der englischen Metropole würde warten müssen.

7

Am selben Morgen, als Ellen Kendricks Brief erhielt und Sophie sich wieder mit leeren Händen von ihrem Postfach abwandte, besah sich Marek eine an ihn gerichtete Ansichtskarte. Das Bild zeigte ein hübsches polnisches Dorf mit lächelnden Bauersleuten, und auf der Rückseite stand: »Tante Tilda hat die Operation gut überstanden. Sie läßt Dich grüßen.«

Marek steckte die Karte lächelnd in die Jackentasche. Heller war in Sicherheit. Nun wartete Marek auf Nachricht von Meierwitz. Die Nachforschungen, die er nach dem Gespräch mit Heller veranlaßt hatte, würden einige Zeit dauern. Diese Rettungsaktion würde die letzte sein. Er hatte es Radow versprochen, und er wußte selbst, daß die Zeit für abenteuerliche Alleingänge vorbei war. Hitler konnte jetzt nur noch von außen Einhalt geboten werden, wenn die anderen Länder sich ihrer Verantwortung bewußt wurden, aber nicht mehr, wie er gehofft hatte, von innen.

Marek widmete sich wieder den vernachlässigten Park- und Gartenanlagen von Hallendorf, spritzte die Obstbäume, reparierte die Frühbeetkästen und band die Rosen hoch. Wenn ihn die Jungen irgendwo arbeiten sahen, kamen sie, um ihm zuzusehen, aber sie blieben nie lang. Man ließ Marek entweder in Ruhe oder man half ihm, nur war bei diesem Helfen kein Ausdruck der eigenen Persönlichkeit angesagt, und es dauerte gewöhnlich länger als es lustig war.

Die meisten Kinder machten sich gern hin und wieder nützlich, aber Leons Bedürfnis, Marek zu helfen, war auffallend. Der quecksilbrige, nervöse Junge wollte offensichtlich etwas von Marek. Seine scheinbare Zuneigung war eine Art Verfolgung, das spürte Marek. Deshalb trug er Leon Arbeiten auf, die in größtmöglicher Entfernung von ihm zu verrichten waren. Leon mußte auf der unteren Terrasse einen Weg von Unkraut befreien oder mit einem Schubkarren Scheite von einem entfernten Holzstoß holen. Doch Marek schaffte es nie, den Jungen längere Zeit auf Distanz zu halten.

Dafür fand Ellen, die mit der Umgestaltung des Speisesaals viel Arbeit hatte, in Marek einen ganz unauffälligen Helfer. Wenn sie Bretter und Böcke schleppte, um im Hof Tische aufzustellen, solange der Speisesaal noch nicht fertig war, tauchte er unverhofft neben ihr auf, um mit anzufassen, oder er zeigte ihr, wie man etwas auf einfachere Weise tun konnte.

Er erwies sich auch in anderer Hinsicht als hilfreich, weil er ihr, wenn auch wortkarg, Dinge erklärte, die sie nicht ganz verstand.

»Finden Sie nicht, daß Chomsky sehr viel schwimmt?« sagte sie, als der Lehrer für Metallverarbeitung wieder einmal triefnaß an ihnen vorüberlief. »Ich meine, gleich dreimal am Tag ...«

»Er hat eine besonders schwere Leber«, sagte Marek. »Bartók schwimmt auch so viel.«

»Bartók?«

»Ein ungarischer Komponist. Wahrscheinlich der zur Zeit beste auf der Welt.«

»Ja, ich weiß. Aber hat das etwas mit den Ungarn zu tun? Daß sie schwere Lebern haben und sich den Blinddarm in der Pußta herausschneiden lassen?«

»Chomskys Blinddarm wurde in der teuersten Klinik in Budapest operiert«, entgegnete Marek und sah leicht beleidigt aus, als hätte sie sich über ganz Mitteleuropa lustig gemacht. »Sein Vater ist ein hoher Diplomat.«

Aber nicht nur die Kinder liefen Marek nach.

Tamara arbeitete an einem neuen Ballett, das sie *Das Innere ist das Äußere* nannte nach einem Gedicht von Rilke, das sie in der Bibliothek gefunden und vielleicht nicht ganz verstanden hatte. Es wurde ein Solotanz, weil sich die Kinder als wenig kooperativ erwiesen. Die Proben mit all den Verrenkungen, die man von jemand erwartet, der versucht, sein Inneres nach außen zu kehren, fanden gewöhnlich so nah wie möglich dort statt, wo Marek gerade arbeitete.

Wie Marek es dennoch verstand, Abstand zu halten, war beeindruckend. Der Mann, der den kleinsten Käfer an einem Stamm entdeckte und winzige Frösche aufsammelte, bevor er mit der Sense durch das Gras fuhr, behandelte Tamara wie Luft. Einmal, als er ins Dorf gehen wollte, fand er sie sonnenbadend vor der Remise liegen. Er lüftete nur den Hut, als habe er einen Bekannten auf den Champs-Élysées getroffen, und ging einfach weiter. Nur wenn sie mit ihrer Balalaika anrückte und zu singen anfing, ergriff er die Flucht, wobei er die gleiche Gewandtheit bewies wie beim Fechtunterricht.

Ellens Probleme mit Tamara waren vor allem hortikultureller Art. Anscheinend hatten die Mädchen der *Ballets Russes* stets Blumen im Haar getragen – große, zumeist rote Blumen –, und jede solche Blume pflückte oder rupfte Tamara mit ihren knochigen Fingern ab und steckte sie sich in die hennagefärbten Locken.

»Mir ist, als hätte sie *mich* gepflückt und über ihr Ohr gehängt«, gestand Ellen Marek, als Tamara gerade wieder eine wunderschöne gefüllte Pfingstrose vom Stengel riß.

Wie um sie zu trösten, sagte Marek: »Ich habe ein Rad gefunden. Ein Bauer im Nachbarort hat eines in seinem Schuppen stehen. Noch will er es nicht hergeben, aber ich bearbeite ihn.«

»Oh!«

Ellen wußte, daß sie mit ihrem Glauben an Störche übertrieb. Störche würden nicht bewirken, daß Sophies Eltern schrieben oder Janey aufhörte, ins Bett zu machen. Ebensowenig würden sie aus Tamara eine vernünftige Frau machen, die Bennet hilfreich zur Seite stand. Aber sie fühlte sich so optimistisch, daß Marek, als er ihr Gesicht sah, nicht umhin konnte, ihre Freude ein wenig zu dämpfen. »Ein Rad«, sagte er, »bedeutet noch nicht, daß die Störche kommen.«

»Nein«, sagte sie glücklich. »Aber es ist ein Anfang.« Und ganz begeistert fügte sie hinzu: »Vielleicht könnten wir auch Tauben haben – weiße Fächerschwanztauben. Oben an der Wiese gibt es ein Taubenhaus. Sie würden sehr schön aussehen.«

»Nein.«

»Wieso nicht?«

»Weil sie brüten und brüten und man die Jungen in Waschkörben einsammeln und jemand finden muß, der sie einem abnimmt«, sagte Marek finster, während er sich an die erfolglosen Versuche seiner Mutter erinnerte, ihren Taubenüberschuß bei den böhmischen Gutsherren unterzubringen. »Sie sind ständig in der Balz«, sagte er, um seinen Standpunkt zu verdeutlichen.

»Wie der Kleine Kohlkopf«, sagte Ellen – und hielt sich erschrocken die Hand vor den Mund, weil sie sich geschworen hatte, nicht schlecht von Tamara zu sprechen, die so viel durchgemacht hatte.

Die Neueröffnung des Hallendorfer Speisesaals wurde zu einem Ereignis, an das sich die Kinder noch erinnerten, als sie die expressionistischen Theaterstücke und Tanzdramen, bei denen sie mitspielten, längst vergessen hatten.

Zwei Tage lang war der Speisesaal geschlossen, und man hatte im Freien gegessen. Am dritten Tag hing eine Bekanntmachung in der Eingangshalle mit der Bitte, daß alle sich fünf Minuten vor Beginn der Abendmahlzeit vor dem Speisesaal versammeln sollten.

Um halb sieben öffnete Bruno, der Wache gestanden hatte, die Tür, und alles drängte erwartungsvoll hinein. Der Speisesaal hatte sich verwandelt. Verschwunden waren die Wachstischtücher mit dem Anstaltsgeruch, die Drahtkörbe mit dem irgendwie übereinandergehäuften Geschirr. An den Fenstern hingen helle Gardinen; die mit Bienenwachs polierten Holztische schimmerten. Auf jedem Tisch standen Blumen in blauweißen Keramikvasen, und an jedem Platz war ordentlich gedeckt. Die Durchreiche zur Küche, wo gewöhnlich Fräulein Waltraut mit ihrer Schöpfkelle stand, war geschlossen. Daneben standen vier Kinder mit Servietten über dem Arm, bereit, das Servieren zu übernehmen.

Als sich alle an ihren Platz gesetzt hatten, nahm Sophie, die an einem Nebentisch stand, eine Glocke und läutete. Es war eine kleine Kuhschelle mit einem hellen, weichen Klang, der die Kinder, deren Eltern es geschafft hatten, lange genug beisammen zu bleiben, um Weihnachten zu feiern, an Rentiere und Geschenke und Kerzen an einem geschmückten Baum erinnerte.

Auf dieses Zeichen hin öffnete sich die Durchreiche, und wo sonst das gequält wirkende Fräulein Waltraut stand, sah man nun Ellen. Sie trug einen weißen Kittel und eine weiße Haube und sah aus wie eine kleine Klosterfrau.

Aber als sie zu sprechen begann, klang sie nicht im geringsten wie eine friedfertige Nonne.

»Wie ihr seht«, sagte Ellen, und ihre Stimme erreichte mühelos die hinterste Ecke des Saals, »haben wir versucht, den Speisesaal etwas freundlicher zu gestalten, und wir hoffen und beabsichtigen, schmackhafteres Essen zu servieren. Ihr wißt alle, daß die Schule mit ihrem Geld haushalten muß. Ihr dürft also keine Wunder erwarten. Aber wir werden alles tun, was in unserer Macht steht, damit das, was ihr zu essen bekommt, frisch ist und gut zubereitet, auch wenn es manchmal ein einfaches Essen sein muß. Aber eines möchte ich hier absolut klarstellen, und das bezieht sich auf das Proletariat.« Sie hielt inne und ließ den Blick über ihre Zuhörer schweifen, die ordentlich eingeschüchtert zu sein schienen. »Seit ich hier bin, habe ich eine Menge über das Proletariat und die unterdrückten Arbeiter überall auf der Welt gehört, und ich finde, es ist richtig, daß man sich über diese Menschen Gedanken macht. Aber ich möchte euch darauf aufmerksam machen, daß es das Proletariat nicht nur an fernen Orten gibt – nicht nur in den Ausbeutungsbetrieben von Hongkong oder in den Fabriken im amerikanischen Mittelwesten. Das

Proletariat gibt es auch hier in dieser Küche. Lieselotte, die um fünf Uhr morgens aufgestanden ist, um die Semmeln zu backen, die ihr essen werdet, ist das Proletariat. Frau Tauber, die für euch das Geschirr spült und stundenlang auf ihren geschwollenen, schmerzenden Beinen am Ausguß steht, ist das Proletariat. *Ich* bin das Proletariat«, sagte Ellen, ihre Schöpfkelle schwingend. »Wenn ihr ein Stück Brot durch den Saal werft, mißachtet ihr, wofür ein Mann eine Nacht lang gearbeitet hat, obwohl ihm der Rücken weh tut ... obwohl seine Frau krank ist. Wenn ihr euch anrempelt und schubst und die Milch verschüttet, beleidigt ihr einen Mann, der jeden Morgen aufsteht, auch wenn es noch so kalt ist, und in den Stall geht, um die Kühe zu melken, während ihr gemütlich in euren Betten liegt. Wenn ihr das versteht, dann werden ich und wir alle in der Küche alles tun, um euch gutes Essen zu servieren. Aber wenn ihr es nicht begreift, dann schwöre ich euch, gibt es wieder Grätenrisotto und Mangoschnitze aus Dosen, weil ihr dann nichts Besseres verdient!«

Es folgte betretenes Schweigen, bis am anderen Ende des Saals eine tiefe Stimme ertönte: »Bravo!« Wenn Marek ein Beispiel gab, schloß man sich an, und so konnte Ellen zu ihrer Kelle greifen und mit dem Servieren beginnen, während im Saal rauschender Beifall aufbrandete.

»Ich wünschte fast, ich hätte ihr nicht so eindeutig klargemacht, daß ich sie nicht bei den Theaterstücken dabeihaben will«, sagte Bennet am späteren Abend. »Sie scheint eine echte schauspielerische Begabung zu haben.«

»Das stimmt«, sagte Margaret Sinclair, die in sein Arbeitszimmer gekommen war, um ihn einige Briefe unterschreiben zu lassen. »Aber ich weiß nicht, wieviel ihre Rede bewirkt hätte ohne das Essen, das sie anschließend auftragen ließ. Diese Soße zu den Würsteln! Und der köstliche Kaiserschmarrn!«

»Da mögen Sie recht haben. Es tut mir nur leid, daß ich ihr nicht den Gefallen tun konnte, Juan in der Töpferwerkstatt zu beschäftigen. Aber Marek scheint im Garten Arbeit für ihn gefunden zu haben.«

Drei Menschen in seinem Mitarbeiterstab zu haben, auf die er sich verlassen konnte, war ein besonderer Glücksfall für Bennet; aber er wußte, daß Marek nicht bleiben würde.

Bennet dachte an sein erstes Gespräch mit Marek Tarnowsky. Er war von Professor Radows Haus herübergerudert und hatte gefragt, ob er in der Schule Arbeit bekommen könnte.

»Nur vorübergehend, für ein paar Monate ...«

»Was können Sie unterrichten?« hatte Bennet gefragt. Normalerweise stellte er seine Lehrkräfte nicht auf diese Weise ein, aber diesen ruhigen Mann mit seinen bedächtigen Bewegungen wollte er haben.

»Ich dachte, ich könnte auf dem Grundstück arbeiten«, hatte Marek geantwortet. »Der Obstgarten ist in schlechtem Zustand, und die Bäume hinter dem Sportplatz müßten ausgedünnt werden.«

»Könnten Sie den älteren Jungen Fechtunterricht geben?« fragte Bennet auf gut Glück.

»Wenn Sie wollen. Und Zimmermannsarbeit könnte ich ihnen auch beibringen.«

Bennet hatte Töpferei vorgeschlagen – er hatte einen Berg sehr guter Tonerde im Keller, die er nur einem Könner anvertrauen wollte –, aber Marek sagte, er verstünde nichts vom Töpfern.

»Es gibt ein Lehrbuch für Töpferei«, sagte Bennet mit Blick auf Mareks große, beruhigend »unkünstlerische« Hände.

»Ich werde es mir überlegen.«

»Ich fürchte, ich kann Ihnen nicht viel bezahlen«, sagte Bennet.

»Ich will keine Bezahlung.«

Er wollte nur die Möglichkeit haben, gelegentlich Professor Radow auf dessen Volksmusikexpedition zu begleiten.

Als Marek schon an der Tür war, rief Bennet: »Und was ist mit Musik? Könnten Sie den Chor übernehmen?«

Marek schüttelte den Kopf. »Ganz bestimmt nicht«, antwortete er.

Bennet fand es sehr seltsam, daß ausgerechnet die drei Menschen, auf die er sich verlassen konnte und von denen er wußte, daß sie ihr Bestes geben würden, allesamt nicht an den Ideen interessiert waren, die für ihn das Wesentliche an seiner Schule darstellten. Weder Ellen noch Marek schienen sich um Freiheit und Ausdruck der eigenen Persönlichkeit zu kümmern – und sie hatten auch nicht das geringste Interesse an dem Stück zum Schuljahresschluß, das alle nur *Schlachthof* nannten.

Ellens Freundschaft mit Lieselotte wuchs von Tag zu Tag. Lieselottes Augen strahlten, seit sie von der Küchenhilfe zur Köchin befördert war. Es war eine Freude zu sehen, wie stolz sie auf ihre Arbeit und ihr Können war. Sie hatte ihre Kusine Gretl als Aushilfe mitgebracht, und nachdem Juan im Garten arbeitete und Fräulein Waltraut in der Bibliothek untergebracht war, um einen Vortrag über Küchenkräuter auszuarbeiten, war die Küche zu einem Hort nicht nur größter Reinlichkeit, sondern auch fachmännischen Könnens geworden.

Aber nicht nur das. Durch Ellens Freundschaft mit Lieselotte hatte Ellen das Wohlgefallen der Hallendorfer Geschäftsleute erworben, die sich bisher der Schule gegenüber sehr reserviert verhalten hatten. Der Metzger war Lieselottes Onkel, der Bäcker war der Schwager ihrer Mutter, und ein Bauer, auf dessen Aprikosenbäume Ellen bereits begehrliche Blicke geworfen hatte, war mit Lieselottes Tante verheiratet. Als die Leute im Dorf hörten, daß das Schloß nicht mehr beabsichtigte, Corned beef aus ekuadorianischen Konservenfabriken oder braunen Reis mit Getreidekäfern aus einer fernen Kooperative zu importieren, versprachen sie, Hallendorf mit frischem Fleisch und Obst zu versorgen – und das zu vernünftigen Preisen.

Doch als Ellen bemerkte, sie würde am nächsten Sonntag mit Lieselotte in die Kirche gehen, rief sie Bestürzung hervor. Im Badeanzug schwimmen war eine Sache, aber in die Kirche zu gehen war schon gefährlich mutig.

»Kann man das tun?« fragte Sophie mit großen Augen.

»Natürlich«, sagte Ellen. »Wenn man Beethoven und Goya und Dostojewski verehrt, warum sollte man dann nicht Gott ehren? Von wem bekamen Beethoven und all die anderen ihre Vision? Es könnte durchaus Gott gewesen sein, meint ihr nicht?«

»Er kann es nicht gewesen sein«, sagte Leon, »weil es Gott nicht gibt. Und außerdem ist Religion Opium für das Volk.«

»Ich bin in Wien manchmal in die Kirche gegangen«, sagte Sophie nachdenklich. »Unsere Haushälterin hat mich mitgenommen. Es war schön – der Weihrauch und die Musik.«

Ellen hielt sich zurück und schwieg. Seit sie hier war, hatte sie sich noch keinen Sonntag freigenommen. Nun hatte sie ein Stadium erreicht, das jeder kennt, der in einer Schule gearbeitet hat: Sie wollte einmal einen Tag lang mit niemandem sprechen, der jünger als zwanzig war, und dreißig wäre noch besser gewesen.

»Der Dampfer fährt sonntags erst am Nachmittag, nicht wahr?« fragte sie Lieselotte.

»Ja. In der Früh fährt der Bus – aber wenn der Marek da ist, bringt er uns meistens mit dem Boot hinüber, mich und die Frau Tauber und wer halt sonst mit will. Er hat Freunde im Dorf, und er ist so nett und ein so feiner Herr.«

Und damit war Ellens kinderfreier Sonntag gelaufen. Als

sie kurz nach sieben Uhr morgens zum Anlegesteg hinunterging, saß Sophie, die Arme um die Knie geschlungen, auf den Stufen. Wenn sie Ellen gebeten hätte, mitkommen zu dürfen, hätte Ellen hart bleiben und sie auf ein andermal vertrösten können. Aber Sophie sagte nichts. Sie wußte, daß sie nicht erwünscht war, und blieb still auf den Stufen sitzen.

»Möchtest du mitkommen?« fragte Ellen, worauf Sophies schmales Gesicht vor Glück strahlte.

»Bin ich schön genug angezogen?« fragte sie, und natürlich war sie das.

Aber nun tauchte auch Leon auf und fragte, ob er mitkommen könne. Er hatte Sophie gern, das wußte Ellen im Gegensatz zu Sophie.

»Wir fahren zur Kirche, Leon«, sagte Ellen. »Ich weiß nicht, ob das für dich als Atheist und Marxist oder als Mensch, zu dem man nett sein muß, weil er Jude ist, der richtige Ort ist.«

»Das stört mich nicht.«

»Aber die anderen wird es stören, wenn du ungewaschen und ungekämmt dort erscheinst. Wenn du dich in fünf Minuten zurechtmachen kannst und dich anständig benimmst, kannst du mitkommen. Wenn du mitkommst, wirst du bitte Marek in Ruhe lassen.«

»Was meinen Sie damit?«

»Das weißt du genau. Nun beeil dich.«

Ellen hatte erwartet, daß sich Marek an der Kirche verabschieden würde, aber zu ihrer Überraschung ging er mit hinein und setzte sich neben sie in die Bank hinter Lieselottes Familie.

Ihr Erscheinen erregte einiges Aufsehen, vor allem, weil noch nie Kinder von Schloß Hallendorf zum Gottesdienst gekommen waren. Marek wurde von erstaunlich vielen Leuten begrüßt, und auch Ellen, deren Tugenden durch Lieselotte bekanntgeworden waren, nickte man zu. Die alte Frau, die Ellen auf dem Dampfer gewarnt hatte, tuschelte aufgeregt mit ihren Nachbarinnen.

Ellens Gedanken gingen wie immer in der Kirche auf Wanderschaft. Nun bewunderte sie die blonden Köpfe von Lieselottes jüngeren Geschwistern, und sie fand, daß Marek (der anscheinend keine Brille brauchte, um das Gesangbuch zu lesen) in seiner grünen Lodenjacke mit den Samtaufschlägen und dem weißen Hemd wie ein Gutsherr aussah. Aber vor allem dachte sie an Henny und betete für sie, obwohl es bestimmt nicht nötig gewesen wäre, denn wenn sich jemand im Jenseits zurechtfinden würde, dann war es Henny.

Nach dem Gottesdienst sagte Ellen, sie würde sich gern die Kirche ansehen. Anscheinend tat man das hier nicht allein, Lieselottes Mutter und die Alte vom Dampfer legten besonderen Wert darauf, Ellen zu begleiten, und Mareks Vorschlag, er würde im Wirtsgarten warten, kam bei den einheimischen Damen nicht gut an. Der Herr Tarnowsky, der Lieselottes Mutter das Dach geflickt und beim Bäcker den kranken Birnbaum gefällt hatte, sollte bei dem gemeinsamen Rundgang eigentlich auch dabei sein.

Die Rolle der Führerin übernahm Lieselotte.

»Unsere Kirche ist der heiligen Aniella geweiht«, erklärte sie, »einem jungen Mädchen, das früher hier gelebt und viel Gutes getan hat. Auf diesen Bildern kann man sehen, wie sie gelebt hat.«

Sie wies auf eine Reihe von Ölbildern an der Wand des Altarraums.

»Hier sieht man sie mit ihrer Familie. Sie haben auf der Alp unterhalb der Kugelspitze gewohnt, gar nicht weit von hier. Man sieht auch die Tiere, um die sie sich gekümmert hat.«

Das Bild zeigte all die liebevollen Details, mit denen die Künstler des 18. Jahrhunderts das einfache Leben darstellten. Aniellas Haus hatte Blumenkästen mit Petunien und Studentenblumen vor den Fenstern. Eine Purpurwinde rankte an der Mauer empor. Aniella saß auf einer Bank und beugte sich über einen Bernhardiner, der ein Schnapsfäßchen um den Hals trug. Vertrauensvoll hielt er seine verletzte Pfote hoch, und neben ihm drängelte eine Ziege mit einem gebrochenen Horn. Rings um das Mädchen mit dem stillen Gesicht und dem langen dunklen Haar hatte sich eine ganze Schar verschiedener Tiere versammelt. Einige waren verletzt – eine Katze mit einem verbundenen Ohr, ein Kalb mit einer Wunde an der Seite. Andere schienen nur zur Gesellschaft da zu sein – ein Salamander, der über Aniellas Fuß kroch; eine Ringelnatter, die sich um einen Stein geringelt hatte. Ellen dachte, daß sich auch Mareks Schildkröte bei Aniella zu Hause gefühlt hätte.

»Sie war eine Heilerin«, sagte Lieselotte. »Sie hat jedem geholfen, Tieren und Menschen, und sie hat nie jemand ein Leid getan.«

»Sind das ihre Kinder?« fragte Sophie.

»Nein, sie war erst achtzehn Jahre alt. Das sind ihre Geschwister. Sie waren Waisenkinder, und Aniella hat für sie gesorgt, obwohl sie nach dem Tod ihrer Eltern selbst nicht viel älter war als die Kinder dort.«

Die kleinen Bauernkinder in ihren Dirndlgewändern und Kopftüchern hätten Lieselottes Geschwister sein können, so gesund und frisch sahen sie aus. Sie halfen bei der Arbeit wie alle Bauernkinder. Ein kleiner Junge mit strohgelbem Haar hütete auf einem Berg die Ziegen. Ein Mädchen saß neben Aniella und rührte etwas in einer Holzschüssel. Zwei andere Kinder luden mit Gabeln Heu in einen Schober, und ein sehr zartes Kind beugte sich bewundernd über Aniellas Schulter.

»Und das hier ist ihr Garten«, fuhr Lieselotte fort, »mit den Kräutern und Blumen, die sie angebaut hat. Sie hat genau gewußt, welche Pflanzen heilkräftig sind.«

Aniellas Garten, wie ein Tablett an den Berg gemalt, war

ein gärtnerisches Wunder – Reihen krauser, hellgrün gesprenkelter Kohlköpfe, Himbeerstauden, kleine Büsche, deren Namen Lieselottes Mutter benennen konnte: Rosmarin, Fenchel, Johanniskraut ...

»Aber sie liebte auch die wild wachsenden Blumen«, fuhr Lieselotte fort. »Dort drüben, an einem Flügel des Altarbilds, ist ein Bild von ihr mit einem Strauß Enzian, Margeriten und Edelweiß.«

Aber Sophie wurde allmählich unruhig. Niemand wurde heilig, weil er Blumen liebte und gut zu seiner Familie war. Welches schreckliche Schicksal hatte dieses brave Mädchen erwartet? Auf dem nächsten Bild sahen sie es. Ein siegesgewiß grinsender Ritter galoppierte mit seinen Knappen auf den Berg zu. Man glaubte, das Dröhnen der Hufe und das Klirren der Lanzen zu hören.

»Das ist der Graf Alexei von Hohenstift«, sagte Lieselotte. »Er war ein böser Mensch, und seine Gefolgsleute waren nicht besser, aber als er Aniella sah, hat er sich in sie verliebt und verlangt, daß sie ihn heiratet. Sie hat geweint und gebettelt, er solle sie in Ruhe lassen, aber er hat gesagt, wenn sie sich weigert, seine Braut zu werden, würde er alle Dorfbewohner, Männer, Frauen und Kinder, umbringen und ihre Häuser anzünden.«

»Wie furchtbar«, sagte Sophie. »Was hat sie dann gemacht?«

»Natürlich gebetet«, sagte Leon.

Aber seine Ironie verstanden diese schlichten Menschen nicht.

»Das stimmt«, sagte Lieselotte. »Sie ging in diese kleine Grotte, die ihr dort am Bildrand seht. Sie liegt an dem Berghang hinter dem Schloß. Und dort ist ihr ein Engel erschienen. Er hat gesagt, sie soll sich auf ihre Hochzeit vorbereiten und auf Gott vertrauen.«

Auf dem nächsten Bild sahen sie, daß Aniella gehorcht

hatte. Ihre Brüder und Schwestern, über deren kleine Gesichter perfekt gemalte Tränen liefen, halfen ihr beim Anlegen des Brautkleides, während andere Tische aufstellten und Essen herbeitrugen für den Hochzeitsschmaus. Sogar der Salamander schien traurig zu sein.

Vor dem nächsten Bild sagte Lieselotte: »Dieses hier mag ich am liebsten.« Es zeigte mehrere Boote, die über den See zur Kirche fuhren. In einem Boot waren die Musikanten mit ihren Instrumenten, in einem anderen die Zünfte, in einem dritten die Schulkinder unter der Aufsicht der Klosterschwestern. Und in der Mitte der kleinen Flotte, in einem mit Girlanden geschmückten Boot, saß Aniella in ihrem Hochzeitskleid mit ihren Geschwistern. Sie trug einen Strauß aus Bergblumen, die sie so liebte, und sah gar nicht so aus, als ginge sie ihrem Unglück entgegen.

»Weil sie auf Gott vertraut hat«, sagte Lieselotte.

Sophie, die keine unglücklich endenden Geschichten mochte und fürchtete, daß Aniella geviertelt oder auf das Rad gebunden wurde, kaute nervös auf der Unterlippe. »Und was ist dann passiert?«

»Du kannst es sehen. Aniella hat die Kirche erreicht, und als sie vor dem Altar stand, hat der böse Graf versucht, mit seinen Knappen in die Kirche zu reiten. Aber das Pferd hat gescheut und sich aufgebäumt. Es wollte das Gotteshaus nicht schänden. Dann ist der Graf abgestiegen und zu Fuß zum Altar marschiert, und als der Pfarrer mit der Trauung anfangen wollte, hat der Graf Alexei seine Braut angeschaut und –« Lieselotte legte eine dramatische Pause ein. »Seht ihr?«

Ihre Zuhörer beugten sich vor, um besser sehen zu können. Aniella stand dort in ihrem weißen Kleid und mit ihrem Blumenstrauß; aber ihr Gesicht war das einer runzligen Alten.

»Gott hat sie in eine häßliche alte Hexe verwandelt«,

sagte Lieselotte. »Von einem Augenblick zum anderen. Und der Graf hat geschrien, und dann hat er sein Schwert gezogen und es Aniella ins Herz gestoßen. Wenn ihr näher kommt, könnt ihr das Blut sehen.«

Das Blut ergoß sich über das Kleid der zu Boden sinkenden Aniella und über die Kinder, die sich entsetzt über ihre Schwester beugten; es tropfte vom Schwert des aus der Kirche flüchtenden Grafen und befleckte den Steinboden des Mittelgangs.

»Also ist sie doch gestorben«, sagte Sophie. Es war, was sie erwartet hatte.

»Nein, eben nicht. Denn sobald der Graf gegangen war, wurde sie wieder jung und schön, und sie stand auf und stieg höher und höher zu Gott, der sie aufnahm. Und von überall regnete es Blumen.«

Das letzte Bild zeigte Aniella, wie sie strahlend und schön über der Hallendorfer Kirche schwebte, und Engel neigten sich vom Himmel herab, um sie zu empfangen.

»Sie ist zu Gott gegangen«, sagte Lieselotte und klang so zufrieden, daß auch Sophie getröstet war.

»Das ist eine wunderschöne Geschichte«, sagte Ellen.

»Es ist keine Geschichte«, entgegnete Lieselotte. »Es ist wahr.«

»Wie ist es gewesen?« fragte Ursula am Abend.

»Schön«, antwortete Sophie. »Wir haben die Geschichte von Aniella gehört. Sie hat Blumen gemocht und war sehr gut – so eine Art Kreuzung zwischen Heidi und Franz von Assisi. Oder ein bißchen wie eine Glucke ... du weißt schon, wie die Hennen, die die Flügel ausbreiten und ihre Küken beschützen.« Sophie setzte sich im Bett auf und breitete ihre dünnen Arme aus. »Sie war eine Beschützerin.«

»Wie Ellen«, sagte Janey.

»Ja«, sagte Sophie. »Genau wie Ellen.«

»Was ist mit ihr passiert?« fragte Ursula.

»Sie wurde getötet.«

Ursula nickte. Die besten Menschen wurden immer getötet – ihre Eltern, Geronimo und Sitting Bull, der bei Standing Rock verraten und ermordet wurde.

Zwei Türen weiter lehnte sich Ellen aus ihrem Fenster und blickte in die milde Nacht hinaus. Vom Ufer drang das leise Plätschern der Wellen herauf, während sie den Tag noch einmal Revue passieren ließ.

Nach dem Rundgang durch die Kirche hatte Marek sie und die Kinder im Gasthaus zu Kaffee und Kuchen eingeladen und sich dann verabschiedet, um zu Professor Radow zu gehen. Als die Kinder baten, sich ein wenig im Dorf umsehen zu dürfen, war sie noch einmal in die Kirche gegangen. Sie wollte das Altarbild, auf dem Aniella mit einem Strauß alpiner Blumen dargestellt war, genauer betrachten.

Sie hatte bereits eine Weile vor dem Bild gestanden, als sie bemerkte, daß sie nicht allein war. Vor einem der Seitenaltäre hatte ein Mann eine Münze in den Opferstock geworfen und steckte jetzt eine brennende Kerze zu den anderen Votivkerzen vor dem Altar. Einen Augenblick stand er dort mit gesenktem Kopf. Dann blickte er auf, sah sie – und kam ohne jede Verlegenheit zu ihr herüber.

»Sehen Sie dort?« sagte sie und wies auf Aniellas Blumenstrauß. »Ich glaube, ich habe sie gefunden.«

Marek folgte ihrem Blick und sah die kleinen schwarzen Knäuel der Orchideen zwischen den leuchtenden Farben von Primeln, Steinbrech und Enzian.

»Kohlröserl?«

»Ja.« Sie freute sich, daß er sich erinnerte. »Es gab sie also, oben auf der Alp.«

»Das bedeutet, daß es sie immer noch geben könnte, und dann könnten wir sie finden.«

Es war seltsam, wie glücklich sie dieses »wir« gemacht

hatte. Aber jetzt mischten sich in dieses Glücksgefühl Verwirrung und Besorgnis.

Für wen mußte dieser starke und scheinbar auf niemanden angewiesene Mann eine Kerze anzünden? Für welchen Menschen – oder für welches Vorhaben – mußte er die Götter anrufen?

Wäre Meierwitz in der Kirche gewesen, wäre er vielleicht überrascht, aber bestimmt auch erfreut gewesen. Er hätte ebensowenig wie Marek ernsthaft geglaubt, daß sich eine österreichische Heilige (auch wenn sie nicht offiziell heiliggesprochen war) mit einem kleinen, heimatlosen Juden befassen würde, noch dazu mit einem, der nicht einmal in die Synagoge ging, geschweige denn in eine Kirche.

Als Marek die Kerze anzündete, hatte er kein besonderes Gebet gesprochen; doch man könnte meinen, daß er trotzdem erhört wurde. Denn zwei Tage später fand Isaac Meierwitz den Mut, den Bauernhof, wo er sich seit Monaten versteckt hielt, zu verlassen, um sich im Schutz der Dunkelheit zu dem Ort an der Grenze zu begeben, wo er seine Kontaktpersonen treffen sollte. Bis jetzt hatte er zu große Angst gehabt, das vertraute Versteck zu verlassen, und er hatte immer noch Angst – aber er war gegangen.

8

In der dritten Woche des Trimesters traf FitzAllan aus England ein, um bei dem Theaterstück zum Schulschluß die Regie zu übernehmen.

Weil Hallendorf besonderen Wert auf das Theater legte, wurde das Sommertrimester um fast drei Wochen verlängert, damit nicht nur die Eltern und ein paar Besucher das Stück zu sehen bekamen, sondern damit es auch als Eröffnung des Sommerkurses dienen konnte, der im August und in der ersten Septemberhälfte stattfand.

Diese Aufführung war deshalb besonders wichtig, und sie unterschied sich von anderen insofern, als Lehrer und Schüler gemeinsam auftraten und gemeinsam Bühnenbild, Musik, Beleuchtung und so weiter besorgten.

Mit der Verpflichtung eines Außenseiters als Regisseur hatte Bennet eine kühne Entscheidung getroffen. FitzAllan hatte ein gehöriges Honorar verlangt, das Bennet nicht aus der knappen Schulkasse, sondern aus eigener Tasche bezahlte. Aber Derek FitzAllan war nicht nur ein Spezialist der Stanislawski-Methode und ein Mann, der bei Meyerhold in Rußland und bei Piscator in Berlin studiert hatte, sondern er hatte Bennet auch einen besonderen Vorschlag gemacht, den dieser unmöglich ablehnen konnte.

FitzAllan hatte anscheinend Bertolt Brecht, der 1933 aus Deutschland emigriert war, die Einwilligung abgerungen, daß die Schule eine englische Version des bislang nicht aufgeführten Stücks *Die heilige Johanna der Schlachthöfe* auf die Bühne bringen und überdies Änderungen vornehmen durfte, die eine Aufführung erleichtern würden. Bennet, erstaunt über die Großzügigkeit des Autors, hatte FitzAllans Angebot angenommen und schämte sich ein wenig, weil er sich in einem Winkel seines Herzens nach etwas mit mehr Farbe und mehr Lebensbejahung sehnte, als dieses marxistische Lehrstück zu bieten schien.

Als er nun mit Tamara zum Bahnhof fuhr, um den Regisseur abzuholen, tat er sein Bestes, um Optimismus auszustrahlen.

FitzAllan hatte langes silberweißes Haar, ein relativ junges, braungebranntes Gesicht und trug vom Hals bis zu den Füßen Schwarz. Außerdem lebte er streng vegetarisch, was er Bennet sogleich mitteilte mit der Bitte, dies unverzüglich an die Küche weiterzugeben.

»Was soll denn das heißen?« fragte Lieselotte erschrocken, als Ellen mit dieser Nachricht in die Küche kam.

»Ein Vegetarier ißt nichts, was von Tieren kommt«, sagte Ellen. »Kein Fleisch, keine Eier, keine Milch, keinen Käse ...«

»Aber was ißt er dann?« fragte Lieselotte.

»Nüsse«, sagte Ellen und verzog ein wenig verächtlich den Mund. Der Regisseur hatte ihr bereits seine getragene Unterwäsche zum Waschen gegeben.

Ellen hatte von vornherein erklärt, daß sie nicht an Theaterbesprechungen teilnehmen würde. Die Versammlung im Großen Saal, die FitzAllan gleich nach seiner Ankunft einberufen hatte, fand am Ende eines für sie recht anstrengenden Tages statt. Sophie hatte noch immer nichts von ihren Eltern gehört; Freya erhielt eine Postkarte an ihren Mats in Lappland als unzustellbar zurück, und Bruno hatte mit roter Farbe an die Tür eines Nebengebäudes geschrieben: »Schnetzelt das Köhlchen!« Dazu kam das Problem Hermine Ritter. Ellen hatte sich nicht vorgenommen, Dr. Ritter besonders zu mögen. Hermines kräftig sprießender Schnurrbart, ihre durchdringende Stimme sowie ihre Unfähigkeit, Ordnung in das Leben ihres Babys zu bringen, waren nicht gerade gewinnende Eigenschaften.

Andererseits engagierte sich Hermine mit Leib und Seele für ihre Arbeit – im Gegensatz zu Tamara, die sich nur um die Kinder bemühte, um selbst groß herauszukommen. Als Hermine Ellen bat, zur Versammlung zu kommen, konnte Ellen nicht nein sagen. Hermine hatte bisher alle Aufführungen geleitet, und Ellen begriff, daß es ihr nicht leichtfiel, sich der Autorität eines Außenseiters zu beugen.

»Ich dachte, ich könnte für Sie auf Andromeda aufpassen«, sagte Ellen.

Aber Hermine sagte, sie würde Andromeda mitnehmen, und sie könnten sie sich teilen.

Ellen war also zugegen, als FitzAllan, nachdem er von Bennet vorgestellt worden war, jungenhaft auf das Podium sprang und mit einer Zusammenfassung des neuen Theaterstücks begann:

»Wie Sie wissen, spielt das Stück in den zwanziger Jahren in den Schlachthöfen von Chicago und behandelt das Schicksal der Arbeiter, die von ihren kapitalistischen Unternehmern ausgesperrt wurden. Eine Gruppe der Heilsarmee, angeführt von der Heldin Johanna, bringt den hungernden Arbeitern Suppe und versucht, sie zum Christentum zu bekehren, aber die Arbeiter essen die Suppe und lehnen die christliche Botschaft ab.« Er fuhr sich mit der Hand durch das Silberhaar und seufzte, denn einige Kinder sahen sehr klein aus, andere wirkten gelangweilt. Er hatte vergessen, daß die Schule auch eine Unterstufe hatte. »Dann bittet Johanna die Kapitalisten, barmherzig zu sein und die Leute wieder arbeiten zu lassen, aber sie tun nur so, als ob sie auf sie hören würden. Sie führen sie hinters Licht und unternehmen nichts. Als Johanna das erkennt, verliert sie ihren Glauben, tut sich mit den streikenden Arbeitern zusammen und stirbt an Erschöpfung im Schnee.«

Nach dieser Beschreibung konnte man das Stück nicht als fröhlich bezeichnen, aber die Gesinnung, die daraus sprach, gereichte jedermann zur Ehre, und – wie FitzAllan ausführte – es bot für jeden eine Rolle, weil man zusätzlich zu den Kapitalisten, der Heilsarmee und dem Proletariat auch noch Viehzüchter, Arbeiterführer, Spekulanten, Polizisten und Zeitungsjungen brauchte, ganz zu schweigen von der Möglichkeit eines Chors der geschlachteten Rinder, Schweine und Schafe, auch wenn das im Original nicht vorgesehen war.

Nach dieser Einführung bat der Spielleiter um Vorschläge, wie man an die Aufführung herangehen sollte.

»Bei einem marxistischen Werk dieser Art muß die Betonung eindeutig auf der Unterdrückung der Arbeiter liegen«, sagte Jean-Pierre. »Ihr Los steht an oberster Stelle. Wir könnten dies zeigen, indem wir sie sehr auffallend beleuchten – mit Suchscheinwerfern zum Beispiel –, während wir die Kapitalisten im Schatten lassen.«

Rollo war damit nicht einverstanden. Er meinte, der Kern des Stücks liege in der dreigeteilten hierarchischen Gesellschaftsstruktur, und schlug eine Bühne mit einem dreigeschossigen Gerüst vor: die Arbeiter unten, die Heilsarmee in der Mitte und die Kapitalisten oben.

»Aber nicht aus Metall...« warf Chomsky leise ein. »Kein *Metall*gerüst« – und wurde überhört.

Für Hermine war das keineswegs der Punkt. Die bittere Wahrheit des kapitalistischen Systems sei offenkundig. Sie sah in den *Schlachthöfen* eine Chance für die Kinder, sich ihrer Physis bewußt zu werden.

»Ich werde mit ihnen die hängende Bewegung der Tierkörper und den Hieb des Messers einstudieren. Sie können einen klaffenden Leib erleben ... und Krämpfe«, sagte sie, während sie Ellen das Baby reichte, um zu demonstrieren, was sie sich vorstellte.

Nun hob FitzAllan die Hand. »Das ist alles sehr interessant und richtig«, sagte er, und Bennet sah ihm an, daß es ihn nicht die Bohne interessierte. »Aber ich muß Sie daran erinnern, daß Brecht der Erfinder des Verfremdungseffekts ist.«

Jetzt hob ein tapferes kleines Mädchen mit roten Haaren die Hand und fragte:

»Was ist der Verfremdungseffekt?«

Die anderen Kinder sahen sie dankbar an.

»Das ist eine Literaturtheorie. Das Publikum soll nicht gefühlsmäßig am Geschehen auf der Bühne Anteil nehmen. Nur der Verstand, nicht die Gefühle sollen angeregt werden. Brecht ist der Meinung, daß man während der Vorstellung das Licht im Zuschauerraum brennen lassen soll, damit die Leute hin und wieder auch hinausgehen und eine Zigarre rauchen können.«

»Was tut man, wenn man keine Zigarren raucht?« fragte ein Junge mit Brille, der gern alles wörtlich nahm, und erntete einen vernichtenden Blick des Regisseurs.

»Wer kümmert sich um die Musik?« fragte Leon.

Auch hier erwies sich das Stück als sehr geeignet für eine Schule, deren Musiklehrer im Spanischen Bürgerkrieg kämpfte. FitzAllan erklärte, die Arbeiter würden die *Internationale* singen, die Heilsarmee würde Tamburin schlagen und Kirchenlieder singen, und für die ausbeuterischen Kapitalisten wolle er dekadenten Jazz auf dem Grammophon spielen.

»Aber es muß ein Ballett geben«, forderte Tamara, und ein leises Stöhnen lief durch den Saal. »Ein rotes Ballett mit einem ... organischen Thema. Es könnte den Arbeitern erscheinen, während sie schlafen.«

FitzAllan öffnete den Mund, um etwas zu sagen; dann fiel ihm ein, daß sie die Frau des Schulleiters war, und er schwieg.

»Wer soll die Hauptrolle spielen?« fragte Janey. »Die Frau, die den Arbeitern Suppe bringt und im Schnee stirbt.«

»Ich werde morgen mit den Anhörproben beginnen«, sagte FitzAllan, und nachdem er seine Zuhörer erinnert hatte, daß der Schlüssel zu dem Stück in der wahrheitsgemäßen und monolithischen Freudlosigkeit liege, erklärte er die Versammlung für beendet.

Obwohl der Vormittagsunterricht wie gewohnt weiterging, waren die Nachmittage und Abende jetzt mit zunehmend hektischen Proben für die *Schlachthöfe* ausgefüllt. Dazu kamen Workshops und Seminare jeder Art, von denen viele im Freien abgehalten wurden.

Wie vorauszusehen war, forderte das Stück seinen Tribut.

Als besonders unglücklich erwies sich, daß der Regisseur von den Kindern verlangte, sich an ihre eigenen Erfahrungen als grausame Ausbeuter zu erinnern.

»Er hat gesagt, ich hätte Czernowitz schikaniert, weil er am Sonntag kam, um die Ratten zu füttern«, sagte Sophie unter Tränen nach einer Unterrichtsstunde in moderner Schauspielkunst. »Aber das habe ich nicht getan – ehrlich nicht, Ellen. Ich habe Czernowitz gern gehabt.«

Leon hatte es sich mit FitzAllan verscherzt, als er darauf hinwies, daß die schlechten Schlachthofbesitzer keinen Jazz hören sollten. »Der Jazz hat sich aus dem Blues entwickelt«, sagte er. »Diese Musik haben die Neger gespielt, um sich zu befreien. Deshalb ist sie alles andere als dekadent.« FitzAllan fuhr ihm dafür barsch über den Mund.

Am schlimmsten erging es der armen Flix. FitzAllan hatte immerhin erkannt, daß das begabte und bescheidene amerikanische Mädchen die perfekte Besetzung für die Rolle der Johanna war, aber er bestand darauf, ihr einen Vortrag über das Judasschaf zu halten.

»Dieses Schaf ist nur dazu da, ins Schlachthaus hineinzugehen, damit ihm die anderen folgen. Es wird nie getötet, es geht nur immer hinein und wieder heraus. Aber die anderen werden getötet. Es ist so schrecklich, daß man ein Tier zwingt, so etwas zu tun«, sagte Flix, die seit kurzem Jainistin geworden war und abends ein Gazetuch vor dem Mund trug, um keine Mücken zu verschlucken.

Auch der Lehrkörper wurde in Mitleidenschaft gezogen. Hermines Bemühungen, die Kinder mit ihrer eigenen Körperlichkeit in Fühlung zu bringen, schadete ihrer Milch, und Chomskys Befürchtungen waren Wirklichkeit geworden: Das dreistufige Gerüst zur Darstellung der hierarchischen Gesellschaftsordnung wurde doch aus Metall gebaut. Ab jetzt sah man den Ärmsten, der bislang ein behütetes Leben geführt hatte, indem er die Kinder feuerverzinkte Eisenbleche zu Bücherstützen biegen ließ, nur noch wie ein wild gewordenes Rumpelstilzchen zwischen gigantischen Stahlstreben umherspringen.

Unter diesen Umständen empfand Ellen Mareks stille Welt der Bäume, Gewässer und Pflanzen zunehmend als Wohltat. Denn Sophie hatte recht. Marek hatte eine besondere Art, einem Dinge zu zeigen, und es war immer wie ein Geschenk. Marek fand ein Stichlingsnest im Schilf. Er führte sie an die Stelle, wo die frisch geschlüpften Teichjungfern in den Sonnenschein flogen. Und als sich eine kleine Schleiereule verirrt hatte und wie eine Puderquaste und ganz benommen unter einer Fichte saß, holte er Ellen aus der Küche, damit sie ihm half, den Jungvogel mit kleinen Streifen roher Leber zu füttern. Nach einer kurzen Zeit mit Marek in der freien Natur konnte Ellen mit frischen Kräften zu ihrer Arbeit und den Kindern zurückkehren.

»Ist es möglich, daß jemand wie FitzAllan am Ende doch noch etwas Gutes schafft?« fragte sie Marek, als die scharfe Stimme des Spielleiters aus dem Probenraum schallte.

»Wahrscheinlich nicht. Aber ist das wichtig?«

»Ich wünsche es mir für Bennet. Er hat den ganzen Tag an die ›Toscanini-Tanten‹ geschrieben – an wichtige Leute, von denen er meint, daß sie vielleicht kommen wollen, um sich das Stück anzusehen. Und Margaret sagt, er bezahlt FitzAllan aus eigener Tasche.«

Marek stützte sich für einen Augenblick auf seinen Spaten.

»Ja, er ist ein guter Mann. Aber –«

Er wollte sagen, was er schon am Brunnen zu ihr gesagt hatte – daß für die Schule nicht nur das Geld, sondern auch die Zeit knapp wurde; daß dieses verrückte kleine Eden mit seinem überholten Glauben an Freiheit, seinen mehrsprachigen Mitarbeitern bedroht war. Österreich lehnte sich immer stärker an das Dritte Reich. Die Braunhemden stolzierten herausfordernd durch die Straßen Wiens, und selbst hier in Hallendorf ...

Aber sie wußte Bescheid. Er erinnerte sich, was sie gesagt hatte, als sie ihn wegen der Störche fragte. »Sie werden noch hier sein, wenn wir fortgegangen sind.« Gerade weil nicht mehr viel Zeit blieb, lag ihr so viel am Gelingen der Aufführung.

»Vielleicht klappt es ja«, sagte er. »Ich habe Leute erlebt, die sich schlimmer benahmen als FitzAllan, und als es darauf ankam, war alles bestens.«

Ellen, die Marek manchmal bei der Arbeit beobachtete, hatte in letzter Zeit den Eindruck, daß er nicht mehr ganz so entspannt wirkte. Sie spürte, daß er irgendwie auf der Hut war, vielleicht auf etwas wartete, das nichts mit seinem Leben in der Schule zu tun hatte.

Zwei Tage später verstärkte sich dieser Eindruck, als sie ihn im Dorf aus der Post kommen sah. Er steckte etwas in die Jackentasche – vielleicht ein Telegramm – und blickte für eine kleine Weile gedankenverloren über den sonnigen Platz. Dann erst sah er sie und grüßte.

»Ich habe nicht gewußt, daß Sie auch ins Dorf wollten. Sonst hätte ich Sie mit dem Wagen mitgenommen.«

»Ich mußte ein paar Rechnungen bezahlen und mit einigen Leuten sprechen.«

Gemeinsam gingen sie weiter in Richtung See. Der Metzger winkte aus seinem Laden. Der Gemüsehändler schickte ihr seinen Jungen mit einem Strauß Kornblumen nach; und die Alte, die auf dem Dampfer recht unfreundlich gewesen war, erhob sich von ihrer Hausbank und sagte, das nächste Mal müsse Ellen ihren Himbeerwein probieren.

»Sie haben in dem einen Monat, den Sie hier sind, viele Freunde gewonnen«, sagte Marek.

»Das liegt hauptsächlich an Lieselotte«, entgegnete Ellen. »Aber ich liebe dieses Dorf. Sie nicht auch?«

Am Dorfteich blieb Ellen stehen, um ein altes Brötchen aus ihrem Korb an die Karpfen zu verfüttern. Neben dem Eingang zum Friedhof entdeckten sie ein Aniella-Marterl, ein kleines Holzhaus auf Pfählen, ähnlich einem Vogelhäuschen.

»Wird sie auch gefüttert?« fragte Marek, als Ellen wieder stehenblieb.

Sie schüttelte den Kopf. »Sie bekommt Kornblumen.« Sie nahm eine Blume aus ihrem Strauß und legte sie neben die Blumen, die die Leute aus dem Dorf gebracht hatten. »Sie ist eine so feinfühlige Person – und ihre Kerzen brennen aufrecht und wahr«, sagte sie.

Marek sah sie scharf an, aber sie hatte sich abgewandt. »Ich muß den Dampfer erreichen«, sagte sie.

»Ich fahre Sie zurück. Meinen Besuch bei dem alten Teufel vom Holzplatz habe ich gemacht. Aber erst trinken wir einen Kaffee in der ›Krone‹. Der Wirt ist bester Laune, weil sich ein ganzer Zahnarztkongreß bei ihm angesagt hat. Seine Frau hat befürchtet, sie würden den neuen Anbau nie voll bekommen, und jetzt werden im Juli 23 Zahnärzte bei ihnen absteigen!«

»Oh, das freut mich. Die beiden arbeiten so schwer.«

Sie setzten sich an einen Tisch unter den Kastanienbäumen, und Marek bestellte Kaffee und Streuselkuchen. Ellens Kaffee wurde mit einem Glas Wasser serviert und der von Marek mit einem Glas Schnaps auf Kosten des Hauses.

»Können Sie das schon so früh am Morgen trinken?« fragte Ellen entsetzt.

»Ganz bestimmt«, sagte Marek und hob sein Glas. »Wasser ist für die Füße.«

Inzwischen hatten sich Spatzen und Tauben um Ellen geschart, mit denen sie ihren Kuchen teilte.

»Nicht alles und jedes ist hungrig«, meinte Marek lächelnd.

»Nein«, sagte sie, wie sie die Brösel verteilte, so daß auch die Blaumeisen im Hintergrund nicht von den Tauben übervorteilt wurden, und er dachte daran, wie sie jeden Abend im Speisesaal mit sicherem Blick und gerecht das Essen austeilte und Ordnung hielt, ohne jemals die Stimme zu erheben.

»Sie erinnern mich an meine Großmutter«, sagte er. »Sie stammte auch aus England.«

»Herrje! Ich habe nicht gewußt, daß Sie zum Teil Engländer sind. Sprechen Sie deshalb so gut Englisch?«

»Vielleicht. Ich war ein Jahr an einer englischen Schule. Ein schrecklicher Ort – leider.«

»Lebt Ihre Großmutter noch?«

»Sie ist sogar quicklebendig.«

Sie wartete, wobei sie den Kopf etwas neigte, so daß ihr die Locken über eine Schulter fielen. Es war kein passives Warten, und Marek gab sich sogleich geschlagen und erzählte.

»Sie hieß Nora Coutts«, sagte er, während er seinen Kaffee umrührte. »Als sie dreiundzwanzig war, ging sie nach Rußland, um sich um die drei kleinen Töchter eines Generals in der Armee des Zaren zu kümmern. Sie ging gern allein im Wald spazieren, sogar im Winter und wenn es regnete. Schließlich war sie Engländerin.«

»Natürlich«, sagte Ellen.

»Eines Tages stieß sie auf einen Holzfäller, der vor einem Kohlebecken saß. Aber er schien kein gewöhnlicher Holzfäller zu sein, denn erstens brannte sein Feuer nicht richtig, und zweitens las er ein Buch.

»Was für ein Buch war es denn?«

»*Die Brüder Karamasow*. Meine Großmutter witterte Unrat und zu Recht, denn es stellte sich heraus, daß der junge Mann ein Anarchist war, der zu einer Freiheitsbewegung gehörte, die den Zaren stürzen wollte. Er hatte den Auftrag, den General, bei dem meine Großmutter arbeitete, zu beobachten und seinen Anführern mitzuteilen, bei welcher Gelegenheit man auf den General ein Attentat verüben könnte, ohne Frau und Kinder mit in die Luft zu sprengen. Damals hat man bei solchen Vorhaben noch an Frauen und Kinder gedacht, was beweist, wie altmodisch man war.

Selbstverständlich hielt meine Großmutter nichts von dieser Idee, und außerdem hatte sich der junge Mann sofort in sie verliebt, weil sie rotes Haar hatte und Sommersprossen und ausnehmend hübsch war. Nachdem er den General nicht mehr in die Luft sprengen wollte, waren natürlich die Anarchisten hinter ihm her. Er floh mit meiner Großmutter nach Prag, wo sie in einem rosaroten Haus wohnten, das so klein war, daß man es mit Streichhölzern hätte heizen können. Hier kam ihre Tochter zur Welt, die später Gedichte schrieb und meine Mutter wurde ... und der Sie wahrscheinlich sehr gefallen würden, wenn sie Sie kennenlernen würde.«

Sie wartete, um sicher zu sein, daß er zu Ende erzählt hatte. Dann sagte sie: »Danke. Das war eine hübsche Geschichte.«

Marek lehnte sich in seinem Stuhl zurück, und plötzlich bedauerte er, daß seine Zeit hier fast zu Ende war. Er würde dieses unaufdringliche und selbstlose Mädchen vermissen.

»Kommen Sie«, sagte er, »ich muß Ihnen etwas zeigen.«

Er führte sie über den Dorfplatz in eine schmale Gasse. Am letzten Haus, wo Spitzengardinen und Geranientöpfe die Fenster zierten, blieb er stehen und klopfte.

Ein gebrechlicher älterer Mann kam an die Tür gehumpelt, und Marek sagte: »Ich habe Fräulein Ellen mitgebracht, um ihr Ihre Menagerie zu zeigen. Dürfen wir hereinkommen?«

Der Mann nickte und führte sie durch den Gang in die Küche, wo eine geschlossene Altane über den Garten hinausragte. Auf einem großen Tisch, auf mehreren mit Butterbrotpapier ausgelegten Tabletts, standen säuberlich aufgereiht viele kleine Tiere aus Marzipan.

Ellen war sprachlos. Da gab es Löwen mit lockigen Mähnen, stachelige Igel, Eichhörnchen mit elegant geschwungenem Schweif, Dackel, scheckige Kühe mit einem Grasbüschel im Maul, einen Frosch mit einem goldenen Kinn und dunkelbraunen Flecken, einen Pinguin, eine Maus mit überdimensionalem Schnurrbart ...

»Herr Fischer macht diese Sachen, um sie in Klagenfurt zu verkaufen«, sagte Marek.

»Oh!« Ellen wandte sich an Herrn Fischer. »Ich kann es kaum glauben! Die Farben ... diese feinen Details ... Sie müssen sehr stolz darauf sein. Ich würde viel darum geben, wenn ich so etwas könnte.«

Herr Fischer errötete vor Freude. Dann zuckte er die Achseln. »Es braucht nur ein bißchen Zeit und Geduld.«

»Das allein genügt aber bestimmt nicht. Es ist eine Kunst.« Sie schüttelte den Kopf. »Ist die Marzipanmasse nach dem üblichen Rezept hergestellt? Mandeln und Eiweiß?«

»Ja, nur etwas weicher. Die Farben sind das schwierigste. Eine gute grüne Farbe ...«

»O ja – Grün ist ganz schwierig!«

Marek hörte dem Fachsimpeln der beiden belustigt zu.

Als sich Ellen zu einem letzten Blick auf die Tabletts umdrehte, sah er auf ihrem Gesicht einen Ausdruck, den er von mehreren Frauen her kannte: eine hochgradige Sehnsucht, die nur als leidenschaftliches Verlangen zu beschreiben war. Er hatte diesen Ausdruck auf Brigitta Seefelds Gesicht gesehen, als sie vor einem Schaufenster in der Kärntnerstraße einen Zobelmantel bewunderte, und auf dem Gesicht der kleinen griechischen Schauspielerin, die sich in New York bei Tiffany in eine Diamantenbrosche verliebte.

»Ich fürchte, sie sind nicht zu verkaufen«, sagte Marek. »Sie sind alle für eine Konditorei in Klagenfurt bestimmt.«

»So ist es«, sagte der alte Mann. »Aber ich kann eines für das Fräulein entbehren – als Geschenk.« Er trat beiseite. »Herr Tarnowsky, wenn Sie etwas aussuchen wollen ...«

Marek trat an den Tisch. Seine Hand ging zu einem wollig gelockten Schäfchen, zögerte über einer hellgelben Schnecke mit himmelblauen Augen ... und dann hatte er das Richtige gefunden.

»Dieses hier«, sagte er, und Herr Fischer nickte, denn er hatte geahnt, daß sich das Fräulein das kleinste, bescheidenste und doch irgendwie farbenfrohste von all den kleinen Tieren auf dem Tablett wünschte.

»Wollen Sie es denn nicht essen?« fragte Marek lächelnd, als sie wieder auf der Straße standen.

»*Essen!*« entgegnete Ellen empört. »Eher würde ich sterben!«

Am Abend in ihrem Zimmer nahm sie das Geschenk aus dem Einwickelpapier und hielt es in der Hand. Sie hatte Marienkäfer immer besonders gern gehabt. Sie wurden in Kinderliedern besungen und schützten die Rosen, und wenn einem ein Siebenpunkt auf die Hand flog, durfte man sich etwas wünschen.

Es war ein schöner Tag gewesen. Schon von Anfang an in Hallendorf war sie überzeugt gewesen, daß Marek ihr eine Hilfe sein würde, und sie hatte recht behalten. Er hatte ihr wirklich geholfen, und sie war stolz, ihn zum Freund zu haben.

Dieses herzerwärmende und erhebende Gefühl war zwei Tage später dahin, weil Marek eines ihrer Kinder in den See geworfen hatte.

Es begann mit Leons Grammophon. Zu den kostspieligen Geschenken, mit denen Leon überschüttet wurde, gehörte auch ein blaues Koffergrammophon, das zu Beginn des letzten Trimesters per Bahnfracht geliefert worden war. Fast jede Woche schickte ihm seine fürsorgliche Mutter neue, dick in Wellpappe eingeschlagene Schallplatten, von denen die meisten zerbrochen ankamen. Aber es blieben genug übrig, und Leon spielte sie immer und immer wieder – auf den Terrassenstufen, im Gemeinschaftsraum, im Schlafzimmer, das er mit Bruno und einem französischen Jungen namens Daniel teilte, und überall wurde er nach einer Weile vertrieben.

In der Woche, als FitzAllan nach Hallendorf kam, erhielt Leon eine neue Sendung Schallplatten, darunter auch Lieder eines Komponisten, den Ursula sofort mißbilligte, weil er noch lebte.

»Musik von lebenden Menschen taugt nie etwas«, sagte sie.

Die *Sommerlieder* waren ungewöhnlich und eigenartig, das stimmte schon. Sie besangen nicht den üppigen, von Bienengesumm und schweren Düften erfüllten Sommer, sondern eher eine Jahreszeit der Seele, wo alles hell und klar ist. Die Melodien, getragen von der Solovioline, die sich über das Orchester erhob, und von der silberhellen Sopranstimme, wirkten auf Ellen wie »Beinahe-Melodien« – sie tauchten auf, stahlen sich ins Ohr und verschwanden, ehe man sie erfassen konnte. Aber als sie die Lieder ein paarmal gehört hatte, begann sie, der Musik zu folgen, erst interessiert und dann allmählich mit Genuß, der um so größer war, als er sich nicht sofort eingestellt hatte.

Aber Leon bekam nie genug. Er spielte die *Sommerlieder* im Schloß und außerhalb des Schlosses. Er nahm sein Grammophon ins Ruderboot mit und auf den Badesteg, auch wenn kein Badewetter war wie an diesem kühlen Tag, und zog es gerade wieder auf, als Marek mit einer Hacke vorbeikam und ihm sagte, er solle aufhören.

Leon hob sein schmales Gesicht und sah Marek herausfordernd an. »Ich will nicht aufhören. Mir gefällt die Musik. Und der Mann, der das Violinobligato spielt, ist phantastisch. Er heißt Isaac Meierwitz und –«

Marek bückte sich und nahm die Nadel aus dem Tonkopf. Plötzlich war es still. Leon stand auf. »Das können Sie nicht machen. Sie dürfen nicht gemein zu mir sein, weil ich Jude bin. Wenn es Ihnen egal ist, was mit Juden passiert –«

Ein Beobachter hätte nur ein kleines Zucken um Mareks Mund bemerkt. Aber Janik und Stepan, deren Aufgabe es gewesen war, den kleinen Zornbinkel Marek ins Freie zu schaffen, damit er sich austoben konnte, hätten die Anzeichen sofort erkannt.

Marek legte die Hacke aus der Hand, ging langsam auf Leon zu, packte ihn und warf ihn ins Wasser.

Sophie und Ursula liefen aufgeregt zu Ellen, um ihr die Neuigkeit zu berichten.

»Es geschieht ihm ganz recht«, sagte Ursula. »Er ist Marek wieder nachgelaufen und hat sein blödes Grammophon mitten auf dem Steg gespielt.«

»Aber Marek hat gewartet, bis Leon wieder aufgetaucht ist. Er hätte ihn nicht ertrinken lassen.« Sophie war hin und her gerissen zwischen Mitleid für Leon und Sorge um ihren Helden Marek, der sich doch recht seltsam benommen hatte.

Nun erschien Leon, in ein Handtuch gehüllt und am ganzen Leibe zitternd. Freya, die dem Ort des Geschehens am nächsten gewesen war, begleitete ihn.

»Er hat natürlich einen Schock, aber ich glaube nicht, daß es schlimm ist.« Sie wirkte ebenso verwirrt und besorgt wie Sophie. »Ich weiß nicht, warum...«

Ellen legte die Arme um Leon. »Sophie, laß ein heißes Bad einlaufen«, befahl sie. »Und Ursula, du gehst und bittest Lieselotte, eine Wärmflasche heraufzubringen.«

»Wenigstens hat er mich nicht aus dem Fenster geworfen«, sagte Leon, während er sich aus seinen nassen Sachen schälte. »Das tut er nämlich sonst immer.«

»Was meinst du, Leon?«

»Ach nichts.« Schniefend und den Tränen nahe wandte sich Leon ab. »Ich meine gar nichts.«

Als sie ihn trockengerubbelt und in einen frischen Pyjama gesteckt hatte, fand sie Lieselotte an Leons Bett.

»Könntest du ein paar Minuten bei ihm bleiben, Lieselotte?« bat sie. »Es dauert nicht lang.«

Ellen konnte sich nicht mehr erinnern, wie sie an die Tür von Mareks Zimmer gekommen war. Nun machte sie ihrem Zorn Luft, den sie unterdrückt hatte, solange sie mit Leon beschäftigt war.

»Was fällt Ihnen eigentlich ein!« rief sie, noch bevor sie eingetreten war. »Wie kommen Sie dazu, so gewalttätig mit meinen Kindern umzugehen?«

Marek, der vor einer geöffneten Schublade stand, blickte kurz auf. Dann fuhr er fort, seine Sachen in einen alten Schweinslederkoffer zu packen.

»Kein Kind hier wird körperlich angegriffen. Das ist das Gesetz der Schule, und es ist mein Gesetz.«

Er nahm keinerlei Notiz von ihr, öffnete eine Truhe und nahm Dokumente und Schreibpapier heraus.

Seine Gleichgültigkeit steigerte ihren Zorn noch mehr. »Seit ich hier bin, habe ich versucht, Leon zu beruhigen, und jetzt haben Sie alles, was man ihm vielleicht Gutes getan hat, zunichte gemacht. Wenn er Lungenentzündung bekommt und stirbt –«

»Das ist unwahrscheinlich«, sagte Marek gelassen.

»Sie müssen völlig verrückt sein! Von mir aus können Sie sich eine Brille aufsetzen, obwohl Sie keine brauchen, und sich einen Scheitel ziehen, von dem man schon auf zehn Meilen sieht, daß er dort nicht hingehört. Aber wenn es so weit geht, daß Sie den Kindern gegenüber grob werden, dann –«

Aber er reagierte nicht. Sie hatte das Gefühl, als sei er bereits woanders, wo sie und Hallendorf nicht existierten.

»Wie Sie sehen, gehe ich fort«, sagte er.

»Sehr gut!« Sie sah immer noch Leons gequältes Gesicht, seine Schniefnase und seinen zitternden Körper. »Was uns betrifft, können Sie gar nicht schnell genug gehen.«

Jetzt sah er sie an. Einen Augenblick erinnerte sie sich, was sie empfunden hatte, als sie ihm am Brunnen zum ersten Mal begegnet war. Sie hatte sich vollkommen verstanden gefühlt. Der Blick, der sie jetzt traf, war das Gegenteil davon. Sie war ein Niemand, ein Nichts.

Aber ihr Zorn hielt sie aufrecht. Sie wandte sich um und ging und schlug die Tür hinter sich zu wie ein ungezogenes Kind.

Zurück im Schloß fand sie Leon friedlich im Bett, und er hatte auch wieder Farbe im Gesicht. Als sich Ellen über ihn beugte, um sicherzugehen, daß er auch richtig warm eingepackt war, sah sie einen weißen Umschlag unter der Matratze hervorlugen und zog ihn heraus.

»Ich habe es mir nur geliehen«, murmelte Leon. »Ich wollte es zurückgeben.«

»Ist schon in Ordnung, Leon. Schlaf jetzt.«

Als sie sich ansah, was sie in der Hand hielt, stellte sie fest, daß es ein Konzertprogramm war – und daran geheftet mehrere Seiten, beschrieben in Kendricks Handschrift.

Eine Stunde später klopfte Marek an Leons Tür. Die Kinder und Ellen waren im Speisesaal. Der Junge war, wie Marek vermutet hatte, allein.

»Also, Leon«, sagte er, während er sich neben ihm auf das Bett setzte. »Was willst du von mir?«

Leon schossen erneut die Tränen in die Augen, und sein Mund zuckte. »Ich möchte nur, daß Sie mir helfen«, schluchzte er. »Das ist alles. Sie sollen mir nur *helfen*.«

»Und wie?«

»Ich weiß einfach nicht ... Ich weiß nicht, wie der Fingeransatz bei meiner Beethovensonate geht, und ich weiß nicht, ob das Quartett, das ich geschrieben habe, gut ist. Meine Eltern wollen, daß ich Musiker werde. Meine Mutter wünscht es sich ganz besonders, und auch meine Schwestern. Aber ich brauche jemand, der mir sagt, ob ich Talent habe.«

»Das kann dir niemand sagen.«

»Aber wie soll man wissen, ob es sich lohnt, weiterzumachen? Ich weiß nicht, ob ich echt kreativ bin oder –«

»Du liebe Zeit, Leon, wozu diese Grübelei? Wenn du Musik machen willst, dann tu es. Aber glaub mir, deine Kreativität interessiert niemand. Schreibe etwas – dann ist es da. Wenn es das ist, was du schreiben wolltest, wenn es vor dir *besteht*, dann laß es so, wie es ist. Wenn nicht, wirf es weg. Dein wundervolles Talent ist vollkommen belanglos.«

»Aber Sie –«

»Was mit mir passiert ist, hat nichts damit zu tun. Ich war rein zufällig gar nicht begeistert von meinem sogenannten Talent. Ich habe mich lange und heftig dagegen gewehrt, weil ich vorausgesehen habe, daß es mich von dem Ort, wo ich mein Leben verbringen wollte, und von der Arbeit, für die ich geboren zu sein glaubte, wegführen würde. Wenn ich Musik komponiert habe, dann nur, weil ich nicht wußte, wie ich damit aufhören könnte. Aber du –«

»Meine Mutter liebt Musik. Und meine Schwestern genauso. Und mein Vater wäre viel lieber Pianist geworden als Geschäftsmann. Er spielt sehr gut. Deshalb habe ich gedacht ... Ich wollte ... Es ist nicht so, daß sie mich zwingen, aber –«

»Ja, ich verstehe schon.« Zum ersten Mal empfand Marek Mitleid und Zuneigung für den Jungen. »Wenn ich dich fragen würde, was du eines Tages, wenn du groß bist, tun möchtest – was würdest du antworten? Ganz spontan.«

»Filme machen«, sagte Leon wie aus der Pistole geschossen.

Marek lächelte. »Das klingt sehr echt.« Er schwieg eine Weile. Dann beschloß er, dem Jungen die Hilfe zu geben, um die er gebeten hatte. »Ich habe vorhin gesagt, niemand könne beurteilen, wozu ein anderer Mensch berufen ist, und das habe ich auch so gemeint. Aber ich denke, daß du echt musikalisch bist. Du wirst ein ausgezeichneter Amateur sein – und vergiß nicht, daß ein Amateur ein *Liebhaber* ist. Du wirst jemand sein, der die Musik fördert. Dank Menschen wie dir und deiner Familie wird Musik gehört, werden Orchester gebildet und bezahlt, und das ist etwas, worauf man stolz sein kann. Aber wenn du mich fragst, ob du den zündenden Funken hast, dann muß ich sagen, daß ich das nicht für wahrscheinlich halte.«

Während er sprach, hatte er den Jungen sorgfältig beobachtet, und nun sah er, daß sich der angespannte Ausdruck in dem schmalen Gesicht löste. Dann legte sich Leon auf das Kissen zurück und lächelte – ein langsames, erleichtertes und glückliches Lächeln. Jetzt sah er wieder wie ein Kind aus und nicht wie ein verhutzelter alter Mann.

»Wenn Sie es meinen Eltern sagen würden, würden sie mir glauben«, sagte Leon. »Ich weiß, das geht jetzt nicht, aber eines Tages vielleicht, wenn Sie zurückgehen.«

Marek stand auf und trat ans Fenster. »Du hast romantische Vorstellungen von mir, die nichts mit der Wirklichkeit zu tun haben. Ich will mich hier nicht von der Welt zurückziehen wie Beethoven in Heiligenstadt. Ich brauche einfach ein paar Monate, in denen ich nicht mit meinem früheren Leben in Zusammenhang gebracht werde. Aber jetzt hast du –«

»Ich werde nichts sagen. Nie. Ich habe von Anfang an gewußt, wer Sie sind, weil meine Mutter in Berlin war, als Sie den einen Nazi aus dem Fenster geworfen haben. Es stand in der Zeitung, und ich habe Ihr Bild gesehen. Aber ich kann ein Geheimnis bewahren.«

»Wenn du es nicht könntest, hätte das sehr ernste Folgen. Und es weiß sonst niemand davon?«

Leon senkte den Kopf. »Ellen weiß es. Ihr Verlobter hat ihr ein Programm von dem Konzert geschickt, bei dem Ihre Lieder aufgeführt wurden. Ich habe es mir von ihr geborgt – sozusagen, und ...«

»Ihr Verlobter?« fragte Marek.

»Na ja, sie sagt zwar, sie würde ihn nicht heiraten, aber wir vermuten es schon, weil er ihr regelmäßig schreibt und weil er ihr leid tut wegen dem feuchten Haus, in dem er wohnt.«

Sein Haus wird nicht lange feucht bleiben, wenn sie ihn heiratet, dachte Marek.

»Er heißt Kendrick Frobisher«, fuhr Leon fort. »Und er war mit Ihnen auf einer Schule.«

»Tatsächlich?« Der Name sagte Marek nichts. Er kehrte zu Leon ans Bett zurück. »Du hast eine liebevolle Familie, Leon«, sagte er. »So ein Glück haben nicht viele Kinder. Vertrau ihnen. Sag ihnen die Wahrheit.«

Als er sich bückte, um seinen Koffer zu nehmen, hatte er plötzlich das Bild eines kleinen blassen Jungen vor Augen, der neben einem Heizkörper saß. Es war ein Junge, der viel herumgeschubst wurde und sich gern mit einem Buch in eine Ecke verkroch. Ja, er war sich beinahe sicher, daß dieser Junge Frobisher war.

Nun, es war lächerlich – diesen Menschen würde Ellen bestimmt nicht heiraten.

Oder vielleicht doch? Möglicherweise war er auch jemand, der gefüttert werden mußte, nicht mit Brotkrumen oder Küchenabfällen, aber mit ihrem Erbarmen und ihrer Liebe. In diesem Fall würde sie sehr unglücklich werden.

Aber Ellen und alles, was sie betraf, hatte nichts mit ihm

zu tun. Seine Zeit in Hallendorf war vorüber. Er hatte sich von Bennet verabschiedet und seine Schlüssel abgegeben. Als die Kinder aus dem Speisesaal kamen, war Marek fort.

Ellen eilte die Stiegen hinauf und fand Leon aufrecht im Bett sitzend und völlig verändert.

»Marek war da!« sagte er mit leuchtenden Augen. »Er war bei mir, und es ist alles in Ordnung. Ich muß kein Musiker werden. Ich kann auch etwas anderes machen. Ich kann alles mögliche machen! O Ellen, ist es nicht wundervoll? Ich glaube, er ist der wundervollste Mensch auf der Welt!«

Sie sah Leon sprachlos an. Sein Gesicht strahlte. Er hatte wieder eine Zukunft, der er freudig entgegensah. Um dieses Kind zu verteidigen, war sie wie eine Furie auf Marek losgegangen und hatte ihn mit der Erinnerung an ihre sinnlose und kindische Wut gehen lassen.

»Ich werde meine Eltern bitten, mir eine richtige Filmkamera zu schicken, und ich werde ein Drehbuch schreiben. Sophie kann darin die Hauptrolle spielen, und das wird ihrer abscheulichen Mutter zeigen –«

Plötzlich unterbrach er sich und sagte: »Ellen, Sie sagen immer, daß wir ein Taschentuch bei uns haben müssen, und jetzt schniefen Sie selber.«

Sie fuhr sich über die Augen und versuchte zu lächeln. »Ist schon in Ordnung. Ich habe mit Marek gestritten, das ist alles, und jetzt ist er fort.«

»Ach, daran wird er gar nicht mehr denken. Ellen, wenn ich erwachsen bin, schreibe ich Mareks Biographie – wenn er es mir erlaubt. Sein Leben ist schon jetzt erstaunlich. Er hat Leute aus dem Fenster geworfen. Er ist ein Held. Seine Geliebte ist eine sehr berühmte Opernsängerin – Brigitta Seefeld. Auf den Schutzhüllen meiner Schallplatten steht ganz viel über sie.«

Leon hatte beinahe ebenso viele Informationen über Marek gesammelt wie Kendrick Frobisher. »Ich werde wie Eckermann sein, der alles aufgeschrieben hat, was Goethe sagte. Könnten Sie versuchen, sich an alles zu erinnern, was Marek zu Ihnen gesagt hat?«

»Ja, ich denke schon.«

Laß nie den Tag im Zorn vorübergehen. Aber der Tag war vorüber, die Sonne untergegangen, nur die Berge leuchteten noch dunkelrot, lila und golden.

»Wo fängt man denn bei einer Biographie an?« fragte Leon.

»Ich denke, am Anfang, Leon«, sagte Ellen müde.

An dem Ort in den Ostsudeten, wo seine Mutter von Hof zu Hof fuhr mit weißen Tauben in einem Wäschekorb ...

An dem Ort, wo es Störche gab ...

9

Das Haus war ursprünglich ein Jagdhaus der Habsburger-Herrscher, denen die Jagd in den Wäldern Böhmens gehörte. Im 18. Jahrhundert wurde das aus Silberpappeln errichtete Holzhaus zu einem Herrenhaus umgebaut. Die Fenster bekamen Läden, und die verputzten Mauern wurden in Schönbrunngelb gestrichen – eine Farbe, die Maria Theresia allen, die in ihren Diensten standen, als Hausanstrich gestattete.

Mareks Urgroßvater, der Freiherr Markus von Altenburg, kam aus Norddeutschland. Er verliebte sich in die böhmische Landschaft – in den Wald mit den alten Bäumen, Adlern und Eulen, dem zahllosen Hoch- und Niederwild – und kaufte das Anwesen. Er rodete genug Wald für eine kleine Landwirtschaft, legte einen Fischweiher an und ließ die Sonne auf die Dächer von Pettelsdorf scheinen. Damals kamen die Störche.

Über hundert Jahre lebten die Altenburgs im österreichischen Vielvölkerstaat. Nach dem Zerfall der Donaumonarchie im Jahr 1918 gehörte Pettelsdorf zur neuen Tschechoslowakischen Republik und hieß Pettovice.

Niemand in Pettelsdorf oder Pettovice empfand dies als besondere Veränderung. In diesem Teil von Europa waren die Grenzen immer wieder verschoben worden, aber es strich noch derselbe Wind durch die Roggen- und Haferfelder, die Gänse watschelten in Reih und Glied zum Wasser, die schweren Pferde zogen ihre Fuhren über die staubigen, ausgefahrenen Straßen.

Mareks Vater behielt seine deutsche Staatsbürgerschaft, aber er begrüßte die neue Republik, denn die Tschechoslowakei unter Masaryk war das Musterbeispiel eines demokratisch regierten Landes. Er hatte eine Frau aus Prag geheiratet, die in einem kleinen mittelalterlichen Haus hinter dem Hradschin aufgewachsen war. Die Mutter dieser Milena Tarnowsky war Engländerin, ihr Vater Russe. Milena sprach fünf Sprachen, hatte mit Kafka Tee getrunken, verdiente sich ihren Lebensunterhalt mit der Übersetzung von Zeitungsartikeln und schrieb Gedichte. Ein offenes Haus für Menschen aller Nationalitäten war in Mareks Elternhaus ebenso Tradition, wie es Tradition in den Klöstern war, den Wanderern, die auf den Pilgerstraßen unterwegs waren, Obdach zu gewähren.

Die Verbindung zwischen Hauptmann von Altenburg, der nur für seine Jagd und seine Bäume zu leben schien, und dem gebildeten Mädchen, das als Blaustrumpf galt, kam für viele unerwartet, aber diese Ehe wurde zu einem Synonym für Glück.

Kein Wunder also, daß der Sohn, den sie bekamen, die Welt betrachtete, als wäre sie zu seinem persönlichen Vergnügen geschaffen. In Pettovice gab es keine Trennung zwischen dem Herrenhaus und dem Gutshof, zwischen Gutshof und Wald. Gänse bewachten die Hängematte, in der Milenka an ihren Übersetzungen arbeitete; die Jagdhunde tollten mit Milenkas glotzäugigem Pekinesen und den Mischlingshunden umher, die der Junge vor dem Ersäufen bewahrt hatte. Sobald er auf einem Pferd sitzen konnte, begleitete er seinen Vater bei der nie endenden Arbeit auf dem Land, und manchmal kehrten sie erst nach Tagen zurück.

Er war an Überfluß gewöhnt und liebte ihn. »Ich mag nicht ›entweder – oder‹, ich mag ›und‹«, sagte der fünfjährige Marek, als ihn die Köchin fragte, womit sie seinen Geburtstags*beigli* füllen sollte. »Aprikosen *und* Mohn *und* Walnüsse«, sagte er – und bekam sie.

Das Hauspersonal verwöhnte ihn, aber die Männer draußen gingen anders mit ihm um. Die Holzfäller, Köhler und Fuhrleute, zu denen er aufschaute, ließen ihm nichts durchgehen, weil sie wußten, daß er eines Tages der Herr und damit auch der Diener dieses Besitzes sein würde. Wenn Marek einen seiner seltenen, aber schlimmen Wutanfälle bekam, flüchtete er sich in die Scheune oder auf eine Koppel, wo er sich austoben konnte, bis er vom alten Förster Stepan verheult, aber geläutert ins Haus zurückgebracht wurde.

Daß Marek in die Fußstapfen seines Vaters treten würde, war so selbstverständlich, daß er nie etwas anderes erwogen hatte. Das Aufsehen, das er mit seiner Musik erregte, ignorierte er.

Sein Talent hatte sich früh bemerkbar gemacht. Als er drei Jahre alt war, hatte er den Dirigenten der Dorfmusikkapelle gebeten, ihn aufs Pult zu lassen, um die Musik zu dirigieren. Zwei Jahre später schrieb er zum Geburtstag der Tochter eines benachbarten Gutsherrn, in die er sich verliebt hatte, ein Lied im Sechsachteltakt. Er hatte Klavier- und Geigenunterricht; und die meisten Instrumente der Dorfkapelle, die bei Hochzeiten und Beerdigungen auftrat, hatte er sich selbst beigebracht.

Aber was war so ungewöhnlich daran? In Böhmen war jeder musikalisch. Bei den Wiener Philharmonikern stammte die Hälfte der Bläser aus der Tschechoslowakei. In der Oper wimmelte es von tschechischen Sängern. Selbst als der einheimische Lehrer sagte, er könne dem Jungen nichts mehr beibringen, ließ sich Marek nicht beirren.

»Ich werde ganz bestimmt nicht in der Welt herumreisen mit ein paar Bröseln Heimaterde in der Tasche wie Chopin«, sagte er.

Er wurde auf Schulen geschickt – auf eine höhere Lehranstalt für Söhne vornehmer Familien und auf die englische Internatsschule, die seine Großmutter, die respekteinflößende Nora Coutts, empfohlen hatte, die in einem Seitenflügel des Hauses wohnte, Earl-Grey-Tee von Harrods trank und ihn mit der englischen Syntax quälte. Aber an seiner Grundhaltung änderte das alles nichts.

Als er schließlich einwilligte, in Wien zu studieren, belegte er Land- und Forstwirtschaft. Aber Wien ist kein guter Platz, um vor der Musik zu flüchten. Als ihm Brigitta Seefeld begegnete, stand sein Lebensweg fest.

Er war zwanzig Jahre alt, als er mit Freunden in der vierten Galerie der Wiener Oper saß und *Figaros Hochzeit* hörte. Brigitta Seefeld sang die Gräfin, für die Mozart mit *Dove sono* vielleicht die bewegendste Arie komponiert hatte, in der eine Frau ihr Liebesleid klagt.

Marek war überwältigt. Er hörte die Seefeld wieder als Violetta in *La Traviata* und als Pamina in der *Zauberflöte*. Ihre Stimme war hinreißend – silberhell und doch voll und kräftig. Und daß die Sängerin schön war, blond und blauäugig nach bester Wiener Art, war kein Nachteil.

Als er mit einem ziemlich großen eingetopften Erdbeerbaum vor ihrer Garderobe stand, wollte er eigentlich nur seine Verehrung ausdrücken, aber schon einen Monat später hatte ihn die Diva mit festem Griff die drei Stufen zu ihrem Bett hinaufgeführt – ein absurdes Bett mit vergoldeten Schwänen, das ihr ein Bewunderer nach ihrer ersten Elsa in *Lohengrin* geschenkt hatte.

Aber nicht nur das Bett, auch die Dame war absurd. Sie war eitel, selbstsüchtig und extravagant, doch wenn er sie im Arm hielt (und da war einiges zu halten), hatte er das Gefühl, als würde er die großen und herrlichen Traditionen der Wiener Musik umarmen. Für sie schrieb er die *Sommerlieder,* die er Jahre später noch mit Brigittas Stimme im Ohr hatte.

Es war eine öffentliche Liaison, die von den klatschsüchtigen Wienern sehr begrüßt wurde. Marek hätte sie von sich aus nicht beendet: Brigitta war über zehn Jahre älter als er, und er war ein ritterlicher junger Mann. *Sie* hatte ihn fortgeschickt – »nur vorübergehend« –, weil sie zuviel Geld ausgegeben hatte und sich einem reichen Gönner widmen mußte.

»Wenn ich jetzt gehe, werde ich nicht zurückkommen«, hatte Marek gesagt.

Sie hatte ihm nicht geglaubt, aber es war ihm ernst gewesen.

In jenem Frühjahr 1929 ging er dann nach Berlin, eine Stadt mit pompösen Bauten, scheußlichem Klima – und einem phantastischen kulturellen Leben.

In Wien hatte ihn Brigitta völlig für sich beansprucht. Nun fand er Freunde, und ein besonderer Freund wurde Isaac Meierwitz.

Meierwitz war nicht nur ein bekannter Geigenvirtuose, sondern auch ein echter Musiker, der weiterhin Kammermusik machte, als erster Geiger beim Berliner Philharmonischen Orchester spielte und armen Studenten an der Preußischen Akademie der Künste kostenlos Unterricht gab. Marek hatte ihn im Haus von Professor Radow kennengelernt. Auf den ersten Blick sah er aus, wie man sich eben einen russischen Juden vorstellte: klein, mit Glubschaugen und ziemlich neurotisch. Meierwitz war allergisch auf Eiweiß und Sopranstimmen, sah Geister, und im Geigenkasten seiner Stradivari verwahrte er den Zopf seiner Großmutter. Aber er hatte das Herz eines Löwen. Er trank Wodka mit Wasser, brauchte fast keinen Schlaf, war ein erstklassiger Schwimmer und eine nie versiegende Quelle schauerlichster Witze.

Isaac war nur ein paar Jahre älter als Marek, aber er kannte praktisch jeden. Er stellte Marek Schönberg und Strawinsky vor, nahm ihn in die Krolloper zu *Wozzeck* mit und in die Volksbühnen, wo Schnabel Beethovensonaten spielte – im Straßenanzug, damit sich das Arbeiterpublikum heimisch fühlte. Er fand Kellerlokale, wo echte Zigeuner spielten, und Kabaretts, in denen die Schikanen von Politikern gnadenlos angeprangert wurden.

Als sie eines Tages, nach einer langen Nacht, durch den Tiergarten schlenderten, sagte Isaac, es sei jetzt allmählich Zeit, daß er sein Konzert bekommen würde.

»Weißt du, ich muß an meine Unsterblichkeit denken.«

»Du liebe Zeit, Isaac! Deine Unsterblichkeit hängt bestimmt nicht von einem Violinkonzert ab, das jemand wie ich geschrieben hat.«

Aber Meierwitz meinte es ernst. »Du bist fast fertig damit. Und vergiß nicht, wenn jemand anders als ich die Uraufführung spielt, werde ich dich bis über den Tod hinaus verfolgen!«

Bald danach wurde Marek ein Zweijahresvertrag am Curtis Institute in Philadelphia angeboten. Für einen Mann Anfang Zwanzig war das eine große Ehre.

Er hatte Amerika geliebt und sich dort vollkommen auf das Musikschaffen konzentriert. Als die Zeit in Philadelphia um war, hatte er sich ein halbes Jahr freigenommen, um in einer Hütte am Hudson River zu leben. Eines Tages, als er am Wasser entlangging, hörte er das Thema für den langsamen Satz.

Violinkonzerte haben eine besondere Entstehungsgeschichte. Beethoven, Sibelius, Brahms schrieben jeweils nur ein einziges, aber sie wurden mit Blut geschrieben. Als Marek sein Violinkonzert fertig hatte, schickte er die Partitur nach Berlin.

Meierwitz telegrafierte begeistert zurück. Die Uraufführung mit den Berliner Philharmonikern wurde für das nächste Frühjahr geplant, und Marek sollte selbst dirigieren. Es war das Jahr 1933. Nun reiste Marek nach Brasilien, um im Mato Grosso die Musik der Eingeborenen zu studieren. Den ganzen Winter lang hatte er keinen Kontakt zur Zivilisation – trotzdem war er später erstaunt, wie naiv er gewesen war.

Im Frühjahr 1934 kehrte er nach Europa zurück. Die südamerikanischen Zeitungen bagatellisierten Hitlers Politik, und Meierwitz hatte geschrieben, man habe ihm versprochen, daß er bei der Uraufführung spielen dürfe und daß er bis dahin in Deutschland bleiben würde. Marek traf einen Tag später als erwartet ein, da die *Bremen* in einen Sturm geraten war. Er ging sofort in den Konzertsaal, um mit den Proben zu beginnen. Der neue Musikdirektor erwartete ihn bereits, ganz Lächeln und Leutseligkeit. Die Uraufführung werde mit großem Interesse erwartet; es sei eine Ehre, Herrn von Altenburg wieder in Deutschland begrüßen zu dürfen.

Marek hörte ihm jedoch kaum zu. Er wartete auf den Solisten. Er hatte bei Meierwitz in der Wohnung angerufen, nachdem das Schiff angelegt hatte, und eine Nachricht hinterlassen.

Ein Herr kam auf ihn zu. »Ich bin Anton Kessler, Herr von Altenburg«, sagte er mit einer leichten Verbeugung. »Ich habe die Ehre, Ihr Konzert zu spielen. Glauben Sie mir, das ist ein großer Tag in meinem Leben.«

Plötzlich herrschte im Saal Totenstille.

Dann sagte Marek: »Nein, Herr Kessler, diese Ehre haben Sie nicht. Das Konzert ist Isaac Meierwitz gewidmet, und nur er wird die Uraufführung spielen.«

Die Mitglieder des Orchesters raunten und rückten mit den Stühlen. Kessler errötete.

»Man hat Ihnen doch sicher mitgeteilt, daß Meierwitz ... Jude ist. Er kann unmöglich als Solist auftreten.«

Marek wandte sich an den Direktor. »Mir wurde mitgeteilt, daß Meierwitz spielen würde. Ich erhielt einen diesbezüglichen Brief, bevor ich Brasilien verlassen habe.«

Der Direktor strich sich über das pomadisierte Haar. »Hier muß ein Irrtum vorliegen. Meierwitz wurde ... Nun, er ist fort. Die Chance zu emigrieren hat er abgelehnt. Er machte Schwierigkeiten, und das kann das Dritte Reich nicht gestatten. Ich versichere Ihnen, daß ihm kein Schaden zugefügt wird. Und Herr Kessler ist ein ausgezeichneter Musiker. Bitte, Herr Kessler, beweisen Sie es Herrn von Altenburg.«

Der blonde junge Mann stieg auf das Podium, und das Thema, das Marek am Hudson River eingefallen war, klang durch den Saal. Kessler spielte gut.

»Halt«, sagte Marek.

Inzwischen hatte er sich genauer umgesehen und festgestellt, daß auch andere Gesichter im Orchester fehlten. Das erste Horn war nicht mehr Cohen, die zweite Flöte war neu ...

»Würden Sie die Güte haben, mir zu sagen, wohin man Meierwitz gebracht hat?« fragte Marek ruhig.

»Ich fürchte, ich habe nicht die geringste Ahnung.« Der Direktor ließ seine Verstimmung erkennen. »Sie müssen doch selbst zugeben, daß deutsche Musik eine Reinigung benötigte von ausländischen Einflüssen und insbesondere von –«

Marek konnte den Beginn eines Wutanfalls nie beschreiben. Diese ersten Augenblicke waren außerhalb der Zeit. Als er wieder zu sich kam, hielt er den dicken, schreienden Mann an einem nadelgestreiften Hosenbein aus dem Fenster des ersten Stocks.

»Wo ist er, du Speichellecker? Wo hat man ihn hingebracht?«

»Nein! Nicht! Sie bringen mich um! Hilfe! Hilfe!«

Marek ließ ihn noch ein Stückchen tiefer und hielt ihn nur noch am Fußgelenk fest. Auf der Straße liefen Passanten zusammen. Aus dem gegenüberliegenden Haus eilte ein Mann mit einer Kamera ...

»Sie haben gehört, was ich gesagt habe. Wo ist er? Sie haben noch genau eine Minute.«

»Er ist in einem Lager ... in Weichenberg ... an der tschechischen Grenze. Es ist für die Umsiedlung.«

Angewidert zog Marek den Mann wieder hoch und legte ihn über die Fensterbank. Dann wandte er sich wieder an das Orchester.

»Es wird keine Aufführung dieses Konzerts geben, meine Herren, und auch von keiner meiner anderen Kompositionen, solange das gegenwärtige Regime an der Macht ist«, sagte er und ging.

Er fuhr zurück nach Pettovice. Er war entschlossen, Meierwitz zu finden und zu retten, und das konnte er am besten von hier aus, wo er jedes Versteck kannte.

Aber auch in seinem Heimatland herrschte Unruhe. Zwar wollten nicht alle Sudetendeutschen zum Reich gehören, aber es gab genug Hitzköpfe, die von den Nazis angestachelt wurden und anderen, die nur in Frieden leben wollten, das Leben schwermachten. Mareks Vater wurde beleidigt, weil er die tschechische Republik akzeptierte. Einige seiner Arbeiter wurden in einem nahe gelegenen Marktflecken zusammengeschlagen; und viele betrachteten Mareks Verbot, seine Werke im Reich aufführen zu lassen, als Verrat. Man beobachtete ihn. Er erhielt Besuch von hochrangigen Nationalsozialisten, die ihn zu einer Änderung seiner Haltung bewegen wollten; und bald wurde klar, daß er seine Familie in Schwierigkeiten brachte und daß er als Markus von Altenburg, als erklärter Freund jüdischer Musiker und anderer »Feinde des Reichs« kaum noch einen Schritt unbeobachtet tun konnte.

Damals suchte er Professor Radow in Hallendorf auf. Er wollte sich nur den Lieferwagen von ihm borgen – und fand einen Mann, der ebenso fest entschlossen war wie er, gegen das Unrecht zu kämpfen.

10

Kendrick Frobisher hatte seine Fehler, aber er war ein ehrlicher Mensch. Als er sagte, daß seine Mutter auf dem Weg zur Kirche ein Kamel entbunden hatte, berichtete er eine im Distrikt allbekannte Tatsache, und als er von Crowthorpe Hall, seinem Elternhaus, sagte, es sei sowohl naß als auch rot, übertrieb er nicht.

Was er Ellen, bescheiden wie er war, vielleicht nicht ganz deutlich gemacht hatte, war die Größe von Crowthorpe Hall. Das Haus hatte vierzehn Schlafzimmer; allerdings waren einige so muffig und feucht, daß sie praktisch unbenutzbar waren. Es hatte einen Salon, ein Billardzimmer, eine Bibliothek (ein Vorfahre hatte eine Sammlung höchst unlesbarer Bücher zusammengetragen), ein Speisezimmer mit marokkanischen Ledertapeten, die sich vor Feuchtigkeit wellten, und eine Galerie rings um die riesige und zugige Eingangshalle.

In der viktorianischen Ära war das Haus umgebaut und

um allerlei Türmchen und Giebel und andere Auswüchse vergrößert worden. Buntglasfenster und schwere Gardinen ließen so wenig Licht ein, daß sogar im Sommer die Lampen um drei Uhr nachmittags angezündet werden mußten. Die wuchtigen, verschnörkelten Möbel, die klauenfüßigen Tische und blutroten türkischen Teppiche schufen ein Ambiente, in dem sich Queen Victoria, die nicht unbedingt für ihre *joie de vivre* bekannt war, zu Hause gefühlt hätte.

Die eigentliche Größe von Crowthorpe verkörperte aber nicht das Haus, sondern das Land, das es umgab – gut 1600 Hektar. Obwohl ein großer Teil davon ähnlich melancholisch und unbenutzbar war wie das Haus – ein See mit räuberischen Hechten, eine aufgelassene Kiesgrube, ein busenförmiger Hügel, auf dem (trotz der geringen Höhe) einmal zwei Wanderer bei einem Sturm umgekommen waren –, gab es in dem fruchtbaren Flußtal, das man vom Haus aus überblickte, eine große und einträgliche Farm, die seit vielen Jahren von einem sparsamen und tüchtigen Verwalter geführt wurde.

Mrs. Frobisher hatte beabsichtigt, den Besitz ungeteilt und unbelastet dem ältesten Sohn zu vererben, wie das bei den Grundbesitzern in dieser Gegend üblich war. Seit dem Tod ihres Mannes hatte sie sich um die Geschäfte von Crowthorpe gekümmert. Daß Roland nun die indische Armee verlassen und nach Hause kommen wollte, erfüllte sie mit großer Befriedigung. Roland war ihr seit seiner Geburt eine Freude gewesen – ein hübscher, freimütiger Bursche, der selten weinte, mit der Flinte umzugehen verstand und sich mit sieben Jahren tapfer lächelnd in die Internatsschule bringen ließ. Roland würde ein guter Herr auf Crowthorpe werden, und nachdem er sich dort draußen verheiratet hatte, würde es wohl bald auch einen Sohn geben.

Sollte Roland etwas zustoßen, war da noch William. Er war nicht ganz so zuverlässig wie Roland – als junger Mann hatte er ein paarmal Schulden gemacht, und ein Mädchen aus einfachen Kreisen mußte finanziell entschädigt werden –, aber er hatte sich doch sehr gefestigt. Er sah gut aus, war in der Grafschaft beliebt und würde sich bestimmt bald mit einem passenden Mädchen verloben.

Die Nachfolge war also gesichert, und normalerweise hätte Mrs. Frobisher keinen Gedanken an Kendrick verschwendet, diesen unglücklichen Nachkömmling, den es nur gab, weil sie ihrem Gatten etwas erlaubt hatte, was sie nach der Geburt ihrer älteren Söhne für erledigt gehalten hatte. Kendrick war eine Katastrophe, eine Peinlichkeit und eine Qual, weil er nicht in die Familie paßte. Er hatte Asthma, Angst vor Pferden und heulte, wenn er ins Internat zurück mußte. Später verkroch er sich in seinem Zimmer, um deprimierende Musik zu hören, und verdarb sich mit seiner endlosen Leserei die Augen.

Aber an jenem Morgen hatte sie in *The Times* gelesen, daß die Regierung Gasmasken an die Bevölkerung ausgeben würde. Mrs. Frobisher war an der Politik Hitlers nicht sonderlich interessiert. Sie hatte bis jetzt nichts gegen ihn; daß er versuchte, mit Juden, Homosexuellen, Kommunisten und Zigeunern aufzuräumen, dafür hatte sie durchaus Verständnis. Aber nun redete er von Lebensraum und Kolonien, und das war etwas anderes. Denn von Kolonien verstanden nur die Briten etwas; sie wußten, wie man mit minderwertigen Rassen umgehen mußte, nämlich gerecht und streng. Ein Krieg war also vielleicht nicht zu vermeiden, und deshalb hatte Mrs. Frobisher – mit eisernem Willen ihre Panik unterdrückend bei der Erinnerung an die schrecklichen Verluste des letzten Krieges – beschlossen, Kendrick kommen zu lassen und ihn zu instruieren, daß er heiraten müsse. Kendrick mit seinem Asthma und seinem Astigmatismus, von seiner leichten Rückgratverkrümmung ganz zu schweigen, würde überleben. Ihn würde man nicht zum Militär einziehen. So furchtbar es war, ihn sich als Herrn auf Crowthorpe vorzustellen – es war immer noch besser, als den Besitz aus der Hand der Familie zu geben.

Also wurde nach Kendrick geschickt. Er packte Band III von Prousts *Auf der Suche nach der verlorenen Zeit* und ein Päckchen Milcheiweiß ein, denn ein Ruf nach Crowthorpe verursachte ihm Magenverstimmung, und nahm den Zug nach Norden, wo es wie immer, wenn er nach Hause fuhr, in Carlisle zu regnen begann.

In den alten Buick gelehnt, mit dem ihn seine Mutter abholen ließ, sah er den Nebel um die Hügel wallen, hörte das Blöken der schwarzköpfigen Schafe und das unheimliche Rauschen der braunen, randvollen Bäche und fragte sich, was er angestellt haben könnte. Kendrick verfügte über ein eigenes Einkommen aus dem Erbe einer entfernten Verwandten, die mit dem unerwünschten kleinen Jungen Mitleid hatte, und er besaß eine eigene Wohnung in Pimlico, so daß er im Grunde von seiner Mutter nichts zu befürchten hatte. Aber Kendricks Vorstellung von Patricia Frobisher hatte mit Logik nicht viel zu tun.

Erst nach dem Abendessen, das er allein mit ihr im eiskalten Eßzimmer einnahm, begriff er allmählich, warum er herzitiert worden war.

»Ich habe dir etwas zu sagen, Kendrick, und hoffe, du bist in der Lage, ein vernünftiges Gespräch zu führen«, begann sie, nachdem das Mädchen den Pudding aufgetragen und sich zurückgezogen hatte. »Ich wünsche weder Hysterie noch Panik. Aber es sieht so aus, als ob es Krieg geben könnte.«

Kendrick legte seine Serviette beiseite und wurde blaß wie der Pudding auf seinem Teller. In seinem Kopf gingen Zeppeline in Flammen auf, Flugzeuge stiegen steil in die Luft, schreiende Kinder rannten aus zertrümmerten Häusern.

»Glaubst du wirklich?« brachte er stammelnd hervor.

»Ich weiß es nicht. Chamberlain tut sein Bestes, um einen Krieg zu verhindern, aber wir müssen alle Möglichkeiten unerschrocken ins Auge fassen.«

»Ja«, sagte Kendrick und dachte sehnsüchtig an Marcel Proust, seinen Helden, der zwölf Jahre in einem mit Kork ausgeschlagenen Zimmer an seinem Meisterwerk gearbeitet hatte. Genaugenommen konnte man diese Art der Lebensführung nicht als unerschrocken bezeichnen, aber dafür war Proust ein Genie.

»Wie du weißt, wird Roland demnächst nach Hause kommen, aber wenn ein Krieg droht, wird er sich mit Sicherheit freiwillig melden. Und William ist inzwischen ein erfahrener Pilot. Sollte ihnen etwas zustoßen, wirst du der Besitzer von Crowthorpe. Dagegen ist nichts zu machen.«

Mutter und Sohn starrten sich, beide von dieser Vorstellung gleichermaßen entsetzt, über den riesigen Eßtisch an. Kendrick sah sich von Stieren verfolgt, während er versuchte, dem Verwalter Anweisungen zu geben; die Räder der Dreschmaschine wirbelten und fegten Spreu in seine asthmatische Lunge; Mädchen auf großen Pferden ritten die Einfahrt herauf und verachteten ihn ...

»Deshalb ist es jetzt Zeit, daß du deine Pflicht tust, Kendrick. Du mußt heiraten.«

Kendrick blinzelte hinter seinen dicken Augengläsern. Seine Mutter wollte, daß er heiratete. Plötzlich sah er Ellens süßes Gesicht vor sich, ihren weichen Mund, die freundlichen Augen, das lockige Haar, und die schrecklichen Aussichten auf Krieg und Landwirtschaft waren wie weggewischt.

»Ich würde gern heiraten«, sagte er, »aber es gibt nur eine Frau, die für mich in Frage kommt.«

Patricia sah ihren Sohn verblüfft an. Er hatte mit unverhoffter Entschiedenheit gesprochen.

»Wer ist es?« fragte sie.

»Sie heißt Ellen Carr. Zur Zeit arbeitet sie in Österreich, aber zu Hause ist sie in London. Sie ist eine wundervolle Person.«

»Was arbeitet sie? Warum ausgerechnet in Österreich?«

»Sie ist Hausmutter in einer Schule. Aber sie kocht auch. Sie ist hervorragend ausgebildet.«

»Eine Köchin! Ich nehme an, du scherzt. Nicht einmal du könntest dir vorstellen, daß ein Frobisher eine Köchin heiratet.«

Aber mit Ellens Bild vor Augen war Kendrick unversehens mutig geworden.

»Ich bin nicht gewillt, eine andere zu heiraten«, sagte er. »Aber sie hat mir einen Korb gegeben.«

»Wie bitte?! Wie kommt eine Köchin dazu, dir einen Korb zu geben? Weiß sie denn, wer du bist?«

»Ja. Aber sie liebt mich nicht. Natürlich haben viele um ihre Hand angehalten, aber ich werde die Hoffnung nie aufgeben. Nie.«

Patricia unternahm eine heroische Anstrengung und versuchte, sich eine Köchin vorzustellen, die mehrere Heiratsanträge erhalten hatte und einen Frobisher nicht zum Manne nehmen wollte.

»Wo kommt sie her?«

»Ihre Mutter ist Ärztin. Sie war eine Norchester. Es gibt drei Schwestern, die alle Suffragetten waren. Bewundernswerte Frauen. Ellens Vater ist im Krieg gefallen.«

»Großer Gott, doch nicht diese Norchester-Mädchen? Phyllis und Charlotte und... wie hieß die dritte?«

»Annie.«

»Richtig. Mein Gott... Gussie Norchesters Mädchen. Alle drei total verrückt. Ketten sich an Geländer und Gott weiß was. Gussie hat es schrecklich schwer mit ihnen gehabt. Sie wollten nicht in die Gesellschaft eingeführt werden und sich in keiner Hinsicht normal benehmen.«

Aber das anomale Benehmen der Mädchen schien keine so große Rolle zu spielen, wie Kendrick feststellte, denn Gussie Norchester war die Nichte von Lord Avondale und als solche vollkommen akzeptabel. Wenn die kleine Köchin ihre Enkelin war, war die merkwürdige Berufswahl nur eine weitere Verschrobenheit, die man übersehen konnte.

»Vielleicht bist du nicht entschlossen genug vorgegangen«, sagte Mrs. Frobisher. »Mädchen wollen dominiert werden. Warum fährst du nicht dorthin – nach Österreich – und machst ein bißchen Dampf. Wenn sie weiß, daß ich nicht gegen diese Heirat bin, könnte das vielleicht etwas ändern.«

»Ich habe schon daran gedacht«, sagte Kendrick. Er hatte es tatsächlich erwogen, denn was Ellen in ihren Briefen nach Gowan Terrace über die Vorgänge in Hallendorf berichtete, hatte ihn zunehmend beunruhigt. Ellen schrieb fröhlich über Chomsky und all die anderen, aber Kendrick hatte immer öfter Alpträume, in denen sich nackte Gewerbelehrer oder rothaarige Waliser an seine geliebte Ellen heranmachten.

»Ich könnte sie vielleicht bitten, sich in Wien mit mir zu treffen.«

»Eine gute Idee«, sagte Mrs. Frobisher. Walzerromantik, für die sie persönlich nie etwas übrig hatte, könnte sich in diesem Fall als nützlich erweisen.

Aber Kendricks Pläne für seinen Wienbesuch gingen in eine ganz andere Richtung. Wenn er Ellen in die österreichische Hauptstadt locken wollte, mußte er mit einem lohnenden Programm aufwarten – mit Stadtrundfahrten, Konzerten, Besuchen in Kunstausstellungen und Museen.

Zurück in London saß er bald stundenlang in der London Library, um sich über die Sehenswürdigkeiten von Wien genau zu informieren. Es gab dort so viel zu sehen: die Kirchen von Fischer von Erlach (dem Älteren und dem Jüngeren), mindestens ein Dutzend bedeutender Reiterstandbilder und ein Leprakrankenhaus in einer Vorstadt, das angeblich den Höhepunkt der sezessionistischen Architektur darstellte. Dann die Hofburg und die Kapuzinergruft mit den Leichnamen der Habsburger-Kaiser, allerdings ohne Herzen und Lebern, für die man in die Herzgruft in der Augustinerkirche gehen mußte. Und selbstverständlich all die Orte, wo berühmte Komponisten geboren wurden oder starben oder gewohnt hatten.

Am besten wäre es, dachte Kendrick, wenn er Ellen in die Oper führen könnte. Schließlich war die Wiener Oper die glanzvollste in ganz Europa. Ellen würde bestimmt kommen, wenn er ihr schrieb, daß er Karten für eine Opernaufführung hatte.

In einem Reisebüro, das sich auf Kulturreisen spezialisiert hatte, sprach er mit einem hilfsbereiten Mädchen. Sie suchte ihm das Programm für die Staatsoper heraus, und da – am 12. Juli, nach Beendigung der offiziellen Spielzeit – fand Kendrick ein kulturelles Juwel, dem niemand widerstehen könnte: Brigitta Seefeld, Wiens berühmteste Operndiva, sang im *Rosenkavalier*.

»Ich kann nicht versprechen, ob wir Karten bekommen«, sagte das Mädchen. »Und sie werden auf jeden Fall sehr teuer sein, denn es ist eine Galavorstellung.«

Aber Kendrick, der sich schon neben seiner Geliebten sitzen sah, während die Seefeld ihrem jugendlichen Liebhaber entsagte und ihn in die Arme eines jungen Mädchens trieb, erklärte kühn, Geld sei kein Thema. Sie solle ihm nur zwei Karten besorgen, egal zu welchem Preis, und ihn dann benachrichtigen. Denn in Wahrheit lag die Sache so: Selbst wenn Ellen lieber in die Konditorei Demel oder auf den Naschmarkt gegangen wäre, hätte er alles getan, um Brigitta Seefeld singen zu hören. Überdies würde er Ellen noch mehr über die inspirierende Beziehung zwischen der Diva und Markus von Altenburg erzählen können, denn seit er wußte, daß er mit einem der angesehensten heutigen Komponisten auf der Schule gewesen war, hatte er einiges über dessen Leben zusammengetragen.

Er beschloß, Ellen noch keine allzu großen Hoffnungen zu machen; er würde nur schreiben, er hoffe, Karten für die Oper zu bekommen. Oder sollte er gar nichts davon erwähnen und ihr eine wundervolle Überraschung bereiten?

Gedankenverloren stand Kendrick auf dem Trottoir, wurde von Passanten angerempelt und seufzte glücklich. Dann errötete er, denn ihm fiel ein, daß die Musik des Vorspiels zum *Rosenkavalier* den Liebesakt erzählt.

Sollte er Ellen das auch erklären? Selbstverständlich müßte er sich sehr taktvoll ausdrücken. Sie sah so entzückend aus, wenn sie zuhörte. Wenn sie den Kopf so zur Seite neigte und die Lider ein wenig über die sanften Augen senkte, hatte er manchmal das Gefühl, sein idealer Lebenszweck könnte darin bestehen, dem geliebten Mädchen etwas zu erklären.

11

Die Wiener Nachmittage waren warm und mild. Die Sonne schien auf die grünen und goldenen Dächer der Kirchen, wärmte die steinernen Erzherzöge und marmornen Komponisten in den Parks, streichelte die Mauern der Hofburg, die einstmals Kaiser und heute Ministerien, Lipizzaner und die Privatwohnungen einiger privilegierter Bürger beherbergten, zu denen auch Wiens Lieblingssängerin Brigitta Seefeld gehörte.

Brigitta erwachte in ihrem berühmten Schwanenbett, streckte die rundlichen Arme und flüsterte (denn sie sprach nie am Tag einer Aufführung): »Wo sind meine Eier?«

Ufra zuckte mit den Achseln. Die Eier standen wie immer in einer Schale auf dem Frisiertisch und kamen frisch vom Markt. Ufra war eine dunkelhaarige ältere Armenierin, die seit fünfzehn Jahren für Brigitta arbeitete und daher wußte, daß heute Ärger ins Haus stand. Brigitta sang die Mimi in *La Bohème;* aber man hatte eine neue Musette aus Hamburg engagiert, die angeblich nicht nur ausgezeichnet sang, sondern auch jung war. Außerdem sollte heute Abend Benny Feldmann aus Amerika zurückkommen, und wenn er Markus von Altenburg nicht gefunden hatte, dann, dachte Ufra, helfe uns Gott.

Brigitta setzte sich auf, zog den Morgenrock an und stieg von ihrem Thron herab. An den Wänden des Schlafzimmers wie an allen Wänden dieser luxuriösen Wohnung mit kunstvollen Parkettböden und Porzellanöfen hingen Porträts von ihr, die sie in ihren berühmtesten Rollen zeigten – als Gräfin im *Figaro,* als Violetta in *La Traviata,* als zöpfetragende Margarete in Gounods *Faust.*

Am Frisiertisch schlug sie das erste Ei auf und kippte es sich in den Hals. Ein zweites Ei folgte. Dann kamen die Übungen. »Mi, mi, mi«, sang Brigitta, die Hand auf das Zwerchfell gelegt. Und unten auf der Straße blickten die Dienstmänner grinsend auf, und die Stallburschen, die die Lipizzaner in die Ställe führten, nickten einander zu, denn Brigitta Seefelds Stimmübungen waren ebenfalls ein Teil von Wien wie die Glocken des Stephansdoms oder das Gurren der Tauben auf den Dächern.

Um halb fünf ließ Ufra die Masseuse eintreten, und nach ihr kam Herr Fischer, der Anführer von Brigittas Claque.

Markus verabscheute die Claqueure. »Du brauchst sie doch gar nicht«, schimpfte er. »Für Applaus zu bezahlen ist entwürdigend.«

Wie idealistisch der wilde Junge war, der mit einem ganzen Baum in ihre Garderobe eingedrungen war – und in ihr

Leben. Aber was wußte er schon, jung, stürmisch und talentiert, wie er war? Er konnte es sich leisten, in die Vorstädte zu gehen, Arbeiterchöre zu dirigieren und Stücke für tuberkulosekranke Kinder zu schreiben. Er war nicht von einem launenhaften Stimmapparat abhängig, der jeden Moment versagen konnte. Ein Schnupfen, eine Bronchitis, ein drohendes Knötchen am Kehlkopf – und schon würde sie zur Beute ihrer Rivalinnen. Ihr blieb gar nichts anderes übrig, als sich Leute, die ihre Stellung festigen konnten, warmzuhalten.

Herr Fischer verneigte sich, um ihre rundliche, weiche Hand zu küssen – möglicherweise die meistgeküßte Hand in Wien –, und wurde unterrichtet, daß Brigitta mindestens zwölf Vorhänge erwartete, und zwar ausschließlich für sich, nicht für die Bohnenstange aus Hamburg, die neue Musette.

Herr Fischer erbleichte. Zwölf Vorhänge, gut – aber nur für sie? Die Sopranistin aus Hamburg wurde hoch gelobt. Andererseits würde die Seefeld erst wieder bei der *Rosenkavalier*-Gala in vier Wochen singen. Für den normalen Wiener, der sich keine Galapreise leisten konnte, war heute abend ihr letzter Auftritt in dieser Saison. Er blickte in die flehenden blauen Augen der Diva – und ließ sich erweichen.

»Sie sollen sie haben«, erklärte er großspurig. Doch als er auf die Straße trat, verfluchte er seine Unbesonnenheit.

Um halb sechs machte Ufra den Hund fein. Sie kämmte das lange seidige Haar des Pekinesen, band ihm eine rote Schleife auf den Kopf, und das alles nahm fast soviel Zeit in Anspruch wie das Frisieren von Brigittas goldenen Locken. Aber die Öffentlichkeit erwartete Püppi an der roten Hundeleine ebenso wie die Zobel- und Nerzstolen, die Juwelen und das berühmte Lächeln der Diva.

»In Armenien hätten wir dich gegessen«, sagte Ufra, als sich der Hund wehrte und knurrte.

Um halb sieben setzte sich die kleine Prozession in Bewegung. Es ging die Augustinerstraße hinunter, vorbei an den Ladenbesitzern, dem Mann in der Tabaktrafik und jenen glücklosen Touristen, die einen Tip bekommen hatten, wo und wann sich die Seefeld zur Abendvorstellung begab.

Am Bühneneingang angekommen, nickte Brigitta huldvoll dem Pförtner zu, ein wenig herablassend dem Tenor, der den Rudolf sang, und ein sehr ungnädiger Blick streifte die Bohnenstange aus Hamburg, die besser geblieben wäre, wo sie herkam, auch wenn sie mit einem Juden verheiratet war.

Aber die Aufführung verlief gut. Die Stimme benahm sich gut, und Herr Fischer hatte Wort gehalten. Es gab zwölf Vorhänge, und die anderen Sänger, die froh waren, Brigitta nun für einen Monat los zu sein, überließen ihr den größten Anteil am Applaus.

Im »Sacher« standen Rosen auf dem Tisch, der für sie reserviert war, und es gab noch einmal Beifall, als sie von der Oper ins Hotel hinüberging, und noch mehr Handküsse und Verbeugungen vom *maître d'hôtel* und den Freunden, mit denen sie hier speiste.

»Sie waren großartig, Liebste«, sagte Graf Stallenbach, ihr augenblicklicher Beschützer, der alt genug war, um keine großen Ansprüche an ihre Person zu stellen.

Julius Staub, ein bleicher Mensch mit einer enorm hohen Stirn und stets in eine Wolke von Rauch und Asche gehüllt, drückte seine Zigarette aus, um ihr zu gratulieren. Staub hatte das Libretto für eine Oper über Helena in Troja geschrieben, das nur noch vertont werden mußte, um mit der Seefeld ideal besetzt zu werden.

Aber der Mann, den sie vor allem zu sehen wünschte, war noch nicht da. Benny Feldmann, ihr Agent und Manager, hätte bereits aus den Staaten zurück sein müssen.

»Er hat angerufen. Er wird in einer halben Stunde hier

sein. Sein Zug hat Verspätung gehabt. Er ist nur rasch heimgefahren, um sich umzuziehen.«

Vor gut einem Jahr hatte sich bei Brigitta der Wunsch geregt, Markus von Altenburg wiederzusehen. Die melodramatische Rücknahme seines Violinkonzerts hatte sie maßlos geärgert. Auf die Chance einer Premiere in Berlin zu verzichten wegen eines kleinen Juden wie Meierwitz war einfach absurd, und das hatte sie ihm auch geschrieben. Musik stand über Politik.

Doch wie es aussah, war Markus, obwohl er jetzt in Deutschland als *persona non grata* galt, in anderen Ländern sehr begehrt. Die Franzosen hatten vor kurzem seine Erste Symphonie aufgeführt; die *Sommerlieder* waren von einer Plattenfirma in London aufgenommen worden, und die Amerikaner hatten ihn zu großzügigen Bedingungen als Dirigenten eingeladen. Angeblich war er bereits zu Verhandlungen in die Staaten gereist.

»Er war gar nicht so dumm, wie du meinst«, hatte Benny Feldmann gesagt. »Die Zukunft liegt dort drüben. Immer mehr Leute gehen nach Amerika.«

Brigitta hatte nicht die Absicht, Wien zu verlassen. Sie war Wienerin mit Leib und Seele. Aber die Nachrichten aus Deutschland waren nicht gut. Es wurden mehr und mehr Wagneropern für den Führer aufgeführt; die Bayreuther Clique gewann zunehmend an Einfluß. Sie war ein lyrischer Sopran. Wagnerpartien eigneten sich nicht für ihre Stimme. Wenn aus Hitlers Freundschaft für Österreich eine Übernahme wurde ... Sollte sie vielleicht doch Alternativen in Erwägung ziehen?

»Warum bittest du Altenburg nicht, eine Oper für dich zu schreiben? Dann wärst du überall auf der Welt willkommen«, hatte Feldmann gesagt, aber mehr im Scherz, denn Männer wie Altenburg schrieben keine Opern *für* andere – sie schrieben sie oder sie schrieben sie nicht.

Trotzdem fand Brigitta die Idee gut. Altenburg verstand sie wie kein anderer. Er hatte ein höllisches Temperament und wirkte trotz aller Weltläufigkeit auch heute noch manchmal, als käme er in einem Bärenfell aus dem Wald; aber die Zeit mit ihm war unvergleichlich gewesen. Er hatte sie überredet, die Rolle anzunehmen, die ihre berühmteste wurde – die Marschallin im *Rosenkavalier,* die schöne, kluge Aristokratin, die auf ihren jungen Geliebten verzichtet zugunsten eines naiven Mädchens seines Alters.

»Ich bin zu jung für diese Rolle«, hatte sie gesagt, und das war sie auch. Sie war damals 32 und Markus zwanzig Jahre alt.

»Aber genau das ist der Punkt – das Opfer zu bringen auf dem Höhepunkt deiner Schönheit. Das ist die Idee von Hofmannsthals Libretto. Es geht nicht um eine Frau in mittleren Jahren, die aus einer leidigen Sache das Beste zu machen versucht, sondern um einen Akt höchster Weisheit und Entsagung.«

Und der Junge hatte recht behalten. Sie war sensationell in der Rolle. Ihre Auftritte in dieser Oper, die Richard Strauss seine »Mozartoper« nannte, waren legendär geworden. Markus verdankte sie, daß sie in vier Wochen vor dem Staatspräsidenten und den gekrönten Häuptern mehrerer europäischer Staaten singen würde.

Und hier lag das Problem; das war der Grund, warum sie Markus unbedingt finden wollte. Die neue Opernkomposition für sie konnte warten, aber nicht die Gala. Vor drei Jahren hatte sie zum letzten Mal die Marschallin gesungen. Jetzt war sie vierzig – und das schon etliche Jahre –, und sie fühlte sich plötzlich ausgebrannt und hatte Angst. Dazu kam, daß bei dieser Produktion einiges schieflief, und Feuerbach, der dirigierte, fehlte die Autorität, dem Orchester seinen Willen aufzuzwingen. Einige seiner Tempi waren absurd. Sie konnte den Monolog im ersten Akt nicht in diesem

Tempo nehmen; und das Mädchen, das die Sophie sang, ließ keine Gelegenheit aus, um sich in den Vordergrund zu schieben.

Mit Markus war das alles anders gewesen. Er war ein erstaunlich guter Korrepetitor, und das Orchester hörte auf ihn, obwohl er erst zwanzig Jahre alt war. Marek könnte Feuerbach zur Vernunft bringen; davon war sie überzeugt. Bei der Gala würden Leute anwesend sein, die versessen darauf waren, ihr am Zeug zu flicken – Rivalinnen aus Berlin und Paris, Beauftragte von der Met.

»Da ist er ja!« rief Staub, als Feldmann, lebhaft trotz der langen Reise, auf sie zukam.

Er hatte kaum Platz genommen, als ihn Brigitta erwartungsvoll fragte: »Was gibt es Neues? Hast du ihn gefunden?«

Benny schüttelte den Kopf. »Nein. Niemand in Philadelphia hat gewußt, wo er steckt. Der Leiter der Philharmoniker hat versucht, ihn aufzutreiben, aber er ist wie vom Erdboden verschwunden.«

»Aber irgendwo muß er doch sein.«

Staub räusperte sich. »Vielleicht ist er ja sogar hier in Österreich. Brenner hat mir neulich erzählt, er hätte ihn in Kärnten mit Professor Radow gesehen. Er sagt, er könne nicht beschwören, daß es Altenburg war, aber ...«

»Radow? Der alte Volksmusiksammler?«

»Ja. Ich habe auch erst gedacht, der Brenner muß sich geirrt haben, weil ich davon ausgegangen bin, daß Markus in Amerika ist. Aber jetzt frage ich mich doch. Er und Radow waren befreundet. Markus hat bei ihm in Berlin gewohnt.«

Brigitta überlegte. Radow gehörte zu den Musikern, die sich mit Politik eingelassen hatten.

»Aber was hat er dort unten zu suchen? Und warum rührt er sich nicht?«

Staub zuckte die Achseln. »Brenner sagt, er habe ihn in

einem Lieferwagen an einer Kreuzung gesehen und ihm zugewinkt, aber Markus hätte ihn nur angestarrt.«

Was konnte das bedeuten? fragte sich Brigitta. Versteckte er sich, um zu arbeiten? Und wenn ... schrieb er vielleicht etwas, das nicht für sie bestimmt war, am Ende gar für eine Rivalin? Oh, warum hatte sie ihn fortgeschickt? Sie mußte verrückt gewesen sein. Sie hatte doch nur ein paar Monate gebraucht, um ihre Angelegenheiten zu regeln; und all das wäre nicht nötig gewesen, wenn er sich nicht geweigert hätte, seine elenden Bäume zu verkaufen, um den Zobel zu bezahlen, an den sie ihr Herz gehängt hatte.

»Wo war das in Kärnten? Wo hat ihn Brenner gesehen?«

»In der Nähe von Hallendorf.«

»Hallendorf«, wiederholte sie. »Natürlich, dort ist doch diese schreckliche Schule.« Vor zwei Jahren hatte der Leiter dieser Schule doch tatsächlich die Frechheit besessen, sie zu einer musikalischen Schülervorstellung einzuladen. Sie hatte nicht einmal geantwortet. Aber wäre das jetzt ein Vorwand, um Nachforschungen anzustellen?

»Kann man dort unten irgendwo anständig wohnen?« fragte sie. »Warum fahren wir nicht hin und sehen nach, ob er dort ist?«

Staub stimmte sofort zu, denn auch er hoffte, Altenburg für die Vertonung seines Helena-Librettos zu interessieren.

Aber Benny zögerte. Er hatte Brigitta noch nicht gesagt, daß er beschlossen hatte, seine Geschäfte nach New York zu verlegen. Wenn es Brigitta einfiele, ihm zu folgen, würde er wenig für sie tun können. In Amerika gab es viele Sängerinnen, die vor Hitler geflohen waren, und die Met hatte ihre eigenen Sopranistinnen.

Bei Altenburg lag der Fall anders. Benny war überrascht gewesen über den hohen Stellenwert, den er bei den Amerikanern hatte. Wenn sich Altenburg von Brigitta überreden ließe, eine Oper mit einer Rolle für sie zu schreiben, könnte diese Kombination zur Sensation werden. Die Affäre zwischen den beiden war vielleicht vorbei, aber man könnte sie publikumswirksam auffrischen. Und wo böte sich dazu eine bessere Gelegenheit als bei der Galavorstellung?

»Warum kommen Sie nicht alle mit?« wiederholte Brigitta.

»Also gut«, sagte Benny. Er haßte alles Ländliche, aber ein paar Tage würde er die Provinz schon ertragen.

»Und Sie, Liebster?« Brigitta wandte sich mit leicht besorgtem Blick an den Grafen.

Stallenbach tätschelte ihr die Hand. »Ich glaube nicht«, sagte er lächelnd. Seine Rolle als Brigittas Gönner war mehr konventioneller Art. In seiner Familie hatte man seit Generationen Sängerinnen oder Tänzerinnen protegiert und ihre Gesellschaft genossen. Aber Stallenbach war über sechzig und hatte außerdem ein kleines Geheimnis: Er schätzte das Zusammenleben mit seiner Frau. Ein paar ruhige Wochen ohne Brigitta waren ihm sehr willkommen. Und wegen Altenburg machte er sich keine Sorgen. Er wußte um einiges besser als Brigitta, wie viele Frauen sich dem Komponisten an den Hals geworfen hatten.

»Eine Kusine von mir hat dort in der Nähe eine Villa«, sagte er. »Soviel ich weiß, ist das Haus dort zur Zeit nicht bewohnt. Ich bin sicher, sie würde es Ihnen zur Verfügung stellen.« Brigitta belohnte ihn mit ihrem schönsten Lächeln.

12

Er mußte ganz plötzlich verschwinden. Und natürlich konnte er sich auch von niemandem mehr verabschieden. »Ich hätte dir gleich sagen können, daß er nichts taugt«, sagte Tamara gereizt.

Bennet schwieg. Marek hatte sich bei ihm verabschiedet und ihm auch erklärt, warum er ging und weshalb er überhaupt nach Hallendorf gekommen war. Nachdem Leon und Ellen wußten, wer er war, konnte Marek nicht riskieren, daß noch andere an der Schule in seine Angelegenheiten hineingezogen wurden. »Bestimmte Dinge zu wissen, kann heutzutage gefährlich sein«, sagte er.

Bennet konnte ihm nur zustimmen. Ellen war erwachsen und imstande, ihre eigenen Entscheidungen zu treffen; aber Leon war ein Kind, für das er verantwortlich war.

»Wir werden Sie vermissen«, hatte er gesagt – und er bedauerte wirklich, diesen Mann zu verlieren, dem er von Anfang an instinktiv vertraut hatte.

»Und Derek verhunzt das ganze Stück«, fuhr Tamara fort. Sie war die einzige, die FitzAllan beim Vornamen nannte. »Ich habe ihm genau erklärt, an welcher Stelle mein Ballett kommen soll. Aber er versteht einfach nicht.«

Bennet sah seine Frau an und empfand, wenn auch widerstrebend, Mitleid für sie. Er wußte genau, wo Tamaras Ballett schließlich landen würde. FitzAllan hatte es bereits gekürzt und hinter einen Gazevorhang verbannt. Der nächste Schritt – die völlige Streichung – war nur eine Frage der Zeit. Bei solchen Gelegenheiten sah Bennet nicht mehr die russische Ballerina vor sich, sondern nur noch das verzweifelte, bleiche Gesicht der Beryl Smith aus Workington. Und gegen seinen Willen lächelte er und drückte liebevoll ihren Arm.

Zu spät erkannte er, daß er einen Fehler begangen hatte. Tamara wirbelte herum, packte ihn bei den Schultern und küßte ihn leidenschaftlich auf den Mund.

»Ich warte oben auf dich«, sagte sie heiser.

O Gott, dachte Bennet, aber er nickte höflich. Tamara beanspruchte ihre ehelichen Rechte nur noch selten – ein paarmal im Jahr, öfter nicht –, und auch nur dann, wenn ihr Stolz gelitten hatte. Trotzdem erschreckten ihn ihre vorbereiteten Rituale immer wieder aufs neue: die Räucherstäbchen, die sie in seinem Schlafzimmer abbrannte, die Schallplatte mit den Polowetzer Tänzen, zu denen sich Tamara nackt und wellenförmig bewegte ... und hinterher die Tränenflut, weil ihr Idol, Toussia Alexandrowna, den Geschlechtsakt als etwas schrecklich Trauriges empfunden hatte.

Aber es half nichts. Bennet ging zu dem Schrank, in dem er seinen Whisky aufbewahrte, und goß sich eine ordentliche Portion ein. Dann griff er nach den Shakespearesonetten. Einige waren in Augenblicken wie diesen sehr wohltuend, und bei manchen konnte er gar nicht anders, als Liebe zu empfinden, die sich mit etwas Glück in Richtung seiner fordernden Frau lenken ließ. Doch zunächst ging er, aus einem für ihn unerfindlichen Grund, ins Büro von Margaret, die wie gewöhnlich noch an ihrer Schreibmaschine saß.

»Hier ist ein Brief von Brigitta Seefeld«, sagte Margaret, »von der Opernsängerin, die wir zu dem Stück vor zwei Jahren eingeladen haben. Sie meint, sie könne jetzt kommen.«

»Ein bißchen spät, fürchte ich«, erwiderte Bennet. »Die *Schlachthöfe* sind nicht gerade ihr Stil. Aber schreiben Sie ihr, daß sie jederzeit willkommen ist.«

Er sah sich in Margarets Büro um. Diese Ordnung, diese Ruhe, und Margaret, die jetzt ihre Remington zudeckte, eine so schlichte Frau – so schlicht wie Brot in den Händen von Rembrandts Mutter, dachte er, denn er war vom Whisky ein wenig benebelt.

Das Büro ging auf den Hof hinaus. Im Dämmerlicht sah er Ellen auf dem Brunnenrand sitzen. Sie hielt etwas in der Hand und schien damit zu sprechen.

»Was hat sie da in der Hand?« fragte Bennet.

»Die Schildkröte«, sagte Margaret und trat neben ihn ans Fenster.

»Ach ja.«

Ellen verbrachte ziemlich viel Zeit mit der Schildkröte. Hoffentlich ist es nicht zu spät, dachte Bennet und ging langsam nach oben in seine Wohnung. Der melancholisch sehnsuchtsvolle Teil der Polowetzer Tänze war bereits in den barbarischen Mittelteil übergegangen, bei dem Tamara gewöhnlich eine Pause einlegte, um sich mit bessarabischem Öl zu salben.

»Sprecht nicht von Hindernissen, denn das ist nicht die Liebe, die sich verändert durch Veränderungen...« murmelte Bennet und öffnete die Schlafzimmertür.

Es war noch nicht zu spät. Daß Marek nicht mehr da war, bedeutete für Ellen nicht, daß sich ihre Welt verdüstert hatte, aber sie mußte ein wenig mehr Konzentration aufbringen, um sich wie früher eins mit den flinken Schwalben zu fühlen oder mit den Sternen am Nachthimmel. Was sie bedauerte, war die Art, wie sie sich getrennt hatten. Bennet hatte sie ins Vertrauen gezogen; sie wußte jetzt, wie gefährlich Mareks Unternehmungen waren – und sie hatte ihn keifend wie ein Fischweib fortgeschickt. Am Tag danach war sie zum Haus des Professors gegangen, um sich zu entschuldigen, aber die Tür war verschlossen und der Lieferwagen nicht mehr da.

Zum Glück gab es so viel zu tun, daß ihr kaum Zeit zum Grübeln blieb. Schüler und Lehrer arbeiteten für das Theaterstück, aber die Atmosphäre war gespannt. Der Regisseur nahm den Mädchen bei der Heilsarmee die Tamburine weg, weil sie ihm zu fröhlich klangen; Kinder stürzten von der Bühne, geblendet von den Suchscheinwerfern, die auf die kapitalistischen Ausbeuter gerichtet wurden; die kleine krausgelockte Sabine aus Zürich wurde im dunklen Theater in einem Nesselsack vergessen, in dem sie als Schweinehälfte hing, weil FitzAllan die Anordnung der Fleischerhaken ausprobieren wollte.

Und dem Mitarbeiterstab erging es kaum besser. Hermine

war vom Regisseur wegen zu großer Emotionalität gerügt worden.

»Aber für mich *ist* es emotional ... die Angst, geschlachtet zu werden, die zuckenden Glieder, all das Blut«, sagte die arme Hermine, deren Baby zwar mit Genuß in ein Schinkensandwich biß, sich jedoch entschieden nicht abstillen lassen wollte.

Am schwierigsten war es für Chomsky. Seit Marek nicht mehr hier war, hatte er niemand, der ihm beim Zusammenschweißen des dreistöckigen Gerüsts helfen konnte, und der erste Versuch, das Ding auf die Bühne zu hieven, war eine einzige Katastrophe. Inzwischen ging Chomsky nicht nur dreimal, sondern viermal am Tag schwimmen, und das auch, wenn es kühl und regnerisch war, so daß sich Ellen um seine Gesundheit ernsthaft Sorgen machte.

FitzAllan, der vielleicht merkte, daß er mit der Einstudierung nicht so gut vorankam, wie er gehofft hatte, schlug Bennet vor, mit den Kindern, die bei den *Schlachthöfen* mitwirkten, einen richtigen Schlachthof zu besichtigen.

»Es fehlt eine gewisse Authentizität in der Darstellung, was man durch ein totales Eintauchen in das Milieu mit Sicherheit korrigieren könnte«, sagte FitzAllan.

»Ich fürchte, das würde ein kostspieliges Unternehmen werden«, sagte Bennet. »Wir müßten einen Bus mieten. Außerdem muß ich darauf hinweisen, daß wir seit Beginn der Proben dreißig Prozent Mehrausgaben für die vegetarische Kost haben.«

Aber FitzAllan war eisern. »Was wir an Zeit und Geld in die Vorstudien investieren, ist nie verschwendet«, sagte er mit einer wegwerfenden Handbewegung.

Ellen flüchtete manchmal vor dem Tohuwabohu der Proben und Vorbereitungen zu Lieselotte, die bei ihren Eltern oberhalb des Dorfes auf einer Alp wohnte. Sie wurde stets mit offenen Armen empfangen. Frau Becker zeigte ihr, wie man Mandelschnitten und Zaunerstollen machte, und Lieselottes Geschwister wurden nie müde, Geschichten aus der Schule zu hören. Ellen wußte, wie sehr Bennet einen engeren Kontakt zwischen seiner Schule und den Dorfbewohnern wünschte, und er hatte gehofft, daß die Beckers zur Aufführung der *Schlachthöfe* kommen würden. Aber wie sich herausstellte, war am selben Tag, für den die Eröffnungsvorstellung geplant war, der Namenstag von Aniella.

»Es tut mir natürlich sehr leid«, sagte Lieselotte mit schelmischem Lächeln. »Wir wären sehr gern gekommen, aber es ist ein besonderer Tag für uns.«

»Was macht ihr denn an Aniellas Namenstag?«

»Wir tragen ihr Bild durch die Kirche und singen dazu. Und wir tragen auch ihre Reliquien in der Prozession. Sie hat sehr schöne Reliquien – keine Knochen oder Fingernägel, sondern ein Stück von ihrem Hochzeitsschleier und ein kleines Perlendiadem.«

Als Ellen eines Tages nach einem Besuch auf der Alp zurückkam, liefen ihr Sophie und Ursula entgegen.

»Raten Sie mal, was passiert ist, Ellen. Chomsky hat einen Nervenzusammenbruch! Einen ganz echten!« rief Sophie aufgeregt.

»Ein Krankenwagen hat ihn mitgenommen – nach Klagenfurt in eine Heilanstalt. Sie stecken ihn bestimmt in eine Zwangsjacke«, meinte Ursula fröhlich. »Es war wegen des Gerüsts für die Bühne. FitzAllan hat ihn angeschrien, und Chomsky hat plötzlich angefangen zu schluchzen und mit den Armen herumgefuchtelt, und dann ist er auf den Boden gefallen und hat gekreischt wie ein Irrer.«

»O Gott, der arme Chomsky!« Ellen war völlig geknickt.

»Und Bennet will Sie sprechen«, sagte Sophie. »Sie sollen sofort zu ihm kommen.«

»Das ist eine schlimme Geschichte, Ellen«, sagte der Schulleiter. Er sah müde und angestrengt aus, und der Brief seines Börsenmaklers, der vor ihm auf dem Schreibtisch lag, schien sehr ausführlich zu sein. »Ich wußte, daß Chomsky nervlich sehr angespannt war. Ich hätte es nicht so weit kommen lassen dürfen.«

»Was hätten Sie denn tun können?« entgegnete Ellen. »Niemand hätte vorhersehen können, daß so etwas passiert.«

»Vielleicht. Aber das Ärgerliche ist, daß Chomsky aus einer sehr wohlhabenden und vornehmen Familie kommt. Sein Vater war ein hoher Diplomat im Dienst der ungarischen Regierung. Er hat überall Verbindungen. Unser Chomsky ist der jüngste von fünf Brüdern, die alle einflußreiche Männer sind. Laszlo war solchen Anforderungen nicht gewachsen, deshalb hat ihn die Familie hierhergeschickt. Es sollte eine Art Refugium für ihn sein.«

»Ich verstehe.« Ellen fielen Mareks Worte ein: »Sein Blinddarm wurde in der teuersten Klinik in Budapest entfernt.«

»Ich glaube nicht, daß wir seitens der Familie Probleme bekommen ... daß man uns verklagt oder dergleichen. Aber wenn sie es täten –« Bennet schwieg einige Augenblicke angesichts dieser neuen Gefahr für seine Schule. Dann kam er auf sein momentanes Anliegen zurück. »Chomsky hat nach Ihnen gefragt, als man ihn in den Krankenwagen brachte. Er möchte, daß Sie ihm einige seiner Sachen bringen, aber vor allem möchte er Sie sehen. Ich vermute, seine Mutter und einige andere Verwandte werden aus Budapest kommen, um ihn im Krankenhaus zu besuchen. Wenn Sie hinfahren würden, Ellen, und mit ihnen sprächen – ich denke, wenn jemand ihren Zorn von uns abwenden kann, dann Sie.«

Aber als Ellen zwei Tage später Zimmer 15 der Sommerfeldklinik für Nervenkrankheiten betrat, sah sie sofort, daß es hier keinen Zorn abzuwenden galt.

Die Klinik war hell und freundlich und sehr schön ausgestattet mit dicken Teppichen und Reproduktionen moderner Kunst. Chomskys Zimmer ging auf einen Hof hinaus mit einer Libanonzeder und einem Brunnen und glich eher einer eleganten Hotelsuite als einem Krankenzimmer.

Aber es waren vor allem die versammelten Chomskys, die neben- und hintereinander wie eine Schar Cherubim das Bett umstanden und Ellen den Eindruck vermittelten, als hielte der Potentat Laszlo hof. Neben dem Nachtkästchen stand eine Frau in einer wundervoll bestickten Jacke, die sie über einer Seidenbluse trug, und füllte Obst in eine Kristallschale: Pfirsiche und Nektarinen, Feigen und blauschwarze Trauben. Die Ähnlichkeit mit dem Sohn war nicht zu übersehen – die gleichen glühenden dunklen Augen, die gleiche Emsigkeit in der Bewegung. Zwei gutaussehende Männer, ebenfalls unverkennbare Chomskys, standen am Fenster; der eine rauchte eine Zigarre, der andere öffnete eine Flasche Champagner. Eine Frau mit grauem Haar, die trotz der Hitze eine Silberfuchsstola umgelegt hatte, saß, die Hand auf dem Knauf eines Ebenholzstocks, auf einem Stuhl am Fußende des Bettes.

»Ellen«, rief der Kranke und richtete sich im Bett auf. Er trug einen Pyjama aus gelber Schantungseide mit seinen Initialen auf der Brusttasche. »Da sind Sie wirklich!« Sein beglückter Aufschrei ließ das ungarische Stimmengewirr verstummen. Madame Chomsky kam auf Ellen zu und streckte die Arme aus. Laszlos Vettern Farkas und Pali wurden ihr vorgestellt und seine Großtante Eugenie, die gerade zur Kur in Baden weilte, als sie die Nachricht von dem Unfall erhielt.

»Wir haben so viel von Ihnen gehört!« sagte Madame Chomsky auf deutsch, während Kusin Pali auf englisch Champagner anbot und dessen Bruder Farkas Ellen den Koffer abnahm und einen Stuhl für sie holte.

Minuten später fand sich Ellen umringt von wohlwollenden Chomskys – Chomskys, die ihr für die Freundlichkeit dankten, die sie Laszlo erwiesen hatte; Chomskys, die hofften, daß der Koffer nicht zu schwer gewesen war; Chomskys, die ihr einen Ferienaufenthalt anboten in ihrer Villa am Plattensee, in ihrem Haus in Buda, in ihrer Wohnung auf den Champs-Élysées. Sie dachten gar nicht daran, die Schule für Laszlos Unfall verantwortlich zu machen, sondern schienen nur Dankbarkeit für Bennet zu empfinden, der eine Arbeit für ihren Jüngsten gefunden hatte, den sie alle innig liebten, der aber nicht ganz so ehrgeizig geworden war wie seine älteren Geschwister.

»Ist sie nicht genauso wie die kleine Katya?« sagte Chomsky und wurde von seiner Mutter getadelt. Ellen sei viel hübscher als sein Kindermädchen, und wie könne er überhaupt so etwas sagen.

Nach einer Stunde hatte Ellen noch immer keine Gelegenheit gefunden, sich zu verabschieden. Sie hatte das Gefühl, die Chomskys hätten ihr am liebsten alles gegeben, was sie besaßen, einschließlich der Hand ihres jüngsten Sohns. Jedesmal, wenn sie versuchte zu gehen, wurde ihr etwas Besonderes in Aussicht gestellt – ein neuer Kusin, der in Kürze aus Transsylvanien kommen würde; ein Stück einer Salami, die Madame Chomsky aus Budapest mitgebracht hatte, weil den Österreichern in puncto Salami nicht zu trauen war. Der Anteil von Esels- und Pferdefleisch habe westlich der ungarischen Grenze nie das richtige Maß.

Um sechs Uhr brachte die Krankenschwester Ellens Koffer zurück.

»Den Paß und die Geburtsurkunde brauchen wir nicht«, sagte sie. »Ich habe beides in die Innentasche gelegt. Man will hier in der Klinik keine wertvollen Dokumente herumliegen haben.«

»Aber Sie müssen mit uns zu Abend essen!« rief Farkas, als Ellen aufstand. »Das Essen im ›Imperial‹ ist nicht übel.«

Da das »Imperial« ein sehr teures Hotel war mit einem eigenen Park am See, sagte Ellen, das bezweifle sie keineswegs, aber sie müsse jetzt nach Hause zu ihren Kindern.

»Dann aber beim nächsten Mal!« riefen die Chomskys, küßten sie herzhaft auf beide Wangen, und Madame Chomsky folgte Ellen auf den Flur, um sie über den letzten Stand der Dinge hinsichtlich ihres Sohnes zu unterrichten.

»Vielleicht müssen wir Laszlo in einen Kurort bringen, damit er sich völlig erholt«, sagte sie. »Aber ich denke, er braucht einfach nur Ruhe, bis diese schreckliche Theateraufführung vorbei ist. Bitte, richten Sie Mr. Bennet aus, daß Laszlo ihn nicht im Stich lassen wird. Er wird zurückkommen!«

Ellen lächelte. Sie sah hinter der überströmenden Herzlichkeit von Chomskys Mutter auch die kleine Sorge, der gute Laszlo könnte für immer in den Schoß der Familie zurückkehren, und sie versprach, Mr. Bennet zu beruhigen.

»Ich habe ein paar Kleinigkeiten in den Koffer getan, auch für die Kinder«, sagte Madame Chomsky, als Ellen den Koffer aufhob, der entschieden mehr zu enthalten schien als einen Paß und ein paar Dokumente. »Sie nehmen es mir nicht übel, nicht wahr?«

Ellen schüttelte den Kopf, küßte noch einmal jeden zum Abschied und wurde von Farkas zur Bushaltestelle begleitet, der ihr wiederholt versicherte, wie sehr alle bedauerten, daß sie nicht zum Essen blieb.

Trotzdem hatte sie den Bus versäumt, der sie bis zum Schloß gebracht hätte, und so mußte sie vom Dorf aus zu Fuß gehen. Einem plötzlichen Einfall nachgebend, entschied sie sich für den Weg am Ostufer des Sees, der an Professor Radows Haus vorbeiführte.

Es war eine närrische Idee, denn auf diesem Weg würde sie fast eine halbe Stunde länger brauchen. Außerdem brannte im Haus des Professors kein Licht, und der Lieferwagen war nirgends zu sehen. Es wurde allmählich Zeit, sich damit abzufinden, daß sie hier keine Gelegenheit mehr finden würde, um die Dinge zwischen sich und Marek in Ordnung zu bringen.

Trotzdem blieb sie einen Augenblick bei dem Pfad stehen, der zum Haus führte, und als sie dort stand, sah sie jemand in die Büsche huschen. Es war ein Mann, aber es war nicht Marek. Dieser hier war kleiner. Außerdem – wer konnte sich Marek als Heimlichtuer vorstellen?

Sie zögerte. Dann ging sie auf das Haus zu.

»Ist da jemand?« rief sie. Wenn es ein Dieb war, würde ihn ihre Stimme vielleicht verscheuchen.

Der Mann war verschwunden. Völlig unsinnigerweise, was sie aber erst später erkannte, ging sie zur Tür.

Dann wurde sie von hinten gepackt, und sie fiel rücklings ins Gras.

13

Die Fahrt begann wie all die anderen, die sie gemacht hatten. Marek fuhr den Lieferwagen. An der Grenze wurden sie kontrolliert.

»Habt ihr etwas Nettes gefunden?« fragte der Grenzer Anton scherzhaft, und sie spielten ihm die Operettenmelodie vor, gesungen von jener Alten im Wald. Anton winkte sie lachend durch.

Nach zwanzig Kilometern bogen sie in Richtung Nordwesten ab zur deutschen Grenze. Kurz danach stieg Marek aus. Steiner fuhr über einen ausgefahrenen Waldweg bis zu einer Lichtung und stellte den Motor ab. Aufzunehmen gab es hier nichts, das wußten sie, denn sie waren nicht zum ersten Mal hier. Radow konnte nur warten und beten, während Marek in den dichtesten Teil des Waldes eintauchte, um seinen Kontaktmann zu finden und, wenn sie Glück hatten, endlich auch den Mann, den sie schon lange erwarteten; und das Warten würde ihm heute noch schwerer werden als sonst. Mit der Nachricht, daß Meierwitz sein Versteck verlassen hatte und auf dem Weg war, hatte sie noch eine andere Information erreicht, die allerdings nicht ganz unverhofft kam. Ihre Verbindungskette zerbrach. Die Nazis unter den Sudetendeutschen patrouillierten jetzt gemeinsam mit den Deutschen im Niemandsland zwischen den Grenzen.

Aber als Marek zum Treffpunkt kam, war der Mann, den sie nur als Johann kannten, da – und mit ihm jemand, den Marek zuerst nicht erkannte. Meierwitz war ein rundlicher Mann gewesen mit einem lustigen roten Haarschopf und fröhlichen schwarzen Augen. Dieser Mann hier war dünn und gebeugt und zitterte in der lauen Sommernacht.

Marek hatte Angst, die Taschenlampe auf ihn zu richten oder ihn anzusprechen. Er streckte nur die Hand aus – aber Isaac erkannte ihn sofort.

»Du!« flüsterte er ungläubig. »Mein Gott, Marek – *du*!«

Es gelang ihm, seine Rührung zu unterdrücken, bis sie das Auto erreicht hatten; aber dann, nachdem Marek ihm eine Decke umgelegt und ihm einen heißen Kaffee aus einer Thermosflasche gegeben hatte, strömten die Tränen, die er in all den Jahren der Gefahr, als Gefangener und auf der Flucht zurückgehalten hatte.

»Du«, war alles, was er sagen konnte und immer wieder sagte. »Mein Gott, Marek – du.«

Radow war ausgestiegen und umarmte seinen früheren Kollegen, und es war ein weiterer Schock für Isaac, als er sah, daß sich dieser von ihm hoch verehrte Wissenschaftler an seiner Rettung beteiligte.

Danach brachen sie auf. Radow fuhr, und Marek setzte sich nach hinten zu seinem Freund. Für ein paar Stunden befanden sie sich einigermaßen in Sicherheit. Das nächste Risiko, das sie erwartete, war die Überquerung der polnischen Grenze. Marek bagatellisierte die Schwierigkeiten seiner Suche nach Meierwitz und seine Entschlossenheit, ihn freizubekommen. Aber Isaac wußte Bescheid, und es dauerte eine Weile, bevor er ruhig berichten konnte, was in Berlin nach der Machtübernahme der Nazis geschehen war.

»Ich war entschlossen, dein Konzert zu spielen, und das habe ich ihnen gesagt. Vermutlich habe ich mich ein bißchen wichtig gemacht. Es herrschte überall so viel Angst, und ich wollte sie nicht noch größer machen. Und auf gar keinen Fall wollte ich das Land verlassen, ohne dein Konzert gespielt zu haben. Trotzdem war ich überrascht, als sie sich einverstanden erklärten. Aber es war ein Trick. Als sie feststellten, daß es kaum noch einen anständigen Musiker in ihrem Land gab, sind sie ziemlich erschrocken. Und dann, als sie glaubten, dich im Sack zu haben, haben sie mich abgeholt.«

Er hatte fast ein Jahr im Konzentrationslager verbracht; dann war er verlegt worden, und dabei war es ihm gelungen zu fliehen. »Eine völlig fremde Frau hat mich auf ihrem Bauernhof versteckt. Sie war keine Jüdin, sie war nicht musikalisch ...« Er schüttelte den Kopf. »Weißt du, zu wissen, daß man jemand anderes in Gefahr bringt ... das macht einen wahnsinnig.«

Dann erkundigte er sich nach der Aufführung des Konzerts. »Wer hat die Premiere gespielt?«

»Niemand. Du wirst sie spielen und sonst niemand.«

»Nein, Marek. Sei nicht eigensinnig. Ich werde nicht mehr auftreten. Ich habe über zwei Jahre nicht gespielt. Das ist zu lang. Meine Technik ist nicht mehr gut genug. Und im Lager ... Meine Hände ...« Er biß sich auf die Lippen. »Du mußt jemand anderen finden.«

»Ich will aber nicht. Also reden wir nicht mehr davon. Wo hast du deine Stradivari gelassen?«

»Bei meiner Wirtin in Berlin – bei der, die bei Gewitter immer ohnmächtig wurde.«

Dann sprachen sie über allerlei Dinge, an die sie sich gemeinsam erinnerten – die Ente auf dem Kurfürstendamm, die sie adoptiert hatten; ein Mädchen namens Klärchen, das beim Bankett des Ersten Bürgermeisters einen Kopfstand auf dem Tisch machte; den Posaunisten, dem vor einer *Tristan*-Aufführung ein Knopf vom Schuh seiner Freundin im Nasenloch steckenblieb.

»Und du bist noch nicht verheiratet?« fragte Isaac.

»Nein.«

»Wahrscheinlich stellst du zu hohe Anforderungen«, sagte Isaac. »Was ist mit Brigitta?«

Marek zuckte die Schultern. »Ich habe sie ewig nicht gesehen. Stallenbach kümmert sich um sie – glaube ich jedenfalls.«

Sie waren drei Stunden gefahren, bevor Isaac, der wußte, daß seine Atempause in dem warmen dunklen Lieferwagen bald vorbei sein würde, fragte: »Und was kommt als nächstes?«

»Du mußt dich wie ein richtiger Jude anziehen«, sagte Marek.

Isaac starrte ihn an. »Bist du verrückt?«

»Nein. Schau, hier ist ein schwarzer Hut und ein langer Mantel.«

»Wir wollen nach Polen, und ich soll wie ein orthodoxer Jude aussehen?«

»Richtig.« Marek grinste. Er hatte Monate gebraucht, um einen geeigneten Fluchtweg für Meierwitz auszuknobeln, der weder zur polnischen Luftwaffe noch in den Widerstand gegen das autoritäre Regime in Polen führte, und er war ziemlich stolz auf seine Idee.

»Hast du jemals von den Flußratten gehört?«

Isaac runzelte die Stirn. »Sind das diese sonderbaren Juden, die von der Flößerei leben? Soviel ich weiß, sind sie sehr religiös, wohnen auf ihren Flößen und sprechen kaum mit anderen Leuten.«

»Genau so ist es. Man hält Juden immer für ausgesprochene Stadtmenschen, aber diese Leute sind erfahrene Flößer. Ich habe sie kennengelernt, als ich mit meinem Vater geschäftlich unterwegs war. Auf der Weichsel, dem Njemen und anderen Wasserwegen transportieren sie die Hölzer über weite Entfernungen, manchmal bis hinunter zur Ostsee. Sie erwarten dich.«

»Mein Gott!«

»Bei ihnen bist du sicher wie in Abrahams Schoß. Sie leben außerhalb der Grenzen – kein Mensch kümmert sich um sie. Sie sind zu arm. In Königsberg werden sie dich auf einen schwedischen Frachter bringen. Dort warten auch Papiere auf dich. Es ist alles arrangiert.«

Isaac schwieg und dachte an die lange Reise auf unheimlichen polnischen Wasserstraßen mit diesen wunderlichen, frommen Fremden.

»Warum ...« flüsterte er. »Warum wollen sie mich aufnehmen?«

Aber er wußte es bereits. Er selbst war nie in die Synagoge gegangen, seine Mutter hatte sich taufen lassen; aber Hitler hatte eine neue Art von Juden geschaffen, Menschen, die verfolgt und getötet werden sollten, und diese Leute, die ihn nicht kannten, hatten ihn als Bruder akzeptiert.

Ungefähr zehn Kilometer vor der Grenze hielten sie an. Hier verabschiedeten sich Isaac und Marek von Radow.

»Ich weiß nicht, was ich sagen soll, Professor«, sagte Isaac. »›Danke‹ scheint kaum zu genügen.«

Radow schüttelte ihm die Hand. »Vergessen Sie nicht, daß Sie in Hallendorf immer willkommen sind. Mein Haus ist klein, wie Sie wissen, aber es wird immer Platz für Sie haben, und Sie werden nicht auf der Veranda schlafen müssen wie damals, als Sie mit dem Quartett kamen. Österreich ist noch frei. Also, wer weiß?«

Isaac nickte. Österreich war noch frei, das stimmte, aber ohne Aufenthaltserlaubnis würde er wieder auf der Flucht sein; er würde bestenfalls ins Gefängnis kommen und schlimmstenfalls nach Deutschland zurückgebracht werden.

Sie waren durch dichten Nebel gefahren. Als sich Marek und Isaac nun zu Fuß auf den Weg machten, begann es zu regnen. Alles wurde grau und dunkel.

»Bleib dicht bei mir«, sagte Marek.

Er hatte Isaac einen Kompaß gegeben, Pfeffer, um Hunde, die ihn vielleicht verfolgen würden, abzulenken, und Geld – aber in dieser stygischen Welt tropfender Bäume und Wolken würde sich Isaac allein nie zurechtfinden. Und ihnen blieben nur noch zwei Stunden, um Franz zu finden und den Fluß nach Polen zu überqueren.

Der Stacheldraht war durchgeschnitten; alles schien in Ordnung zu sein. Trotzdem konnte Marek ein gewisses Unbehagen, das ihn seit Beginn dieser Fahrt begleitete, nicht loswerden.

Sie hatten den Fluß erreicht. Nun konnten sie nur noch auf den dreimal wiederholten Ruf einer Eule warten. Es regnete in Strömen. Erde, Himmel und Fluß verschwammen zu einer grauen Wand.

Dann rief die Eule ... einmal ... zweimal ... und am gegenüberliegenden Ufer sahen sie die schattenhafte Gestalt von Franz.

Aber der dritte Ruf blieb aus. Statt dessen krachte ein Schuß, und sie sahen Franz die Hände hochreißen und fallen.

»Geh zurück, Isaac«, zischte Marek. »Schnell! Lauf!«
»Ich gehe nicht ohne dich.«
»Du tust, was ich dir sage. Du mußt Radow warnen. Ich

komme nach. Aber erst muß ich sehen, ob ich für Franz noch etwas tun kann. Vielleicht ist er nur verwundet.«

Er verschwand in Richtung des Flußufers. Kurz darauf fiel ein zweiter Schuß.

14

Leon hatte sein kühnes Versprechen, einen Film mit Sophie in der Hauptrolle zu drehen, gehalten. Weil sich aber selbst so großzügige Eltern wie die von Leon den Kauf einer neuen Filmkamera überlegen, hatte er nur eine gebrauchte bekommen, die komplizierter zu bedienen war, als er erwartet hatte, und keinen Ton aufnahm. Und so blieb die Rolle, die er für Sophie geschaffen hatte, die einzige in dem Film *Mädchen reagiert erschrocken auf namenloses Etwas,* und sie blieb stumm.

Sophie hatte ihre Eltern gebeten, zur Aufführung der *Schlachthöfe* zu kommen. Sie hatte das Gefühl, daß sie sich auch ohne ihr Tamburin ihrer Rolle als ein Mädchen der Heilsarmee, weitgehend versteckt unter einer Schute und umgeben von zwölf anderen Heilsarmisten, nicht zu schämen brauchte; und wenn beide, Vater und Mutter, kamen, würden sie vielleicht – nur *vielleicht* – feststellen, daß sie sich noch gern hatten, und ein Haus kaufen, das immer da sein würde und in das sie alle zusammen einziehen konnten wie eine richtige Familie.

Zum ersten Mal hatte sie ziemlich schnell Antwort erhalten. Ihre Mutter war überzeugt, sie würde nicht kommen können, weil sie noch in Irland drehte; und Czernowitz hatte geschrieben, ihr Vater bedaure außerordentlich, aber seine Rückkehr aus Amerika habe sich verschoben.

Sophies Augen offenbarten ihre ganze Verzweiflung. Was

würde mit ihr geschehen, wenn ihre Eltern nie mehr wiederkamen? Wenn sich die Schule leerte und sie vergessen wurde? Aber Ellen sagte, so etwas käme gar nicht in Frage. »Wenn die Schule schließt und sie dich vergessen, werde ich dich nach Gowan Terrace mitnehmen, und wir werden in den Zoo gehen und ganz viele Chaplin-Filme sehen und Karamelbonbons machen.«

»Ich weiß gar nicht, warum du willst, daß sie kommen«, sagte Leon zu Sophie. »Es ist ein schreckliches Stück.«

Aber um ihre Verzweiflung etwas zu mildern, hatte er ihre Filmrolle ausgebaut, so daß sie jetzt nicht nur erschrocken in ihrem Schuppen sein mußte, sondern auch langsam in den See waten und wie König Ludwig von Bayern ertrinken durfte.

Leon drehte diese Szene während einer Pause zwischen den Proben für die *Schlachthöfe*. Sophie ging durch das Schilf am flachen Ufer, blieb plötzlich stehen und sagte: »Mein Gott! Da kommt Kleopatra in ihrer Barke!«

Die Kinder, die im Gras saßen und zuschauten, richteten sich auf. Es war nur ein Motorboot von einem Bootsverleiher aus dem Dorf, das sich langsam näherte, aber im Heck saß, gegen Kissen gelehnt, eine stattliche Frauengestalt in einem fließenden, farbenprächtig gemusterten Kleid mit passendem Turban; in der behandschuhten Hand hielt sie einen mit Fransen besetzten Sonnenschirm. Hinter ihr, ganz in Schwarz, saß eine sichtlich geringere Person, wahrscheinlich eine Zofe, die einen kleinen, aufgeregten Hund festhielt.

»Sie sieht nicht aus wie ein Elternteil«, sagte Flix – und das stimmte.

Eltern, die ihre Kinder in der Schule besuchten, kamen selten so großartig und selbstsicher daher; sie trugen meistens Cordhosen oder bunte Röcke und sahen besorgt aus.

Brigitta war zu eitel, um in der Öffentlichkeit eine Brille zu tragen. Als das Schloß näher kam, erkannte sie immerhin die Schönheit des rosaroten Gebäudes und mehrere Kinder auf dem Gelände, und ihre Zuversicht wuchs. Altenburgs Kinderliebe und seine Überzeugung, daß man schon mit Kleinkindern singen und musizieren könne, hatte sie in Wien lächerlich gefunden; um so wahrscheinlicher war es, daß er sich an einem Ort wie diesem versteckt hatte. Sie hatte Staub und Benny in der Villa, die Stallenbach für sie besorgt hatte, zurückgelassen, weil sie allein sein wollte, wenn sie ihren früheren Geliebten fand. Als das Boot anlegte, schwor sie sich, Markus gegenüber kein einziges vorwurfsvolles Wort verlauten zu lassen. Sie würde ihn wegen der Galavorstellung um Hilfe bitten, und sie war überzeugt, daß er nicht nein sagen würde. Sobald er wieder in Wien war und der *Rosenkavalier* heil überstanden, würde sie ihm Staubs Libretto zeigen, und dann würde ihre eigentliche Zusammenarbeit beginnen. Cosima von Bülow und Wagner... Alma Schindler und Gustav Mahler... George Sand und Chopin... Diese Vergleiche waren keineswegs absurd. Cosima hatte ihr langes Haar abgeschnitten und in Wagners Grab gelegt, dachte Brigitta, während sie ihre kurzen, dauergewellten Löckchen unter dem Turban befühlte. Wenn Markus zurückkam, wenn er Staubs Libretto vertonte, würde sie vielleicht sogar bereit sein, diese Helena zu singen, die Staub zwischen den Trümmern Trojas *kauern* ließ.

Die Kinder, die auf dem Anlegesteg warteten, waren älter, als sie vermutet hatte.

»Guten Tag«, sagte ein Mädchen mit dunklen Zöpfen. »Zu wem möchten Sie denn?«

»Ich bin Brigitta Seefeld«, erklärte die Diva, »und ich suche Herrn von Altenburg, den Komponisten, der angeblich hier arbeitet.«

Sophie und die anderen schüttelten in aller Unschuld den

Kopf. Nur Leon zuckte zusammen und sah die große Dame argwöhnisch an.

»Hier gibt es niemand, der so heißt«, sagte Sophie.

»Bestimmt nicht«, sagte Flix und bückte sich nach dem Hündchen.

Aber Brigitta ließ sich nicht so leicht entmutigen. »Bringt mich zu eurem Schulleiter«, befahl sie. »Sagt ihm, Brigitta Seefeld ist da.«

Während die Kinder die Besucherin zum Haus führten, nahm Leon Sophie beiseite. »Such Ellen«, flüsterte er. »Sag ihr, Brigitta Seefeld ist hier und sucht einen Herrn von Altenburg. Bitte beeil dich!«

Sophie fragte nicht lang, warum Ellen wissen mußte, wer diese Besucherin war und was sie wollte. Ellen zu holen war den Kindern zur zweiten Natur geworden.

Sie fand Ellen, die dem neuen Kochlehrling zeigte, wie man kandierte Engelwurz zu hübschen Formen schnitt. Der Neue war erst seit ein paar Tagen hier, aber alle hatten ihn bereits gern. Er sagte, er wolle Chefkoch werden, war gelehrig und lustig und immer bereit, mit anzufassen, ob drinnen oder draußen.

»Ellen, eine große blonde Frau ist gerade gekommen. Sie heißt Brigitta Seefeld und sucht jemand, der Altenburg heißt. Einen Musiker. Leon hat gesagt, ich soll Ihnen Bescheid sagen.«

Ellen ließ den Schneebesen ruhen und blickte auf. Gleichzeitig schrie der Kochlehrling leise auf, so daß sich beide Mädchen nach ihm umdrehten. Er, der sonst so geschickt und vorsichtig war, hatte sich in den Finger geschnitten.

»Wo ist sie jetzt?« fragte Ellen.

»Die anderen bringen sie zu Bennet. Wir haben ihr gesagt, daß es hier niemand gibt, der so heißt, aber sie hat uns nicht geglaubt.«

Sophie starrte den Kochlehrling an, der weiß wie sein Kittel geworden war. Es gab Leute, die kein Blut sehen konnten, das wußte sie. Es hatte nichts mit Feigheit zu tun. »Soll ich ein Pflaster aus dem Medizinschrank holen?«

Ellen schüttelte den Kopf. »Ich mach das schon. Geh du bitte zu Bennet und sag ihm, ich werde Kaffee und Kuchen in sein Arbeitszimmer bringen. In zehn Minuten bin ich soweit.«

Sophie nickte und rannte los. Ellen schloß die Tür zur Spülküche, wo Frau Tauber beschäftigt war.

»Sie kennt Sie natürlich.«

»Ja.« Er biß sich auf die Lippen.

»Dann müssen wir Sie verstecken«, sagte sie und holte eine Rolle Heftpflaster und etwas Mull aus dem Medizinschränkchen. Während sie den verletzten Finger verband, dachte sie nach.

»Haben Sie nicht angeboten, bei den Proben für David Langley einzuspringen?« fragte sie, und als er nickte, meinte sie: »Damit sind wir unsere Sorgen los. Dort sind Sie außer Gefahr.«

Brigitta wurde von Leon zum Schulleiter geführt; Ursula und Janey begleiteten sie. Was ihr auf dem Weg dorthin begegnete, war nicht dazu angetan, sie in ihren anfänglichen Hoffnungen zu bestärken. Der Anblick von Chomskys Blinddarmnarbe blieb ihr zwar erspart; dafür lief der Biologielehrer mit einem Schmetterlingsnetz – er war auf der Suche nach Libellenlarven – praktisch nackt an ihr vorüber, und ein Junge mit schmutzigen Füßen fiel vor ihr aus einem Baum, rempelte sie fluchend an und verschwand.

»Das ist Frank«, erklärte Janey hilfsbereit. »Sein Vater ist ein berühmter Philosoph, und er war schon bei fünf Psychiatern.«

»Ich warte draußen«, sagte Ufra entschieden und ging mit dem Hund Richtung Küchengarten.

Während Brigitta an offenen Klassenzimmertüren und Proberäumen vorbeiging, schwanden ihre Hoffnungen, hier Markus' Versteck gefunden zu haben. In einem Raum forderte eine drahtige Person in einem Gymnastiktrikot eine Gruppe schmollender Kinder auf, ihren inneren Organen freien Lauf zu lassen; in einem anderen demonstrierte eine schnurrbärtige Frau in Flanellhosen den Urschrei. Im Korridor lag ein Kind, eine Banane essend, auf dem Fußboden und las. Nicht einmal Markus mit seinem Fimmel für Freiheit und Toleranz wäre imstande, in einem solchen Tollhaus zu arbeiten.

Doch als sie das Direktorat erreichte, schöpfte sie wieder Hoffnung. Dieser Schulleiter war ein kultivierter Mann mit guten Manieren, sprach ausgezeichnet Deutsch und war anständig gekleidet. Seine Wände waren mit Büchern vollgestellt, und besonders die Shakespearebüste ermutigte sie. Markus hatte sechs Shakespearesonette für Tenor, Streicher und Schlagzeug vertont, als er zum ersten Mal nach Wien kam und sie mit seinen Elogen über diese Verse gelangweilt hatte.

»Ich bin Brigitta Seefeld«, begann sie und verstummte empört, als der Junge, der sich schon die ganze Zeit in den Vordergrund drängte, die Unverschämtheit hatte, sie zu unterbrechen.

»Madame Seefeld ist gekommen, weil sie denkt, Herr von Altenburg sei hier gewesen«, sagte er hastig. »Ich habe ihr gesagt, daß er nicht hier war, aber –«

»Leon hat recht, Madame Seefeld. Hier war niemand, der so heißt«, sagte Bennet vollkommen aufrichtig und nickte Leon bestätigend zu.

Im selben Augenblick wurde an die Tür geklopft, und Sophie überbrachte Ellens Nachricht. »Es dauert höchstens zehn Minuten, hat sie gesagt.«

Bennet schickte die Kinder hinaus. »Ellen ist unsere Hausmutter und sorgt auch für die Küche. Eine ausgezeichnete Kraft.«

Bennet war überzeugt, daß Marek seinen Aufenthalt in Hallendorf auch jetzt noch als Geheimnis behandelt wissen wollte. Nur drei Menschen wußten davon: Ellen, Leon und er, und wie sich gezeigt hatte, konnte man Leon trauen.

Nun war er also tatsächlich von einer »Toscanini-Tante« beehrt worden. Brigitta Seefeld war in ganz Europa bekannt, eine Doyenne der Opernbühne. Als Franz Lerner vor zwei Jahren eine Oper einstudierte, die auf dem Rattenfänger von Hameln basierte, hatte er ihr geschrieben und sie nach Hallendorf eingeladen; doch sie hatte sich nicht einmal die Mühe gemacht zu antworten. Nun war sie da, und er konnte ihr nur die *Schlachthöfe* zeigen. Aber war das wirklich alles? War er zu pessimistisch? Die Premiere eines Brechtstücks, inszeniert von einem Mann, der bei Meyerhold und Stanislawski studiert hatte...

Entschlossen, ihr auf charmanteste Weise zu schmeicheln, bat er sie, auf seinem Ledersessel Platz zu nehmen.

»Sie können sich bestimmt vorstellen, daß Ihr Besuch eine große Ehre für Hallendorf ist. Wenn Sie mich ein bißchen vorgewarnt hätten, wären wir glücklich gewesen, Ihnen einige unserer derzeitigen Workshops zu zeigen. Bedauerlicherweise ist die Musik gerade jetzt unser wunder Punkt. Unser ausgezeichneter Musiklehrer kämpft zur Zeit in Spanien, und wir haben noch keinen Ersatz für ihn gefunden.«

»Soviel ich weiß, wohnt Professor Radow hier in der Nähe.« Madame Seefeld schien immer noch mißtrauisch. »Wir haben bei ihm vorbeigeschaut, aber er scheint verreist zu sein. Konnte er Ihnen nicht helfen?«

»Ich wollte einen so hervorragenden Mann nicht behelligen«, sagte Bennet vollkommen aufrichtig. »Zudem ist er nicht mehr der jüngste, und einige der Kinder hier sind ein wenig... unerzogen.«

»Das kann man sagen. Aber Altenburg wurde mit Professor Radow gesehen. Es fällt mir schwer zu glauben, daß er nie hierherkam. Er interessiert sich für die Arbeit mit Kindern.«

Bennet lächelte wehmütig. »Ich versichere Ihnen, wir hätten jede derartige Hilfe begrüßt.«

Das Gespräch wurde unterbrochen, als Ellen anklopfte und auf einem silbernen Tablett Kaffee und Gebäck brachte.

»Ah – Vanillekipferl! Ich glaube, bei Demel würden Sie keine besseren bekommen«, sagte Bennet.

Ellen stellte das Tablett ab und lächelte die Frau an, die in Kendricks Konzertprogramm so ausführlich beschrieben wurde. Für Ellen war sie eine Frau in den mittleren Jahren, ein bißchen aufgedunsen über den Wangen und weniger üppig als fett. Aber die Augen waren vergißmeinnichtblau, das Haar unter dem Turban goldblond; vor allem aber verfügte Frau Seefeld über die Haltung einer seit Jahren gefeierten Berühmtheit. Daß sich ihre Zusammenarbeit mit Marek in jeder Hinsicht »fruchtbar« gestaltet hatte, war nach Ellens Eindruck füglich anzunehmen.

Brigitta ihrerseits betrachtete Ellen mit plötzlichem Interesse. Das Mädchen war bemerkenswert hübsch; die munteren Löckchen, die großen goldbraunen Augen und der weiche Mund... Für einen Augenblick dachte sie, sie habe den Grund für Markus' Aufenthalt in der Nachbarschaft gefunden. Aber es war absurd. Das hier war eine Haushälterin; sie arbeitete in der Küche. Mit einem solchen Mädchen würde er vielleicht flirten, aber daß er sich ernsthaft für sie interessieren oder Musik für sie schreiben könnte, war ausgeschlossen.

Der Kaffee und die Vanillekipferl waren jedoch köstlich. Nach dem Kaffee lud Bennet Brigitta ein, sich das Theater anzusehen, wo für das Brechtstück geprobt wurde.

»Das Theater wurde zur selben Zeit wie das Schloß gebaut, im Jahr 1743. Es ist ausgesprochen hübsch. Die Arbeit von ...«

Brigitta unterdrückte ein Gähnen. »Nun gut, aber ich möchte zuerst die Schule sehen. Ich möchte alles hier sehen.«

Sie wurde das Gefühl nicht los, daß Markus in diesem Haus versteckt war.

Aber als sie das Theater erreichten, wo die Probe für die *Schlachthöfe* in vollem Gang war, mußte sich Brigitta eingestehen, daß sich ihr früherer Geliebter an diesem Ort unmöglich aufhalten konnte.

Chomskys dreistöckiges Gerüst war inzwischen installiert, und FitzAllan versuchte im Augenblick, alle Akteure auf die Bühne zu bekommen. Die Kapitalisten auf die oberste Etage, die Mädchen der Heilsarmee auf die mittlere, die Arbeiter auf die unterste.

Aber es lief nicht gut. Die Heilsarmee kam zu früh, wurde angeschrien und verschwand. Die würfelspielenden Kapitalisten schielten, grün im Gesicht, auf den Abgrund zu ihren Füßen – und wie immer gab es Ärger mit den Kadavern. FitzAllan hatte darauf bestanden, daß die kopflosen, in Nesselsäcke eingebundenen Tierkadaver von Menschen dargestellt wurden, die in den Säcken weder gesehen wurden noch selbst etwas sehen konnten, was immer wieder zu einem heillosen Durcheinander führte.

Als die berühmte Diva das Theater betrat, eilte der Spielleiter auf sie zu.

»Das ist in der Tat eine Ehre«, sagte er salbungsvoll und in ausgezeichnetem Deutsch, während er sich über ihre Hand beugte. Dann führte er sie nach vorn an die Bühne. »Macht weiter«, rief er den zunehmend verwirrten Kindern zu, worauf ein Schlachthausarbeiter, der die Orientierung verloren hatte, gegen eine schlecht beleuchtete Rinderhälfte prallte, verwünscht wurde und rückwärts taumelte.

»Wie Sie sehen, müssen wir uns noch etwas herantasten«, sagte FitzAllan.

Brigitta konnte ihm nur recht geben. Sie unternahm jedoch noch einen letzten Versuch, bevor sie sich aus dem Staub machte. »Wer besorgt die Musik? Es gibt doch Musik in dem Stück?«

FitzAllan lächelte bescheiden. »Ich habe versucht, die Lücke zu füllen, die durch die Abreise Franz Lerners entstanden war. Vielleicht möchten Sie eins der Arbeiterlieder hören? Ich habe es einem Lied aus der Arbeiterbewegung angepaßt.«

Er klatschte in die Hände, und die Kinder, die ihn hörten, kamen nach vorn an die Rampe. »Wir gehen gleich an den Anfang von Akt 11 – bitte das Hungerlied! Ich gebe euch den Ton. Fertig?«

Brigitta hörte zu, und ihre letzten Zweifel schwanden. Nie und nimmer hätte Markus einen solchen Lärm ertragen.

»Die Premiere ist Ende Juli. Wenn Sie zufällig in der Gegend sind, würden wir uns sehr geehrt fühlen ...« sagte Bennet.

»Ich danke Ihnen«, sagte Brigitta, »aber im Juli bin ich völlig ausgebucht.«

Ufra wartete mit Püppi bereits im Boot. Der Hund kaute hingebungsvoll an einem alten Lederhandschuh, den er, wie Ufra sagte, in einem Schuppen gefunden hatte.

Brigitta blickte auf den besabberten Handschuh. »Nimm ihm das Ding weg und wirf es ins Wasser«, sagte sie angewidert.

Aber Püppi wollte sich nicht von seiner Beute trennen. Er knurrte und fletschte die schiefen Zähne und leckte noch immer an dem Handschuh herum, als das Boot beim Dorf anlegte und Brigitta mit dem einzigen Taxi am Ort zur Villa fuhr, die ihr dank des Grafen zur Verfügung stand.

Ellen wartete, bis das Theater leer und dunkel war; dann ging sie hinter die Bühne.

»Alles in Ordnung«, sagte sie. »Sie können herauskommen.«

Die Ochsenhälfte in dem Nesselsack begann zu schaukeln, und der Pappmachéstumpf, der einen abgetrennten Hals darstellte, wurde hochgehoben.

»Du liebe Zeit! Sie sind ja ganz blaß! Sie brauchen jetzt keine Angst mehr zu haben. Die Dame ist weg.«

»Es ist nicht Angst«, sagte Meierwitz, während er aus dem Sack stieg. »Da drin wird man seekrank.«

Tagsüber konnte Isaac das schreckliche Erlebnis im Wald vergessen, den Augenblick, nachdem Marek allein zum Fluß weitergegangen war, und den zweiten Schuß. Er konnte vergessen, daß er stundenlang durch den Nebel geirrt war auf der Suche nach Radows Wagen, daß er sich auf der Flucht vor den Suchhunden unter einem Stacheldrahtzaun durchgezwängt hatte und plötzlich in Österreich war ... den langen Weg nach Hallendorf, ohne etwas zu essen und mit Blasen an den Füßen, in der verzweifelten Hoffnung, Radow und Marek dort zu finden.

Aber nachts kam dieser Alptraum wieder, und dann half nur, daß er aufstand und sich auf die Stufen des kleinen Tempels setzte, wo er über den See zu Radows Haus blicken konnte und betete, daß sich ein Licht in den Fenstern zeigen möge ... daß die Männer, die für ihn ihr Leben riskierten, unversehrt zurückgekehrt waren.

Dort fand ihn Ellen in der Nacht nach Brigittas Besuch. Sie trug einen Mantel über dem Nachthemd und brachte eine Decke mit, denn die Nacht war kühl.

»Sie sollten schlafen, Ellen. Auf Sie wartet so viel Arbeit.«

»Flix hat mich geweckt«, sagte sie. »Sie hat vom Judasschaf geträumt.«

Sie setzte sich neben ihn, breitete die Decke über ihn und sich, und ihre Nähe gab ihm plötzlich ein Gefühl, das er zunächst nicht erkannte, weil es so ungewohnt geworden war. Glück? dachte Isaac. Ist das noch möglich? Und er gab sich selbst die Antwort: Wo sie ist, ist Glück möglich.

Die Panik, die ihn vor Radows Haus erfaßt hatte, als er den Eindringling zu Boden zerrte, hatte nicht lange angehalten. Ihr weicher Körper, die Art, wie sie in seine Arme sank und sich ruckartig spannte, um sich zu wehren, hatten ihn überwältigt. Er hatte sie losgelassen, und dann wurde ihm schwindlig, und er verlor das Bewußtsein.

Als er zu sich kam, kniete sein Opfer neben ihm und öffnete einen Koffer. »Ich fürchte, ich kann Ihnen keine ausgewogene Kost anbieten«, hatte sie gesagt, während sie mit einer Taschenlampe eine Salami, ein Päckchen Karlsbader Trockenpflaumen und ein Büschel Weintrauben beleuchtete. »Sie müssen sehr langsam essen«, hatte sie mit ihrer sanften Stimme gesagt, in der ein leichter englischer Akzent mitschwang, »sonst wird Ihnen übel.«

Er war völlig ausgehungert, aber er griff nicht nach den eßbaren Dingen, die sie in ihrem Wunderkoffer hatte, sondern nach ihrem Haar, und berührte es vorsichtig, wo es sich im Nacken sammelte. Es gab sie also; sie war Wirklichkeit.

»Hier ist auch noch eine Flasche Tokaier«, sagte sie und nahm eine in Stroh gehüllte Flasche aus einem Holzkistchen. »Aber den dürfen Sie jetzt nicht trinken. Warten Sie. Ich hole Ihnen Wasser. Hinter dem Haus ist ein Wasserhahn.«

Isaac hatte inzwischen seine Benommenheit abgeschüttelt. Er schämte sich seiner Schwäche und streckte die Hand nach der Flasche aus. »Wasser ist für die Füße«, sagte er.

Sie sah ihn scharf an, als hätte er so etwas wie ein Kennwort gesagt. »Sie sind ein Freund von Marek«, sagte sie. »Ich werde Ihnen helfen.«

Er versuchte, sie davon abzubringen. Er hatte keine

Papiere. Wenn man ihn verhören würde, käme er nach Deutschland zurück oder ins Gefängnis. »Jeder, der mir hilft, könnte in Schwierigkeiten geraten.«

»Niemand wird Sie verhören. Sie sind mein neuer Assistent. Sie haben Chomsky besucht, und ich habe Ihnen vorübergehend einen Job angeboten – natürlich ohne Bezahlung.«

Er hatte noch länger protestiert, aber sie ließ sich nicht von ihrer Idee abbringen. Schon damals war ihm ihre eigenartige Mischung aus Sanftmut und eisernem Willen aufgefallen. Sie war mit ein paar Kleidungsstücken von Chomsky zurückgekommen, und bis jetzt hatte sie recht behalten. In einer Schule, wo russische Ballerinen aus Workington stammten und Revolutionäre aus Costa Rica als Gärtner arbeiteten, stellte niemand Isaacs Anwesenheit als Volontär der Küchenchefin in Frage. Isaac schlief in Chomskys Zimmer und machte sich nützlich. Ihm schien, daß die zufluchtgewährenden Kathedralen des Mittelalters ein Nichts waren im Vergleich zu den Küchenräumen von Hallendorf, ihrer Wärme und Sauberkeit, den kräftigen und feinen Gerüchen, den lustigen Kindern – und Ellen, die er kaum aus den Augen lassen konnte.

Aber nachts hielt Isaac Wache. Er hatte Ellen nichts von dem zweiten Schuß erzählt; trotzdem wußte er, daß auch sie auf das Licht im Fenster wartete.

Jetzt wollte sie jedoch Näheres über Brigitta wissen. »Warum ist sie gekommen, Isaac? Haben Sie eine Ahnung? Was wollte sie von Marek?«

Er zuckte die Achseln. »Ich bin schon so lange fort. Aber es ging das Gerücht, daß sie eine Oper in Auftrag geben wollte. Vielleicht steckt sie auch in einer Karrierekrise. Sie hat versucht, ihn zurückzuholen, seit sie ihn weggeschickt hat.«

»Aber sie muß doch mindestens vierzig sein.«

»Das wird kaum reichen. Aber Musik kann zu den unwahrscheinlichsten Verbindungen führen. Brigitta ist eine schreckliche Person, aber sie singt Mareks Musik wie keine andere. Ich habe mit ihr die *Sommerlieder* in Berlin aufgenommen. Sie machte Szenen, sie war unmöglich, aber was am Ende herauskam, war phantastisch. Wissen Sie, die Frauen haben Marek schon verfolgt, als er sich noch in seinen Wäldern herumtrieb.«

»Sind Sie dort gewesen? In Pettelsdorf?«

Isaac schüttelte den Kopf. »Dorthin lädt er nur Menschen ein, die ihm wirklich etwas bedeuten. Es ist seine Zufluchtsstätte.«

»Aber Sie bedeuten ihm wirklich etwas. Das hat er bewiesen.«

»Vielleicht. Er hat auch gesagt, er wollte mich nach der Konzertpremiere nach Pettelsdorf mitnehmen. Ich glaube, er will seine verschiedenen Leben getrennt halten. Wenn er in Pettelsdorf ist, hat er einmal gesagt, wünscht er sich, daß er ohne Musik leben könnte.«

»Aber das geht nicht, oder?«

»Nein, Ellen. Das ist unmöglich.«

Ellen nickte. Sie hatte verstanden. Jemand, der so wenig von Musik verstand wie sie, konnte ihm niemals ernsthaft etwas bedeuten. Trotzdem stellte sie eine typisch weibliche und dumme Frage.

»Ist Brigitta in Pettelsdorf gewesen?«

Isaac lächelte. »Ich glaube nicht. Nein, ich bin mir sogar ganz sicher. Aber nicht, weil sie es nicht versucht hätte.«

Ein leichter Wind erhob sich und kräuselte das dunkle Wasser. »Wir sollten ins Haus gehen, Isaac. Es wird kalt.«

Aber Isaac saß noch die Angst im Nacken.

»Wenn ihm etwas passiert ist, Ellen ...«

»Nicht doch. Er wird zurückkommen, mit Professor Radow, und er wird Sie in Sicherheit bringen. Ich habe Ihnen doch von der Kerze erzählt. Sie hat aufrecht und ohne zu flackern gebrannt.«

»Ach ja, die Heilige mit den Salamandern. Meinen Sie, sie wird sich mit einem unbedeutenden Juden befassen?«

»Wenn sie Salamander retten kann, kann sie auch Juden retten – und Sie haben nicht mal Flecken.«

Isaac schüttelte den Kopf. »Ich habe gesagt, ich würde ihn bis zu seinem Tod verfolgen, wenn er mich sein Konzert nicht spielen läßt, und manchmal denke ich, daß ich genau das getan habe. Er hat Jahre vergeudet, um mich zu finden, um andere Leute herauszuholen ... Es ist ein herrliches Stück, dieses Konzert ... der langsame Satz ... Mein Gott! Wenn ich gewußt hätte, was er in Berlin anstellen würde! Er hat den Direktor fast umgebracht.«

»Sobald er Sie in Sicherheit gebracht hat, wird er zur Musik zurückkehren, nicht wahr?«

Er lächelte ihr zu, dankbar für das »sobald«. »Er muß es tun. Die Amerikaner wollten ihn gar nicht gehen lassen. Er sollte zurückgehen, bevor hier alles zusammenbricht.«

»Ja.« Ellen senkte den Kopf. Amerika war weit fort.

»Er hat nicht nur die Gabe, gute Musik zu komponieren, sondern kann auch andere dazu bringen, Musik zu machen. In Berlin, in Wien, wo immer ein paar Leute zusammenkamen, hat Marek mit ihnen Musik gemacht. Er konnte mit drei Trambahnschaffnern und einem Straßenkehrer musizieren. Musik ist für ihn nie etwas rein Professionelles, obwohl er seine Arbeit so ernst nimmt. Seine Partituren sehen aus wie ägyptische Palimpseste – er schreibt sie und schreibt sie wieder um. Aber wenn er mit anderen Menschen zusammenkommt, ist Musik etwas, das jeder machen kann.«

Sie nickte still und nachdenklich, und er hätte sie gern in den Arm genommen und nie wieder losgelassen.

»Und wie ist es mit Ihnen, Ellen?« fragte er. »Was bedeutet Ihnen Musik?«

Sie antwortete erst nach einer Weile. »Als ich zur Schule ging ... ich war noch ziemlich klein ... gab es ein Mädchen in meiner Klasse, die das absolute Gehör hatte. Sie konnte schön singen und Klavier spielen. Ich habe gehört, wie die Leute über sie sprachen.« Sie hielt inne und blickte versonnen auf ihre verschränkten Finger. »›Sie ist musikalisch‹«, sagten sie. »›Deirdre ist musikalisch‹, und es klang, als hätten sie gesagt: ›Sie ist ein Engel.‹ Seitdem bedeutete musikalisch zu sein für mich, ein Engel zu sein.«

Isaac sah sie an. »Mein Gott, Ellen«, sagte er heiser. »Wenn es ein engelhaftes Wesen auf dieser Welt gibt, dann sind Sie es.«

15

Die Nachricht, auf die Kendrick gewartet hatte, traf drei Tage nach seinem ersten Besuch im Reisebüro ein.

»Wir haben die Karten für die Galavorstellung, Sir«, sagte das hilfsbereite Mädchen. »Es sind großartige Plätze – eine Loge im ersten Rang. Sie waren für einen amerikanischen Diplomaten reserviert, der nach Washington abberufen wurde.«

Sie schien sich beinahe ebenso darüber zu freuen wie Kendrick, aber weil sie ein sehr gewissenhaftes Mädchen war, fühlte sie sich verpflichtet, hinzuzufügen: »Es gibt allerdings Gerüchte, die Seefeld sei nicht mit dem Dirigenten einverstanden. Aber ich bin sicher, daß schließlich alles klappen wird.«

Kendrick wurde für einen Augenblick blaß. Sollte er tatsächlich so viel Geld ausgegeben haben, um vielleicht eine zweitklassige Sopranistin hören? Wie würde Ellen reagieren? Als er darüber nachdachte, mußte er sich eingestehen, daß er nicht genau wußte, wie tief bei Ellen die Liebe zur Musik ging. Einmal hatte er mit ihr ein Tschaikowsky-Konzert in der Queen's Hall besucht, und danach hatte er gefragt, woran sie gedacht hatte, und sie antwortete: »Sauerampfersuppe«.

Sie hatte ihm erklärt, daß sie bei dem langsamen Satz der *Pathétique* an einen grünen Wald denken mußte, und dabei sei sie auf Sauerampfer gekommen, und dann habe sie überlegt, wo sie Sauerampfer bekommen könnte, um für eine der Tanten in Gowan Terrace, die an Magenbeschwerden litt, eine Suppe zu kochen. Trotzdem war es für Kendrick ein Schock gewesen.

Aber nach dem *Rosenkavalier* würde sie gewiß nicht an Sauerampfersuppe denken. Nach dem *Rosenkavalier* würde sie – müßte sie an Liebe denken, und dann wollte er sie an einen Ort führen, den er noch nicht endgültig festgelegt hatte, und sie um ihre Hand bitten. Diesmal würde er keine überstürzte Erklärung abliefern wie seinerzeit in der Küche von Gowan Terrace. Er würde eine kurze, aber wohldurchdachte Rede halten, die ihr unmittelbar zu Herzen ginge. Er hatte sich einige Orte aufgeschrieben, die ihm geeignet schienen – der Donnerbrunnen am Neuen Markt (der die Nebenflüsse der Donau darstellte), das Mozartdenkmal im Burggarten und das Reiterstandbild des Erzherzogs Albrecht auf den Stufen der Albertina – alle nur wenige Schritte vom Opernhaus entfernt.

Und damit war er bei der heiklen Frage des Hotels angelangt. Sie bräuchten zwei Zimmer in einem seriösen Etablissement, aber auf keinen Fall benachbarte Zimmer, damit Ellen keinen falschen Eindruck gewann. Vielleicht sollten sie Zimmer auf verschiedenen Etagen nehmen. Seine Mutter hatte Männer, die ihre Instinkte nicht zügeln konnten, als »Tiere« bezeichnet. Die Vorstellung, Ellen könnte ihn in irgendeiner Weise für tierisch halten, war ihm unerträglich.

Als er dem netten Mädchen im Reisebüro das Übernachtungsproblem vortrug, geriet er etwas ins Stocken. Sie empfahl ihm das »Hotel Regina« am Graben, einer geschichtsträchtigen Straße im Stadtzentrum, und versprach, die Reservierung umgehend vorzunehmen.

Nun mußte er nur noch einen zweiten Brief an Ellen schreiben mit der Bitte, nach Wien zu kommen, denn auf den ersten hatte sie nicht geantwortet. Aber auch in diesem Brief erwähnte er nicht die Galavorstellung und die Seefeld. Wenn irgend etwas schiefging, würde sie nicht enttäuscht sein, und der Gedanke, sie zu überraschen, war nach wie vor aufregend. Sie würde annehmen, daß er sie irgendwohin ausführte, wo man Walzer tanzte und Champagner trank – und dann würde er ihr plötzlich die Aussicht auf einen Hochgenuß eröffnen, auf etwas, das um so vieles erhabener war als das langweilige Gehopse auf einer Tanzfläche, so daß sie vollkommen überwältigt sein würde.

Hin und wieder dachte er auch, daß Ellen seine Einladung nicht annehmen könnte; aber solche Befürchtungen kämpfte er tapfer nieder. Er hatte in einer Buchhandlung in der Tottenham Court Road eine Broschüre *Positives Denken für Anfänger* gefunden, die er nicht kaufte – Bücher dieser Art kaufte ein Frobisher nicht –, aber er hatte sie in der Buchhandlung gelesen und wandte die aufgeführten Regeln an. Er hatte daraufhin sogar bereitwillig an seine Mutter geschrieben und ihr seine Pläne mitgeteilt – und bereitwillig an Patricia Frobisher zu schreiben war etwas, das er nicht häufig tat.

Glücklicherweise wurde er am selben Abend in Gowan Terrace erwartet, wo er bei einem Lichtbildervortrag zur Unterstützung baskischer Flüchtlinge assistieren sollte und seine Vorfreude mit Ellens Mutter und den Tanten teilen konnte.

»Sie wird doch für einen oder zwei Tage Urlaub bekommen, meinen Sie nicht auch?« fragte er, und sie sagten, sie hielten das für sehr wahrscheinlich.

Tante Annie, die Mykologin, fand es immer noch unklug, den jungen Mann zu ermutigen, aber Dr. Carr meinte, eine Abwechslung, noch dazu in einer der schönsten Städte der Welt, würde ihrer Tochter guttun. Ellen hatte in ihrem letzten Brief ein wenig müde geklungen. Sie hatte auch den Platzwart nicht mehr erwähnt, den Mann, der für die Schildkröte ein Fahrwerk gebastelt hatte. Er schien ein vernünftiger Mensch zu sein im Gegensatz zum Gros des Hallendorfer Personals.

Was Tante Phyllis betraf, so hatte sie sich bei einem Gedanken ertappt, der sie wegen seines Atavismus zutiefst betroffen machte, stammte er doch aus einer Zeit, als sie Gussie Norchesters heiratsfähige Tochter war und ein von Konventionen beengtes Leben führte. Sie hatte tatsächlich gedacht, daß es im Fall eines Krieges schlimmere Orte für ihre geliebte Nichte geben könnte als ein großes Haus im ländlichen Cumberland.

16

Als sie die kurvenreiche Straße zum ersten der Seen im Tal hinunterfuhren, begann es zu regnen. Marek kurbelte das Fenster des Talbot hoch, den er sich von seinem Vater geliehen hatte, und schaltete die Scheibenwischer ein, die zuckend zu einer Bewegung ansetzten und stehenblieben. Der kleine Lieferwagen war alt und wurde sonst nur noch für den Gutshof benützt; aber den Buick seines Vaters hatte er nicht nehmen wollen.

Neben ihm saß Radow, den Arm, den er in einer Schlinge trug, auf einem Kissen, das Mareks Mutter noch eigens für ihn gebracht hatte, bevor sie losfuhren. Er schwieg, denn er ärgerte sich über Marek.

»Es ist völlig überflüssig«, hatte er zu Marek gesagt. »Ich kann ohne weiteres allein mit dem Zug zurückfahren.«

Marek wollte nichts davon hören, und so gab es jetzt kaum etwas zu sagen, während sie durch die sauberen, stillen Dörfer zu Radows Haus fuhren. Ihre lange Suche nach Isaac hatte tragisch geendet. Radow war verletzt. Seinen Lieferwagen mit den Aufnahmegeräten mußten sie in einem Schuppen in Pettovice zurücklassen, wo man ihn zu einem ganz gewöhnlichen Kleintransporter umbauen würde. Die Zeit, in der Radow umherfuhr und Volksweisen sammelte, war vorbei.

»Du mußt wieder zu deiner Arbeit zurückkehren, Marek«, sagte er nun zum wiederholten Mal. »Du mußt deine Überfahrt nach Amerika buchen. Ich werde hierbleiben und die Veröffentlichung meiner Arbeiten vorbereiten, und wenn du mich dabei störst, kann ich sehr ungemütlich werden. Mein Haus ist zu klein für uns beide.«

Marek lächelte gezwungen. »Ich werde nicht lange bleiben. Nur bis Ihr Arm geheilt ist.«

Eine Nazibande hatte Radow aufgelauert und auf ihn geschossen. Die Kugel hatte seinen Arm zwar nur gestreift, aber mehrere Glassplitter von der durchschlagenen Windschutzscheibe waren tief ins Fleisch gedrungen.

»Mein Arm ist geheilt«, sagte der Professor zornig. »Und ich kann es nicht ausstehen, bemuttert zu werden.« Großer Gott, dachte er, wann wird dieser eigensinnige Mensch begreifen, worin seine wahre Bestimmung liegt? »Für Meierwitz kannst du nichts mehr tun.«

»Ich hätte ihn gern beerdigt«, sagte Marek finster.

Er hatte keine andere Wahl gehabt, als den verletzten Professor nach Pettelsdorf zu bringen. Der Lieferwagen war nur noch im Schneckentempo vorangekommen, die Windschutzscheibe war zersplittert. So konnten sie weder die Grenze überqueren noch bis Hallendorf fahren. Wenn sich Marek erinnerte, wie furchtlos seine Leute in Pettelsdorf gehandelt hatten, quälte ihn gleichzeitig der Gedanke, daß er sie in Gefahr gebracht hatte. Sie hatten den demolierten Wagen, kaum daß er stand, versteckt. Niemand stellte Fragen – weder Janik noch Stepan nach Andras in der Mühle. Alle hatten die Situation sofort erfaßt. Die sonst so redselige Lenitschka brachte den Professor schweigend nach oben, die Mädchen holten Verbandszeug ...

Nur mit seiner Mutter hatte er Streit bekommen. »Du hast kein Recht, deine Tätigkeit vor uns geheimzuhalten. Wir alle wollen helfen und gegen dieses Unrecht kämpfen. Wir hätten diese armen Menschen aufnehmen und manches leichter machen können.«

Sie war immer politisch interessiert gewesen. Seit die Nazis vor den Universitäten Bücher verbrannten, war sie eine entschiedene Gegnerin dieses Regimes, und für seine Großmutter galt das gleiche.

»Deine Mutter hat recht«, sagte Nora Coutts. »Deine Gönnermiene gegenüber Frauen ist völlig fehl am Platz. Das habe ich dir schon früher gesagt.«

Er hatte seine Angehörigen auch nicht bewegen können, ein Auswanderungsvisum zu beantragen.

»Ihr müßt doch sehen, wohin das alles führt«, hatte er gesagt. »Bitte, tut mir den Gefallen.«

Und er hatte eindringlich wiederholt, was er ihnen bereits erzählt hatte: daß es eine tschechische Stimme war, mit der sich ein Mann in Nazi-Uniform brüstete, Isaac ermordet zu haben.

»Geh du zuerst«, hatte Milenka gesagt. »Daß du in Sicherheit bist, ist das einzige, worauf es uns ankommt. Wenn du gehst und für uns den Weg bereitest, werden wir nachkommen.«

Er wußte, daß sie log. Sein Vater würde die Heimat nicht aufgeben, und sie würde bei ihm bleiben. Sie gehörten zusammen – dieses ungleiche Paar. Sie waren das Herz von Pettelsdorf.

Radow erfuhr in dieser einen Woche in Pettelsdorf, trotz der Trauer um Isaac, eine besondere Freude. Er war dreißig Jahre alt gewesen, als er Milenka auf einer Dichterlesung in Berlin zum ersten Mal gesehen hatte. Sie war neunzehn und dünn wie ein Spatz, aber sie hatte Augen, in denen ihre ganze Seele lag. Er verliebte sich wahnsinnig in sie ... und verlor sie an jemand, der überhaupt nicht zu ihr paßte, an einen, der zu viele Tiere erschossen und zu wenig Bücher gelesen hatte und doch ihre zweite Hälfte wurde.

Er hatte sie wiedergesehen in Berlin und in Prag, hatte mit ihr Konzerte besucht und zähneknirschend seine Liebe in Freundschaft verwandelt – aber er hatte es nie gewagt, sie in ihrem Heim zu besuchen. Nun, am Ende seines Lebens, war er glücklich und dankbar, daß sich ihr Bild für ihn vervollständigte. Er sah, wie sie an ihrem Schreibtisch saß und die Katze verscheuchte, die sich darauf breitgemacht hatte; wie sie dafür sorgte, daß die Gans, die zu Mittag gebraten werden sollte, auch ja keine war, die sie kannte, sondern von einem Nachbargut stammte. Er hörte die Pirole in ihrem Garten singen; und abends bei Mondschein durfte er ihrer tiefen, leicht heiseren Stimme lauschen, als sie noch einmal jenes Gedicht las, das er zum ersten Mal von ihr gehört hatte:

Wenn es Abend wird,
verläßt dich leise ein blaues Antlitz.
Ein kleiner Vogel singt im Tamarindenbaum ...

Radow machte sich nichts vor, auch nicht, daß Marek der Sohn war, den er mit Milenka vielleicht gehabt hätte. In dem Jungen war viel zuviel vom Freiherrn von Altenburg. Aber als Marek wegen des Lieferwagens zu ihm gekommen war und ihn bei seinen gefährlichen Unternehmungen mitmachen ließ, hatte er sich über alle Maßen belohnt gefühlt.

»Wir brauchen Benzin«, sagte Marek jetzt. »Und ich will das Öl nachsehen.«

»Ungefähr zehn Kilometer von hier gibt es eine Tankstelle – auf der anderen Seite des Dorfs.«

Marek nickte und fuhr weiter.

Der Regen hatte aufgehört, aber die Kinder im Bus waren still geworden. Sabine saß mit schweißnassen Locken neben Ellen; sie hatte sich dreimal übergeben müssen, und das Elend schien noch nicht überstanden.

Bis zu ihrem Ziel hatten sie noch eine Stunde zu fahren. Auch Sophie war übel, zum Teil wegen der Schaukelei im Bus, aber hauptsächlich vor Aufregung. Bei diesem Ausflug war bis jetzt alles schiefgegangen. Wäre FitzAllan mit ihnen gefahren, hätte sie bei dem, was sie vorhatten, kein schlechtes Gewissen gehabt. Aber jetzt fuhr Ellen mit ihnen. Sie hatte in letzter Minute für FitzAllan einspringen müssen, weil er Migräne bekam. Die Vorstellung, Ellen in Schwierigkeiten zu bringen, war Sophie unerträglich.

»Ich wünschte, wir wären nicht gefahren«, sagte sie zu Leon. »Am liebsten würde ich ihr alles sagen und umkehren.«

»Das geht aber nicht«, sagte Leon. »Wir haben es Flix versprochen.«

Aber auch Flix sah nicht besonders gut aus. Wegen ihr mußten sie ebenfalls einmal anhalten, weil ihr schlecht geworden war. Und Frank, den sie eingeweiht hatten, weil er als stark und furchtlos galt, hampelte andauernd auf seinem Sitz herum, und nun hob er wie ein Erstkläßler die Hand und meldete, daß er austreten müsse.

Ellen nickte und bat Herrn Tauber, an der nächsten geeigneten Stelle zu halten. Franks sonderbare Verhaltensweise bestätigte Ellen in ihrem Gefühl, daß hier irgend etwas Seltsames vor sich ging. Während sie Sabines Gesicht mit einem feuchten Waschlappen abwischte, wanderte ihr Blick die Sitzreihen entlang, und sie fragte sich, was nur mit den Kindern los sein könnte. Zu viele fühlten sich nicht wohl. Als sie zusammen nach Klagenfurt in den Zirkus fuhren, war außer Sabine nur noch einem anderen Kind schlecht geworden.

Frank ging an ihr vorbei, und sie bemerkte, daß er nicht nur wie üblich eine mürrische Miene zur Schau trug, sondern daß sich dahinter so etwas wie Angst verbarg. Auch daß er neben Flix saß, war ungewöhnlich. Flix hatte normalerweise nicht viel für ihn übrig.

Ellen stand auf, um die Kinder besser zu sehen. »Wir müssen diese Expedition nicht zu Ende führen«, sagte sie. »Wir können jederzeit umkehren.«

Für einen Augenblick erschien auf den Gesichtern ein Hoffnungsschimmer. Sophie erhob sich halb von ihrem Sitz und wurde von Leon zurückgeholt. Dann sagte Flix, die immer noch käsig aussah und verquollene Augen hatte: »Nein. Wir wollen weiterfahren. Wir müssen.«

Inzwischen war Frank wieder eingestiegen, und es ging weiter. Sie hatten die Seen hinter sich gelassen, und jetzt stieg die Straße steil an.

»Ich habe solche Kopfschmerzen«, stöhnte Janey, den Kopf an die Fensterscheibe gelehnt.

Ellen, die sie tröstete, hätte von sich das gleiche sagen können. Außerdem machte sie sich Vorwürfe, daß sie diesen Ausflug nicht von vornherein verhindert hatte.

»Das ist eine vollkommen lächerliche Idee«, hatte sie zu Bennet gesagt, als er sie über FitzAllans Absicht informierte, mit den Kindern einen echten Schlachthof zu besichtigen.

»Ein Mann, der nur Nußkoteletts ißt, will unsere Kinder einer solchen Umgebung aussetzen!«

Bennet war ganz ihrer Meinung. »Ich habe ihm jedenfalls gesagt, daß wir uns einen Bus nicht leisten können.«

Aber hier war er von Herrn Tauber unterlaufen worden, der mit Lieselottes Tante verheiratet war und das Schulgrundstück pflegte, seit Marek gegangen war. Die wohltätige Mafia, organisiert von Lieselottes Verwandten, zog ihre Kreise. Herr Tauber bot seinen Bus an und verlangte nur den Preis des benötigten Benzins, wenn er der Schule damit behilflich sein könne.

Der Schulleiter hätte trotzdem nicht eingewilligt, wäre nicht eine Gruppe der Kinder, angeführt von der weichherzigen Flix, zu ihm gekommen mit der Bitte, den Ausflug zum Schlachthof zu unternehmen.

»Dann könnten wir unsere Rollen im Stück besser verstehen«, sagten sie nahezu wortgleich mit FitzAllans schwachsinniger Argumentation.

Der Ausflug war also beschlossene Sache, doch kurz bevor es losging, bekam FitzAllan Migräne.

Ellen hatte nicht beabsichtigt, für FitzAllan die Kastanien aus dem Feuer zu holen, aber die Kinder waren so enttäuscht, daß nun aus dem Ausflug nichts werden sollte, daß Ellen einspringen mußte. Außerdem schämte sie sich ein wenig, denn in Wahrheit hatte sie den Schlachthofbesuch nicht nur wegen der Kinder, sondern auch aus eigenem Widerwillen abgelehnt. Schließlich war sie keine Vegetarierin – ganz im Gegenteil. Mit ihrem Schmorbraten hatte sie auf der Haushaltungsschule sogar den ersten Preis gewonnen; aber sie hatte nie gesehen, wie die armen Tiere, die ihr das Material für ihre Kochkünste lieferten, getötet wurden.

Ellen hatte sich also bereit erklärt mitzufahren, was sie jetzt bitter bereute.

Klagenfurt lag bereits hinter ihnen. Sie waren auch am Sanatorium vorbeigekommen, in dem sich Chomsky im Kreis seiner Lieben aufhielt. Als Ellen ihn das letzte Mal besucht hatte, sprachen die Chomskys über einen Erholungsaufenthalt für Laszlo in einem Kurort, und sie hatten Ellen gefragt, ob sie ihn nicht als Pflegerin begleiten wollte.

Dann dachte Ellen an Isaac. Sie hatte ihn unter Lieselottes Obhut zurückgelassen, die mit ihm Kartoffelpuffer backen wollte. Ellen hoffte inständig, daß er vernünftig blieb. Isaac schien nicht mehr zu hoffen, daß Marek zurückkommen würde, und sprach davon, sich allein durchschlagen zu wollen.

Sophie, die in der vordersten Reihe saß, drehte sich zu Ellen um.

»Eine Tüte! Schnell!« Und Ellen gab ihr die letzte aus ihrem Korb.

Was war nur mit den Kindern los?

Sophie versuchte wie so oft, ihre widerstreitenden Gefühle in Einklang zu bringen. In England hatte sie Schulmädchengeschichten gelesen, in denen Ausplaudern und Petzen das Schlimmste war, was man tun konnte; aber in Wien bei ihrem Vater war ein Gesetzesbruch das Schlimmste. Wenn Ellen nun wegen ihnen ins Gefängnis kam? Kinder wurden nicht ins Gefängnis gesperrt, aber man steckte sie in Erziehungsheime, die nicht weniger schrecklich waren. Sollte sie Ellen sagen, was Flix und Frank in ihren Rucksäcken versteckt hatten? Auch die anderen hatten Zangen und Drahtscheren dabei, aber Flix und Frank hatten große Feilen und eine Eisensäge.

Der Plan stammte von Flix. Sie wollte das Judasschaf befreien und in den Wald scheuchen. »Dann werden ihm die anderen Schafe folgen«, hatte sie gesagt, »und während die Männer versuchen, sie einzufangen, könnt ihr die Tiere in den Verschlägen und Lastwagen befreien.«

Sophie wollte mitmachen – man konnte gar nicht anders,

nachdem FitzAllan erklärt hatte, wie man die Tiere betäubte und ihnen die Kehle durchschnitt, noch während das Herz schlug, weil das Blut dann besser ablief – als wären Tiere eine Art Gully. Aber sie zweifelte, ob es so einfach gehen würde: die ausbrechenden Stiere, die wütenden Männer, das Blut... O Gott, was soll ich nur tun, dachte Sophie und ärgerte sich über Ursula, die von Anfang an gesagt hatte, das Ganze sei Blödsinn und würde nicht klappen. Ursula war zwar mitgekommen, aber sie hatte erklärt, daß sie nicht mitmachen würde, und sie schien die einzige im Bus, der nicht schlecht war.

Ein weiteres Kind hob die Hand.

»Herr Tauber, ich denke, wir sollten eine Pause machen«, sagte Ellen. »Kennen Sie einen geeigneten Ort, wo wir anhalten können?«

»Ja, ein Stück weiter unten ist eine Tankstelle mit einem Parkplatz. Es gibt auch einen Obststand und Toiletten.«

»Dann halten wir dort an.«

Kurz darauf fuhr der Bus auf den Parkplatz.

»Ihr könnt alle aussteigen und euch die Beine vertreten«, sagte Ellen. »Aber nur fünf Minuten, dann müssen wir weiter. Wer auf die Toilette gehen –«

Aber die Kinder achteten plötzlich nicht mehr auf sie. Leon stieß einen Schrei aus und stürzte aus dem Bus, gefolgt von Sophie, und dann rannten alle zur Tankstelle hinüber, wo ein großer Mann an der Zapfsäule stand und mit dem Tankwart sprach.

Marek war keineswegs angenehm überrascht, als er sie kommen sah. Er hatte mit der Schule abgeschlossen, und die Ereignisse der vergangenen Woche hatten ihm bewiesen, wie wichtig es war, daß er niemand anderes in seine Angelegenheiten hineinzog. Aber als immer mehr Kinder auf ihn zuliefen, mußte er doch über ihre sichtliche Zuneigung und Begeisterung lächeln.

»Wohin seid ihr denn unterwegs?« fragte er, und alle redeten aufgeregt durcheinander. Frank fiel etwas aus der Jackentasche. Er hob es rasch auf, aber Marek hatte trotzdem gesehen, was es war.

»Ellen bringt uns hin«, sagte Sophie und machte wieder ihr besorgtes Gesicht. »Eigentlich sollte FitzAllan mitfahren, aber nun ist sie bei uns.«

Marek blickte zum Bus und sah Ellen auf den Stufen stehen. Er hatte vergessen, wie asymmetrisch ihr Haar fiel – es war immer etwas fülliger auf der linken Seite ihres Gesichts –, aber nicht, wie sie ihn bei ihrem letzten Zusammentreffen angefegt hatte. Er wartete, und sie stieg aus und kam auf ihn zu. »Könnte ich einen Augenblick mit Ihnen allein sprechen?«

»Selbstverständlich.«

Er schickte die Kinder fort und ging mit Ellen ein paar Schritte weiter, um ungestört sprechen zu können.

»Ich habe Ihren Freund«, sagte sie sehr leise.

Marek schüttelte den Kopf. Wovon redete sie?

»Ich habe Meierwitz«, sagte sie. »Er arbeitet bei mir in der Küche.«

Aber der Übergang war zu plötzlich. Für Marek lag Isaac erschossen im Wald.

»Ich habe ihn bei Lieselotte gelassen. Sie zeigt ihm, wie man Kartoffelpuffer macht.«

Die Kartoffelpuffer bewirkten, daß er wahrnahm, was sie sagte. So etwas dachte man sich nicht aus. Jetzt glaubte er, was er hörte, und begriff, daß das Unmögliche geschehen war: Sein Freund lebte und war in Sicherheit.

»O Ellen«, sagte er.

Dann ging er einen Schritt auf sie zu und nahm sie, ungeachtet der kindlichen Zuschauer, in die Arme.

FitzAllan lehnte sich erschöpft in die Kissen und legte ermattet die Hand über die Stirn. Er hatte die Vorhänge zugezogen, aber es drang immer noch zuviel Licht ins Zimmer, so daß ihn die Augen schmerzten, sobald er sie öffnete. Das rote Zickzackstadium seiner Migräne war vorüber, aber er hatte gräßliche Kopfschmerzen, und ihm war übel.

Schuld war natürlich die Überanstrengung – diese Strapaze, sich gegen Lehrerkollegium und Kinder zu behaupten, die sich immer wieder sträubten, wenn er versuchte, seine Ideen in die Praxis umzusetzen. Nervliche Belastungen führten bei ihm zu Migräne, und Tamaras Hysterie anläßlich der erneuten Kürzung ihres Balletts hatte ihm den Rest gegeben.

Aber wenigstens war er in der Sache des Schlachthofbesuches erfolgreich gewesen.

Im Schloß war es wundervoll still. Die Kinder würden erst am Abend wieder zurück sein, und wenn er jetzt etwas Schlaf fand, würde er morgen frisch an die Arbeit gehen können. Er ließ seine Gedanken wandern, träumte vom Beifall der Theaterproduzenten, die ihn beglückwünschen würden zu seiner Leistung, die er mit so minderwertigem Material vollbracht hatte – die ihm Paris und London und New York anbieten und ihm versichern würden, daß die Risiken, die er auf sich genommen hatte, vollkommen gerechtfertigt waren.

Er erwachte vom Knall einer zugeschlagenen Tür, vom Lärm aufgeregter Stimmen. Durch die Gänge tobten schon wieder Kinder. Es mußten diejenigen sein, die nicht an der Studienfahrt teilnahmen. Der Bus konnte unmöglich schon zurück sein. Aber dann meinte er, Frank zu hören und dann Bruno ...

Als er die Nachttischlampe anknipste, zuckte er schmerzhaft zusammen. Er blickte auf die Uhr. Halb sechs. Sie mußten in Rekordzeit durch den Schlachthof gerannt sein.

Dann klopfte es an der Tür, und Ellen trat ein. Selbst in

seinem desolaten Zustand bemerkte er, daß sie vergnügt aussah, das heißt, sie strahlte förmlich, und FitzAllan, der sie nicht leiden konnte, wurde unerklärlicherweise nervös.

»Ich habe Ihnen etwas mitgebracht«, verkündete sie. »Schließen Sie die Augen, und strecken Sie die Hand aus.«

»Ich kann es kaum ertragen, sie *nicht* zu schließen«, sagte FitzAllan mit versagender Stimme. Aber er streckte die Hand aus, in die ihm ein kleiner, weicher Gegenstand gelegt wurde.

»Was ist das?«

»Eine Boa constrictor«, flüsterte Ellen.

FitzAllan schrie unwillkürlich auf und warf das Ding weg, aber Ellen hob es auf und legte es vorsichtig wieder in seine Hand. »Ich mache die Vorhänge auf, damit Sie sie richtig sehen können. Sie ist aus Marzipan.«

»Tun Sie das nicht! Bitte!«

»Nun, dann werde ich sie Ihnen beschreiben. Ich weiß nicht, ob sie ganz naturgetreu ist. Ich glaube nicht, daß Herr Fischer schon einmal eine echte gesehen hat. Aber sie ist *besser* als eine echte. Sie ist zusammengeringelt, hat ein grünes Zickzackmuster mit gelben Rauten, und ihre gespaltene Zunge ist ganz deutlich zu sehen. Wir haben alle miteinander im Klagenfurter Geschäft von Herrn Fischer Marzipantiere gekauft. Marek hat jedem Kind etwas Geld gegeben, und es ist wirklich interessant gewesen, was sie sich ausgesucht haben. Sophie hat ein Krokodil und Leon eine Schnecke, was ich von ihm überhaupt nicht erwartet hätte, und –«

»Warten Sie. Wieso waren Sie in der Patisserie in Klagenfurt? Ich verstehe nicht...«

»Nun, nachdem uns Marek gesagt hat, daß der Schlachthof geschlossen ist wegen der Maul- und Klauenseuche –«

»Was?!« FitzAllan vergaß seine Migräne und richtete sich bolzengerade auf. »Aber das ist doch Unsinn. Ich habe doch noch gestern dort angerufen.«

»Oh, dann ist er wohl erst seit heute morgen geschlossen. Marek ist mit Professor Radow direkt am Schlachthof vorbeigekommen. Sie haben große Schilder gesehen, auf denen GESCHLOSSEN stand. Es ist wahr«, sagte Ellen zuckersüß.

»Das glaube ich Ihnen nicht.«

»Sie können Marek fragen«, sagte sie und lächelte ihn glücklich an, denn ohne ihn hätte es keine Fahrt zum Schlachthof gegeben, sie hätte Marek vielleicht nie wiedergesehen, Marek hätte sie nicht umarmt und ihr gedankt, daß sie seinen Freund gerettet hatte, und Isaac würde nicht in Chomskys Zimmer vor Freude auf und ab hüpfen. »Ich muß jetzt das Abendessen servieren«, sagte sie, »obwohl meine Leutchen wahrscheinlich keinen großen Hunger mehr haben. Wir haben nämlich richtiggehend gefeiert, nachdem wir hörten, daß der Schlachthof geschlossen hat. Oh, es war wundervoll – und so interessant. Wenn ich Professor Freud wäre, würde ich die Leute in das Geschäft von Herrn Fischer führen und mir ansehen, was sie sich aussuchen, statt sie über ihre Eltern auszuhorchen und Inzest und all das. Sie werden es nicht glauben, aber Frank zum Beispiel hat sich kein Tier ausgesucht, sondern eine *Kastanie*. Eine ganz gewöhnliche braune Marzipankastanie. Er hat mir erzählt, als er klein war, habe im Garten seiner Mutter ein Kastanienbaum gestanden. Und Sophie hat ihr Krokodil auf der Stelle in zwei großen Bissen aufgegessen. Sie hat mir richtig Mut gemacht – ich denke, sie wird allmählich ein wenig robuster.«

An der Tür blieb sie noch einmal stehen und lächelte dem sichtlich leidenden FitzAllan zu. »Wollen Sie gar nicht wissen, welches Marzipantier ich mir gekauft habe?« fragte sie. »Nun, ich brauchte mir keins mehr zu kaufen.« Und mit verträumtem Blick fügte sie hinzu: »Ich habe nämlich schon eines – einen kleinen Herrn Siebenpunkt.«

Die Läden vor den Fenstern waren geschlossen. Der Kahn, in dem Ellen und Isaac über den See gerudert waren, lag gut versteckt im Bootshaus des Professors. Es war eine dunkle, mondlose Nacht; kaum eine Welle kräuselte das Wasser.

Ellen wollte Isaac eigentlich allein ins Haus gehen lassen. Sie fand, das Wiedersehen zwischen ihm und Marek war etwas so Persönliches, daß sie dabei nur gestört hätte. Aber Isaac wollte nichts davon hören. Er wollte sie nicht nur im Haus des Professors, sondern immer und überall bei sich haben. Also hatte sie sich nützlich gemacht, sie hatte den Verband des Professors erneuert und in der kleinen Küche Kaffee gekocht, während Isaac und Marek Erinnerungen an jene schreckliche Nacht austauschten. Nun beugten sie sich, mit einem Kognakglas in der Hand, über eine auf dem Tisch ausgebreitete Landkarte und besprachen den nächsten Schritt für Isaacs Flucht aus Mitteleuropa.

»Die Flußverbindung ist noch intakt«, sagte Marek. »Uri fährt die Strecke mit seinen Flößern einmal pro Woche. Er wird dich mitnehmen. Aber wie bekommen wir dich nach Polen? Den Wagen des Professors können wir nicht mehr benützen, Franz ist tot, und die Wachen an der Grenze wurden verdoppelt. Diesmal müssen wir uns richtig bewaffnen und –«

»Also, das halte ich für absoluten Wahnsinn«, sagte Ellen.

»Tatsächlich? Dann haben Sie vermutlich eine bessere Idee?« sagte Marek nicht ohne Ironie.

»Ja. Und zwar das, was ich getan hätte, wenn Sie tatsächlich tot gewesen wären«, erwiderte sie.

»Nun, ich bin nicht tot. Also zerbrechen Sie sich nicht meinen Kopf.« Doch nach einigem Schweigen wandte er sich ihr zögernd zu und sagte: »Also gut. Wie würden Sie denn Isaac nach Polen bringen?«

»In einem Zug. In einem Schlafwagenabteil erster Klasse der *Wagons-Lits*, vorzugsweise mit Laliquemotiven auf den

Scheiben und Jugendstillampen, weil ich so ein Faible für die Sezessionisten habe«, sagte sie affektiert. »Da er an einer exogenen Psychose leidet, müßte er seine Mahlzeiten im Bett einnehmen, aber ich könnte in den Speisewagen gehen, weil das Krankenschwestern gestattet ist. Und wie ich gehört habe, gibt es auf dem Warschau-Expreß Wachteleier in Aspik, und die habe ich noch nie probiert.«

Die drei Männer starrten sie an. »Wovon reden Sie?«

»Ich rede von Chomsky«, sagte Ellen. »Chomskys haben daran gedacht, Chomsky zur Erholung in einen Kurort zu bringen. Es gibt einen in Polen. Hier.« Sie deutete an eine Stelle an einer Weichselbiegung. »Und die Chomskys haben mir angeboten, ihn als Pflegerin zu begleiten, und deshalb habe ich seinen Paß. Warum also könnte Isaac nicht als Chomsky reisen? Könnte man das Paßfoto auswechseln?«

»Nicht, wenn es eilt. Der Mann, der bisher die Fälschungen für uns machte, wurde geschnappt.«

»Nun, vielleicht geht es auch so. Isaac ist ungefähr gleich alt wie Chomsky. Es wäre Nacht, und er trüge einen Kopfverband.«

»Es ist trotzdem ein Risiko«, sagte Marek. »Und zwar eines, das Sie nicht eingehen werden. Holen Sie den Paß, und geben Sie ihn mir.«

»Nein«, sagte Ellen. »Sie können kommen und auf die Leute schießen oder sie aus dem Fenster hängen, wenn etwas schiefgeht, aber ich werde Isaacs Pflegerin sein.«

»Ich möchte sie auch gern als Pflegerin«, sagte Isaac, und Marek drehte sich wütend zu ihm um.

»Sei still, Isaac! Das hier ist kein Spaß. Es tut mir leid, Ellen, aber ich werde unter keinen Umständen erlauben, daß Sie noch weiter in die Sache verwickelt werden. Ich werde immer in Ihrer Schuld stehen, aber –«

»Was heißt hier *erlauben?*« sagte Ellen und stellte ihr Glas ab. »Wie können Sie so etwas zu mir sagen? Ich hätte Isaac beinahe der Polizei ausgeliefert, nur weil Sie kein Vertrauen zu mir hatten und mir nicht gesagt haben, was Sie tun.«

»Ellen, das ist keine Aufgabe für –«

»Sagen Sie ja nicht, das sei keine Aufgabe für eine Frau.« Ellen war jetzt richtig wütend geworden. »Meine Mutter und meine Tanten sind nicht von Polizeipferden getreten worden und ins Gefängnis gegangen, damit Sie mich wie eine Schwachsinnige behandeln. Und Sie wissen genausogut wie ich – wenn es zu einem Krieg kommt, wird sich kein Mensch um den Unterschied zwischen Männern und Frauen kümmern. Fragen Sie die Frauen von Guernica, ob sich jemand von denen, die ihre Stadt bombardiert haben, darum scherte, daß sie auch Frauen und Kinder trafen. Isaac in Sicherheit zu bringen ist ein Teil des Kampfes gegen Hitler, und ich will nicht davon ausgeschlossen sein.«

Sie wandte sich ab und sah zu Professor Radow.

Der alte Mann lehnte in seinem Stuhl und lachte in sich hinein.

»Wundervoll!« sagte er. »Milenka wäre entzückt. Sie würde in Ellen eine verwandte Seele finden, Marek. Du solltest ihr dieses Vergnügen nicht vorenthalten.«

Marek sah ihn finster an. Er erinnerte sich an seine erste Begegnung mit Ellen am Brunnen und daß er damals dachte, er könnte ihr eines Tages Pettelsdorf zeigen.

»Begreift ihr nicht, wie unerträglich es für mich ist, sie in Gefahr zu bringen?« sagte er leise.

»Begreifen Sie nicht, wie unerträglich es für mich ist, nicht helfen zu dürfen?« entgegnete Ellen. »Isaac und ich sind *Freunde*.«

Freunde? dachte Marek, überrascht durch den leidenschaftlichen Ton in ihrer Stimme. Oder war es mehr? Er hatte gesehen, wie Isaac sie ansah.

Er nahm sein Glas, leerte es in einem Zug und lächelte Ellen an. »Nachdem Sie sich schon mit dem Paß von Chomsky beschäftigt haben ... Wissen Sie zufällig, was er unter ›besondere Kennzeichen‹ angegeben hat?«

Sie lächelte ihn strahlend an. »Mein Ungarisch ist nicht sehr gut, aber ich habe tatsächlich bemerkt, daß er keine genannt hat. Das ist jedenfalls besser so, auch wenn Isaac nicht beabsichtigt hatte, in der Badehose zu reisen...«

17

Isaac drehte sich auf seiner Koje um und blickte unter dem dicken Kopfverband zu Ellen auf. Das weiche Licht des luxuriösen Schlafwagenabteils schien auf ihr gefälteltes Häubchen und ihre schneeweiße Schürze. Sie sah aus wie eine eigens für sein Wohlergehen vom Himmel gesandte Krankenschwester, und er wußte nicht, wie er imstande sein sollte, sie zu verlassen.

»Sie sind ein Engel«, sagte er.

»Still. Sie schlafen doch angeblich.«

Alles war glattgegangen. Marek hatte einen Krankenwagen gemietet und den Schlafwagen reserviert. Er hatte sich als Rotkreuzhelfer getarnt und Ellen und Isaac selber zum Bahnhof gefahren, wo sie Isaac in sein Einzelabteil brachten. Dann hatte Marek den Krankenwagen weggebracht und war in seinen eigenen Sachen zurückgekommen mit schweinsledernem Reisekoffer und seinem Paß, der ihn wahrheitsgemäß als Markus von Altenburg, Musiker, auswies. Wenn man ihn nach dem Grund seiner Reise fragen würde, könnte er ein Musikfest in Warschau angeben – aber niemand hatte danach gefragt.

Ellen konnte ihn im Gang sehen, wo er unauffällig Wache hielt. Er hatte für sich ein Erster-Klasse-Abteil reserviert, das unmittelbar neben dem von ihr und Isaac lag. Sobald sie den

Zug verlassen würden, wollten er und Isaac zu Fuß weitergehen, und sie würde nach Hallendorf zurückfahren.

Isaac, der einen von Chomskys Pyjamas trug, legte sich auf das Kissen zurück. Er war überzeugt, daß man ihn festnehmen würde, entweder bei einer der Grenzkontrollen im Zug oder auf der Ostsee; aber wenn sie versuchten, ihn nach Deutschland zurückzuschicken, würde er sich umbringen. Das war für ihn beschlossene Sache.

Aber noch war Ellen bei ihm.

Er streckte die Hand aus, und sie nahm sie und hielt sie fest. Sie verstand, was in ihm vorging.

»Ellen, gesetzt den Fall, ich schaffe es ...«

»Sie schaffen es.«

Es gelang ihm zu lächeln. »Also gut. Aber gesetzt den Fall, könnten wir dann nicht ein Restaurant aufmachen? Ich glaube, ich würde einen recht guten *chef de cuisine* abgeben.«

»Vielleicht. Aber Sie sind Konzertgeiger.«

»Das war ich einmal. Ich habe versucht, Marek zu erklären, daß es vorbei ist. Im Lager, als sie herausfanden, daß ich Geiger war ...« Aber er konnte nicht darüber sprechen. »Ich habe mich neulich in den Finger geschnitten, und es war überhaupt kein Malheur. Sie glauben gar nicht, welche Erleichterung das für mich war. Ich würde wirklich hart arbeiten. Überlegen Sie es sich doch mal, Ellen. Wenn ich mich auf etwas freuen könnte ... auf etwas, das wir gemeinsam tun, könnte es sich für mich vielleicht lohnen, am Leben zu bleiben. Sehen Sie, ich liebe Sie, seit ich Sie neben jenem außerordentlichen Koffer knien sah.«

»O Isaac, ich liebe Sie auch, aber –«

»Ja, ich weiß schon. Aber was jetzt noch fehlt, kommt vielleicht noch. Ich glaube, wir wären ein großartiges Gespann. Vielleicht würde Marek etwas Geld in unser Unternehmen investieren.«

»Marek ist überzeugt, daß Sie einer der besten Geiger auf der Welt sind und daß Sie wieder spielen werden.«

Er schüttelte den Kopf. Dann schloß er die Augen, aber nicht ganz, so daß er sie immer noch sehen konnte, wie sie neben ihm saß und las. Er hatte gehofft, sie würde sich neben ihn auf das Bett legen. Er hätte sie nicht angerührt, aber es wäre eine schöne Erinnerung gewesen, etwas, woran er während der Floßfahrt zur Ostsee in der übelriechenden Flößerhütte hätte denken können.

»Es dauert noch eine Stunde bis zur Grenze, Isaac. Versuchen Sie, ein bißchen zu schlafen.«

Dann blickte Ellen auf und sah Mareks Silhouette vor dem Fenster. Er hielt immer noch Wache, und alles, was sie tun konnte, um nicht zu ihm auf den Gang hinauszugehen, war, aus seiner stillen Anwesenheit Mut und Trost zu schöpfen.

Aber sie kamen problemlos durch die erste Grenzkontrolle. Die Station zwischen Österreich und der Tschechoslowakei bestand nur aus ein paar Hütten und einer Straßenschranke. Die zwei Grenzbeamten, die den Gang entlangkamen, waren Tschechen mit freundlichen, breiten Gesichtern. Ellen reichte ihnen ihren und Chomskys Paß und legte den Zeigefinger auf die Lippen, um anzudeuten, daß ihr Patient schlief.

Einen der Pässe sahen sie kaum an, doch den anderen behielten sie so lange in der Hand, daß Ellens Herz unerträglich laut zu klopfen begann.

»Sie sind Engländerin?« fragte einer der Kontrolleure in schwerfälligem Deutsch, und Ellen sah, daß es ihr Paß war, den er so genau betrachtete.

»Ja.«

»Ihre Regierung sollte uns gegen Hitler helfen«, sagte er und gab ihr die Pässe zurück.

Die erste Hürde war genommen.

Sie schlüpfte auf den Gang hinaus, und Marek begann in seiner Rolle als gutsituierter Reisender einen kleinen Flirt mit einer hübschen Krankenschwester. Sie fuhren durch eine waldige Landschaft in Richtung Olomouc. Marek erzählte ihr von der alten Frau, die Radow die falschen Lieder vorgesungen hatte.

»Aber der Irrtum lag bei uns. Es waren eben die Lieder aus ihrer Jugend.«

Immer mehr Leute strebten an ihnen vorbei zum Speisewagen, darunter auch eine stark geschminkte Frau in einem Pelzcape, die Marek unter ihren getuschten Wimpern einen bedeutungsvollen Blick zuwarf.

»Wollen Sie nicht doch mitkommen und die Wachteleier in Aspik probieren?«

»Ich möchte Isaac nicht allein lassen.«

»Natürlich nicht.« Er hatte gesehen, wie zärtlich sie sich über Isaac gebeugt hatte und seine Hand nahm. »Ich werde ihm eine Flasche Champagner mitbringen. Er kann ihn im Bett trinken.«

»Wie Tschechow«, sagte sie. »Ich fand es tröstlich, daß er Champagner trinken konnte, als er starb.«

»Ja, ein guter Mann.« Er deutete durch das Fenster auf einen Fluß, der in der zunehmenden Dämmerung kaum zu sehen war. »Sehen Sie den Fluß dort?«

»Ja.«

»Er fließt an unserem Haus vorbei, ungefähr hundertfünfzig Kilometer weiter westlich. Mein Großvater hat in diesem Fluß geangelt.«

»Der russische Anarchist? Der einen General töten sollte?«

»Ja. Er war ein leidenschaftlicher Angler, und er liebte Tschechow. Immer wieder hat er zitiert, was Tschechow über das Angeln sagte.«

»›Gott wird die einem Menschen zugemessene Zeit nicht

um die Zeit verkürzen, in der er mit der Angel auf Fischfang ging‹ – oder so ähnlich, nicht wahr?«

Marek nickte. »Eines Tages, wenige Jahre bevor ich geboren wurde, saß er mit seiner Angelrute am Fluß, und meine Mutter kam zu ihm und erzählte, was sie zuvor in der Stadt erfahren hatte – daß Tschechow gestorben war. Mein Großvater war tief erschüttert. ›Daß ich Tschechow überleben würde ...‹ sagte er immer wieder. Er ging den ganzen Sommer über nicht mehr zum Angeln.«

»Er war ein so bescheidener Mensch – ich meine jetzt Tschechow. Wenn ich an ihn denke, fällt mir immer ein, daß er in Jalta in kleine Tüten hustete, die er aus Würfelzuckerpapier drehte, und an seine Frau in Moskau schrieb er, sie solle sich keine Sorgen um ihn machen; sie solle dort bleiben und tun, was ihr Spaß machte. Eigentlich seltsam, daß ein Anarchist wie Ihr Großvater ihn so lieben konnte.«

»Er war jedenfalls kein sehr guter Anarchist. Und Tschechow war trotz seines schlechten Gesundheitszustandes nach Sachalin gefahren, um sich dort über die Strafkolonie zu informieren, und schrieb über das Schicksal der Gefangenen. Das hat meinen Großvater stark beeindruckt.«

Sie schwieg und dachte an die merkwürdige Ahnenreihe, aus der der Mann neben ihr hervorgegangen war: Russen und Engländer, Deutsche und Tschechen. Kein Wunder, daß er sich im Grenzland zu Hause fühlte.

»Ist das hier eine ähnliche Landschaft wie in Pettelsdorf?« fragte sie.

»Ja. Die Wälder sind bei uns vielleicht noch dichter.«

Sie versuchte, sich diesen Besitz vorzustellen. »Sie werden Ihr Zuhause vermissen, wenn Sie nach Amerika gehen.« Sobald Isaac auf den Weg gebracht war, wollte er abreisen. Wahrscheinlich sah sie Marek heute zum letzten Mal.

Er zuckte die Achseln. »In der heutigen Welt ist es besser, sich nicht zu sehr an einen Ort zu binden.«

»Oder an Menschen.«

Wieder schwieg sie eine Welle, während sie an den letzten Brief ihrer Mutter dachte. Im Hyde Park, schrieb sie, würden Gräben ausgehoben, und Ellen solle sofort nach Hause kommen, wenn es zu einer Krise käme.

»Oder an Menschen«, wiederholte er.

»Ich kann mir nur nicht vorstellen, wie Sie ohne seelische Bindungen Musik komponieren würden«, fuhr sie fort. »Vermutlich käme so etwas wie buddhistische Musik dabei heraus, Gebetsmühlen, klimpernde Windspiele und diese traurigen Hörner. Nicht, daß ich etwas davon verstehe...« fügte sie, plötzlich verlegen, hinzu.

»Im Gegenteil, Sie verstehen eine ganze Menge davon – und auch von den meisten anderen Dingen«, sagte er und fragte sich, warum er sie nicht einfach küßte, statt sich über Tschechow und seelische Bindungen zu unterhalten. »Obwohl Sie wie eine ziemlich köstliche Dilettantin aussehen mit dieser Rüsche auf dem Kopf.«

»Das ist keine Rüsche, sondern eine ordnungsgemäße Schwesternhaube«, sagte sie empört. »Ich dachte, wenn ich eine etwas flottere nehme, könnte man sie besser wieder verkaufen. Schließlich habe ich sie von Ihrem Geld gekauft, und das will ich Ihnen zurückgeben.«

Immer wieder kamen Reisende vorbei, die zum Abendessen in den Speisewagen gingen. »Und Sie wollen wirklich nicht mit mir essen? Wir würden vor der Grenze längst wieder zurück sein.«

Es war schwer, nein zu sagen. Aber dann dachte sie an Isaacs angsterfüllte Augen und schüttelte tapfer den Kopf. »Werden Sie mir nachher erzählen, was Sie gegessen haben? In allen Einzelheiten?«

»Versprochen.«

Aber er ging noch nicht. Wartete er noch auf jemand?

»Isaac ist überzeugt, er werde nie wieder Geige spielen,

weil im Lager etwas mit seinen Händen passiert ist«, sagte sie. »Aber ich habe ihn beobachtet, als er mir in der Küche half. Ich könnte schwören, daß mit seinen Händen alles in Ordnung ist. Er machte Eclairs, und das kann man nicht ohne gute Koordinationsfähigkeit. Ich wünschte, Sie könnten ihm das erklären. Er will nämlich, daß wir ein Restaurant aufmachen.«

Marek runzelte die Stirn. »Wir? Sie meinen Sie und er?« Isaac mußte sich ernsthaft verliebt haben oder verrückt geworden sein. »Wollen Sie das?« fragte er fast barsch.

Sie schüttelte den Kopf. Gerade als sie in ihr Abteil zurückgehen wollte, kam eine Frau in einem engen roten Satinrock, Goldlaméblouse und einer riesigen Federboa den Gang entlang – eine unglaublich vulgäre Blondine, die Marek unverschämt anlächelte.

Und ihr Lächeln wurde erwidert. Marek entschuldigte sich bei Ellen und folgte dem wackelnden Podex in den Speisewagen.

Eine Stunde verging. Die Fahrgäste kehrten aus dem Speisewagen zurück, nur Marek kam nicht und auch nicht die versprochene Flasche Champagner. Dann fuhr der Zug langsamer und hielt an einer Station, wie es sie überall in Europa gab – ein Zollhaus, Soldatenunterkünfte, in denen Männer Karten spielten, Straßenschranken – und wo niemand ohne Not ausstieg.

Ellen öffnete ihre Reiseapotheke, nahm eine Spritze heraus, die zur Hälfte mit einer roten Flüssigkeit gefüllt war, und stellte sich neben die Tür.

Zwei polnische Grenzsoldaten stiegen ein, ein junger Soldat und ein Sergeant. An diesen hageren, ernsten Männern war keine Spur von Lässigkeit zu erkennen. Vermutlich waren die Polen zu oft betrogen worden.

Ellens Tür glitt auf. Der Sergeant ging weiter zum nächsten Abteil; der Soldat trat bei ihr ein.

»Die Pässe, bitte.«

Sie reichte ihm ihren Paß, dann den von Chomsky. Der Soldat bedeutete ihr, zur Seite zu treten. Er wollte sehen, wer im Bett lag.

Ellen hinderte ihn nicht, aber sie berührte leicht seinen Arm und gab ihm, auf die Spritze weisend, zu verstehen, daß sie mehr Blut von ihrem Patienten bräuchte und dazu seine Hilfe benötigte.

Für einen Augenblick sah es aus, als würde ihr Trick funktionieren. Sie hatte schon viele starke Männer bei Erste-Hilfe-Kursen ohnmächtig werden sehen, und der Inhalt ihrer Spritze, den sie im Hallendorfer Zeichensaal gemixt hatte, war eine gute Imitation von echtem Blut. Der Soldat machte eine abwehrende Geste, aber er trat keineswegs den Rückzug an.

»Drehen Sie ihn um«, befahl er.

Ellen berührte Isaac an der Schulter. Er stöhnte.

»Beeilung!« befahl der Soldat im Kasernenton.

Aber bevor sie Isaac umgedreht hatte, drang aus dem Nebenabteil plötzlich ein schriller Schrei. Ein zweiter Schrei folgte, und der Soldat stieß Ellen beiseite und stürzte auf den Gang. Sekunden später öffnete sich die Tür nebenan, und eine Frau stürzte sich in die Arme des Soldaten. Ihr blondes Haar war schweißnaß, ihr grellroter Lippenstift verschmiert – und sie war vollkommen nackt.

»Hilfe! Helfen Sie mir!« kreischte sie. »Dieser Rohling will mich vergewaltigen!«

Mit ihren dünnen Armen klammerte sie sich an den Hals des Soldaten. Der Geruch ihres billigen Parfüms füllte im Nu den ganzen Korridor.

Der Soldat war vielleicht zwanzig Jahre alt und auf alles gefaßt, nur auf das nicht.

Andere Abteiltüren öffneten sich. Erschreckte Gesichter erschienen, ein altes Ehepaar, der Schlafwagenschaffner.

Dann öffnete sich das Abteil, aus dem die Frau geflüchtet war, erneut – und Marek trat auf den Gang in einem flüchtig übergeworfenen Bademantel und mit zerzaustem Haar. Bei seinem Anblick wurde die Blonde noch hysterischer. »Bringen Sie mich hier weg!« schrie sie. »Beschützen Sie mich!« Sie begann zu weinen und preßte sich schutzsuchend an die rauhe Uniform. »Ich habe Angst!«

Als der Soldat sich zu befreien versuchte, fielen die Pässe auf den Boden.

»Sie lügt«, sagte Marek. »Sie war einverstanden – für hundert Mark. Sie ist eine verdammte Lügnerin.«

Immer mehr Reisende tauchten auf. Dann kam der Sergeant und redete wütend auf seinen Untergebenen ein, während er versuchte, ihn von der Frau zu trennen. Aber sie klammerte sich nur noch fester an die Uniformjacke und plärrte und jammerte.

Der Sergeant spuckte aus, bevor er sie mit einem heftigen Ruck von ihrem Opfer losriß. »Raus!« bedeutete er seinem Untergebenen. »Schaff sie raus!« Dann bückte er sich, hob die Pässe auf und reichte sie Ellen.

Fünf Minuten später fuhr der Zug weiter.

Marek hatte beschlossen, in Kalun zu übernachten, bevor sie den Fußmarsch zu den Flußratten antraten.

Das Städtchen, an einem Nebenfluß der Weichsel und rund zweihundert Kilometer nördlich von Warschau gelegen, hatte die Kriege, Belagerungen und anderen Schrecken der vergangenen Jahrhunderte einigermaßen heil überstanden, aber es war karg und machte einen ziemlich düsteren Eindruck.

In den Reiseführern warb Kalun mit seinen Kureinrichtungen, aber mit einem Kurpark wie in Baden-Baden oder einer Klientel aus dem Gotha konnte es nicht aufwarten. Nach Kalun kamen keine königlichen Hoheiten inkognito und schoben hübsche Mädchen auf Schubkarren durch die Wälder; keine österreichische Kaiserin war hierher zur Traubenkur gekommen; und Goethe, der dreizehn Sommer in Karlsbad verbrachte, hatte mit Sicherheit nie von Kalun gehört, geschweige denn seinen Fuß in das Städtchen gesetzt.

Aber die Polen, die nie eine Hoffnung aufgaben, hatten in den Felsen oberhalb des Städtchens mehrere Quellen gebohrt und das schwefelhaltige, übelriechende Wasser in die Badehäuser der Kurhotels geleitet. Man hatte Kurärzte geholt und bot Behandlungen für eine ganze Reihe von Leiden an. Die Patienten wurden in Rollstühlen zu den Trinkhallen gefahren, und ein ganzes Heer von Masseuren und Pflegern knetete und badete und wog die Kranken und Alten für ein Viertel des Preises, den die Bäder in Frankreich und Deutschland berechneten.

Marek hatte drei Zimmer im Kurhotel Kalun reserviert, einem schmucklosen Gebäude mit endlosen Korridoren und höhlenartigen Räumen, in denen der Geruch von Schwefelwasserstoff hing. Die Ankunft von Isaac und seiner Betreuerin verlief ohne Zwischenfall. Morgen würde Isaac ein Telegramm erhalten, das ihn aus familiären Gründen in die Heimat zurückrief, aber jetzt mußte er sich erst einmal eine Krankheit aussuchen, für die er eine Behandlung wünschte.

Nachdem sich Isaac die Liste der hier behandelten Krankheiten angesehen hatte, die wie eine Speisekarte an seine Tür geheftet war, entschied er sich für ein Hals-Nasen-Ohren-Leiden, bei dem niemand beweisen konnte, daß er es nicht hatte, und wurde sogleich von zwei Pflegern abgeholt, die ihn in einer Art Sänfte zu einer Runde Wassertreten und einem anschließenden Bad in radioaktivem Schlamm brachten.

Marek hatte auch Klärchen überreden wollen, bis zum nächsten Morgen zu bleiben und einen Teil der Rückfahrt zusammen mit Ellen zu machen. Die Mädchen schienen gut miteinander auszukommen. Aber Klärchen hatte ein Engagement bei einem Berliner Kabarett und mußte noch am selben Abend abreisen. Ellen hatte Klärchen angeboten, sich bis zur Abfahrt in ihrem Zimmer auszuruhen, was diese auch annahm; aber von ausruhen konnte nicht die Rede sein. Klärchen lag kettenrauchend auf Ellens Bett und schwelgte in Erinnerungen an die Zeit in Berlin, als sie Markus und seinen Freund kennengelernt hatte.

»Sie waren wahnsinnig komisch. Sie hätten Isaac sehen sollen in seinem Frack, und immer mit einer weißen Nelke im Knopfloch. Sie mußte weiß sein. Um Gottes willen keine rote! Und handgenähte Handschuhe. Sie hätten ihn für einen herausgeputzten Affen halten können, aber wenn er spielte – ich sage Ihnen! Es kribbelte einen richtig. Und danach wurde gefeiert bis zum frühen Morgen. Er hat getanzt und den Clown gespielt ... Es ist schrecklich, was man ihm angetan hat.«

»Haben Sie schon mal daran gedacht, Deutschland zu verlassen?«

»Daran gedacht habe ich schon. Aber ich habe eine Mutter und einen Bruder. Mein Vater hat sich verdrückt. Was ich beim Kabarett verdiene, hilft uns. Und manchmal krieg ich auch andere Arbeit, und die bringt gutes Geld wie das hier.« Sie streckte den Arm aus und betrachtete wohlgefällig den goldenen Armreif an ihrem Handgelenk. »Es wäre nicht nötig gewesen. Er hat mich für etwas bezahlt, was ich auch umsonst getan hätte. Aber Markus ist so. Er würde sein letztes Hemd hergeben. Wir haben immer gedacht, er sei reich, aber das war er gar nicht. Er hat nur einfach nie gerechnet.«

»Wie lange haben Sie die beiden in Berlin gekannt?«

»Fast die ganze Zeit, die Markus in Berlin war. Und Isaac habe ich getroffen, bis die Nazis kamen. Isaac und Markus waren so gute Freunde. Es hat richtig gutgetan, sie wiederzusehen. Dabei sind sie so verschieden. Isaac hat immer wieder Leute aufgetrieben, die Markus geholfen haben. Er hat ihm zum Durchbruch als Dirigent verholfen. Und sie waren nie eifersüchtig aufeinander wie andere, die in derselben Branche arbeiten – nicht einmal, wenn es um Frauen ging, obwohl es für Isaac ganz schön hart war.«

»Inwiefern war es hart für ihn?«

»Na ja, er hat zum Beispiel ein Mädchen in einem Nachtclub an seinen Tisch geholt und ihr schöne Augen gemacht – er war immer hinter Frauen her –, und Markus saß da und wurde immer stiller, um Isaac nicht in die Quere zu kommen. Aber am Schluß war das Mädchen scharf auf Markus und nicht auf Isaac.«

»Das ist aber nicht fair.«

»Das ist wohl wahr. Aber was ist schon fair im Leben?« Sie schwieg einen Augenblick. »Als ich Markus am Bahnhof traf und er mich fragte, ob ich Lust auf eine Abwechslung hätte, um Isaac zu helfen, da hab ich mich gefreut wie eine Schneekönigin. Und ich werde Ihnen noch etwas sagen, auch wenn Sie mich nicht danach gefragt haben: Ich habe nichts mit Marek gehabt – nicht im Zug und sonst auch nicht, obwohl ich bestimmt nichts dagegen gehabt hätte. Es war rein geschäftlich.«

Ellen lächelte sie an. »Schade, daß du nicht länger bleiben kannst, Klärchen. Ich darf doch ›du‹ sagen?«

»Klärchen«, antwortete Klärchen schelmisch. »Nur leider muß ich schon heute fahren. Aber wenn du je nach Berlin kommst ...«

»Oder du nach London ...«

Es klopfte, und ein ältliches Dienstmädchen meldete, das Taxi zum Bahnhof warte unten.

Die Mädchen umarmten sich.

»Paß gut auf dich auf«, sagte Klärchen. Und im Hinausgehen fragte sie: »Bist du in Isaac verliebt?«

Ellen schüttelte den Kopf. »Nein, ich mag ihn nur schrecklich gern.«

»Oje«, seufzte Klärchen. »Aber er ist ziemlich verliebt in dich.«

»Nur weil ich ihn gefunden und eine Weile beschützt habe. Sobald er wieder in seiner Welt ist, wird er mich vergessen.«

»Vielleicht.« Klärchen rückte ihre rote Mütze keß in die Stirn. »Komisch ist nur, daß Marek nicht Baum spielt.«

Der Speisesaal des Kurhotels war ein höhlenartiger Raum, in dem schwere Vorhänge, trübe Kronleuchter und staubige Perserteppiche Melancholie verströmten. Die wenigen Gäste, die sich bereits zum Abendessen eingefunden hatten, saßen in Rollstühlen oder hielten sich, von Kissen gestützt und die Krücken in Reichweite, mühsam in ihren Stühlen aufrecht. Der Schwefelgeruch überdeckte den Zwiebelgeruch aus der Küche, und die Kellner waren so alt und arthritisch wie die Gäste.

Als Ellen den Speisesaal betrat, sah sie Marek an einem Tisch am Fenster sitzen und etwas in die große, in braunes Leder gebundene Speisekarte kritzeln. Er stand sofort auf, als sie an den Tisch kam, und sie sah, daß das, was er zwischen die einzelnen Gerichte wie Leberknödelsuppe, Rindfleisch mit Nudeln und andere Köstlichkeiten geschrieben hatte, Noten waren; und für einen Augenblick hatte sie das Gefühl, als hätte sich eine Tür zu seinem anderen Leben geöffnet – einem Leben, von dem sie immer ausgeschlossen sein würde, was immer er auf Speisekarten schrieb.

»Bitte, lassen Sie sich nicht stören«, sagte sie.

Er schüttelte den Kopf, während er seinen Drehbleistift einsteckte. »Es ist nichts Wichtiges. Ich mache es später fertig.«

»Wie Mozart«, sagte sie.

Er grinste. »Selbstverständlich. Genau wie Mozart.«

»Ich meine, er hat angeblich überall komponiert, und es hat ihm nichts ausgemacht, wenn er gestört wurde.«

Er zuckte die Achseln. »Wissen Sie, Komponieren ist gar nicht so geheimnisvoll. Wenn Sie einen Brief schreiben würden und ich käme dazu, würden Sie das auch nicht als tragisch empfinden.« Er rückte einen Stuhl für sie zurecht. »Sie sehen reizend aus. Woher haben Sie das hübsche Kleid?«

»Ich habe es selbst gemacht, aus einem alten Sari.«

Marek hob anerkennend die Brauen. Das kurze blaue Seidenjäckchen und der weite Rock mit dem stilisierten Muster aus Rosen, Sternen und winzigen Vögeln – einfach bemerkenswert. »Ich fürchte, Sie beunruhigen unsere alten Herren hier. Hören Sie, wie ihre Halswirbel knirschen?«

»Vielleicht drehen sie sich nach Ihnen um, weil Sie gesund sind und Ihr Smokingjackett ohne fremde Hilfe anziehen können. Man bekommt ein richtig schlechtes Gewissen, finden Sie nicht?«

»Eines Tages sind auch wir an der Reihe«, sagte Marek. »Und wo ist Isaac? Kommt er noch?«

»Er hat zwei Männer auf dem Flur gesehen und denkt, es sind Polizisten. Es waren bestimmt nur Feuerwehrinspektoren, aber er war nicht zu überzeugen. Er hat Angst vor morgen. Es muß schrecklich für ihn sein.«

»Er wird es schaffen, glauben Sie mir. Darf ich Ihnen etwas Champagner einschenken? Die Weinkarte ist nicht berauschend, aber das hier ist Dom Perignon, der auch als Aperitif schmeckt.«

Sie stießen an, und sie sagte gehorsam: »Wasser ist für die Füße.« Dann fragte sie: »Woher stammt dieser Spruch?«

»Von Strawinsky. Er sagte immer, mit ein paar Kognaks im Magen könne er am besten dirigieren. Aber ich könnte Ihnen wirklich einen Ort zeigen, wo Wasser nicht für die Füße ist.«

»In Pettelsdorf?«

»Ja. Dort gibt es hinter dem Obstgarten einen Brunnen, der das klarste und kälteste Wasser in ganz Böhmen und Mähren hat. Die Mädchen aus dem Dorf gehen nach der Hochzeit dorthin und holen ein Glas mit dem Wasser für ihre frischgebackenen Ehemänner, weil sie ihnen dann angeblich ewig treu bleiben.«

Aber es waren nicht nur die Mädchen aus dem Dorf, dachte er. Man hatte ihm erzählt, daß auch seine jungvermählte Mutter mit der Hand über dem vollen Glas durch den Obstgarten gegangen war.

Ein Ober, der mindestens achtzig Jahre alt war, brachte die Suppe. Mit einem ängstlichen Ausdruck im grauen Gesicht stellte er die Teller vor sie hin. Zwischen erstarrenden Fettaugen schwamm ein Leberknödel, der aussah wie der Kopf eines ertrunkenen leichenfressenden Dämons.

»Isaac scheint nicht viel zu versäumen. Vielleicht tröstet ihn das ein wenig«, sagte Ellen. »Ich habe ihm versprochen, später noch einmal nach ihm zu sehen. Eigentlich sollte sich eine Krankenschwester nicht im Speisesaal vergnügen.«

»Ich bin froh, daß sie es tut. Ich hätte hier nicht gern allein gegessen.«

»Ich möchte nur, daß Sie wissen: Wenn Isaac nach England kommen sollte, werden sich meine Mutter und meine Tanten um ihn kümmern, bis er wieder auf eigenen Füßen steht. Ich habe ihnen deswegen schon geschrieben.«

»Und waren sie einverstanden?«

»Ich habe erst vor ein paar Tagen geschrieben. Aber Sie können sich darauf verlassen.«

»Wie schön, daß Sie das so sicher sagen können.«

»Ja, das kann ich. Wissen Sie, das Problem in Gowan Terrace ist, *nicht* gebraucht zu werden.« Nachdenklich blickte sie auf ihren Teller. Sie hatte Kendricks Brief, in dem er sie bat, nach Wien zu kommen, noch nicht beantwortet. Und weil sie bei dem Gedanken an Gowan Terrace an ihre tapfere Mutter dachte, die immer darauf bestand, den Tatsachen ins Auge zu blicken, sagte sie: »Haben Sie schon Ihre Schiffspassage gebucht?«

»Am zehnten geht ein Schiff von Genua ab, auf dem ich hoffentlich noch eine Kabine bekomme.« Und nach einer Pause fügte er hinzu: »Ich laufe regelrecht davon.«

»Das tun Sie normalerweise nicht, oder?«

»Nein. Aber die Amerikaner sind sehr entgegenkommend. Es gibt dort ein Orchester, mit dem ich gern arbeiten würde. Und wenn ich erst einmal dort bin, kann ich vielleicht meine Eltern dazu bewegen, auch in die Staaten zu kommen.«

Während der ganzen Reise hatten sie wegen Isaac deutsch gesprochen. Unwillkürlich war Marek dabei geblieben, obwohl Isaac jetzt nicht bei ihnen war, und nun fiel ihm erneut auf, wie reizend und ulkig es klang, wenn dieses intelligente Mädchen in fließendem Deutsch, aber mit einem leichten Akzent sprach, der weniger an ihre Muttersprache erinnerte als an eine bestimmte Gegend in Österreich, auf die er im Augenblick nicht kam.

»Ihr Deutsch ist erstaunlich. Sie haben es nicht in der Schule gelernt?«

»Nein. Ich habe es von der Haushälterin meines Großvaters gelernt, die im Grunde meine Großmutter war. Wenn ich mit ihr gesprochen habe, war es, als ginge ich in ein anderes Land, ein Land, das ich irgendwie brauchte.«

Er nickte und erinnerte sich plötzlich an die Worte eines pedantischen Professors in Berlin. »Liebe ist eine Sache der Linguistik«, hatte der alte Mann gesagt. »Sie ist vollkommen unterschiedlich auf französisch oder deutsch oder spanisch, selbst im Dunkeln, wenn gar keine Worte gesprochen werden.«

Ellen hatte tapfer mit der Suppe gekämpft, um die Gefühle

des Obers nicht zu verletzen, aber nun legte sie den Löffel beiseite. »Man könnte meinen, Fräulein Waltraut hat eine Schwester in dieser Hotelküche.«

Der Ober nahm traurig, aber nicht überrascht, die Suppenteller vom Tisch und brachte zwei Portionen eines knorpeligen Rindfleischs auf einem Berg pappiger Nudeln.

»Vielleicht hätten wir lieber Ihr Stück auf der Speisekarte nehmen sollen«, sagte Ellen mit einem Blick auf Mareks Noten.

»Ich denke mehr an eine zweite Flasche Champagner.«

Und er hatte recht, wie so oft, dachte Ellen. Champagner war vielleicht nicht das übliche Getränk zu dem, was sie hier aßen, aber er schob allmählich eine Wand zwischen sie und das Bewußtsein, daß sie Marek heute zum letzten Mal sah. Wenn sie sich nachher verabschieden würden, würde sie ganz gelassen, ganz britisch sein – und nichts anderes hatte sie schließlich im Sinn gehabt.

»Sind Sie einverstanden, wenn wir den Nachtisch überspringen und uns mit Kaffee begnügen?« fragte Marek.

Ellen war einverstanden. Nur der Ober schien völlig verzweifelt, als sie ihren Wunsch äußerten. Er habe eigens für Mademoiselle seine Spezialität vorbereitet – eine Crêpe Suzette, wie man sie in Frankreich macht, denn dort habe er als junger Mann gelernt.

»Ich weiß nicht, ob er das tun sollte«, sagte Ellen besorgt. »Es ist ziemlich knifflig.«

Aber sie brachten es nicht übers Herz, sein freundliches Angebot auszuschlagen. Und als er schließlich den Servierwagen heranrollte mit den *crêpes* in der Kupferpfanne, mit Spiritusbrenner, Orangenlikör und Brandy, da leuchteten seine Augen so voller Stolz, daß sie froh waren, ihm nachgegeben zu haben.

Mit zitternder Hand goß er etwas Orangenlikör auf die *crêpes,* danach eine ordentliche Portion Brandy.

Dann zündete er mit schwungvoller Geste ein Streichholz an und hielt es an die Pfanne. Es zischte, und eine Feuerwand schoß nach oben. Ellen stieß einen kleinen Schrei aus und warf den Kopf in den Nacken.

Mareks Reaktion kam so schnell, daß es aussah, als habe es zwischen dem Augenblick, als das Haar des Mädchens Feuer fing, und dem, als er die Champagnerflasche ergriff und ihren Inhalt über den Kopf des Mädchens goß, keine zeitliche Lücke gegeben. Dann riß er das Tischtuch vom Tisch, und während Gläser, Lampen und Besteck auf den Boden klirrten, wickelte er das Damasttuch fest um Ellens Kopf, um die letzten Glutreste zu ersticken.

Inzwischen waren mehrere Leute herbeigeeilt. Der erschrockene Kellner wedelte mit seiner Serviette. Eine Serviererin versuchte, den Feuerlöscher von der Wand zu reißen. Ein Gast kam an Krücken angehumpelt.

»Gehen Sie weg!« befahl Marek. »Alle. Sofort!«

»Aber –«

»*Gehen Sie!*«

Er beugte sich über Ellen, nahm ihr das Tuch ab und sah ein begossenes Mädchen, dem einige Locken fehlten – ein Mädchen mit erschreckten Augen, aber ohne die Verbrennungen, die er befürchtet hatte.

»Gott sei Dank! Kommen Sie – nichts wie raus hier. Sie brauchen frische Luft.«

Er legte den Arm um sie und führte sie durch die Hotelhalle in den fast dunklen Garten. Unter einer Akazie fand er eine Bank, die von einer Laterne beleuchtet wurde, und hier setzte er Ellen hin und sah sich ihr Gesicht genauer an. Er fand nur ein paar winzige rote Stellen. Als er ihr das Haar aus der Stirn strich, hatte er plötzlich eine lose Locke in der Hand. Er steckte sie in die Jackentasche.

»Sie sind pitschnaß«, sagte er, zog sein Jackett aus und legte es ihr um die Schultern.

»Ich bin in Ordnung, ehrlich. Aber um den Ober mache ich mir Sorgen. Ich möchte nicht, daß er Schwierigkeiten bekommt.«

»Um diesen alten Narren kümmern wir uns später«, sagte Marek, während er sich neben sie setzte.

Sie hob die Hand, um ihr Haar zu befühlen, und ließ sie sinken. »Ich denke lieber nicht daran, wie ich aussehe.«

»Ich sage Ihnen, wie Sie aussehen«, sagte er sanft. »Flambiert ... asymmetrisch ... und wie Madame Malmaison im Regen.«

»Wer ist Madame Malmaison?«

»Die Lieblingsrose meiner Mutter. Sehr verwuschelt, sehr duftig. Sie verstreut ihre Blütenblätter wie Sie Ihre Locken. Aber es sind noch genug übrig.«

Er hatte mit einer Stimme gesprochen, die sie bei ihm noch nie gehört hatte, und ihr schien, daß sie jetzt so still und regungslos sein mußte wie noch nie zuvor. Daß sie gehorsam akzeptieren mußte, was die nächsten Augenblicke bringen würden, und daß nichts in ihrem Leben jemals so wichtig war wie dieses klaglose Hinnehmen.

Aber es wurde nicht nötig. Er rückte nicht weg und machte keine muntere Bemerkung. Was sie hinnehmen mußte, war etwas anderes – es war die Berührung seiner Hände, als er ihr Gesicht zur Seite drehte, damit sie ihn ansehen konnte; es war das Gefühl, nach Hause zu kommen; der Augenblick, der aus der Zeit fällt und doch die ganze Zeit in sich birgt. Er küßte sie.

18

Sie waren einen ganzen Tag und die halbe Nacht gegangen, und jetzt waren sie wieder unterwegs – zwei Juden in langen Kaftanen und breitkrempigen Hüten, jeder mit einem Hausiererbündel auf dem Rücken.

Niemand hielt sie an und fragte, wohin sie wollten. Dazu wirkten sie viel zu arm. Durch dieses polnische Waldgebiet kamen seit Urzeiten Wanderer, Flüchtlinge und Pilger. Hier hatte es zu Beginn des Jahrhunderts noch Wisente gegeben, nach denen Marek als Junge in Pettelsdorf sehnsüchtig Ausschau gehalten hatte, aber so weit nach Westen waren die damals schon fast ausgerotteten Tiere nicht mehr gekommen. Einmal warfen ihnen Kinder in einem Dorf Steine nach, aber als sich der größere der zwei Juden umdrehte, liefen sie fort.

»Sie werfen Steine, weil wir Fremde sind«, sagte Marek leise, als er Isaacs Gesicht sah. »Nicht weil wir Juden sind.«

In ihren Bündeln hatten sie Brot, Pfeffer gegen die Hunde, billige Handelsware und ihren Gebetsmantel. Mareks Stock war scharf zugespitzt, aber er trug keine Schußwaffe. Sie hatten die Nacht im Schutz eines dichten Gebüschs verbracht. Als sie trockenes Laub und Farnkraut zu einem Lager aufhäuften, fanden sie einen Knopf vom Mantel eines russischen Soldaten, der hier bei Tannenberg gekämpft hatte; er hätte leicht auch einem napoleonischen Füsilier oder einem Tataren gehören können, denn unter dem Laub- und Nadelteppich dieser Wälder lag eine fast tausendjährige Geschichte.

Am Nachmittag des zweiten Tages gelangten sie an den Fluß. Er war bereits breit, eine stille silberne Wasserstraße, die die Masurischen Seen mit den Nebenflüssen der Weichsel verband. Hier und dort waren Schneisen in die dunklen

Reihen der Bäume gehauen, und die gefällten Stämme rollten über Rampen zum Wasser. Jetzt war es nicht mehr weit bis zu den Leuten, mit denen sie verabredet waren.

Reiher fischten am flachen Ufer. Forellen sprangen nach den Mücken über dem Wasser. Marek konnte sich über diesen Anblick freuen, aber Isaac hatte nur die Schrecken der ihm bevorstehenden Reise vor Augen. Er würde sie unter schlimmsten Bedingungen und in Gesellschaft von Menschen machen müssen, von denen er so gut wie nichts wußte; und am Ende erwarteten ihn wieder Unsicherheit und Gefahr.

»Hör zu, Marek. Meine Stradivari ist in Berlin bei meiner Pensionswirtin.«

»Und hoffentlich mit dem Zopf deiner Großmutter im Bauch.«

»Ja.« Aber Isaac war nicht zum Scherzen aufgelegt. »Wenn mir etwas zustößt und du die Stradivari aus Deutschland herausbekommst, möchte ich, daß du sie Ellen gibst.«

»Ellen? Aber sie spielt doch gar nicht Geige, oder?«

»Das braucht sie nicht. Sie ist Musik«, sagte Isaac, und Marek runzelte die Brauen über diese hochtrabende Ausdrucksweise, die so gar nicht zu Isaac paßte. Dann war es Isaac also ernst mit Ellen, dachte er. Sie war die Hoffnung dieses gequälten Mannes auf eine Zukunft.

»Ist gut, Isaac. Ich werde mich darum kümmern. Aber du wirst es schaffen. Du wirst in Königsberg dein Schiff erreichen. Du wirst Papiere bekommen, und bald wirst du wieder im Frack auf einem Konzertpodium stehen.«

Isaac schüttelte den Kopf. »Es ist vorbei, Marek, glaub mir. Ich werde nicht mehr spielen. Aber wenn ich sie haben könnte ... Wenn sie mich ...« Er blieb stehen und sah seinen Freund an. »Es hat mir früher nie etwas ausgemacht, Marek. Wirklich nicht. Ich habe immer verstanden, warum sie dich vorgezogen haben. Aber diesmal, Marek, bitte ...«

Er schwieg beschämt. Dann marschierten sie eine weitere Stunde, bis sie zu einer Lichtung kamen, wo Männer mit dunklen Hüten und wehenden Backenbärten die gestapelten Hölzer mit langen Haken über eine Rutsche ins Wasser beförderten. Andere balancierten auf den Stämmen im Fluß, um die schwimmenden Inseln mit Ketten aneinanderzubinden. Was sie sich zuriefen, klang jiddisch. An einer Pontonbrücke lag ein Floß mit einer an allen Seiten offenen Hütte, in der etliche Stapel Sackleinwand und ein Käfig mit Hühnern zu sehen waren.

»Da drin wirst du schlafen«, sagte Marek grinsend. »Aber keine Sorge – die Hühner werden dich nicht lange belästigen. Sie sind die Speisekammer.«

Auf einer kleinen Anhöhe, wo man den Fluß in beide Richtungen überblicken konnte, stand ein Holzhaus. Uri, der Aufseher, war alt und hatte sich hier ein Stück polnischer Erde zu eigen gemacht. Es gab ein Gemüsebeet in dem winzigen Garten, und Sonnenblumen blickten über den Zaun.

Uri saß auf der Holzbank und wartete.

Marek grüßte ihn auf polnisch – weder er noch Isaac sprachen mehr als ein paar Worte Jiddisch.

»Ich dachte schon, ihr würdet nicht kommen«, sagte Uri.

»Es gab Probleme«, sagte Marek.

»Ja. Es gibt immer Probleme. Das ist also der Mann.«

»Ja.«

Uri nickte. Er hatte blaue Augen, die in dem dunklen, bärtigen Gesicht überraschten. Isaac stand mit gesenktem Kopf neben Marek. Er fand alles beängstigend fremd, doch dann sagte er tapfer: »Ich danke Ihnen. Mehr kann ich nicht sagen.«

Er sprach deutsch, aber Uri verstand ihn.

»Das ist genug.« Uri wies auf das rege Treiben unten am Fluß. »Morgen brechen wir auf. Es kommt noch eine Fuhre herunter.«

»Sie haben eine gute Mannschaft«, sagte Marek, der bewundernd zuschaute, wie die Männer mit ihren langen Flößerhaken die Stämme entwirrten, die sich am Ende des Floßes ineinander verkeilt hatten. Von einer solchen Floßfahrt – vor der Isaac so graute – hatte Marek seit seiner Kindheit geträumt.

»Ja. Sie werden bald Schluß machen. Es wird zu dunkel.«

Er führte sie in das Blockhaus. Hier gab es einen Tisch, über den eine Zeitung gebreitet war, ein paar Hocker und ein Feldbett. An den Wänden befanden sich Haken für Mäntel und Laternen, und auf einem Brett lag etwas, das in einen Schal gewickelt war und von dem Isaac rasch die Augen abwandte.

Uri holte eine Flasche Wodka und drei Gläser aus einem wackligen Schrank und schenkte ein.

»*Le-chaim!*« sagte er, und sie hoben die Gläser und wiederholten den alten hebräischen Trinkspruch: »Auf das Leben!«

Später kamen die Arbeiter herauf, nachdem sie sich gewaschen und ihre Gebete gesprochen hatten. Marek hatte mitgebracht, was er tragen konnte: eine geräucherte Wurst, Tabak, ein paar kleine Geschenke. Eine weitere Flasche Wodka kam auf den Tisch. Die Männer sprachen Jiddisch mit ein paar Brocken Polnisch und Deutsch, aber sie sprachen nicht viel. Sie aßen und tranken, würzten sich den Wodka mit Pfeffer und beobachteten ihren Schützling und den Mann, der ihn gebracht hatte.

Als die Flasche fast leer war, stand Uri auf und nahm von dem Brett an der Wand das eingewickelte Ding.

»Spielen Sie?« fragte er Isaac, während er die Geige vorsichtig aus dem Tuch nahm und auf den Tisch legte.

Mareks Augen wurden schmal. Er hatte dem alten Mann nichts von Isaac erzählt; nur daß er Jude war und fliehen mußte.

Isaac schob seinen Stuhl zurück, als wollte er möglichst weit von der Geige abrücken.

»Nein«, sagte er heftig. »Nein, ich spiele nicht.«

Die Männer waren sichtlich enttäuscht. Uri spreizte seine vom Alter verkrümmten Finger, um zu zeigen, warum er nicht mehr spielen konnte.

Und plötzlich packte Marek die Wut.

Er stand auf, und seine Worte hagelten auf Isaac nieder, als wäre er alles andere als sein bester Freund.

»Was glaubst du eigentlich, wer du bist? Sie riskieren ihr Leben für dich, und du bringst es nicht über dich, für sie zu spielen!«

Isaac wand sich auf seinem Stuhl.

»Ich habe dir doch gesagt... Ich kann nicht... Meine Hände.«

»Deine Hände interessieren hier niemand. Mein Gott, du sollst hier kein Konzert geben. Diese Leute sind müde. Sie wollen einen Fiedler – den Chagallschen Fiedler auf dem Dach, den es bei deinem Volk immer gegeben hat. Aber vermutlich bist du dir dafür zu gut.«

Isaac war vor Schreck kreidebleich geworden. Noch nie hatte sich Mareks Verachtung gegen ihn gerichtet. Die Leute in der Hütte schwiegen, weil sie nicht verstanden, was vor sich ging.

»Ach, zum Teufel mit dir«, sagte Marek und wandte sich ab.

Isaac nahm die Geige, dann den Bogen. Er prüfte die Saiten. Es war eine ganz schlichte Fiedel, aber alt und liebevoll gepflegt. Er hob sie ans Kinn und begann sie zu stimmen.

Dann verließ ihn erneut der Mut, aber nun war es zu spät. Die Männer beobachteten ihn. Er sah die Erwartung in ihren Augen. Er konnte nicht mit ihnen sprechen; er wußte nichts von ihrer Religion.

Aber er kannte ihre Musik. Er wußte nicht einmal, daß er

sie kannte, bevor er anfing zu spielen. Welche Großmutter, welches alte Faktotum in einem *schtetl* hatte das Wiegenlied gesummt, das er jetzt spielte? Woher kam das schwungvolle Hochzeitslied, das sich anschloß? Isaacs Finger fanden die alten Tänze, die alten Serenaden. Sie fanden die Musik, die die Zigeuner von den Juden übernahmen und änderten und wieder zurückgaben, und die alten Melodien, die neben den Wagen gesungen wurden auf dem Weg durch die Steppen, auf der Flucht vor Pogromen ...

Isaacs Finger waren steif, aber das machte nichts. Der Wodka hatte geholfen und Mareks Zorn.

Als er die Geige schließlich absetzte, kam von den Zuhörern kein Dank und kein Beifall. Sie rieben sich die Augen und seufzten; nur ein zahnloser Alter mit Narben im Gesicht beugte sich vor und berührte kurz seinen Arm.

»Wartet«, sagte Isaac. »Ich spiele euch noch etwas vor. Etwas Neues.«

Uri übersetzte, worauf sich die Männer wieder zurücklehnten. Isaac stimmte die Geige noch einmal, aber er spielte nicht sofort weiter. Er ging zur Tür und öffnete sie weit, so daß alle den sternenübersäten Himmel sehen konnten.

Die Männer wunderten sich. Frische Luft hatten sie den ganzen Tag über genug gehabt. Die Stechmücken sirrten, und aus dem Wald drang der Schrei eines aufgeschreckten Tieres.

Aber Isaac wollte den Fluß sehen. Er wollte auf den Fluß blicken, wie Marek auf den Hudson geblickt hatte.

Und dann begann er zu spielen.

Die Villa, die Graf Stallenbachs Kusine Brigitta zur Verfügung gestellt hatte, war komfortabel genug, so daß die Diva und ihre Begleitung noch eine Woche länger am Wörthersee blieben, obwohl die Suche nach Markus ergebnislos verlaufen war.

Doch nun ließ sich die Rückkehr nach Wien nicht länger aufschieben. In die Polster des Erste-Klasse-Abteils gelehnt, sah Brigitta mit äußerst gemischten Gefühlen den bevorstehenden Proben entgegen. Man hatte ihr die Hamburger Bohnenstange als Octavian zugeteilt, der Repetitor war neu und unerfahren, und ihre größte Rivalin verbreitete bereits Verleumdungen über Brigittas stimmliche Qualitäten.

Aber die eigentliche Katastrophe war Feuerbach. Alle Versuche, den regulären Leiter der Philharmoniker von seinen Sommerengagements im Ausland loszueisen, waren fehlgeschlagen, und nun sollte sie mit einem überheblichen Anfänger arbeiten, der schon mit einer Rentnerkapelle überfordert gewesen wäre.

Staub, der neben ihr saß, bedauerte ebenfalls, daß Marek nicht aufzufinden war. Er hatte ein solides Libretto ausgearbeitet, in dem ein Soldat, der mit dem hölzernen Pferd in das brennende Troja gelangt war, heimkehrt und seine Geschichte erzählen will, aber niemand außer einem kleinen Jungen ist bereit, ihm zuzuhören. Altenburg hätte die Geschichte gefallen, davon war Staub überzeugt.

Benny jonglierte wie gewöhnlich mit Terminen und rechnete. Er würde sich noch die Gala ansehen und dann in die Staaten reisen. Brigitta allein nützte ihm nichts; vielleicht konnte er ihr für nächstes Jahr eine kleine Tournee mit Liederabenden verschaffen, aber das war auch schon alles.

»Nächste Haltestelle St. Pölten. Alles aussteigen!« verkündete der Zugschaffner. Warum man diese unbedeutende Stadt als wichtigen Eisenbahnknotenpunkt gewählt hatte, war jedem Reisenden unerfindlich.

»Ein durchgehender Zug nach Wien wäre weiß Gott an der Zeit«, brummelte Brigitta, während die Männer Hutschachteln, Kosmetikkoffer, Pelze und Koffer aus dem Gepäcknetz nahmen. Ufra, die mit dem Hund dritter Klasse reiste, zog ihren Mantel an.

Der Zug wurde langsamer und hielt. Ufra öffnete die Waggontür, und Püppi, kaum auf dem Perron, begann wie verrückt zu kläffen, riß Ufra die Leine aus der Hand und rannte über den Bahnsteig.

»Um Himmels willen, Ufra! Kannst du nicht auf das Tier aufpassen!« schalt Brigitta, während sie aus dem Wagen stieg.

Aber ihre Zofe stand nur da und schaute dem Hund nach, der vor einem allein auf einer Bank sitzenden Mann auf und ab hüpfte.

Marek hatte den Nachtzug aus Warschau genommen. Er hatte sich von Isaac verabschiedet, der jetzt flußabwärts unterwegs war, und in St. Pölten die Reise unterbrochen, weil er hier den Wagen seines Vaters abgestellt hatte, als er mit dem Krankenwagen weitergefahren war. Er brauchte nur die Straße zu überqueren, den Wagen abzuholen und nach Pettelsdorf zu fahren, um seine Sachen zu packen und von seiner Familie Abschied zu nehmen. Von Professor Radow hatte er sich bereits verabschiedet – und auch von Hallendorf.

Aber jetzt, nachdem das Abenteuer vorüber war, fühlte er sich erschöpft, und er setzte sich für einen Augenblick auf eine Bank in der Sonne. In zwanzig Minuten ginge ein Zug nach Hallendorf. In drei Stunden könnte er dort sein. Würde sie an der Durchreiche stehen, die verbrannten Locken unter ihrer hygienischen Kappe versteckt, und das Abendessen ausgeben? Oder würde sie ihre sittsamen Mädchen zum See führen? Er schloß die Augen und ließ die Erinnerungen vorüberziehen: Ellen, die Turnschuhe einsammelte, Aniella mit Kornblumen fütterte, einen Splitter aus Sophies Fuß entfernte.

Und dann war er wieder in dem nach Schwefel riechenden Garten in Kalun, wo er sie geküßt hatte – und ihm war, als wäre er wirklich dort. In jenen Augenblicken, als er sie in den Armen hielt, hatte er sich gefragt, ob er seine Eltern jetzt nicht mehr beneiden müßte – ob auch er die schlichte Vollkommenheit einer vertrauensvollen Liebe gefunden hatte. Als er sie zu ihrem Zimmer zurückbrachte und den Schlüssel für sie ins Schloß schob, hatte er gerade angefangen, ihr das zu sagen – und dann war die Tür aufgegangen, und Isaac war erschienen in einem lächerlichen medizinischen Korsett, und als Ellen auf ihn zuging, um ihm zu helfen, da war der Augenblick vorbei.

Marek war auf Isaacs Bitte am Fluß nicht eingegangen. Er glaubte nicht, daß Selbstaufopferung glücklich machte. Und doch – er hatte die KZ-Nummer auf Isaacs Arm gesehen. War man einem solchen Menschen nicht etwas Besonderes schuldig?

Noch zehn Minuten, bis der Zug nach Hallendorf abfahren würde. Noch hatte er Zeit. Sein Schiff lief erst in zwei Wochen aus.

Aber jetzt fuhr auf dem anderen Bahnsteig ein Zug ein – nicht der nach Hallendorf, sondern einer, der von dort kam. Die Türen öffneten sich. Marek hörte aufgeregtes Gekläff, und dann sprang ein kleiner Hund an ihm hoch, jaulte und schleckte und wedelte voller Begeisterung mit dem Schwanz.

Und dann folgte Brigitta mit ausgebreiteten Armen. »Markus! Liebster! Ach, es ist kaum zu glauben! Wir haben dich überall gesucht!«

Staub schüttelte ihm die Hand, und auch Benny gelang es trotz Püppis hektischem Freudentanz.

»Es ist ein Wunder!« rief Brigitta. »Ein Wink des Schicksals. Jetzt weiß ich, daß du nach Wien kommen wirst und –«

»Da irrst du dich leider, Brigitta. Ich fahre nach Hause und dann nach Amerika.«

»Aber das ist unmöglich! Das geht nicht! Benny, erkläre ihm das mit der Gala. Mit Feuerbach!«

»Da liegt wirklich einiges im argen«, sagte Benny. »Wenn Sie nur für ein paar Tage kommen könnten ...«

»Tut mir leid«, sagte Marek. Daß er den kleinen Hund, den er Brigitta vor Jahren geschenkt hatte, wiedersah und Ufra, die er immer geschätzt hatte, freute ihn wirklich, aber auf alle anderen hätte er gern verzichtet.

»Dann komm wenigstens auf einen Kaffee mit, Liebling. Bitte. Wir müssen eine ganze Stunde totschlagen«, bettelte Brigitta, die überzeugt war, daß kein Mann auch nur wenige Minuten in ihrer Gegenwart standhaft blieb.

»Also gut, Brigitta.« Marek wollte nicht unfreundlich sein. »Trinken wir einen Kaffee um der alten Zeiten willen.«

Als sie den Bahnhofsplatz überquerten, hörte er den kleinen Zug nach Hallendorf einfahren.

Das Schicksal hatte gesprochen, und es war gut so. Denn schließlich verpflichtete ihn nicht nur die Loyalität gegenüber einem Freund; es war nicht nur die Nummer auf Isaacs Arm, sondern vor allem der Augenblick in der Hütte am Fluß, als Isaacs Gesicht nach Wochen zum ersten Mal wieder strahlte. »Ich hab's dir gesagt, weißt du noch?« sagte er. »Ich hab dir gesagt, daß ich die Uraufführung spielen würde!«

Er hatte nur das Thema des langsamen Satzes gespielt, aber er spielte es wundervoll. Einem Mann, dessen Musikalität und Hingabe in all dem Elend überlebt hatten, dem nahm man nicht weg, was ihm Erfüllung und Zukunft bedeutete.

Zwei Tage nach Ellens Rückkehr aus Kalun hielt Bennet eine Morgenversammlung, die sie ein wenig beunruhigend empfand.

Er sprach über einen berühmten griechischen Bogenschützen namens Philoktet, der von einer Schlange gebissen und wegen des Gestanks, der aus der Wunde kam, von den Achäern auf einer einsamen Insel ausgesetzt wurde. Die Geschichte fand für den Mann ein glückliches Ende, denn als die Achäer feststellten, daß sie ihn im Kampf gegen Troja brauchten, holten sie ihn zehn Jahre später zurück; er wurde geheilt und erschoß den Paris.

Aber die Art, wie Bennet sich bei den Leiden des verwundeten Helden und der Undankbarkeit seiner Freunde aufhielt, wirkte beinahe wie ein Lamento und war so gar nicht sein Stil, so daß Ellen nicht überrascht war, als sie später von Margaret hörte, daß sie sich ziemliche Sorgen um Bennet machte.

»Schuld ist dieser verflixte FitzAllan und sein Stück«, sagte sie. »Er tut, als gäbe es nichts anderes auf der Welt. Dabei hat ihm jeder erklärt, daß sich die Schule nicht ständig neue Ausgaben leisten kann. Und Tamara versucht auf die schamloseste Weise, ihr albernes Ballett zu retten.«

»Aber er würde doch nicht –«

»O nein, er bestimmt nicht. Er ist viel zu selbstsüchtig, um jemand anderen zu bemerken. Aber ihr ewiges Sonnenbaden ist allmählich lächerlich. Neulich hat sie sich mitten in David Langleys Haferfliegen-Versuchsfeld gelegt, obwohl er es deutlich markiert hatte.«

»Wenn ich sie je erwischen sollte, daß sie sich auf Kohlröserln sonnt, kann sie was erleben, das verspreche ich Ihnen«, sagte Ellen.

»Ich wünschte, Bennet würde sich wegen des Brecht-Stücks nicht so viele Sorgen machen. Zum Sommerseminar werden die Leute sowieso nur wegen seines *Wintermärchen*-Workshops kommen.« Margaret sah Ellen bewundernd an. »Ich muß sagen, Ihre Ponyfrisur ist ganz entzückend. Dieser Bruno ist doch ein seltsamer Junge.«

»Ja, das ist er wirklich«, sagte Ellen.

Bruno war mit einigen anderen Kindern am Abend nach

ihrer Rückkehr aus Kalun in ihr Zimmer gekommen, als sie gerade dabei war, den Schaden zu beheben, den die Crêpe Suzette angerichtet hatte. Er hatte ihr eine Welle zugesehen, während sie versuchte, die ungleich langen Strähnen zu begradigen, und dann den Kopf geschüttelt.

»Sie müssen mehr abschneiden. Viel mehr.«
»Was meinst du?«

Aber Bruno hatte ihr nur die Schere aus der Hand genommen und ihr befohlen, die Augen zu schließen. Es war ihr nicht leichtgefallen, stillzusitzen und das Gefühl zu haben, daß das Rauhbein Bruno ihr ganze Haarbüschel abschnitt. Aber sie ertrug es, während die anderen Kinder schweigend zusahen.

Als er fertig war und Ellen vor den Spiegel trat, lächelte sie angenehm überrascht. Er hatte die versengten Locken zu kleinen Halbmonden gestutzt und ein paar zusätzliche Strähnen gekürzt, so daß ein wuscheliger Pony entstanden war, der ihre Brauen berührte und den gleichen braungoldenen Farbton hatte wie ihre Augen. Wenn sie wie eine Kurtisane aussah, die gerade aus dem Bett kam, dann jedenfalls wie eine, die sehr teuer war.

Marek würde dieser Pony gefallen, dachte sie, während die Kinder durcheinanderredeten – nur würde er ihn nie zu sehen bekommen. Aber ihr Lächeln blieb, weil sich die Erinnerung an den Kuß im Garten nicht einfach beiseite schieben ließ. Sie könnte erst wieder etwas von ihm hören, wenn er aus Polen zurück war. Sicher würde er ihr einmal schreiben, bevor er nach Amerika abreiste. Vielleicht würde er sogar kommen, nur um ihr Nachricht von Isaac zu geben. Es schien unmöglich, daß die im Morgengrauen geflüsterten Abschiedsworte in Kalun das letzte sein würden, was sie, Marek und Isaac voneinander hörten.

Inzwischen gab es wie immer viel zu tun, und es gab viele andere, die Trost brauchten. Der Haarkünstler Bruno hatte sich in den unkooperativen Lümmel zurückverwandelt, der jede Begabung abstritt und sich strikt weigerte, dem armen Rollo zu helfen, dem FitzAllan erklärte hatte, die von ihm fabrizierten Tiermasken seien nicht genügend monolithisch und öde.

»Wenn *Sie* ein monolithisches und ödes Ferkel kennen, mein Herr – ich nicht«, hatte Rollo wütend erwidert.

Hermine war von FitzAllan verboten worden, ihr Baby im Theater zu stillen. »Bestimmt gefallen ihm meine Brüste nicht«, sagte sie, als sie weinend zu Ellen kam. »Ich kann ihn ja verstehen, denn mir gefallen sie auch nicht«, meinte sie mit einem traurigen Blick in ihren Ausschnitt. »Aber ich kann Andromeda nicht so abseits lassen. Natürlich hätte ich mich von dem Professor nicht übermannen lassen sollen –« An dieser Stelle wechselte Ellen geschickt das Thema, denn Hermines Gejammer über ihre Verführung durch den Sprachheilexperten, der auf der Konferenz in Hinterbrühl zuviel Enzianschnaps getrunken hatte, konnte sie einfach nicht mehr hören.

»Am liebsten würde ich ihm Glasscherben in seine Nußkoteletts mischen«, sagte Lieselotte, die von Anfang an gegen den Theatermann eingenommen war. Sie war besonders erbost, wenn sie FitzAllans Ansprüche mit der Sparsamkeit verglich, die im Dorf geübt wurde, wenn es um Aniellas Namenstagsfeier ging. »Jedes Jahr sagen wir, daß wir etwas wirklich Schönes für sie machen werden, und jedes Jahr sind die Leute entweder zu faul oder zu müde oder zu arm.«

Natürlich hatte FitzAllan im Schlachthof angerufen und die Wahrheit über die Maul- und Klauenseuche herausgefunden. Er schob Ellen die Schuld in die Schuhe; sie habe ihn im geheimen Einverständnis mit Marek betrogen, und deshalb redete er kaum noch mit ihr.

Glücklicherweise ging es Chomsky wieder besser, als Ellen ihn das nächste Mal besuchte. Er würde zwar nicht an die Schule zurückkehren, aber er hatte sich so gut erholt, daß sich ein Kuraufenthalt im Ausland erübrigte und Ellen nicht um seinen Paß gebeten wurde.

Ungefähr eine Woche nach ihrer Rückkehr nach Hallendorf wurde Ellen bewußt, daß sie nur deshalb wie bisher weiterarbeiten und für jeden ein tröstendes Wort finden konnte, weil sie – wider jede Vernunft – glaubte, daß sie Marek wiedersehen würde; daß die Zeit, die sie mit ihm im Garten des Kalun-Kurhotels verbracht hatte, auch für ihn etwas bedeutet hatte; vielleicht nicht das gleiche wie für sie – er war schließlich ein erfahrener Mann, der vermutlich schon viele Affären hatte –, aber bestimmt etwas. Irgendwie konnte sie sich nicht vorstellen, daß nur sie dieses Gefühl des Zueinandergehörens, diese Mischung aus vollkommenem Frieden und überwältigender Erregung empfunden hatte.

Als die Tage vergingen und Ellen annehmen konnte, daß Marek aus Polen zurück war, wartete sie auf den morgendlichen Postbus – nicht um Freya zu trösten, wenn keine Nachricht von Mats kam, oder Sophie, die nach wie vor vergebens auf einen Brief ihrer Eltern wartete. Und über diesem Warten und ihrer Sehnsucht, die tiefer ging, als sie für möglich gehalten hätte, wuchs ihr Ärger, denn sie wußte noch sehr genau, was sie bei ihrem ersten Gespräch mit Bennet geantwortet hatte, als er sie fragte, wovor sie sich am meisten fürchten würde. »Nicht sehen zu können«, hatte sie gesagt. »Von etwas besessen zu sein, das die Welt auslöscht. Vor dieser schrecklichen Art von Liebe, die Laub und Vögel und Kirschblüten unsichtbar macht, weil sie nicht das Gesicht eines bestimmten Mannes haben.«

Wenn sie jetzt einen Augenblick für sich hatte, war es Mareks Gesicht, das sie immer und immer wieder sah – Marek, wie er im Flur des Hotels vor ihrer Tür stehenblieb und sagte: »Ellen, wenn ich dich fragen würde –«

Doch dann war die Tür von Isaacs Zimmer aufgegangen, und der arme Isaac stand da, eingeschnürt in Bandagen, und als sie ihn befreit hatte, war Marek gegangen.

Was hatte er sie fragen wollen? Ob sie mit ihm nach Amerika gehen würde, oder ob sie die Nacht über bei ihm bliebe? Beide Fragen hätte sie mit jeder Faser ihres Herzens mit ja beantwortet.

Aber als immer mehr Tage vergingen, in denen sie nichts von ihm hörte, wußte sie, daß er sie höchstens gefragt hätte, ob sie sich um die Schildkröte kümmern oder Professor Radows Verband erneuern würde.

Sie besuchte den Professor tatsächlich, sooft sie konnte. Sie hatte den alten Mann liebgewonnen. Aber auch er hatte nichts von Marek gehört.

Ungefähr zehn Tage nach ihrer Rückkehr, als sie gerade mit einem Korb voller Einkäufe aus dem Dampfer stieg, kam ihr Sophie mit einem Brief entgegen.

»Er ist eben für dich gekommen. Per Eilboten und Einschreiben!«

Ellen stellte den Korb ab. Für einen Augenblick erfüllte sie eine so ungeheure Freude, daß sie sich wunderte, nicht von Engeln davongetragen zu werden. Dann nahm sie den Brief.

Die Freude erstarb langsamer, als sie erwartet hatte. Obwohl sie sofort sah, daß der Brief von Kendrick war, erreichte die Botschaft ihr Gehirn mit Verzögerung. Sie lächelte immer noch, als sie den Umschlag öffnete, obwohl ihr bereits die Tränen in den Augen brannten.

»Es tut mir schrecklich leid, Ellen, daß ich Dich schon wieder belästige«, schrieb Kendrick, »aber es wäre so schön, wenn Du nach Wien kommen könntest. Ich habe noch immer nichts von Dir gehört. Selbst wenn Du nur für das Wochenende kommen könntest – ich habe, wie gesagt, eine Überraschung für Dich am Samstag abend, für die Du das phantastische Kleid tragen könntest, das Du für Dein Examensfest gemacht hast. Du würdest mich so glücklich machen, und es gibt so viel zu sehen.«

»Ist er von dem Mann in dem nassen Haus?« fragte Sophie, die ein zweites Gesicht zu entwickeln schien.

Ellen nickte stumm und reichte ihr den Brief. Sie wußte nicht, wie ihre Stimme klingen würde, wenn sie jetzt etwas sagte. Sophie las gehorsam von Kendricks Hoffnungen und seinen Erwartungen an das kulturelle Leben in Wien, aber als sie wieder aufblickte, mußte sie tief Luft holen. Immer hatte sich Ellen um sie alle gekümmert, und jetzt sah es fast so aus, als wäre es umgekehrt – als müßten sie und ihre Freunde sich um Ellen kümmern.

Sophie, die plötzlich ein Stückchen erwachsen geworden war, sagte munter: »Lieselotte wartet schon auf den Puderzucker.« Und sie sah auch, wie sich Ellen bückte, um den Korb aufzunehmen – und ihr Leben.

Der Brief, auf den Ellen gewartet hatte, kam am nächsten Tag – aber er war nicht an sie, sondern an Professor Radow gerichtet.

»Er hat aus Pettelsdorf geschrieben«, sagte der alte Mann freundlich und gab ihr den Brief.

Diesmal war sie vorgewarnt. Sie erwartete nicht, von Engeln davongetragen zu werden.

»Isaac ist flußabwärts unterwegs«, schrieb Marek. »Ich reise am Zehnten ab Genua. Bitte grüßen Sie Ellen noch einmal von mir und danken Sie ihr in meinem Namen. Ich werde immer in Ellens und in Ihrer Schuld bleiben. Marek.«

Am nächsten Vormittag wurde sie zu Bennet ins Arbeitszimmer gerufen.

»Die Kinder sagen, Sie hätten eine Einladung nach Wien.«

»Ja.«

Nun ist es doch soweit, dachte der Schulleiter. Er hatte es kommen sehen, obwohl er gehofft hatte, sie würde verschont bleiben. Aber sie wird darüber hinwegkommen, sagte er sich, und ihre Lampe wieder anzünden, und weiß Gott, es war die hellste, hübscheste Lampe, die er seit Jahren gesehen hatte.

»Ich finde, Sie sollten fahren«, sagte er. »Es ist ja nur übers Wochenende, und für die Theateraufführung würden Sie wieder hier sein.«

»Ich bin eben erst fort gewesen.«

»Aber Ihnen steht noch Urlaub zu. Freya wird Sie bei den Kindern vertreten.«

»Also gut«, sagte sie lustlos.

»Sophie hat mir erzählt, daß Sie ein festliches Kleid haben, richtig?«

Nun mußte sie doch ein wenig lächeln. »Ja«, sagte sie. »Sophie hat recht.« Sie hob den Kopf, und ihr Lächeln wurde breiter. »Ich habe ein Festkleid.«

19

Brigittas Bemühungen in dem Café in St. Pölten waren ohne Wirkung geblieben. Die Gala mitsamt ihren Intrigen interessierte Marek nicht, und er sah keinen Anlaß, sich in Brigittas Angelegenheiten einzumischen.

Doch knapp eine Woche nach der Begegnung in St. Pölten befand sich Marek in Wien, wo er auf dem Weg nach Genua einen Zwischenstopp einlegte. Der Grund dafür war nicht Brigitta, sondern ein stiller älterer Herr mit Brille und Chef der Universal Edition, die seit zehn Jahren Mareks Musik verlegte. Herr Jäger leitete die Firma in einem verstaubten Büro am Kohlmarkt, einem geweihten Ort für alle Musikliebhaber, und sein Brief nach Pettovice hatte Marek nach Wien geführt.

Marek nahm sich ein Zimmer im »Hotel Imperial«, rief

Herrn Jäger an, und dann ging er zu einem Friseur am Graben, um sich die Haare schneiden zu lassen.

Er schlug das Wiener *Tageblatt* auf, das ihm der Friseur gereicht hatte. In Peking hatte ein Blutbad stattgefunden; Francos Truppen hatten Bilbao eingenommen; in Moskau waren wieder dreißig Intellektuelle hingerichtet worden – aber die Schlagzeile der Titelseite lautete: *Seefeld droht mit Absage. Platzt die Gala?*

Nichts war den Wienern wichtiger als das, was sich an ihrer Oper tat, dachte Marek zornig, als er wieder auf die Straße trat. Und doch ... Vielleicht, weil er wußte, daß dies ein Abschied war, weil er das Leid ahnte, das dieser absurden Stadt bevorstand, fühlte er sich durch die Schönheit der Biedermeierhäuser, die belebten Gassen, die grüngoldenen Kuppeln wieder versöhnt. Wenn die Wiener geigten, während Rom brannte, so taten andere vielleicht Schlimmeres, und wenn die Katastrophe, die er voraussah, vorbei war, würden sie wie eh und je über das hohe C einer Sopranistin oder die *tessitura* eines frisch importierten Tenors streiten.

Herr Jäger erwartete ihn in seinem dunklen kleinen Büro.

»Herr von Altenburg!« sagte er, während er aufstand, um Marek die Hand zu schütteln. »Wie schön, daß Sie persönlich kommen konnten.«

»Die Freude ist ganz meinerseits«, sagte Marek und legte Hut und Handschuhe auf eine Mahler-Büste. »Wie ich aus Ihrem Brief ersehe, teilen Sie meine Ansicht über das, was kommen wird.«

»Ich fürchte, ja. Wir verlegen unser Geschäft nach London, weil wir hoffen, von dort aus transatlantische Verbindungen knüpfen zu können. Es war eine schwere Entscheidung. Wie Sie wissen, haben wir hier eine dreihundertjährige Tradition.«

Marek nickte. Die Universal Edition betreute ihn kompetent und fair seit seiner Studentenzeit; aber diesem berühmten Musikverlag als Komponist anzugehören bedeutete einiges mehr: In einer Ecke des Büros lag in einer Glasvitrine das Faksimile von Schuberts *Quartettsatz c-Moll;* in einer anderen die Erstausgabe von Alban Bergs *Wozzeck.*

»Wir hoffen natürlich, daß Sie uns erhalten bleiben.«

»Das hoffe ich auch. Ich gehe nach Amerika – aber wenn Sie mit den Staaten Verbindung halten, könnte London ein annehmbarer Kompromiß sein.«

»Das freut mich zu hören, auch im Namen meines Geschäftspartners. Er wird als Vorhut vorausgehen. Wie Sie wissen, ist er Jude, und wir haben das Gefühl ...«

»Ich bin ganz Ihrer Meinung.«

»Sie haben nicht zufällig etwas Neues fertig? Mit einem Stück von Altenburg nach London zu kommen, wäre ein gewisser Triumph.«

»Bald«, sagte Marek. »Ich war in letzter Zeit mit anderen Dingen beschäftigt.«

»Aber Sie bleiben noch zur Gala, nicht wahr?«

»Ich glaube nicht. Wie ich höre, ist die Aufführung nicht einmal sicher.«

Herr Jäger lächelte. »Es geht wohl ein bißchen drunter und drüber. Das kann man sagen. Aber nun zu Ihren Verträgen ...«

Nach dem Besuch bei Jäger schlenderte Marek in Richtung Hofburg. Vor der Stallburg warteten Touristen, um die Lipizzaner zu sehen, wenn sie von der Spanischen Reitschule in ihre fürstlichen Ställe zurückgebracht wurden. So hatten sie auch auf Brigitta gewartet – und wahrscheinlich taten sie es noch –, um sie auf dem Weg von ihrer Wohnung zur Oper bestaunen zu können. In gewisser Weise war sie eine Art menschlicher Lipizzaner, prächtig herausgeputzt, vergöttert und vornehm untergebracht. Er ging weiter, vorbei an der Augustinerkirche und der Albertina, und stand plötzlich – vielleicht sogar im Bewußtsein, daß er dies die ganze Zeit vorhatte – neben der kleinen, unauffälligen Tür mit der Aufschrift: *Zur Bühne.*

Vor ihm, auf einem Stuhl, saß ein alter Mann, der immer noch die Uniform des Bühnenpförtners trug, obwohl er schon seit Jahren pensioniert war. Sein Sohn war jetzt Pförtner, aber der Josef war eine Institution, und als solche war ihm »verstattet«, die Künstler an dem kleinen Eingang zur Oper ein und aus gehen zu sehen.

»Grüß Gott, Josef.«

Der alte Mann blickte auf, blinzelte – und erkannte ihn. »Ja, Herr von Altenburg«, sagte er. »Herr von Altenburg sind wieder in Wien. Das muß ich gleich meinem Sohn sagen.«

Nichts konnte ihn aufhalten, sich auf seine alten Beine zu mühen und Marek in die einer Rumpelkammer gleichende Loge zu führen.

»Der Herr von Altenburg, Wenzel. Du kennst ihn doch.«

Sein Sohn nickte. »Da drin ist einiges los, gnädiger Herr. Wegen der Gala. Sie probieren den ersten Akt, aber ... Wahrscheinlich haben Sie's schon gehört. Ich dürft eigentlich niemand hineinlassen, aber bei Ihnen ist das was anderes.«

Vater und Sohn erinnerten sich an die Zeit – ein goldenes Zeitalter hatte es mancher genannt –, als Herr von Altenburg die Seefeld zu den Proben begleitet hatte, denn damals hatte die Diva nicht nur wie ein Engel gesungen, sondern sich auch wie ein vernünftiger Mensch benommen.

»Sie sind im großen Saal, gnädiger Herr. Es ist die erste Probe mit dem Orchester.«

Marek nickte. Er ging durch die vertrauten Korridore, stieß die schwere Tür auf und blieb still im Hintergrund stehen.

»Ich werde absagen!« rief Brigitta. »Ich sage Ihnen, ich werde das nicht mitmachen! Gehen Sie und sagen Sie es den Zeitungen. Von mir aus können Sie es jedem sagen! Ich kann bei diesem Tempo nicht singen. Es ist eine Zumutung für mich und meine Stimme. Entweder Sie holen Weingartner, oder ich sage ab.«

»Also, Brigitta, bitte ...« Der Repetitor kam aus den Kulissen und versuchte, sie zu besänftigen. Der Regisseur, der in der ersten Reihe saß, stöhnte. Nichts als Wutausbrüche und Launen von dieser entsetzlichen Frau. Ihm blieb nur noch eine Woche bis zur Galavorstellung, und er hatte allmählich die Nase voll. Er wünschte nicht nur, daß diese Dame absagte – er wünschte sie schlichtweg zum Teufel. Aber wer könnte sie jetzt in letzter Minute ersetzen? Sie war der Star dieser Gala.

»Vielleicht könnten wir es noch einmal versuchen, Herr Feuerbach«, sagte der Regisseur. Obwohl er Brigitta verabscheute, mußte er zugeben, daß Feuerbach eine Enttäuschung war. Obendrein hatte es sich Feuerbach durch seine arrogante Art mit dem Orchester verdorben. Wenn die Wiener Philharmoniker einen Dirigenten verachteten, waren sie unerbittlich; und wenn die Herren dieses ehrwürdigen Klangkörpers jemals schlecht spielten, dann taten sie es jetzt.

»Vermutlich wollen Sie, daß es wie ein Trauermarsch klingt«, sagte Feuerbach höhnisch.

»Nein. Nur etwas mehr *andante*. Es ist schließlich eine Klage über die Vergänglichkeit der Zeit«, erwiderte der Regisseur und fragte sich, warum er dem Dirigenten die Partitur von Richard Strauss' berühmtester Oper erklären mußte.

Feuerbach verzog verächtlich den Mund und hob den Taktstock. Brigitta kam nach vorn.

Sie probten den ersten der berühmten Monologe über das Geheimnis der Zeit und ihre unerklärliche Vergänglichkeit.

Die Marschallin ist allein auf der Bühne. Bis jetzt war sie *grande dame* und umschwärmt von Höflingen. Nun ändert sich die Stimmung. Nur von einzelnen Streichern und Klarinetten begleitet, tritt sie an den Spiegel, wo sie das junge Mädchen von einst, das eben aus der Klosterschule gekommen ist, heraufbeschwört – und dann die alte Frau, die sie eines Tages sein wird, ohne ihre Schönheit, verlacht und verspottet. Sie ist entsetzt, aber sie weiß, daß es ertragen werden muß. Und die Oboe, die jetzt großartig einsetzte, wiederholt ihre bestürzte Frage: »*Nur wie? Wie soll man es ertragen?*«

Und Marek, der ihr zuhörte, war plötzlich überwältigt. Er befand sich wieder auf der vierten Galerie, erschüttert von der Schönheit dieser Stimme, die ein launischer Schöpfer in den Körper dieser anstrengenden Frau gepflanzt hatte. Brigitta versuchte es. Sie versuchte ihr Bestes trotz Feuerbachs schleppenden Tempi. Sie wollte nicht absagen. Es war *ihre* Rolle.

Und plötzlich, als hätte er eine Vision, sah und hörte Marek das ganze wundervolle Meisterwerk mit den übermütigen Walzern, den hinreißenden Liebesliedern und dem fast unirdisch schönen Dreigesang am Schluß – das war der *Rosenkavalier,* wie er klingen sollte und sogar jetzt noch klingen könnte.

Denn es war noch zu schaffen. Brigitta müßte man schmeicheln und sie gleichzeitig an die Kandare nehmen. Sie dürfte sich nicht zelebrieren und in Gefühlen schwelgen. Feuerbach müßte beschwichtigt werden, auch wenn man ihn lieber erwürgt hätte. Und das Orchester müßte auf ihn eingeschworen werden. Es wäre eine Arbeit, die jeden Tag und jede Nacht und sämtliche Energie erfordern würde, aber es wäre zu schaffen.

Aber nicht von mir, dachte Marek. Auf keinen Fall von mir. Ich gehe an Bord der *Risorgimento.* Das hier ist ein Abschied.

»Also gut«, sagte der Regisseur. »Wir machen eine Pause.«

Der Dirigent verließ das Pult, aber die Musiker folgten ihm nicht. Während Brigitta gesungen hatte, war Marek unwillkürlich weiter nach vorn gegangen. Nun flüsterte einer der Kontrabassisten dem vor ihm sitzenden Cellisten etwas zu, der es an die Holzbläser, die Blechbläser und Streicher weitergab.

Der Konzertmeister drehte sich um. »Sind Sie sicher?«

»Absolut«, sagte sein Nachbar. »Ich habe in Berlin unter ihm gespielt.«

Der Konzertmeister nickte. Dann stand er auf, und mit ihm erhob sich das gesamte Orchester. Und während die Streicher mit ihren Bogen gegen die Notenständer klopften, sagte er: »Willkommen in Wien, Herr von Altenburg.«

Diese Ehrung galt nicht seiner politischen Haltung, das wußte Marek. Sie galt nicht ihm persönlich, sondern der Musik, der sie dienten und die sie miteinander verband.

Inzwischen war Brigitta nach vorn ins Rampenlicht getreten und spähte, die Hand schützend über die Augen gehoben, in den Zuschauerraum. Dann stieß sie einen theatralischen Schrei aus, verschwand in der Kulisse und erschien wieder bei den Sperrsitzen, um sich Marek in die Arme zu stürzen.

»Markus!« rief sie. »Ich wußte, daß du kommst! Ich wußte, du würdest mir helfen! Nun wird alles gut.«

»Wenn du willst, daß ich dir helfe, dann laß als erstes den Schnulzenton in der Spiegelszene weg. Ich habe dir doch gesagt, daß du nicht rührselig werden darfst. Mitleid und Selbstmitleid schließen sich gegenseitig aus.«

»Ich bin daran nicht schuld, sondern Feuerbach. Ich bekomme ja keine Hilfe vom –«

»Ich denke, du wirst dich nicht darüber beklagen, wie dir die Oboe gefolgt ist«, sagte Marek eisig.

»Nein, aber –«

»Gut. Ich schlage vor, du kümmerst dich um deinen Part, und alles übrige wird sich von selbst erledigen. Ich bin in einer Stunde wieder da. Wir beginnen an der Stelle, wo Baron Ochs abgeht.«

20

»Du humpelst ja, Kendrick«, sagte Ellen. »Möchtest du dich ein bißchen ausruhen? Wir könnten dort drüben einen Kaffee trinken.« Sie wies über den Platz auf ein einladendes Café mit Tischen im Freien. Aber Kendrick schüttelte den Kopf.

»Es ist alles in Ordnung. Wir dürfen keine Minute vertrödeln, sonst schaffen wir die Hofburg und den Stephansdom nicht mehr.«

Aber sein Fuß tat ihm wirklich sehr weh. Er hatte eine große Blase an der linken Ferse und ein sich heranbildendes Hühnerauge am kleinen Zeh, weil er schon vor Ellens Ankunft drei Tage lang in Wien herumgelaufen war. Er hatte auf dem Zentralfriedhof die Gräber von Schubert und Brahms und Beethoven besucht, letzteres speziell wegen des Zwickers, der Anton Bruckner versehentlich in den geöffneten Sarg von Beethoven gefallen sein soll, als man dessen sterbliche Überreste vom Währinger Friedhof zum Zentralfriedhof überführt hatte. Er war mit der Straßenbahn die fünf Kilometer bis nach St. Marx hinausgefahren, um die Stelle zu sehen, wo Mozart möglicherweise beerdigt worden war, und mit einer anderen Linie in eine andere Vorstadt zum Grab Gustav Mahlers.

Das waren aber nur die Gräber gewesen; es blieben die Stätten, wo Komponisten geboren wurden oder starben oder gewirkt hatten; wo sie Klaviere zu Tode hämmerten oder mit ihrer Hauswirtin stritten oder Nachttöpfe aus dem Fenster warfen, und diese Stätten lagen immer wieder erstaunlich weit auseinander.

Schon bei diesen Exkursionen hatte er sich die Füße wundgelaufen. Dann kam die Kunst an die Reihe: das Ausstellungsgebäude der Wiener Sezession in der Nähe eines ziemlich unordentlichen Lebensmittelmarktes und das Kunsthistorische Museum, das ungemein anregend war, aber die Marmorfußböden waren hart und die Toiletten schwer zu finden.

Die berühmtesten Sehenswürdigkeiten hatte er sich jedoch für Ellen aufgespart, die an diesem Morgen angekommen war und jetzt geduldig neben ihm stand und in ihrem cremefarbenen Kleid sehr kühl aussah, während sie auf die Führung durch die Kapuzinergruft warteten. Während Kendrick eifrig in seinem Baedeker blätterte, fühlte er Ellens kühle Hand auf seinem Arm, weil der Führer gekommen war und sie in die Gruft hinunterstiegen zu den schweren prunkvollen Sarkophagen der Habsburger.

Der Kaiser Franz Joseph ... Seine unglückliche Kaiserin, die schöne Elisabeth, am Genfer See von einem Anarchisten ermordet ... Ihr Sohn, der Kronprinz Rudolf, der in Mayerling Selbstmord begangen hatte ...

Zwischen all der düsteren Pracht fand Ellen einen Sarg, der ihr gefiel.

»Sieh mal, Kendrick! Hier liegt weder ein Kaiser noch eine Kaiserin, sondern eine Gouvernante – die Gouvernante von Maria Theresia. Die Kaiserin hat sie so geliebt, daß sie hier bestattet werden durfte, obwohl sie nicht blaublütig war. Wenn es eine Gouvernante so weit bringen kann, warum nicht auch eine Köchin? Vielleicht liege ich eines Tages in der Gruft der Windsors?«

Ellen war ohne große Lust nach Wien gefahren, aber nachdem sie nun einmal hier war, entschloß sie sich, es zu genießen. Das Wetter war herrlich, die Stadt wunderschön – es konnte keinen besseren Ort geben, um Marek zu vergessen, der auf einem Schiff einem neuen Leben entgegenfuhr. Es war dumm von ihr, einem Flirt und einem freundlichen Kuß so viel Bedeutung beizumessen, aber sie hatte nicht die Absicht, sich als Opfer zu fühlen. »Man hat immer eine Wahl«, hatte sie sich gesagt und sich für baldige Genesung und ein glückliches Leben entschieden.

Auf der Besichtigungstour durch die Hofburg sahen sie in der Schatzkammer zahlreiche unbezahlbare Objekte von verblüffender Häßlichkeit sowie eine Reihe Klaustrophobie erzeugender Appartements ohne ein einziges Badezimmer. Als sie am Michaeler Platz aus der Hofburg herauskamen, entnahm Kendrick seinem Reiseführer, daß ihnen noch Zeit blieb für das Haus, in dem Hugo Wolf die Mörike-Texte vertont hatte.

»Es ist in dieser kleinen Straße. Wir nehmen die erste links und dann die nächste rechts –«

»Kendrick, geh du ruhig und sieh dir das Haus mit den Mörike-Liedern an. Ich gehe inzwischen zu Demel, weil ich eine große Portion Kaffee und Indianerkrapfen möchte und mir die Konditoreiauslage ansehen will.«

Damit stürzte sie Kendrick in einen schrecklichen Konflikt. Ellen, die er so liebte, auch nur für eine halbe Stunde allein zu lassen, war schier unmöglich – aber Hugo Wolfs Haus auszulassen, das der Baedeker so empfahl ...

»Vergiß nicht, du hast noch einen ganzen Tag, während ich morgen zurück muß.«

»Also gut, ich komme mit«, sagte Kendrick und humpelte mit ihr zu Demel, wo ihn der Anblick von Ellens Gesicht belohnte, als ihre Augen von dem zierlichen Gitter der Linzertorte zu den herrlichen Schokoladenschichttorten und den dicken und weichen Schaumrollen wanderten. Und sogar Kendrick fand es erheiternd, wie die Eclairs, die sie sich ausgesucht hatten, auf einem Wagen davongerollt wurden, als würden sie in eine exklusive Privatklinik gebracht, um dann mit frischer Schlagsahne gespritzt serviert zu werden.

Als sich Ellen die zweite Tasse Kaffee eingoß, sagte sie: »Meinst du nicht, wir sollten in einer Apotheke etwas für deinen Fuß besorgen? Wenn du mit dieser Blase tanzen willst, wird das für dich kein Vergnügen.«

Sie freute sich auf den Ball. Das Tanzorchester würde bestimmt gut sein, und selbst wenn sie und Kendrick nur wenig tanzten, würde es Spaß machen, den anderen zuzusehen.

Zu ihrer Überraschung errötete Kendrick und stellte seine Tasse ab. Er wollte seine wundervolle Überraschung eigentlich erst preisgeben, wenn sie im Hotel zurück sein würden, aber der jetzige Augenblick war auch nicht schlecht.

»Ellen«, sagte er und beugte sich zu ihr über den Tisch. »Wir gehen auf keinen Ball. Wir machen etwas viel Aufregenderes. Etwas absolut Besonderes.«

»Und was ist das?« fragte Ellen und fühlte ein leichtes Unbehagen.

»Wir gehen in die Oper!« sagte Kendrick strahlend. »In die Wiener Staatsoper! Wir werden den *Rosenkavalier* sehen – und jetzt rate mal, wer die Hauptrolle singt.«

»Wer denn?« sagte Ellen folgsam, aber das Unbehagen wollte nicht weichen.

»Brigitta Seefeld! Ihre Interpretation ist absolut legendär. Sie ist wundervoll. Weißt du noch, ich habe dir einiges über sie geschrieben ... über die Lieder, die Altenburg für sie komponiert hat. Es ist ein regelrechtes Wunder, daß ich die Karten bekommen habe. Ganz Wien wird dort sein.« Und plötzlich machte ihn etwas in ihrem Gesicht stutzig. »Du freust dich doch, oder? Du würdest doch nicht lieber auf einen Ball gehen?«

Sie hob den Kopf. »Nein, nein, Kendrick. Natürlich freue ich mich. Es wird wundervoll.« Es hatte keinen Sinn, ihm den Spaß zu verderben, auch wenn sie auf den Gesang dieser übergewichtigen Kuh so wenig erpicht war wie auf eine Übernachtung in einer Kläranlage. Aber nachdem sich Marek auf hoher See und Isaac in Sicherheit außer Landes befand, stellte die Seefeld keine Bedrohung mehr dar. Trotzdem fühlte sie sich zu einer kleinen Tröstung berechtigt. »Ich werde mir noch einen Indianerkrapfen bestellen«, sagte sie.

»*Noch* einen?« entfuhr es Kendrick, der sie erschrocken ansah.

»Ja«, sagte sie. Sie hätte auch sagen können, daß sie eine kleine Aufmunterung benötigte, aber sie tat es nicht, weil Kendrick so glücklich aussah.

»Oh, Ellen!« sagte Kendrick, als sie in ihrem Abendkleid die Treppe herunterschwebte. »Du siehst aus –«

Ja, wie sah sie aus? Wie Botticellis Allegorie des *Frühlings?* Gewiß. Aber die Art, wie sich ihr glänzendes Haar über der Stirn kräuselte, paßte eher zur *Geburt der Venus,* nur daß Botticellis Venus nichts anhatte. Ellen jedoch trug ein wundervolles weißes Etwas, das schäumte und wirbelte und wehte wie Gischt, wie Sommerfäden, wie Schneeflocken so leicht und zart. Kendrick versuchte seine ganze Belesenheit auf Ellen anzuwenden, bemühte diverse Maler, Nymphen und verzauberte Schwäne und gab schließlich auf.

Seine Verwirrung war verständlich, denn Ellen und die gefürchtete Handarbeitslehrerin der renommierten Haushaltungsschule hatten ein Meisterwerk geschaffen.

»Dafür können Sie keinen Tüll nehmen«, hatte Miss Ellis naserümpfend gesagt, »und schon gar nicht die feinste Stärke, sonst sitzen Sie die ganze Nacht über den Rüschen.«

»Dann sitze ich eben die ganze Nacht«, hatte Ellen gesagt und mehrere Nächte gestichelt, aber dann hatte sie Miss Ellis mit ihrer Begeisterung angesteckt. Das Kleid hatte bei der Abschlußfeier den ersten Preis gewonnen.

Als Ellen vor dem Opernhaus aus dem Taxi stieg, fragte ein kleines Mädchen, das auf den Schultern seines Vaters saß, um besser sehen zu können: »Ist sie eine Prinzessin?« und wurde sofort von einem anderen Zuschauer korrigiert, der herablassend meinte: »Die nicht – das Madl ist viel zu fesch.«

Die Leute, die als Zuschauer hierherkamen, kannten sich aus mit der Aristokratie. Nachdem sie den letzten Habsburger rund zwanzig Jahre zuvor abgesetzt hatten, waren sie Spezialisten für die Königinnen und Könige geworden, die sich auf ihrem Thron gehalten hatten. Den österreichischen Bundespräsidenten begrüßten sie mit dem bescheidensten Beifall, aber den König von Rumänien mitsamt seinem zweifelhaften Lebenswandel bejubelten sie.

Im Foyer hatte Ellen den Eindruck, als sei es nicht nur das Ereignis einer Gala, das die Menschen in Erregung versetzte. Matronen, mit Perlen behangen, ordensgeschmückte Herren und schöne Damen steckten die Köpfe zusammen und schienen sich eifrigst eine Neuigkeit mitzuteilen, die mindestens ein Skandal oder eine Katastrophe sein mußte. Denn bei all dem »Sind Sie sicher?« und »Ich kann es nicht glauben« verrieten die Gesichter eine heimliche Schadenfreude, die sich, als Mitgefühl getarnt, bei einem Unglück einstellt, das einen nicht selbst betrifft.

In dem allgemeinen Gesumm tauchte immer wieder ein Name auf.

»Wer ist Feuerbach?« fragte Ellen, als sie an Kendricks Seite die prächtige Treppe hinaufstieg.

»Der Dirigent.« Kendrick war nichts aufgefallen. Er sprach kaum Deutsch und war außerdem völlig damit beschäftigt, seine Taschenpartitur hervorzukramen, das Opernglas und die Anmerkungen zu der Oper, die er in der London Library zusammengestellt hatte.

»Kendrick, was für wundervolle Plätze!«

»Ja, sie sind wirklich phantastisch«, bestätigte Kendrick und konnte nicht widerstehen, ihr zu verraten, was sie gekostet hatten.

In der Loge zu ihrer Rechten saßen zwei Herren, und Ellen konnte jedes Wort ihrer Unterhaltung verstehen.

»Sie haben ihn überredet«, sagte der eine, »aber es war nicht einfach. Er ist Feuerbach durch die ganze Stadt nachgelaufen und hat versucht, ihn umzustimmen, aber offensichtlich umsonst.«

»Wie hat er es geschafft, Feuerbach auszubooten? Hat er ihn aus dem Fenster gehängt?«

»Nein. Keinerlei Wutausbrüche seinerseits. Es war das Orchester. Die Herren Philharmoniker haben Feuerbach vertrieben. Aber jetzt, Staub, ist die Sache perfekt. Sie hat ihn wieder. Stallenbach ist abgemeldet – und Ihre Oper, lieber Freund, haben Sie praktisch in der Tasche.«

Der mit »Staub« Angesprochene nickte. »Ich habe ihm das Libretto gezeigt, und er war sichtlich interessiert.«

Inzwischen waren die letzten königlichen Hoheiten eingetroffen, müde wirkende Personen, die schwer an ihren Juwelen zu tragen schienen. Und dann erschien ein älterer Herr in der Proszeniumsloge, der mehr Aufmerksamkeit auf sich zog als alle anderen. Es war Richard Strauss, der Komponist der Oper. Der berühmteste lebende Musiker war eigens von Garmisch angereist.

Nun wurde das Licht gedämpft, aber das aufgeregte Geflüster verstummte noch nicht. Dann teilte sich der Vorhang, und der Theaterdirektor erschien.

»Majestäten, Königliche Hoheiten, Herr Präsident, verehrte Damen und Herren, ich habe Ihnen eine Ankündigung zu machen. Aufgrund einer bedauerlichen Indisponiertheit von Herrn Feuerbach ist der Dirigent der heutigen Vorstellung des *Rosenkavaliers* Markus von Altenburg.«

Das Publikum reagierte wenig vornehm. Die Leute

klatschten, jubelten, umarmten einander. Seit Tagen kursierte das Gerücht, Brigitta Seefelds Liebhaber sei zurückgekommen, um mit ihr zu arbeiten; die berühmte Liebesaffäre habe einen neuen Anfang genommen, und der ungeliebte Feuerbach habe eine Szene nach der anderen gemacht.

Aber Altenburg war zu ihrer aller Rettung herbeigeeilt!

»Alles in Ordnung, Ellen?« flüsterte Kendrick besorgt, denn sie hatte ganz plötzlich hörbar nach Luft geschnappt. »Oh, Ellen, ist das nicht aufregend? Ist das nicht ganz erstaunlich? Ich habe nicht einmal gewußt, daß er in Wien ist! Soll ich mich bei ihm melden? Er wird sich nicht mehr an mich erinnern, obwohl –«

Aber jetzt wurde es im Zuschauerraum dunkel. Nur die Lampen am Dirigentenpult und an den Notenpulten der Musiker warfen ein wenig Licht in den Saal.

Der Dirigent betrat den Orchestergraben und wurde mit Applaus empfangen, den er jedoch ignorierte. Als es still geworden war, drehte er sich um und verneigte sich – nicht vor den gekrönten Häuptern in ihren Logen oder vor dem Publikum, sondern vor dem alten Herrn, der allein in seiner Loge saß: vor Richard Strauss.

Dann hob er den Taktstock, und das Vorspiel begann, das Kendrick so besorgt gemacht hatte – und das zu Recht, denn es schilderte unmißverständlich, wenn auch mit musikalischen Mitteln, eine leidenschaftliche Liebesnacht.

Der Schock, den Ellen eben erlitten hatte, drohte sie zu überwältigen. Das also war sein wirkliches Leben, dies hier war seine Welt. Im Speisesaal des Kurhotels in Kalun hatte sie eine vage Ahnung bekommen, aber nichts hatte sie auf das hier vorbereitet. Wieso hatte sie geglaubt, er gehöre zu lahmen Schildkröten und Bäumen und Störchen? Selbst seine mutigen Taten in den Wäldern waren nur ein kleiner Teil seines Lebens. Er gehörte hierher, wo eine Gruppe der weltbesten Musiker durch seine Bewegungen zu einem einheitlichen Ganzen wurden. Er gehörte vor dieses glänzende Publikum und den Komponisten in seiner Loge – und zu Brigitta Seefeld, die in dem Augenblick, als sie den Mund öffnete und sang, aufhörte, eine verrückte, eitle, zu dick geschminkte Frau zu sein, und zu einer großen Künstlerin wurde.

Aber warum hat er mich angelogen? fragte sie sich unglücklich, denn daß er sie angelogen hatte, tat am meisten weh. Ich habe nichts von ihm verlangt. Warum hat er mir dann erzählt, er würde nach Amerika fahren, er sei fertig mit Wien – und mit ihr?

Es dauerte eine Weile, bis sie die Musik richtig hörte. Sie kannte die Oper nicht. Anfangs fehlten ihr die eingängigen »Melodien«. Aber als dann Baron Ochs auftrat mit seinen herrlichen, drolligen Walzern, als die Hofschranzen, Haarkünstler, Modeberater umherwimmelten und die Seefeld zu dem berühmten Monolog kam, in dem sie auf ergreifende Weise die vergängliche Zeit betrauert, war Ellen, die die Seefeld eigentlich hassen wollte, berauscht von den schmelzenden Tönen und so traurig und verwirrt wie die Sängerin, die sich fragte, wo in all dem Gottes Ratschluß zu finden war.

»*Eines Tages wirst du mich verlassen*«, sang die Seefeld.

Aber Marek hatte sie nicht verlassen. Er war zurückgekommen, dachte Ellen. Als der Vorhang nach dem ersten Akt fiel, brach ein Beifallssturm los. Jeder begriff, daß diese Vorstellung zu einem Triumph, einer Legende werden würde.

»Ist sie nicht phantastisch?« sagte Kendrick. »Ihre Interpretation ist unübertroffen. Und der Dirigent! Ich wußte natürlich, daß sie seine Muse war. Aber daß er in Wien ist ... Stell dir vor, ich habe mit ihm im selben Chor gesungen.«

Ellen sagte nichts. Und ein Mann, der sie auf dem Weg ins Foyer voller Bewunderung ansah, senkte den Blick, als sie näher kam, und fragte sich, wie ein junges Mädchen so traurig aussehen konnte.

Wenn es nur endlich vorbei wäre, dachte Ellen. Wenn ich nur heimfahren könnte ... nicht nach Hallendorf mit all seinen Erinnerungen, sondern heim nach England, ins graue und regnerische London, wo sie jetzt in den Parks Gräben zogen.

»Ich war bei ihr«, sagte Benny, als er in die Loge neben Ellen und Kendrick zurückkehrte. »Sie ist vollkommen hingerissen. Staub, ich sage Ihnen, wenn Brigitta eine solche Vorstellung gibt, geschieht etwas mit ihr. Dann ist sie unwiderstehlich. Sie wird ihn noch heute nacht in ihrem Schwanenbett haben, wenn er nicht schon gestern drin war. Ich gebe ihnen noch ein paar Tage – und dann nehme ich beide unter Vertrag. Sie wird hier ihren Vertrag erfüllen müssen, aber dann kann sie nachkommen.«

Im zweiten Akt, der von der aufflammenden Liebe zwischen dem treulosen Rosenkavalier Octavian und der jungen Sophie von Faninal handelt, trat die Seefeld nicht auf. Aber wer sie vermißte, wurde vom Orchester entschädigt, das unter Altenburg die Übergabe der Rose, das ekstatische Duett für die sich sprachlos gegenüberstehenden Liebenden und den unwiderstehlichen Walzer des Barons Ochs so engagiert spielte, als wäre es das erste Mal. Die Frauen betupften sich die Augen; Benny schüttelte den Kopf. Wie brachte es Marek nur fertig, diesen Perfektionisten immer noch ein bißchen mehr abzuschmeicheln?

Nur einer äußerte in der zweiten Pause eine von der allgemeinen Begeisterung abweichende Meinung – ein ziemlich unscheinbarer Mann, der das Eiserne Kreuz am Revers trug.

»Ich gebe zu, er ist ein guter Dirigent, aber es ist ungeschickt, sich die Deutschen zum Feind zu machen. In Berlin wird er gehaßt. Man sollte ihm die Haltung, die er Hitler gegenüber einnimmt, nicht durchgehen lassen – schon gar nicht mit Blick auf die Zukunft.«

Aber er schien mit seiner Meinung allein zu stehen. Wer

ihn hörte, distanzierte sich von ihm. Morgen würden sie vielleicht nicht mehr so mutig sein, aber heute abend waren sie bereit, auf das Dritte Reich und Hitlers Angebot einer brüderlichen Vereinigung zu pfeifen.

Dann begann der letzte Akt – Komödie, Tollheit, Mißverständnisse. Ochs von Lerchenau muß verhöhnt abziehen. Und dann der Auftritt der Marschallin, der vielleicht ergreifendste Augenblick im ganzen Stück. Sie steht auf der Schwelle des finsteren »Beisels«. Sie weiß, daß sie ihr junger Liebhaber verlassen hat. Doch Octavian ist kein Schurke; das Mädchen, in das er sich verliebt hat, keine ränkeschmiedende Hexe. Die Liebenden verbindet etwas, das für die Marschallin unwiederbringlich verloren ist – ihre Jugend. Hilflos, beschämt und doch verzückt sehen sie sich an...

Und sie tut das Richtige. Das Terzett, das nun anhebt, ist von einer Schönheit, die alle widerstrebenden Gedanken und Gefühle beruhigt. Die Marschallin singt – nicht auftrumpfend oder theatralisch –, daß man manchmal verzichten muß. Sie singt von etwas, das eigentlich ganz einfach und doch unglaublich schwer ist – von der Notwendigkeit, Haltung zu bewahren. Und die Liebenden machen sich Vorwürfe, sie sind verzagt – und finden dank der Einsicht der Marschallin zueinander. Als sie geht, ist die Oper, obwohl die anderen weitersingen, vorbei. Nicht einer im Publikum – noch in irgendeinem *Rosenkavalier*-Publikum auf der Welt –, der nicht um die Marschallin weinte. Jeder ist auf ihrer Seite.

Der Vorhang fiel. Kendrick sah Ellen an und war stolz, daß sie weinte. Nach der Geschichte mit der Sauerampfersuppe hatte er sich schon gefragt, ob sie bei Musik überhaupt etwas empfand.

Empfand sie möglicherweise zu tief? Sie war ein Mädchen, das immer ein Taschentuch bei sich hatte, aber jetzt gab er ihr seines, denn sie unternahm nichts, um ihre Tränen aufzuhalten.

Verzichten. Entsagen. Brigitta, die auf nichts verzichten mußte, hatte davon gesungen. Aber ich, dachte Ellen, ich, die nicht singen kann, ich muß es tun. Und dabei habe ich nicht einmal etwas, auf das ich verzichten muß. Ich wünsche es mir nur so sehr.

Der nicht enden wollende Applaus, die Bravorufe, der Blumenregen – das alles geschah wie im Traum. Aber als Marek schließlich auch auf die Bühne kam und das Orchester aufforderte, sich zu erheben, als Brigitta mit ausgestreckten Armen auf ihn zuging und er sie küßte, zur Freude und mit der lauten Zustimmung der Wiener, da begriff sie plötzlich – und sie sah alles klar und deutlich.

21

»Nach dem heutigen Abend werden wir unseren Enkeln etwas zu erzählen haben«, sagte Benny triumphierend. Zuvor hatte er weder Frau noch Kinder und auch nicht die Absicht, diesen Zustand zu ändern, aber heute abend fühlte er sich als Herrscher einer Dynastie: Mahlers *Fidelio*, Karajans *Tristan* und nun Seefelds oder auch Altenburgs *Rosenkavalier*. Wer von den beiden sich damit verewigt hatte, war ihm egal. Es war die Kombination der beiden, die diesen Abend zu einer Opernlegende gemacht hatte.

Jeder wußte es. Im Sacher kamen sie an den Tisch der Seefeld, die scharfzüngigen Kritiker, die ewig nörgelnden Musikwissenschaftler, und sie schwärmten wie Schulkinder. Das Sacher hatte zwei Flaschen Champagner spendiert, Brigitta strahlte und funkelte, und immer wieder legte sie zärtlich besitzergreifend die Hand auf Mareks Arm.

Er gehört wieder mir, jubelte ihr Herz. Ich habe ihn wieder. Ihre Gedanken eilten voraus. Wenn hier Schluß war ... wenn sie in ihrer Wohnung sein würden ... Ufra würde die Kerzen angezündet, das Bett mit *Nuit d'Eté* besprüht haben – nur ganz leicht, denn Markus liebte keine intensiven Düfte. Püppi wäre sicher verwahrt, weil nichts die Stimmung mehr stören würde als der Freudentanz, mit dem der Hund Marek zu begrüßen pflegte. Und danach würde sie das erste der vielen Opfer bringen, die ihrer harrten, zu denen sie aber bereit war, um seine künstlerische Arbeit zu inspirieren.

Marek nahm nur zum Teil wahr, was rings um ihn vorging. Er war in Gedanken noch mit dem Orchester beschäftigt, wie es ihm gefolgt war durch die außergewöhnlich inhaltsreiche und komplizierte Partitur. Was sie geboten hatten, war nicht ganz perfekt gewesen. Das *più tranquillo* vor der Überreichung der Rose war zu lang gehalten worden – Feuerbachs Sentimentalität war nicht mehr ganz auszumerzen gewesen. Aber sie hatten gespielt ... nun, wie eben die Wiener Philharmoniker spielen.

Aber meine Amerikaner werden genauso gut sein, dachte er. Er hatte das in Genua auslaufende Schiff verpaßt, doch es gab noch ein schnelleres ab Marseille, so daß er nur wenig später in den Staaten eintreffen würde.

Brigitta schmiegte sich noch enger an ihn. Sie hatte beschlossen, ihr Opfer gleich jetzt zu bringen statt in der Abgeschiedenheit ihrer Wohnung, weil sie wußte, wie sehr sich Staub, der ebenfalls neben ihr saß, darüber freuen würde. Bislang hatte sie sich strikt geweigert, seine Helena darzustellen, die verängstigt in einem Torweg kauert, als sie von dem Soldaten entdeckt wird, aber jetzt ...

»Liebling«, sagte sie zu Marek. »Ich habe mich entschieden. Wenn du die Oper vertonst, bin ich bereit, die Rolle zu singen. Ich werde mich auch in den Torweg hocken.«

Marek sah sie an und versuchte, sich auf ihre Worte zu konzentrieren. Benny hatte ihm immer wieder das Glas gefüllt, und er hatte ihn gewähren lassen, weil er entspannen wollte. Das letzte Mal, als er Champagner getrunken hatte, saß er im Kurhotel von Kalun.

»Entschuldige mich«, sagte er und stand auf. Aber als er die Straße erreichte, war sie nirgends zu sehen. Er mußte betrunkener sein, als er dachte.

»Entschuldige, Brigitta«, sagte er, als er wieder Platz nahm. »Ich dachte, ich hätte jemand gesehen, den ich kenne.« Und sich zusammennehmend, fragte er: »Was wolltest du mir vorhin sagen?«

»Daß ich bereit bin, mich in einen Torweg zu hocken«, antwortete sie – aber es klang diesmal weniger süß.

Zwei Stunden nach dem Schluß der Oper war Kendrick noch immer auf der Suche nach einem passenden Ort für seinen Heiratsantrag. Sie hatten in einem Restaurant am Albertinaplatz zu Abend gegessen, aber als sie das Lokal verließen und Kendrick die eindrucksvolle Rampe mit dem Reiterstandbild des Erzherzogs Albrecht sah, verließ ihn der Mut. Das Pferd erinnerte ihn zu sehr an seine Brüder, die hoch zu Roß saßen und ihn ausgelacht hatten, weil er immer wieder von einem kleinen Pony heruntergefallen war; die ihn an einen Baum gefesselt hatten und mit selbstgeschnitzten Lanzen auf ihn zugaloppiert waren, damit er lernte, tapfer zu sein. Kendrick hatte das Gefühl, als wäre das alles erst gestern gewesen. Deshalb schlug er Ellen einen Spaziergang im Burggarten vor, wo er sich das Mozartdenkmal als geeignete Stätte für seinen Antrag ausgesucht hatte.

»Also gut, Kendrick. Aber ich würde gern bald ins Hotel zurückgehen. Ich bin ziemlich müde.«

Sie hatte tatsächlich die größte Mühe, Kendricks Worten

zu folgen oder auch nur seine Stimme zu hören. Aber sie ging mit ihm in den kühlen dunklen Park, wo Kendrick beim Anblick von Österreichs geliebtestem Komponisten seine Brüder vergaß und wieder Mut faßte, denn die Reinheit und Güte in der Musik dieses Mannes würden sich bestimmt auch auf Kendricks Unterfangen auswirken und es segnen.

Aber als sie näher kamen, segnete der Geist des Komponisten bereits jemand anderes – einen jungen Mann in Lodenjanker, der leidenschaftlich ein dickes, williges Mädchen umarmte, und so blieb ihnen nichts übrig, als die Runde durch den Park zu vollenden und auf die Straße zurückzukehren.

Der dritte Anlaufplatz, den sich Kendrick als möglichen Ort für sein Vorhaben ausgesucht hatte, war der Donnerbrunnen am Neuen Markt. Er lag auf dem Weg zum Hotel und wurde im Stadtführer sehr gepriesen. Aber als Kendrick vorschlug, zu Fuß zum Graben zurückzugehen, blieb Ellen stehen und sagte: »Kendrick, ich habe ziemliche Kopfschmerzen. Würdest du uns ein Taxi besorgen? Ich habe einen Stand in der Philharmonikerstraße gesehen.«

»Ja ... ja, natürlich.« Kendrick verbarg seine Bestürzung. Es gab Leute, die machten ihren Heiratsantrag auch im Beisein eines Taxifahrers, aber für einen Frobisher war das indiskutabel.

Sie gingen die schmale Straße entlang, die zum Sacher führte, wo Billroth und Johannes Brahms häufig Austern gefrühstückt hatten, wie Kendrick Ellen mitteilen konnte. Aber Ellen, die sich bislang für alles so aufnahmefähig gezeigt hatte, schien kaum zu hören, was er sagte, und wiederholte nur ihren Wunsch nach einem Taxi. »Dort kommt gerade eins. Lauf hin und sieh zu, daß du es bekommst. Ich warte hier.«

Er rannte los, und als er mit dem Taxi zurückkam, stand sie auf dem Trottoir vor den beleuchteten Fenstern des berühmten Restaurants und sah so mitgenommen und erschöpft aus, daß er ihr wirklich nicht noch mehr zumuten konnte und ihr schleunigst in den Wagen half.

Aber das Bild seiner Mutter stand ihm nach wie vor lebhaft vor Augen und drängte ihn, weiterzumachen. Er mußte Ellen bitten, seine Frau zu werden, und er mußte es heute abend im romantischen Ambiente einer Wiener Sommernacht tun. Morgen würde er keine Zeit mehr haben. Er wollte noch das Leprakrankenhaus besichtigen, das Otto Wagner gebaut hatte, sowie den Ort, wo Christoph Willibald Gluck gestorben war, und er wollte auch in den Stephansdom; und mittags würde Ellen abreisen.

Als das Taxi am Graben hielt, sah Kendrick seine Chance gekommen. Gegenüber vom Hotel stand eine große, aus sich windenden Figuren bestehende und an der Spitze vergoldete Marmorsäule – die Dreifaltigkeitssäule, die er sich noch nicht richtig angesehen hatte. Mit ungewöhnlicher Entschlossenheit führte er Ellen über die Straße zu der Säule, wo sich, wie er gehofft hatte, um diese späte Stunde niemand mehr aufhielt.

»Ellen«, begann er. »Du weißt, wie sehr ich dich liebe, und nun möchte nicht nur ich, daß du meine Frau wirst, sondern auch meine Mutter.« Er bemerkte seine etwas fragwürdige Syntax und versuchte es noch einmal. »Ich will sagen, meine Mutter hat mich gebeten zu heiraten, und ich habe ihr erklärt, daß es niemand gibt, den ich dafür in Betracht ziehen könnte – außer dir.« Er hielt inne und sah Ellen fragend an in der Hoffnung, Patricia Frobishers Billigung möge die gewünschte Wirkung erzielen, aber Ellen hatte die Augen geschlossen. »Bitte, liebste Ellen, möchtest du nicht –«

Er redete weiter, drückte seine Verehrung aus und stammelte von Liebe und was er sich alles erhoffte. Für Ellen war es das passende Ende eines Abends, der sich immer mehr zu einem Alptraum entwickelt hatte, und sobald sie zu Wort kommen konnte, sagte sie: »Kendrick, ich habe dir geschrieben, daß ich deine Einladung als gute Freundin annehme. Du hast kein Recht, andere Schlüsse daraus zu ziehen.«

Aber Kendrick hatte sich in einen Zustand hineingeredet, in dem er nicht glauben wollte, daß eine Leidenschaft, die so groß war wie seine, kein Echo fand. Nur allmählich begriff er, daß sie ihn zurückwies, und seine Hochstimmung versank in Niedergeschlagenheit und in der vertrauten Angst vor dem Zorn seiner Mutter.

»Ich hätte mir keine Hoffnungen machen dürfen«, sagte er unglücklich. »Wenn es Roland oder William gewesen wären, aber so –«

»*Nein*, Kendrick! *Nein*!« sagte Ellen und raffte sich noch einmal auf, bevor dieser entsetzliche Abend in der Ruhe ihres Hotelzimmers enden konnte. »So ist das durchaus nicht. Nach allem, was ich von deinen Brüdern gehört habe, gefällst du mir wesentlich besser. Du bist der denkbar netteste Mensch, aber –« Und dann sagte sie, weil ihr Bedürfnis zu trösten stärker war als der Wunsch, ihr Geheimnis für sich zu behalten: »Es ist nur, weil ich mich in einen anderen verliebt habe. Er liebt mich nicht. Er macht sich überhaupt nichts aus mir, aber ich kann nicht anders –« Und zu ihrem Entsetzen brach sie in Tränen aus.

Aber ihre Offenheit hatte Erfolg. Daß Ellen unglücklich war, machte für Kendrick das eigene Unglück erträglich. Für ihn war die Welt seit seiner Kindheit ein dunkler und bedrohlicher Ort. Traurigkeit war ein Land, in dem er sich zu Hause fühlte. Eine Ellen, die so schön, so begehrenswert und trotzdem unglücklich war, hatte etwas zutiefst Tröstliches. Sein eigenes Leid wurde linder, als er sie in brüderlicher Liebe in die Arme nehmen durfte, damit sie sich an seiner Schulter ausweinte. Er murmelte teilnahmsvolle Worte, versprach, ihr immer ein Freund zu sein, und natürlich auch, daß er immer da sein würde, sollte sie ihre Meinung ändern.

Ihm gelang sogar beinahe ein Scherz, weil ihm eingefallen war, daß die Wiener die Säule, unter der sie standen, die Pestsäule nannten. »Sie erinnert an die große Pestepidemie, bei der an die hunderttausend Menschen starben. Ziemlich schrecklich, nicht wahr?« sagte er. »Vielleicht habe ich uns keinen sehr guten Platz ausgesucht.« Ellen belohnte ihn mit einem Lächeln, und Arm in Arm gingen sie ins Hotel zurück.

Marek war völlig übermüdet. Wegen der Feuerbachkrise war es nötig gewesen, daß er den ganzen Tag bis kurz vor Beginn der Vorstellung probte. Anschließend stand er vier Stunden am Pult. Nachdem der Vorhang gefallen war, schien er sich in einer nicht ganz wirklichen Welt zu befinden. Aus Höflichkeit hatte er Brigitta zu ihrer Wohnung begleitet, und hier erkannte er plötzlich die Realität und wie dumm er gewesen war. Die Flügeltüren zum Schlafzimmer mit dem lächerlichen Schwanenbett waren geöffnet, die dicken Kissen aufgeschüttelt und parfümiert. Brigitta, die kurz verschwunden war, tauchte in einem cremefarbenen Spitzennegligé wieder auf und setzte sich neben ihn auf das Sofa.

Er rückte ein Stückchen ab.

»Brigitta, es ist vorbei, und du weißt es. Ich habe euch bei der Oper geholfen. Wir sind Kollegen, das ist alles.«

Sie wandte ihm das Gesicht zu. Die vergißmeinnichtblauen Augen füllten sich mit Tränen. »Liebling, wie kannst du so etwas sagen? Du weißt doch, daß ich dich liebe.«

»Aber ich liebe dich nicht, Brigitta.« Es war ihm zuwider, so etwas zu einer Frau zu sagen. Wütend fuhr er sich mit der Hand durch das Haar. Mußte sie ihn in eine solche Situation bringen? »Als Musiker schätze ich dich ungeheuer. Du hast heute abend eine wundervolle Vorstellung gegeben. Aber unsere Affäre ist *vorbei*. Ich werde nach Amerika gehen, und du hast Stallenbach.«

»Ach, Stallenbach.« Sie rückte näher an ihn heran. Ihr Negligé fiel weit auseinander, damit ihm der Anblick ihrer Brüste und ihres Bauchs die Sinne raube. »Weißt du nicht mehr, mein Liebster, wie wunderbar es war?«

Marek seufzte. Manchmal war es schön, aber selbst dann war sie immer nur ein Ersatz gewesen. Es war Mozarts liebende Gräfin oder Verdis todgeweihte und mit perfekter Atembeherrschung sterbende Violetta, die er in den Armen gehalten hatte.

Brigitta begann zu weinen, sehr vorsichtig, denn sie war noch geschminkt. »Du willst mich nicht mehr, weil ich alt werde. Weil ich fast vierzig bin.«

Sie war dreiundvierzig, und sie erpreßte ihn. Sie spielte ihre heutige Opernrolle. »Du bist wie Octavian«, schmollte sie. »Das erste junge Ding, das dir über den Weg läuft, verdreht dir den Kopf.«

»Nein, Brigitta. Das ist es nicht. Du bist immer noch eine sehr schöne Frau.«

Ellen war jung, aber das war nicht der Grund, warum er sie begehrt hatte.

Jetzt vergoß Brigitta echte Tränen. »Ich habe so schwer für dich gearbeitet. Und jetzt, weil meine Jugend vorbei ist ...«

Sie hatte wirklich schwer gearbeitet. Sie war gehorsam gewesen wie ein artiges Kind, obwohl sie sonst nur herumkommandierte.

»Komm, Brigitta. Demnächst wirst du sämtliche Uhren anhalten.«

Sie hatte die Szene großartig gespielt, wo die Marschallin schildert, wie erbarmungslos die Zeit vergeht, und erzählt, daß sie manchmal nachts aufsteht und die Uhren im Schloß anhält. Er hörte noch den weichen Klang der Harfen und der Celesta und Brigittas darüber schwebende Stimme. Hatte er das Recht, über Brigittas Furcht vor dem Altern zu spotten, selbst wenn sie sie als Mittel einsetzte, um ihren Willen zu bekommen?

Er hatte sich geschworen, nie aus Mitleid mit einer Frau zu schlafen.

»Ich werde nach Amerika gehen, Brigitta.«

»Dann bleib wenigstens diese eine Nacht bei mir – in Erinnerung an das, was wir heute abend geleistet haben.«

»Also gut, Brigitta. Dafür werde ich bleiben.«

22

Als der Zug in Hallendorf einfuhr, sah Ellen einen Bahnsteig voller Kinder. Sie saßen auf den Bänken und Banklehnen, hingen wie Kletteraffen an den eisernen Pfeilern mit den Hängegeranien oder hüpften einfach aufgeregt auf und ab. Sophie war da und natürlich Leon und Ursula, Janey, Flix, Bruno und Frank –letzterer fuchtelte mit einem Stock in der Luft herum –, und auch mehrere Kinder vom Dorf waren gekommen.

Ellen hatte gehofft, nach der Zugfahrt auch noch die Dampferfahrt über den See für sich zu haben, aber als die Kinder auf sie zuliefen, war sie unverhofft glücklich, wieder bei ihnen zu sein.

»Bennet hat erlaubt, daß wir Sie abholen«, rief Leon.

»Es ist etwas Schreckliches passiert«, sagte Sophie.

»Schrecklich ist es überhaupt nicht«, widersprach Ursula.

»Doch, ist es schon. Es ist schrecklich für Bennet, nachdem er schon an sämtliche ›Toscanini-Tanten‹ geschrieben hat. Und es ist eine Schande für die Schule.« Das hübsche Gesicht von Flix war ganz zerknittert von Sorgenfalten.

Ellen stellte ihren Koffer ab. »Vielleicht erklärt mir mal jemand, was passiert ist?«

»Es sind die *Schlachthöfe*!« Sophie hatte sich vorgedrängt, um die schlechte Nachricht auf angebrachte ernste Weise mitteilen zu können. »Sie sind geplatzt. Wir spielen sie nicht.«

»Wie bitte? Aber was ist mit FitzAllan?«

»Sie haben ihn abgeholt.« Zu Ellens Überraschung nahm Frank ihren Koffer.

»Es waren Justizbeamte«, sagte Janey.

Alle Kinder hatten sich um Ellen geschart und redeten durcheinander, sogar die Kinder aus dem Dorf, obwohl alle anderen Englisch sprachen.

»Sie haben gesagt, daß sie im Auftrag ... Sie arbeiten für Bertolt Brecht ... Er hat überhaupt nie erlaubt, daß das Stück aufgeführt wird!«

»Sie waren richtig böse. Sie haben Bennet beschuldigt, er würde gegen das Urheberrecht verstoßen, und wenn er auch nur eine Szene aufführt, würden sie ihn verklagen!«

»Und da ist Margaret wütend geworden und hat gesagt, daß nicht Bennet schuld ist, sondern FitzAllan, denn er hat behauptet, daß er die Erlaubnis hat. Und dann sind sie alle zum Theater –«

»Ja, wir probten gerade die Szene, wo alle Arbeiter streiken und einer nach dem anderen im Schnee stirbt«, sagte Flix. »Und plötzlich kamen Männer in dunklen Anzügen und riefen: ›AUFHÖREN! SCHLUSS! AUS!‹«

»Sie waren puterrot im Gesicht, so wütend waren sie. Und Bennet hat gesagt: ›Mr. FitzAllan wird Ihnen bestätigen, daß er die Erlaubnis hat, dieses Stück aufzuführen.‹ Er war sehr würdevoll«, sagte Sophie.

»Alle haben FitzAllan angesehen, der plötzlich ganz gelb im Gesicht war, und dann hat er gestottert, es sei ein Mißverständnis und so ...«

»Aber es war kein Mißverständnis!« Leons schmales Gesicht drückte tiefste Verachtung aus. »Er hat Brecht nie gesehen, sondern sich das Ganze nur ausgedacht. Er hat einfach gedacht, er würde damit durchkommen. Die Beamten haben ihm einiges angedroht... Anklage wegen Verunglimpfung und ähnliches. Und am nächsten Morgen hat Lieselotte seine gräßlichen Nußkoteletts gebracht, aber er ist nicht mehr zum Frühstück heruntergekommen!«

»Er ist in der Nacht getürmt!«

»Und jetzt können wir unseren Eltern überhaupt nichts zeigen«, sagte Leon. »Es ist das erste Mal, daß die Schule am Ende des Schuljahres kein Theaterstück vorführen kann. Und nachdem es bei der Musik auch schlecht aussieht...«

Ellen war nicht weniger empört als die Kinder. So viel vergebliche Arbeit, so viel umsonst ausgegebenes Geld... Die Tiermasken, an denen Rollo oft bis spät in die Nacht gearbeitet hatte... Jean-Pierres Suchscheinwerfer... meterweise Nesseltuch... Und der arme Chomsky ganz umsonst niedergestreckt von dem dreistöckigen Bühnengerüst.

Am Abend, im Aufenthaltsraum der Mitarbeiter, erfuhr sie die Einzelheiten. »Die Eltern eines Schülers waren in Zürich auf einer Party und erzählten stolz von dem Coup, den die Schule gelandet hat«, berichtete Freya, »und einer der Anwesenden war ein Bekannter von Brecht.«

»Aber wieso riskiert er einen Betrug?« Ellen konnte es nicht begreifen. »Es ist doch nur eine Schulaufführung.«

Jean-Pierre faltete seine Zeitung zusammen. »So geringfügig wäre diese Schulaufführung vielleicht nicht gewesen. Schließlich sind einige der Eltern recht einflußreiche Leute. Nehmen Sie Franks Vater oder den von Bruno... sogar der Leiter des Bonner Festspielhauses wollte kommen, und der ist fast so etwas wie ein ›Toscanini-Onkel‹. Für FitzAllan hätte diese Auffführung eine große Sache werden können.«

»Glauben Sie, daß auch alles andere gelogen war?« fragte Ellen. »Ich meine seine Zusammenarbeit mit Meyerhold und Stanislawski?«

»Wahrscheinlich.« David Langley, der als aufgeblasener Schlachthofbesitzer oder manchmal auch als Tierkadaver mehrere Wochen guten Sommerwetters verschwendet hatte, in denen er Haferfliegen hätte sammeln können, war besonders verbittert. »Aber dumm war er nicht. Er hat sich im voraus bezahlen lassen.«

Besonders bedauerlich fanden alle, daß sich Bennet Vorwürfe machte und die ganze Verantwortung für die Katastrophe allein auf sich nehmen wollte, weil er FitzAllan auf den Leim gegangen war.

»Aber Bennet trifft keine Schuld«, sagte Hermine. »Hätte ich dem Professor in Hinterbrühl widerstanden, dann hätte ich wie in den Jahren zuvor ein Stück einstudieren können. Er hat diesen Schaumschläger engagiert, nur um mir Arbeit zu ersparen.«

»Und was ist mit Tamara? Wie hat sie es aufgenommen?« fragte Ellen.

Die anderen sahen sich an und schüttelten den Kopf. »Schlecht«, sagte David. »Ich glaube, sie hat sich eingebildet, er habe etwas für sie übrig. Seit er weg ist, spielt sie die große Tragödin.«

Aber es war alles noch viel schlimmer. Nachdem Ellen die Kinder zu Bett gebracht hatte, ging sie hinunter in Margarets Büro, um sie ein wenig zu trösten. Margaret stand am offenen Fenster. Sie sah müde und unglücklich aus; aber als Ellen hereinkam, gelang ihr ein Lächeln, denn sie hatte keine Geheimnisse vor ihr.

»Hören Sie sich das an!« sagte sie.

Ellen trat neben sie ans Fenster. Aus der Etage über ihnen drangen schwach, aber unmißverständlich die Töne der Polowetzer Tänze.

»Als hätte er nicht genug um die Ohren«, sagte Margaret mit mühsam unterdrücktem Zorn. »Der Börsenmakler hat wieder geschrieben. Es ist nicht einmal mehr sicher, daß wir das nächste Schulhalbjahr überstehen werden. Und er ist so *müde*.«

Ellen legte den Arm um Margarets Schultern. »Sie lieben ihn, nicht wahr?« sagte sie leise.

Margaret zuckte die Achseln. »Ja, ich glaube, so ist es.« Sie schüttelte den Kopf. »Aber was soll's. Ich werde darüber hinwegkommen. Und Sie? Hatten Sie eine schöne Zeit in Wien?«

»Es ging«, sagte Ellen.

Und dann, weil sie Engländerinnen waren und beide an einem angeknacksten Herzen litten, setzten sie den Wasserkessel auf und machten sich eine Tasse Tee.

Am nächsten Tag trafen die Zeitungen aus Wien ein. Alle brachten die Geschichte von der Galavorstellung und Mareks heroischem Einsatz. Das *Tageblatt* und die *Neue Zeitung* konzentrierten sich auf die musikalischen Aspekte der Vorstellung, aber *Wiener Leben* brachte den ganzen Klatsch von Altenburgs Beziehung zu Brigitta Seefeld sowie ein Bild, auf dem Marek neben einem wohlwollend blickenden Richard Strauss die Diva umarmt.

»Aber eigentlich überrascht es einen gar nicht«, sagte Hermine, als man darüber im Aufenthaltsraum sprach. »Man hat gespürt, daß er nicht irgend jemand war ...«

»Und wie er vor Tamaras Balalaika geflüchtet ist, paßt im nachhinein zu einem Musiker«, sagte Jean-Pierre.

»Haben Sie in Wien etwas davon gehört?« fragten sie Ellen, und sie schüttelte den Kopf. Sie hätte nicht über die Oper sprechen können.

Auch die Kinder reagierten mit gemischten Gefühlen auf diese Neuigkeiten. Daß ein berühmter Komponist ihre Schildkröte geheilt und ihre Gartenwege geharkt hatte, war fast so aufregend wie ein spannender Kinofilm, aber daß er mit Brigitta Seefeld nach Amerika gehen würde, fanden sie traurig. Die Diva hatte sich während ihrer Stippvisite in der Schule nicht beliebt gemacht.

Um Spekulationen vorzubeugen, gab Bennet bei der Morgenversammlung eine kurze Erklärung ab. Er sagte, Marek habe einige Zeit inkognito bleiben und sich erholen wollen. In seinem Zimmer über der Remise sei vermutlich eine bedeutende Komposition herangereift. Die meisten gaben sich damit zufrieden, nur Tamara konnte er nicht besänftigen. Daß ihr ein hervorragender Musiker durch die Lappen gegangen war, war mehr, als sie ertragen konnte.

»Er hätte ein Ballett für mich kreieren können«, sagte sie gereizt. »Ich hätte ihn nicht daran gehindert. Nur ein Idiot läßt sich eine solche Chance entgehen.«

Am härtesten traf es den Jungen, den die Neuigkeit am wenigsten überrascht hatte.

Als Ellen Leon suchte, nachdem es Zeit war, schlafen zu gehen, fand sie ihn in Mareks altem Zimmer. Eine Spinne hatte ein Netz am Fenster gesponnen. Das Fallobst, das Lieselotte auf dem Tisch zum Reifen ausgebreitet hatte, verströmte einen herben, angenehmen Geruch, der irgendwie an Marek in seinem blauen Arbeitshemd erinnerte.

»Ich muß immer daran denken, was er hier vielleicht geschrieben hat«, sagte Leon. »Ich habe in der Kommode nachgesehen, ob vielleicht noch ein paar Zettel herumliegen, aber es ist nichts da.«

Ellen schwieg. Sie stand neben Leon und dachte daran, wie Marek seine Sachen einpackte, während sie ihn anschrie, weil er Leon in den See geworfen hatte.

»Wie soll ich seine Biographie schreiben, wenn er in Amerika ist?« sagte der Junge freudlos.

»Vielleicht mußt du damit nur etwas warten. In ein paar Jahren bist du erwachsen. Warum nimmst du dir nicht einfach vor, auch nach Amerika zu gehen, sobald du alt genug bist?«

Leon sah sie dankbar an. »Ja, das könnte ich machen.« Er seufzte. »Wissen Sie, Ellen, er ist der Beste. Ehrlich. Ich meine nicht nur seine Musik. Er ist einfach in allem der Beste.«

»Ja, ich weiß, Leon. Aber komm jetzt. Es wird Zeit, schlafen zu gehen.«

Die Entdeckung von Mareks wahrer Identität beschäftigte die Kinder ein oder zwei Tage; danach machte sich Langeweile breit. Die *Schlachthöfe* waren der Mittelpunkt ihres Lebens gewesen, auch wenn sie sich oft deswegen beklagt hatten. Nun organisierte Hermine für die Zeit bis zum Schuljahresschluß Kurse für rhythmische Gymnastik. Freya plante für die Eltern eine Vorführung von moderner Leibeserziehung, und Bennet bereitete einige Szenen aus Shakespeares *Wintermärchen* vor, aber es würde nur ein magerer Trost sein für die Besucher, die erwartet hatten, ein ganz neues Brechtstück zu sehen.

Ein Gutes hatte die Absetzung der *Schlachthöfe*: Chomsky kam zurück! Die Nachricht, daß FitzAllan gehen mußte, hatte seine sofortige Genesung bewirkt. Und merkwürdigerweise freute sich jeder, ihn wiederzusehen. Die Kinder besuchten seine Kurse eifriger denn je, bogen Metallbänder zu Buchstützen, und der Anblick seiner Blinddarmnarbe vermittelte ihnen ein angenehmes Gefühl von Vertrautheit. Ellen erwartete täglich, daß er den Verlust seines Passes bemerken würde, aber in Chomskys Zimmer herrschte ein solches Durcheinander, daß er froh sein konnte, wenn er sein Bett fand. Und nachdem sie seine Familie kennengelernt hatte, war sie ziemlich sicher, daß Laszlo jederzeit nach Hause gelangen würde.

Dann, zwei Tage nach Chomskys Rückkehr, erschien die Abordnung aus dem Dorf.

Sie kamen nicht mit dem Dampfer, sondern in zwei Autos: der Bürgermeister von Hallendorf; Lieselottes Onkel, der Metzger; der Vorstand der Bauerngenossenschaft und etliche andere Würdenträger. Sie trugen gestärkte Krägen und wichtige Mienen und wischten sich verlegen den Schweiß von der Stirn.

Ellen und Margaret, die sich im Direktorat befanden, stellten sich instinktiv neben Bennet.

»Was ist denn jetzt schon wieder los?« sagte Bennet müde. »Zerrissene Fischernetze können es kaum sein. Dazu ist Chomsky noch nicht lange genug wieder hier. Vielleicht hat Frank wieder irgendwo ein Feuer gemacht.«

»Nein«, sagte Ellen. »Bestimmt nicht.«

Die Herren kamen näher. Sie sahen sehr ernst aus. Eine Beschwerde aus dem Dorf wäre wirklich höchst ärgerlich gewesen, nachdem sich die Beziehungen zwischen der Schule und dem Dorf so positiv entwickelt hatten.

»Ich denke, wir brauchen etwas Bier, Ellen«, sagte Bennet und ging hinunter, um den Bürgermeister zu begrüßen und allen die Hand zu schütteln, bevor er sie in sein Arbeitszimmer führte.

Es war ihm wie eine ganz simple Sache vorgekommen. Er würde den Bauern aufsuchen, der ihm das Rad von einem ausgemusterten Heuwagen versprochen hatte, ihn bezahlen, instruieren und einen extra Schein für den Sohn drauflegen, der das Rad anbringen würde – und wieder nach Wien zurückfahren.

Aber es wurde dann doch komplizierter. Der alte Schneider erinnerte sich zwar, daß der Herr Tarnowsky vor ein paar Wochen wegen einem Wagenrad gefragt hatte, aber daß er ihm ein solches fest versprochen hatte, wußte er nicht mehr.

»Was ich für meine Landwirtschaft brauch, kann ich nicht

einfach hergeben«, sagte er, an die Tür seines schmutzigen Schuppens gelehnt.

»Niemand hat etwas von ›hergeben‹ gesagt. Ich habe Ihnen einen anständigen Preis geboten. Ich bin gern bereit, ein bißchen mehr zu bezahlen, wenn Sie und Ihr Sohn das Rad für mich anbringen.«

Der höhere Preis war interessant, aber das Rad anbringen, das könnten sie nicht. Er leide an Hämorrhoiden und dürfe auf keine Leiter steigen, und der Sohn sei droben auf den Weiden beim Vieh.

»Ein Wagenrad auf ein Dach setzen – das ist gar nicht so einfach.«

»Unsinn. Es soll auf die Giebelwand der Remise. Jeder einigermaßen kräftige Mann erledigt das in zehn Minuten.«

So waren sie wieder bei den Hämorrhoiden und daß die Ärzte in Klagenfurt überhaupt nichts verstehen. »Ich verkauf Ihnen das Rad, aber hinmachen müssen Sie's selber«, sagte der Bauer.

Marek fluchte innerlich und gab ihm ein Bündel Geldscheine.

Anscheinend war er an den einzigen Mann in der Gegend geraten, der nicht mit Lieselotte verwandt war. »Sie müssen mir aber Ihren Wagen leihen«, sagte er.

Eine Stunde später war er mit dem am Heck festgezurrten Rad unterwegs nach Hallendorf.

Nur wegen Lieselotte war Ellen zu der Versammlung gegangen, denn ihre Abneigung gegen Versammlungen war eher größer als kleiner geworden. Aber diese hier war für ihre Gehilfin außerordentlich wichtig, und so hatte sie, flankiert von Sophie und Lieselotte, ihren Platz auf der Fensterbank eingenommen und hörte zu, was Bennet zu sagen hatte.

»Ich habe dem Bürgermeister erklärt, daß wir uns sehr geehrt fühlen. Wie ihr wißt, habe ich mir immer eine engere

Verbindung zwischen der Schule und dem Dorf gewünscht. Andererseits mußte ich ihm sagen, daß sich die Schule als solche nicht an dem Projekt beteiligen kann. Natürlich ist es jedem einzelnen, ob Mitarbeiter oder Schüler, freigestellt, in der Freizeit mitzuhelfen, aber –«

»Warum?«

Der Zwischenruf kam von Sophie, deren Schüchternheit sprichwörtlich war, und die jetzt, über ihre Kühnheit erschreckend, errötete.

Bennet sah zu ihr hinüber und lächelte freundlich.

»Du meinst, warum sich die Schule nicht an einem Umzug zu Ehren der heiligen Aniella beteiligen kann?«

»Ja.« Sophie nickte, puterrot im Gesicht.

»Weil es sich um ein religiöses Ritual handelt«, erklärte Bennet. »Es widerspräche dem Erziehungsauftrag unserer Schule.«

»Aber Aniella ist nett«, sagte die kleine Sabine mit unvermuteter Entschlossenheit.

»Ja, das stimmt«, sagte Sophie. »Sie ist normal, aber sie ist auch etwas Besonderes. Sie ist eine Schutzheilige. Sie beschützt Kinder und alte Leute –«

»Und sie kümmert sich um Tiere«, warf Flix ein. »Um alle Tiere, sogar um Salamander und Igel und Blindschleichen. Das sieht man auf den Bildern in der Kirche.«

»Also kennt ihr alle die Geschichte!« sagte Bennet überrascht.

»Nein, wir nicht«, riefen einige Kinder.

»Dann sollte sie uns Sophie vielleicht erzählen«, sagte Bennet.

»O nein, das kann ich nicht!«

»Komm schon, Sophie. Du kannst es«, sagte Ellen leise.

Also holte Sophie tief Luft und begann. Ihre Mutter hatte ihr erklärt, ihre Stimme würde nicht tragen, und ihr Vater hatte ihr gesagt, man dürfe sich nie in den Vordergrund drängen, aber nun vergaß sie beides. Während sie sprach, konnten die Kinder sehen, wie Aniella auf ihrer Blumenwiese zwischen den kranken und verwundeten Tieren umherging; sie hörten die trommelnden Hufe des bösen Ritters. Sie waren bei Aniella, als sie in der Grotte betete (»Es ist die Grotte mit den alten Fahrradreifen oberhalb des Lärchenwaldes«, sagte Sophie), und hörten das Flügelrauschen des Engels, der sie tröstete. Sie folgten der Heiligen in einer Bootsprozession über den See und spürten das Entsetzen, als sie erdolcht wurde und das Blut über ihr Hochzeitskleid floß. »Aber es war gut so«, sagte Sophie mit denselben Worten, die Lieselotte während des Rundgangs durch die Kirche gebraucht hatte, »weil sie wieder schön wurde und höher und höher schwebte, und es regnete Blumen, und eine wunderschöne Musik erklang.«

»Man könnte es wie einen Kreuzweg machen«, sagte Leon, als Sophie geendet hatte.

»Was ist ein Kreuzweg?« fragte Janey.

»Es ist etwas Katholisches. Die Leute gehen von einer bildlich dargestellten Szene aus dem Leidensweg ihres Heiligen zur nächsten. Wir könnten in Aniellas Haus beginnen, dann zur Grotte gehen und so weiter. Ich habe damit natürlich nichts zu tun«, fügte er hastig hinzu, »weil Religion Opium für das Volk ist.«

»So ein Blödsinn«, fuhr Ursula dazwischen. »Genausogut könntest du sagen, du würdest in keinem Stück über die Arktis mitspielen, weil du kein Pinguin bist.«

»Leon hat vollkommen recht«, sagte Jean-Pierre. »Es kommt nicht in Frage, daß wir bei einem katholischen Aberglauben mitmachen. Aber die Beleuchtung in der Höhle könnte eine interessante Sache werden mit Spiegeln und Hintergrundprojektion...« Jean-Pierres Gesicht nahm einen versonnenen Ausdruck an, während er eine ganze Reihe weiterer technischer Möglichkeiten aufzählte.

»Wir haben noch die Tiermasken von den *Schlachthöfen*«, sagte Rollo. »Ich sehe nicht ein, warum wir sie ihnen nicht überlassen sollten.«

»Man könnte den übrigen Dekorationsstoff färben und die Boote damit verkleiden, jedes in einer anderen Farbe«, sagte Bruno – und Rollo starrte ihn offenen Mundes an, denn der Junge hatte plötzlich einen Block in der Hand und begann zu zeichnen.

Bennet, der sich aus der Diskussion herausgehalten hatte, kam aus dem Staunen nicht mehr heraus. Seine agnostischen, um nicht zu sagen atheistischen Kinder, sein marxistisches Lehrerkollegium, das jeglichen Aberglauben verachtete, besprachen ernsthaft einen religiösen Umzug zur Feier einer unbedeutenden österreichischen Heiligen, deren Authentizität umstritten war. Er stellte sich vor, was Franks Vater dazu sagen würde oder die anderen Eltern, die ihm ihre Kinder anvertraut hatten unter der Voraussetzung, daß sie frei von falschen Hoffnungen auf ein Leben nach dem Tod aufwachsen würden. Und Jean-Pierre, der mit einem Bild von Lenin über dem Bett schlief ... Warum verbreitete er sich über die Vorteile einer Beleuchtungstechnik, die als »Pepper's Ghost« bekannt war?

»Mir würde es nichts ausmachen, ein Salamander zu sein«, sagte Sabine. »Lieber ein Salamander als ein Kadaver.«

Bennet rief die Versammlung zur Ordnung. »Ich werde niemanden hindern, bei der Feier mitzumachen«, sagte er, »aber es muß eindeutig auf einer individuellen Basis geschehen.«

Die Kinder beschäftigte aber bereits eine viel wichtigere Sache.

»Wer soll Aniella sein?« fragten sie sich untereinander. »Wer wird die Heilige sein?«

Es müßte eine Erwachsene sein. Aniella war kein Kind.

Und es müßte jemand sein, den alle mochten – die Leute im Dorf und die Schule.

Aber die Frage war im Grunde bereits beantwortet. Bennet hörte, wie sie sich Ellens Namen zuflüsterten, sah, wie sie sich zunickten, wie die Blicke in die Richtung gingen, wo Ellen, den Kopf ans Fenster gelehnt, saß.

Sie hatten natürlich recht. Sie würde eine wundervolle Aniella sein. Mit ihrer Wärme und ihrer Anziehungskraft könnte aus dieser dilettantischen Eskapade sogar etwas werden, und deshalb, so hoffte er, würde sie sich nicht scheuen, einmal ins Rampenlicht zu treten.

Ja, sie würde es tun! Sie war aufgestanden. Sie schüttelte ihre Locken und sah so glücklich aus wie damals, als er sie zum ersten Mal sah. Vielleicht fühlte sie sich sogar geehrt durch den Wunsch der Kinder, der jetzt laut zum Ausdruck kam, daß sie der Mittelpunkt und der Star des Festzugs sein sollte.

Nur – sie blickte nicht zu den Anwesenden im Saal. Sie hatte sich wieder dem Fenster zugewandt und schaute hinüber zur Remise, wo ein Mann auf einer Leiter stand und auf dem Giebel ein Wagenrad befestigte.

23

Drei Tage lang schloß sich Marek in seinem alten Zimmer im Stallgebäude ein. Wer bei ihm anklopfte, tat es kein zweites Mal; selbst Tamara respektierte seinen Wunsch und hielt sich fern.

Er hatte zunächst daran gedacht, einige der bekannten Volks- und Kirchenlieder der Gegend für die vorhandenen Instrumente zu orchestrieren und den jüngeren Kindern eine einfache Begleitung beizubringen.

Dann war Ellen am ersten Tag mit einem Tablett gekommen, weil er nicht an den allgemeinen Mahlzeiten teilnehmen wollte. Sie brachte Schweinekotelett, Kartoffelbrei und grüne Erbsen, zum Nachtisch blaue Trauben und einen Pfirsich sowie eine Kanne Kaffee unter einer Kaffeemütze.

Sie stellte das Tablett ab, und er hob für einen Moment den Blick. Er sah ihr asymmetrisch fallendes Haar, den teilnahmsvollen Blick, die kräftig gezeichneten Brauen.

»Wie läuft es denn?« fragte er.

»Erstaunlich gut. Völlig anders als bei den *Schlachthöfen*. Die Leute kommen von überall her, um zu helfen. Wir haben sogar ein feuriges Roß für den Grafen Alexei gefunden. Früher hat es den Müllwagen gezogen. Und unglaublicherweise wollen alle, daß Frank den Engel macht – einen großen Engel wie Raphael mit riesigen Flügeln, und –«

Aber Marek hörte ihr nicht mehr zu. Sie bemerkte, daß er plötzlich an ganz etwas anderes dachte, und ging. Sobald sie die Tür hinter sich zugemacht hatte, fegte Marek die beschriebenen Seiten vom Tisch. Zwei Stunden später hatte er geschrieben, was später das Aniella-Thema genannt wurde.

Mein Gott, dachte er, das hier ist schlimmer als Hollywood. Ein Mädchen kommt mit einem Schweinekotelett, und ich schreibe ein Lied für sie. Ganz so war es natürlich nicht, aber es traf zu, daß er plötzlich die Freude an den einfachen Dingen, die sie personifizierte, ausdrücken wollte. Doch nun saß er fest. Den finster grollenden Marsch der bösen Ritter hatte er schon im Kopf, ebenso das Wechselspiel zwischen Aniellas Thema und dem des Engels in der Grotte.

»Ich bin ein Idiot!« schalt er sich, denn vor ihm lagen schlaflose Nächte und eine Menge Arbeit, die in keinem Verhältnis zum Anlaß stand. Aber nichts hätte ihn jetzt aufhalten können.

Am Abend kam sie wieder mit dem zusätzlichen Notenpapier, das er bestellt hatte, und einem Abendbrot-Tablett.

»Ich brauche eine große Thermosflasche mit Kaffee«, sagte er. »Schwarz. Ohne Zucker.«

Als sie gegangen war, trat er ans Fenster und streckte sich. Ihm kam der Gedanke, daß er diese Musik vielleicht nicht geschrieben hätte, wenn Ellen den Part der Aniella übernommen hätte; wenn sie der lauten Forderung derer, die sie als den Star des Festzugs sehen wollten, nachgegeben hätte. Aber sie hatte es keinen Augenblick in Betracht gezogen.

»Ich wäre völlig fehl am Platz. Ich bin weder Österreicherin noch Katholikin. Ich werde mithelfen, so gut ich kann. Aber es gibt nur eine, die Aniella sein kann. Das müßt ihr einsehen.«

Und sie hatten es eingesehen. Lieselotte bräuchte die Rolle nicht zu *spielen* – sie *war* Aniella. Und indem Ellen zugunsten dieses unkomplizierten und von allen gern gesehenen Mädchens verzichtete, hatte sie das gesamte Dorf für das Unternehmen begeistert. Marek hatte ähnlich reagiert wie Bennet. Beide waren gerührt, weil Ellen offensichtlich meinte, was sie sagte, als sie erklärte, sie wolle weder Theater spielen noch singen und sich auch sonst in keiner Weise hervortun.

»Was machen wir, wenn es regnet?« fragte Frau Tischlein, die alte Frau, die Ellen vor den wilden Kindern gewarnt hatte. Nun waren diese wilden Kinder überall. Sie waren im Dorf, in Lieselottes Haus, sie machten Vorschläge, sie probten. Sie waren sogar in der Kirche, wo den ganzen Tag gehämmert und gesägt wurde, weil Lieselotte in den Turm hinaufgezogen werden sollte.

»Es wird nicht regnen«, sagte Frau Becker. »Das wird der Herrgott nicht zulassen, wo wir so für ihn arbeiten.«

Sie arbeiteten wirklich schwer. Der Plan für den Festzug schien stetig zu wachsen wie ein Fluß durch seine Nebenflüsse. Weil Lieselottes Haus für die Prozession zu hoch oben am Berg lag, wurde ein kleiner Stadel unweit der Grotte requiriert. Die Frauen schmückten ihn mit Blumenkästen und Ziersträuchern in Kübeln, und als Rollo eine rankende Klematis an die Außenwand malte, glich das Häuschen dem auf dem Bild in der Kirche.

»Ich will auch ein Salamander sein«, sagte der sechsjährige Sohn des Schusters und wurde zu Bruno geschickt, der seinen Kittel mit gelben Flecken bemalte.

Was mit Bruno geschehen war, konnte Ellen nur mit dem Wunder von Aniella vergleichen. Als sie ihn eines Abends suchte, fand sie ihn im Werkraum.

»Sagen Sie bloß nicht, ich müßte zu Bett gehen«, brummelte er, und sie dachte nicht daran, denn sie hatte gesehen, woran er arbeitete. Es war die Maske, die Aniella in eine alte Frau verwandeln würde, ein kleines Wunderwerk aus Reispapier und Seide, in dem Lieselottes hübsche Züge trotz der Falten zu erkennen waren.

»Sie haben mir mein Baby weggenommen!« heulte Hermine, als sie die Heringskiste leer vorfand, und kam verzweifelt zu Ellen gerannt.

»Es ist alles in Ordnung. Andromeda ist bei Frau Becker und den anderen Frauen im Nähzimmer.«

»Aber sie werden ihr Süßigkeiten geben, und das ist nicht gut für sie.«

Aber als Andromeda zurückgebracht wurde mit Puderzucker auf den Bäckchen, lächelte und gurrte sie und schlief zum ersten Mal seit ihrer Geburt eine ganze Nacht durch.

Es tauchten immer wieder neue Probleme auf. Wie würden die Prozessionsteilnehmer vom Aniella-Haus zur Kirche gelangen? In den Booten hatten nicht alle Platz. Niemand erwartete, daß der knickerige Kapitän Harrer seinen Schaufeldampfer zur Verfügung stellen würde, aber er tat es. Der Dampfer bot Platz für alle und würde den Booten in einiger Entfernung folgen.

Als abzusehen war, daß die Kostüme trotz des Einsatzes aller Frauen im Dorf nicht rechtzeitig fertig würden, erschienen sechs Nonnen aus dem Kloster, fragten nach Ellen und wurden in den Großen Saal geführt, der zu einer Werkstatt umfunktioniert worden war. Eine der Klosterfrauen, Schwester Felicitas, erwies sich als kundige Botanikerin und übernahm die Herstellung der Almrauschblüten, die Aniella auf den See streuen würde, sowie der Kränze aus Steinbrech und Kornblumen für die Gäste. Ellen nähte Aniellas Hochzeitskleid, für das sie Bruno den letzten Rest des Dekorationsstoffes abgerungen hatte, und es wurde so schön, daß Lieselotte, als sie es sah, in Tränen ausbrach.

Nur Ursula stand immer noch abseits.

»Warum willst du nicht auch eine Brautjungfer sein?« fragte Sophie. »Wir fahren mit Aniella über den See. Es würde dir Spaß machen. Ellen hat ein Dirndl für dich.«

»Sei nicht albern«, sagte Ursula. »Niemand hat damals eine Zahnspange getragen. Die Leute würden mich auslachen.«

»Das würden sie bestimmt nicht«, entgegnete Sophie, aber Ursula hatte sich bereits mit ihrem roten Heft getrollt.

Alle waren sich einig, daß so wenig wie möglich »gespielt« werden sollte – darstellen, ja, aber nicht spielen – und daß kurze Erläuterungen die einzelnen Szenen verbinden sollten. Bennet hatte sich, zu seiner eigenen Überraschung, bereit erklärt, die verbindenden Texte zu schreiben.

Was tue ich da? fragte er sich. Ich bin Atheist, seit ich denken kann. Doch jetzt schrieb er Worte für eine österreichische Heilige, die bei Gott wohnte, und Worte für einen Engel, der, wenn der Generator funktionierte, von einem marxistischen Mathematiklehrer aus dem Hintergrund beleuchtet wurde. Er schrieb Worte, die den Gemüsehändler alias Graf Alexei zum Verräter erklärten, schalt sich einen Idioten und schrieb brav weiter.

Inzwischen spielte es keine Rolle mehr, wer zum Dorf gehörte und wer zur Schule. Bennet strich den Nachmittagsunterricht, ließ den Brief seines Börsenmaklers ungeöffnet und erklärte Margaret, jeglicher Briefwechsel mit irgendwelchen Gönnern erübrige sich jetzt. Nachdem er ohnehin vor dem Ruin stand und von den Eltern, die nach Hallendorf kommen würden, nur Hohn und Spott zu erwarten hatte – worauf kam es da noch an? Wenn dies das Ende seiner geliebten Schule war, so war es wenigstens ein gutes.

In dieses kreative Chaos platzte nun Marek mit seiner Musik.

Am Morgen des vierten Tages duschte er, rasierte sich und ging zu Ellen.

»Ich brauche Leon. Sagen Sie ihm, er soll diese Partien abschreiben. Ich brauche mindestens drei Kopien. Und bringen Sie mir Flix, die italienischen Zwillinge und den rothaarigen Jungen mit der Narbe hinter dem Ohr.«

»Sie meinen doch nicht Oliver?« sagte sie zweifelnd.

»Doch. Er kann singen. Ich habe ihn gehört, als er in der Werkstatt geschnitzt hat. Dann brauche ich noch Sophie. Sie kann die richtige Tonhöhe halten. Ich werde die Sache mit diesen Kindern einstudieren, und Sie können dann den anderen helfen. Heute um drei im Musiksaal.«

Dann lieh er sich Bennets Wagen und fuhr ins Dorf, wo er den Leiter der Hallendorfer Blasmusik aufsuchte und ihm mitteilte, er erwarte ihn mit seinen Leuten am nächsten Vormittag im Schloß.

»Aber wir wollen nächsten Monat bei dem Wettbewerb in Klagenfurt antreten«, sagte er. »Wir –«

Marek sagte, das sei sehr schön, aber er erwarte die Kapelle um zehn, und verschwand in der Küche der »Krone«, wo er den Hilfskoch rief, der sogleich losrannte, um seinen Bruder und sein Akkordeon zu holen. Zwei Stunden später war Marek in Klagenfurt im Konservatorium und erklärte, er brauche für die kommende Woche drei Studenten – Geige, Cello und Bratsche.

»Für einen Festzug auf dem Land? Da werden Sie niemand bekommen. Außerdem haben wir Prüfungszeit.«

»Fragen Sie sie«, sagte Marek und überreichte seine Karte.

Der Direktor stutzte. Dann war es also kein Gerücht, was man ihm neulich erzählt hatte.

»Natürlich, Herr von Altenburg. Ich schicke Ihnen die besten Leute, die ich habe.«

»Sie brauchen festes Schuhwerk«, sagte Marek. »Morgen vormittag um zehn Uhr im Schloß.«

In den folgenden Tagen mußte Bennet bei Mareks Proben erleben, wie seine pädagogischen Prinzipien samt und sonders über den Haufen geworfen wurden.

»Ich kann nicht singen«, sagte Sophie. »Meine Mutter sagt, ich habe eine Stimme wie eine Krähe« – und mußte sich ein vernichtendes Urteil über Leute anhören, die mit zwölf Jahren noch unter der Fuchtel ihrer Mutter standen. »Als Araberin wärst du bereits verheiratet«, sagte Marek. »*Ich* entscheide, wer nicht singen kann, und sonst niemand. Jetzt mach den Mund auf und sing.«

Leon sagte, er sei müde, nachdem er drei Stunden lang Noten abgeschrieben hatte, und wurde mit einem so verächtlichen Blick gestraft, daß er seine Meinung änderte und sich einen weiteren Stapel Notenblätter griff.

»Sie kommen spät«, sagte Marek zu den Klagenfurter Musikstudenten, als sie aus ihrem Auto stiegen.

»Tut uns leid, Herr von Altenburg. Wir hatten einen Platten.«

»Sorgen Sie dafür, daß es nicht wieder vorkommt. Hier ist Ihre Musik. Ich möchte, daß Sie sie bis heute abend auswendig können. Ihr Part ist die Kontinuität – das heißt, Sie begleiten den Erzähler von Schauplatz zu Schauplatz. In der letzten Szene werden Sie auf dem Kirchturm spielen.«

»Herr von Altenburg, das kann ich nicht. Ich bin nicht schwindelfrei.«

Marek sah ihn an. »Na gut. Der Apotheker wird Ihnen etwas zurechtmachen.«

Aber die kleinen Kinder aus dem Dorf und der Schule behandelte Marek sehr sanft. Er spielte ihnen die Aniella-Melodie vor, einmal, zweimal und noch einmal. Dann spielte er die Melodie für die bösen Ritter (darzustellen von Gemüsehändler, Metzgermeister und Chomsky!) und die Musik für das Hochzeitsfest. Er erklärte den Kleinen, sie müßten stark sein und ihm vertrauen, wenn sie jetzt lernten, die Triangel zu spielen, die Tamburine zu schütteln und die Trommeln richtig zu schlagen, weil die Melodien weggehen würden, solange sie noch mit Üben beschäftigt waren.

»Aber sie werden wiederkommen«, sagte er. »Die Melodien werden zurückkommen, und ihr werdet sehen, wie wichtig ihr seid.« Und die Kinder nickten und gingen mit Freya zum Üben.

Es geschahen die seltsamsten Dinge. Ein paar Zahnärzte, die für die Zeit ihrer Konferenz im Anbau der »Krone« logierten, wurden Zeugen einer Probe.

»Sie sind ein bißchen unterbesetzt bei den Holzbläsern«, meinte einer von ihnen. »Ich spiele Klarinette. Wenn es recht ist – ich kann sie holen.«

Und er fuhr los und holte sie, ließ ein Symposium über geriatrische Orthodontie sausen und sagte, er könne zum Festzug bleiben. Ein Mädchen, das in Paris Gesang studierte und auf einer Wanderung durch Hallendorf kam, blieb ebenfalls – vielleicht wegen der Musik, wahrscheinlicher wegen des Zahnarztes, der wie Cary Grant aussah.

Noch seltsamer vielleicht war, daß von Sophies Mutter ein Brief kam, in dem sie sich bitter beklagte, daß ihre Tochter nicht geschrieben hatte.

»Ich habe es ganz vergessen«, sagte Sophie halb entsetzt, halb entzückt zu Leon. »Ich habe vergessen, ihr zu schreiben!«

»Es wurde auch Zeit«, meinte Leon. Er war zum Assistenten von Professor Radow aufgestiegen, mit dem er die Sing- und Instrumentalstimmen kopierte, und allmählich begriff er, was harte Arbeit bedeutete.

Dann kam der Tag, an dem Marek mit den jüngsten Kindern den Zug zum Aniella-Haus probte. Er sagte, sie müßten ihre Tamburine schütteln und ihre Trommeln und Triangel schlagen, genau so, wie sie es gelernt hatten. Und als Lieselotte aus der Tür trat, begannen die versammelten Musiker zu spielen, und die gehorsamen kleinen Musikanten setzten auf Mareks Zeichen ein, und nun verstanden sie, daß sie allein nichts, aber mit allen zusammen ein Teil von etwas Wunderbarem waren.

24

Es regnete nicht.

Um sieben Uhr morgens wurde der Zahnarzt, der Klarinette spielte, vom Zimmermädchen der »Krone« geweckt, weil ihn ein Kind sprechen wollte.

»Ich möchte, daß Sie meine Zahnspange herausnehmen«, sagte Ursula.

Der Zahnarzt blinzelte verschlafen und fuhr sich mit der Hand über die Augen.

»Was?« sagte er begriffsstutzig.

»Meine Zahnspange. Zu Aniellas Lebzeiten hat kein Mensch eine Zahnspange getragen.«

»Kind, das geht aber nicht. Ich habe nicht die nötigen Instrumente. Es würde weh tun, und außerdem –«

Ursula rührte sich nicht vom Fleck. Sie war im Morgengrauen aufgestanden und zu Fuß um den See gelaufen. Nun rang sie sich ein Wort ab, das ihr sonst kaum über die Lippen kam. Sie sagte: »Bitte.«

Im Haus auf der Alp erwachte Lieselotte. Sie streckte sich und hatte plötzlich schreckliche Angst.

»Mama, ich kann das nicht. Die vielen Leute... Ich habe so Angst.«

Aber da sahen sie bereits Ellen den Berg heraufkommen, die ihren Nähkorb mitbrachte, der zu einem Symbol geworden war für alles, was mit den Vorbereitungen für Aniellas Namenstag zu tun hatte. Sie küßte ihre Freundin und sah so fröhlich und glücklich aus, daß sich Lieselotte beruhigte und sich in der Lage sah, eine Tasse Kaffee zu trinken und eine Semmel zu essen.

Ein Bus fuhr auf den Dorfplatz und spuckte eine Ladung Ausflügler aus, aber niemand hatte Zeit, sich darüber aufzuregen. Alle hatten sich vor dem kleinen Holzhaus versammelt, die »Tiere« warteten, ordentlich hintereinander aufgestellt, an ihrem Platz, und die Sonne schien aus einem leuchtendblauen Himmel. Dann trat der beste Schüler der Dorfschule vor, um Bennets Text zu sprechen. »Wir sind hier zusammengekommen, um den Namenstag der heiligen Aniella zu feiern, die in Hallendorf geboren wurde an einem schönen Tag wie heute...«

Und als Lieselotte aus der Tür trat, setzten Mareks Musiker ein, und der Festzug begann.

Niemand, der dabei war, hat ihn je vergessen. Sie hatten in verschiedenen Gruppen die einzelnen Teile des Umzugs geprobt, aber jetzt, als sich eins ins andere fügte, nahm das Ganze ein Eigenleben an. Staunend und wie ein Wunder erlebten sie, was sie zustande gebracht hatten. Und während Mareks Musik durch die altvertraute Geschichte führte, entdeckten sie immer wieder neue Bedeutungen, neue Gesten, die aber immer ein Teil des Ganzen waren.

Auch die Zuschauer wurden zu Teilnehmern. Als ein kleiner Igel stolperte, half ihm eine Frau am Straßenrand wieder auf die Beine. Auf solche und ähnliche Weise verwischte sich der Unterschied zwischen Zuschauern und aktiv Beteiligten, was für den Tag ganz besonders charakteristisch wurde. Franks Vater, der gedroht hatte, seinen Sohn von der Schule zu nehmen, drängte sich an der Grotte, rücksichtslos mit den Ellbogen werkelnd, nach vorn und lieferte damit auch ein Beispiel für schlechtes Benehmen – aber es war das einzige an diesem Tag.

Sogar unverhoffte Pannen bewirkten Wundersames.

»Sag mal, gehen wir unter?« fragte Ursula, die in Aniellas Boot saß und nicht mehr an ihre schmerzenden Zähne dachte.

»Nein.« Nur der Rand der Brokatdecke (der beste Bettüberwurf von Frau Beckers Tante), der ein Stück ins Wasser hing, hatte sich vollgesogen und bremste das Boot. Es wurde langsamer und langsamer, aber gleichzeitig verdeutlichte es damit auf unübertreffliche Weise Aniellas Widerwillen gegen die bevorstehende Hochzeit.

Das Müllwagenpferd, das bei den Proben ein dutzendmal die Stufen zur Kirche hinaufgegangen war, streikte plötzlich und bäumte sich wild, so daß aus dem friedliebenden Gemüsehändler ein zornroter Wüterich wurde, der seinem Pferd die Sporen in die Seiten hieb, als wäre er wirklich Alexei von Hohenstift.

Der Trick mit der Maske funktionierte perfekt. Selbst diejenigen, die davon wußten, stöhnten auf, als Lieselotte sich in eine runzlige Alte verwandelte und das Blut floß, für das Rollo mehr als großzügig gesorgt hatte.

Und dann ertönte vom Himmel (beziehungsweise vom Glockenstuhl, wo der tapfere Zahnarzt auf einem Balken balancierte und der Geiger trotz eines Schwindelanfalls heldenhaft weitergeigte) Mareks Musik, ein hohes, helles Klanggewirr, in dem alle Themen zusammenliefen und sich auflösten, während das Mädchen höher und höher stieg und in den Himmel einging.

Als dann in einem Augenblick höchster Verzückung Schwester Felicitas' Blumen, von Scheinwerfern beleuchtet, aus der Höhe niederschwebten, entlud sich in der gesteckt vollen Kirche kein Klatschen, kein lauter Beifall, sondern ein Seufzer, der aus einem einzigen Munde zu kommen schien.

Und damit war es vorbei.

25

»Das machen wir wieder«, versprachen sie sich – Frau Becker dem Lehrer Jean-Pierre, Freya dem Metzgermeister, und jeder umarmte jeden. Niemand dachte an die Truppen, die an der Grenze zusammengezogen wurden, und Bennet vergaß den letzten Brief seines Börsenmaklers. Die alte Frau Tischlein, die Regen vorausgesagt hatte, küßte die kleine Sabine, Chomsky ging Arm in Arm mit dem Gemüsemann, und Reporter der Lokalzeitungen umringten Lieselotte und fotografierten sie mit ihren Brautjungfern und den Tieren.

»Das war nicht das letzte Mal«, sagten die Leute zueinander. »Ab jetzt werden wir Aniellas Namenstag jedes Jahr feiern.«

Im Schloß gab es selbstverständlich eine Party – eine von der Art, die sich von selbst ergibt und die besonders schön wird, wenn jemand im Hintergrund Brötchen belegt, Weinflaschen öffnet, Limonade bereitstellt und Köstlichkeiten aus dem Kühlschrank zaubert.

Ellen hatte sich in die Küche zurückgezogen. Seit einer Stunde schickte sie eine Platte nach der anderen zur Terrasse hinauf, wo bunte Lichterketten brannten und das Grammophon spielte. Der Zahnarzt tanzte mit Ursula, Chomsky mit Frau Beckers Tante, Leons Vater mit Sophie.

»Wenn Sophies Eltern gekommen wären, wäre das vermutlich ein echtes Wunder gewesen«, hatte Ellen zu Bennet beim Anblick von Sophies lebhaftem Gesicht gesagt. »Aber Wunder sind selten.«

»Vielleicht ist es so ganz richtig. Leons Eltern haben sie zu sich nach London eingeladen. Vielleicht muß Sophie ihre Ration an Wärme von Menschen außerhalb der Familie bekommen.«

Später hatte Bennet Ellen beiseite genommen. »Das alles verdanken wir Ihnen, Ellen«, sagte er. »Wenn Sie sich nicht mit Lieselotte angefreundet und die Verbindung zum Dorf hergestellt hätten, wäre dies alles nicht möglich geworden.«

Sie hatte nur den Kopf geschüttelt. Aber einiges von dem, was sie sich vorgestellt hatte, war an diesem Tag doch Wirklichkeit geworden – fast so, wie sie es Marek an jenem Morgen am Brunnen beschrieben hatte. Die Menschen waren von überall her gekommen und hatten freudig angenommen, was ihnen geboten wurde. Für eine kleine Weile hatten Löwe und Schaf nebeneinander geruht.

Kinder kamen in die Küche und erboten sich zu helfen, aber sie drückte ihnen nur volle Teller und Schüsseln in die Hand und schickte sie wieder nach oben. Sie war froh, allein zu sein, denn sie wußte nur zu gut, was dort oben geschah – nicht auf der Terrasse, wo Jubel und Trubel herrschte, sondern unter dem hastig errichteten Zelt auf dem Sportplatz, wo Bennet, unterstützt vom Wirt und Küchenchef der »Krone«, die ungewöhnlichste Ansammlung von »Toscanini-Tanten« empfing, die sich je in Hallendorf zusammengefunden hatte.

Es war wirklich erstaunlich. Jetzt, nachdem Bennet jede Hoffnung aufgegeben hatte, den Leuten die Bedeutung seiner Schule vermitteln zu können, waren von allen Seiten Tanten und sogar Onkel größten Kalibers aufgetaucht. Der Leiter des Genfer Festspielhauses war am Seeufer schwerfällig über rutschige Bohlen in einen Kahn geklettert. Der Manager des Brucknertheaters in Linz, den Bennet zwei Jahre zuvor vergeblich angeschrieben hatte, war auf dem Weg zur Grotte gesehen worden, wo er sehr eifrig in sein Notizbuch schrieb. Und Madame Racelli von der Akademie der darstellenden Künste in Paris war in Stöckelschuhen im Laufschritt über die Wiesen geeilt, um ja nichts zu verpassen.

Lieselotte kam zu Ellen in die Küche. Sie hatte wieder ihr Dirndlkleid angezogen, aber ihr Gesicht strahlte wie schon den ganzen Tag.

»Ich helfe dir«, sagte sie und band sich ihre Schürze um.

»O nein. Du gehst sofort wieder hinauf und tanzt mit allen deinen Verehrern. Du bist die Ballkönigin. Das ist dein Abend, Lieselotte, und ich will dich nicht hier haben.«

Aber Lieselotte schnitt bereits Brötchen auf und meinte nur: »Wir brauchen mehr Salamisemmeln. Chomsky hat gleich drei nacheinander gegessen.«

»Lieselotte, ich bin deine Vorgesetzte, und ich befehle dir, hinaufzugehen und zu tanzen«, sagte Ellen.

»Ja, du bist meine Vorgesetzte«, sagte Lieselotte und legte ihr Messer hin, »aber du bist doch auch meine Freundin, oder? Und ich möchte heute abend bei dir sein.«

Aber das war ein Fehler. Ellens Schutzdämme brachen, und ihr stiegen die Tränen in die Augen. Nichts konnte dümmer sein, dachte sie, denn sie hatte gewußt – wie alle anderen auch –, daß Marek am nächsten Tag abreisen würde; daß sein Schiff in einer Woche ablegen würde und daß Brigitta Seefeld, die mächtigste und respekteinflößendste der nicht eingeladenen »Tanten«, gekommen war, um ihn zu holen.

Mareks plötzliche Abreise aus Wien hatte Benny und Staub sehr verärgert. Die Wiener Musikwelt stand vor einem Rätsel. Und Brigitta tobte.

»Wie kann er es wagen, mich so zu behandeln? Er *fleht* mich an, die Nacht mit mir verbringen zu dürfen, und dann verschwindet er einfach, als wäre ich sein Spielzeug!«

Ungefähr eine Woche nach Mareks Verschwinden und kurz bevor sein Schiff auslief, war Benny sichtlich aufgeregt bei Brigitta erschienen.

»Wissen Sie, wo er ist?« fragte er, während er die Masseuse hinauskomplimentierte.

»Wo?«

»In Hallendorf, wo alle geschworen haben, sie hätten nie von ihm gehört. Und wissen Sie, was er macht?«

»Was?«

»Er komponiert die Musik für einen Umzug der Dörfler. Für eine obskure Heilige namens Anabella oder so ähnlich.«

»Aber das ist doch lächerlich. Markus haßt solche Sachen – Bauernvolk und überall Schlamm und Hühnerdreck.« Brigittas Gedanken rasten. Schrieb er *ihre* Musik vielleicht gar für irgendeinen Trampel mit blonden Zöpfen und Kuhaugen?

»Ich fahre nach Hallendorf«, erklärte sie entschlossen.

»Ich auch«, sagte Benny. »Ich wittere Gold.«

Leider war er nicht der einzige. Das Gerücht, daß Altenburg die Musik für ein Dorffest in Hallendorf komponierte, hatte mehrere Konkurrenten angelockt. Der Direktor des Genfer Festspielhauses, der Benny jetzt gegenübersaß, hatte ein gefährliches Glitzern in den Augen.

Aber mit Brigittas Hilfe und bei dem Einfluß, den sie auf Markus hatte, war Benny der Erfolg ziemlich gewiß. Auch Staub, der unbedingt mitkommen wollte, wegen seines Librettos, verließ sich ganz auf Brigitta.

»Ich sage Ihnen, Markus, das Stück ist wie gemacht für die Staaten«, sagte Benny. »Die Amerikaner werden sich darum reißen. Ein Musiktheater mit einer Botschaft ... Sie denken vielleicht, man hat dort für Gott und ländliche Bräuche keinen Sinn, aber da irren Sie sich. Die Menschen wenden sich immer der Religion zu, wenn sie befürchten, es könnte Krieg geben.«

Marek lächelte ihn träge an. »Das mag schon sein, aber die Musik für den Festumzug bleibt hier. Sie wurde für diese Menschen hier geschrieben. Sie können sie spielen oder auch nicht – aber sie gehört ihnen.«

Benny stellte sein Glas ab. »Du liebe Zeit, Markus, nun seien Sie doch vernünftig. Begreifen Sie nicht, wie Sie den Leuten hier helfen würden, wenn Ihr Stück überall bekannt würde? Denken Sie an Oberammergau. Sie müßten nur das Thema, das Sie für die Heilige geschrieben haben, für Brigitta setzen, und es wäre eine Sensation.«

»Möglicherweise«, sagte Marek, aber er schien nicht geneigt, die Unterhaltung fortsetzen zu wollen.

Nun beugte sich der Festspielhausdirektor vor und machte sein Angebot.

»Ich wäre bereit, es mit sämtlichen Beteiligten zu bringen – mit jedem von hier, der bei dem Festzug mitgemacht hat. Auf diese Weise würde die Veranstaltung in Europa bleiben.«

Brigitta funkelte ihn an und legte die Hand auf Mareks Arm. Es wurde Zeit, daß sie ihren persönlichen Anspruch auf den Komponisten geltend machte.

»Liebling, du kannst deine Arbeit nicht irgendwo verstecken. Sie gehört allen. Du hast kein Recht, sie für dich zu behalten.«

»Das tue ich nicht. Die Hallendorfer sind recht zahlreich.«

»Dann instrumentiere wenigstens dieses unglaubliche Thema neu. Es wäre auch als Einzelstück wundervoll.«

»Das ist bereits geschehen«, sagte Marek. »Aber auch das bleibt hier.«

Brigittas Augen wurden schmal. Für wen hatte er diese erstaunliche Melodie geschrieben? Wer steckte hinter dieser ganzen Geschichte? Sie hatte Lieselotte gesehen, als der Umzug begann, und mit einer gewissen Erleichterung festgestellt, daß sie fast noch ein Kind war, ein Bauernmädchen durch und durch. Danach hatte sie das Mädchen beobachtet, aber es hatte keinen Versuch gemacht, sich Marek zu nähern.

Aber wenn es nicht diese Lieselotte war, wer dann? Doch nicht die lächerliche Russin, die mit ihren Schleiern wedelte, und auch nicht die hübsche Norwegerin. Nein, es konnte niemand aus dieser närrischen Schule sein oder aus dem Dorf. Sie war verrückt, so etwas überhaupt zu denken.

»Du hast diese Melodie für mich geschrieben, nicht wahr? Ich weiß es. Sie ist ideal für meine Stimme.«

Sie sang einige Takte aus dem langsamen Satz, bei dem das Mädchen in den sonnigen Morgen tritt – und sie hatte recht. Silberhell erhoben sich die Töne in der Abendluft, und die Leute, die in der Nähe saßen, verstummten.

Mareks Gesicht war verschlossen, eine reglose Maske. Er wußte, was jetzt folgen würde, und er haßte es.

»Nein, Brigitta, ich habe sie nicht für dich geschrieben«, sagte er langsam. »Wenn ich sie für jemand geschrieben habe – wenn Komponieren tatsächlich so funktioniert, und da bin ich mir noch nicht sicher –, dann für ein Mädchen, das an dem Festzug nicht teilgenommen hat. Sie hat weder mitgesungen noch mitgespielt ... und sie ist auch jetzt nicht hier, um mitzufeiern, sondern sorgt in der Küche für das Essen, das wir hier bekommen.«

»Die Köchin!« schrie Brigitta, der plötzlich ein Licht aufging. »Du hast diese Musik für die Köchin geschrieben.«

»Ja.«

Es hätte so oder so ausgehen können. Marek war auf Pathos und Tränen gefaßt, die berechtigt gewesen wären, denn Brigitta hätte etwas sehr Schönes aus Aniellas Musik gemacht. Aber die Schicksalsgöttinnen lächelten auch für den Rest des Tages gnädig auf Hallendorf herab. Brigitta weinte und flehte nicht wie in Wien nach dem *Rosenkavalier*. Sie stand auf, weitete ihren unübersehbaren Brustkorb und explodierte in selbstgerechtem Zorn.

»Wie kannst du es wagen, mich so zu beleidigen? Bettelst um einen Platz in meinem Bett und verlustierst dich mit Domestiken! Ich biete dir meine Kunst und meine Liebe, und du gehst hin und wirfst dich in die Gosse. Bitte schön – dreh Knödel mit deiner Köchin, aber komm mir ja nicht wieder unter die Augen! Wenn ich denke, wozu ich für dich bereit war!« Sie wandte sich majestätisch an Staub. »Los, Staub. Sagen Sie ihm, wozu ich bereit war!«

»Sie war bereit, sich in einen Torweg zu hocken«, sagte Staub kleinlaut.

»Jawohl. Ich war bereit, mich in einen Torweg zu hocken«, wiederholte Brigitta zum Vergnügen aller, die sie hören konnten. »Aber jetzt nicht mehr. Nie mehr. Hol den Chauffeur, Benny – wir gehen.«

Mitternacht war schon vorbei, als Ellen in der Küche Schluß machen konnte. Nun saß sie am Brunnen. Glühwürmchen leuchteten im Trompetenbaum. Eine Eule rief – vielleicht war es dieselbe, die Marek mit Leberstückchen gefüttert hatte. Von der Terrasse her drang noch leise Musik, aber die jüngeren Kinder waren im Bett. Die Gäste waren ins Dorf zurückgekehrt, wo man bis zum Morgen weiterfeiern würde. Im Licht, das aus einem oberen Fenster fiel, sah sie die Umrisse des Storchenrads auf dem Dach der Remise. Würden sie nächstes Jahr kommen, die Störche? Und würde dann noch jemand hier sein, um sie zu begrüßen?

Er kam leise, aber sie kannte seinen Schritt. Jetzt kam es darauf an, die Liebe auf sanfte Weise loszulassen, ihr großzügig adieu zu sagen wie die Marschallin im *Rosenkavalier*. Sie rief ihr ganzes Pantheon vorbildlicher Menschen zu Hilfe: Mozarts Schwester Nannerl, die genauso begabt war wie ihr Bruder und klaglos einen Witwer mit fünf Kindern geheiratet hatte, damit sie versorgt war; van Goghs Bruder Theo, der immer half, Geld schickte und nie etwas für sich verlangte.

Es gibt Zeiten, da kann man an Mozarts Schwester denken, aber in einer Nacht voller Glühwürmchen und Sterne schien das nicht zu gelingen. Marek hatte sich neben sie auf den Brunnenrand gesetzt, und Ellen, die an Kalun dachte, an seine Umarmung, den Platz an seiner Schulter, der eigens für ihren Kopf gemacht schien, schloß die Augen.

»Ich habe Neuigkeiten für dich«, sagte er. »Isaac ist in Sicherheit.«

Nun blickte sie auf. »Oh, das ist wundervoll. Ich bin so froh!«

»Sie hoffen, ihn nach England bringen zu können. Deine Familie wird vielleicht bald von ihm hören.«

»Sie werden ihm helfen.«

»Du weißt, daß Isaac in dich verliebt ist«, sagte er.

Sie seufzte. »Er hatte Angst. Ich habe ihm geholfen. Er mußte sich wohl in mich verlieben. Ich habe Klärchen alles erklärt. Aber jetzt, nachdem er in Sicherheit ist – «

»Ich weiß nicht so recht.« Marek schwieg einige Augenblicke. »Wenn er dich bitten würde, ihn zu heiraten, würdest du es tun? Könnte er dich überreden?«

»Überreden wozu?« fragte sie begriffsstutzig. Sie verstand den Sinn seiner Frage nicht.

»Dein Freund Kendrick hat mich in Wien besucht. Er hat mir gesagt, du würdest einen anderen lieben. Da dachte ich, es ist vielleicht Isaac.«

Aber noch während er sprach, erkannte er, daß es nicht darauf ankam, was sie über Isaac sagen würde. Isaacs Schonzeit war vorbei. Als er sie zum ersten Mal am Brunnen gesehen hatte, war sie ihm wie ein Mädchen aus einem Genregemälde erschienen, eine Näherin oder Spitzenklöpplerin – doch er hatte sich geirrt. Nicht Kleider oder Spitzen waren ihr Metier, sondern das Leben. Das hatte ihm ihr unermüdlicher, selbstloser Einsatz für das heutige Fest gezeigt. Wäre sein Freund Isaac noch in Gefahr gewesen, so hätte sich Marek vielleicht auch weiterhin zurückgehalten, aber jetzt mußte jeder selbst sein Glück versuchen.

Ellen war ein Stück von ihm abgerückt. »Ich weiß nicht, warum du mir alle diese Fragen stellst«, sagte sie. »Wenn du weißt –« Sie rang um den letzten Rest ihres Stolzes. »Ich habe nie etwas von dir verlangt. Ich habe immer gewußt, daß du mit Brigitta nach Amerika gehen wirst... und daß dir niemand, der von... enharmonischen Intervallen... und Tritonus... und mehrfachem Kontrapunkt nichts versteht, ernsthaft etwas bedeuten kann. Aber –«

»Wie recht du doch hast«, unterbrach er sie ernst. »Wie vollkommen recht! Der Gedanke, Tisch und Bett mit jemand zu teilen, der eine übermäßige Quart nicht von einer verminderten Quinte zu unterscheiden weiß, ist mir entsetzlich. Ich kann mir nichts Gräßlicheres vorstellen. Besonders angetan haben es mir Gespräche über die enharmonische Umdeutung vor dem Frühstück – und natürlich auch über den mehrfachen Kontrapunkt, obwohl ich den lieber in der Badewanne diskutiere.«

Sie sah ihn an, während sie versuchte, wenigstens aus seiner Stimme schlau zu werden. Nun bückte er sich und brachte eine Blechdose mit Löchern zum Vorschein.

»Ich habe dir etwas mitgebracht.«

»Doch nicht einen Frosch? Ich küsse keine Frösche – das habe ich dir schon einmal gesagt.«

»Nein, es ist kein Frosch. Sieh nach.«

Sie konnte die Blumen auf dem feuchten Moos nicht genau sehen, aber sie konnte sie riechen – und Henny hatte recht gehabt: Der Duft war himmlisch.

»Schwester Felicitas hat mir gesagt, wo sie wachsen. Ich habe nur ein paar gepflückt, weil sie selten werden.«

Ellen brachte kein Wort hervor. Jedes andere Abschiedsgeschenk hätte sie leichter annehmen können.

Marek war aufgestanden. Er stand vor ihr und blickte auf sie hinunter.

»Morgen reise ich ab«, sagte er.

»Ja, ich weiß.«

»Aber nicht nach Amerika.«

»Oh? Warum nicht?«

Er zuckte die Achseln. »Ich weiß es nicht genau. Ich denke, ich will bleiben und das Schicksal meiner Landsleute teilen.«

Sie versuchte, ganz ruhig zu atmen. »Wohin fährst du dann?«

»Nach Pettelsdorf«, sagte er. »Und ich möchte, daß du mitkommst.«

Da verschwanden Mozarts Schwester und van Goghs Bruder im Schattenreich, und die Sterne begannen zu singen.

»Um die Störche zu sehen?« fragte sie.

»Die auch«, sagte Marek und hob sie vom Brunnenrand.

Tamara hatte als einzige in Hallendorf einen enttäuschenden Tag hinter sich. Nicht eine der »Toscanini-Tanten« hatte von ihr Notiz genommen oder sie nach ihrer Karriere gefragt. Sie war als Frau des Schulleiters vorgestellt und anschließend ignoriert worden.

Aber jetzt sollte sie Bennet dafür entschädigen. Er sollte ihr wieder das Gefühl geben, begehrt zu sein. Im Schlafzimmer, dessen Fenster auf den Hof hinausging, nahm sie die

Platte der Polowetzer Tänze aus der Hülle, schraubte eine frische Grammophonnadel in den Tonkopf und zog ihr Kleid aus.

Bennet wandte sich vom Fenster ab und betrachtete seine Odaliske, aber diesmal ohne die übliche Mischung aus Grauen und Resignation. Statt dessen lächelte er mild und sagte: »Nicht heute abend, meine Liebe. Ich bin ziemlich erschöpft.«

Dabei sah er gar nicht so müde aus. Er ging an Tamara vorbei, die eben mit dem bessarabischen Körperöl beginnen wollte, und begab sich nach unten.

Er empfand es als seine Pflicht und als besondere Freude, der erste zu sein, der den beiden Menschen gratulierte, die sich eben am Brunnen so innig und leidenschaftlich umarmt hatten.

»*So glücklich ende dieser gute Tag*«, murmelte er in Gedanken an eine Verbindung zwischen Marek und Ellen.

Und es hätte für diesen Tag kein glücklicheres Ende geben können.

26

Mareks Heimat war so schön, wie Ellen sie sich vorgestellt hatte. Helle Sonnentümpel lagen zwischen den alten Bäumen. Über die langen Äste der Ulmen liefen Eichhörnchen, und die Spechte trommelten an Eichen aus uralter Zeit.

Bennet hatte darauf bestanden, daß sie sich für die wenigen Tage, die er Ellen entbehren konnte, seinen Wagen borgten. Nun fuhren sie in dem offenen Morris Minor durch die Landschaft, hörten die Vögel singen und rochen den Duft der Wiesen und Wälder.

»Hast du Hunger?« fragte Marek. »Sollen wir irgendwo

anhalten und zu Mittag essen?« Und sie fragte sich, wann ihr Herz aufhören würde, verrückt zu spielen, sobald er sie ansah. Es würde aufhören, dachte sie. Diese Freude würde nicht ewig währen. Sie hatte verheiratete Paare gesehen, in der U-Bahn, in Teestuben, die eindeutig nicht diese Freude empfanden. Aber daß es ihr eines Tages auch so gehen könnte, war im Augenblick unvorstellbar.

Sie schüttelte den Kopf. »Nein, wegen mir nicht.«

Aber er hielt trotzdem an, weil er sie unbedingt küssen mußte.

Dann fuhren sie weiter, vorbei an einer winzigen, mit hellen Eschenschindeln gedeckten Kapelle, an klaren Bächen, und immer wieder sahen sie Mühlräder, die wie die Bäume ein Teil des Waldes zu sein schienen. Kein Wunder, dachte Ellen, daß Marek, der hier aufgewachsen war, so viel Ruhe und Kraft ausstrahlte, daß er die Gabe hatte, zu schweigen, und die Sicherheit, ganz selbstverständlich den anderen seine Pläne mitzuteilen.

»Ich werde Ellen zu mir nach Hause mitnehmen, um sie meinen Eltern vorzustellen«, hatte er zu den Kindern und dem Personal gesagt. »Und wenn das Schuljahr um ist, werde ich sie heiraten.«

»Dürfen wir zur Hochzeit kommen?« fragten die Kinder – Flix und Janey, Bruno und Ursula, und Sophie, die versuchte, sich für Ellen zu freuen, aber mit den Tränen kämpfte, weil sie sie verlieren würde.

»Natürlich.«

Später hatte er Ellen gefragt, ob sie in Gowan Terrace heiraten wolle. »Ich könnte mir vorstellen, daß sich deine Mutter darüber freuen würde.«

Ellen war es egal, wo oder selbst ob sie heiraten würden. Sie lebte vollkommen im Heute. Wenn Gott persönlich zu ihr gekommen wäre, sie hätte ihn, ohne besonders überrascht zu sein, zum Essen eingeladen.

Auch Marek hatte die Sorgen über seine Zukunft und die seines Landes abgeschüttelt. Er würde in Pettovice bleiben, die Symphonie schreiben, die er seit einiger Zeit im Kopf hatte, und Ellen holen, sobald das Schuljahr zu Ende war.

Sie waren so freundlich gewesen in Hallendorf, dachte Ellen dankbar. Freya und Lieselotte hatten angeboten, ihre Arbeit zu übernehmen. Hermine hatte sie umarmt. Chomsky war verständlicherweise überrascht, daß ein anderer als er den Vorzug erhalten hatte, aber wenn er schon auf der Verliererstraße sei, sagte er, sei er froh, gegen Marek zu verlieren. Dann erinnerte sie sich an Leons Gesicht, als ihm Marek zwei Notenblätter überreichte. Es war eine Serenade, die er als Junge komponiert und bei Professor Radow in einem Koffer gefunden hatte.

»Für meinen Biographen«, hatte Marek scherzhaft gesagt, und der Junge war vor Freude errötet.

Nur Tamara hatte sich nicht von ihnen verabschiedet.

»Sie hat Migräne«, hatte Margaret Ellen zugeraunt. »Vielleicht sogar eine echte.«

Nun tastete sie nach dem kleinen silbernen Kreuz an ihrem Hals, das ihr Professor Radow geschenkt hatte. Er war eigens über den See gerudert, um auf Wiedersehen zu sagen, und dann hatte er sie etwas beiseite geführt.

»Das hier habe ich vor vielen Jahren für Mareks Mutter gekauft – bevor sie sich verlobt hat. Es würde mich freuen, wenn Sie es tragen würden«, sagte er.

Sie hatte nicht versucht, es abzulehnen. Mit einem alten Mann spielte man keine Spielchen. Sie küßte ihn nun, wischte sich die Tränen aus den Augen und fragte nicht weiter, denn seine Liebe zu Milenka offenbarte sich in der Art, wie er das Schächtelchen öffnete und das schöne Schmuckstück aus Silberfiligran herausnahm, das er mit so viel Sorgfalt ausgesucht und der Frau, der es zugedacht war, nie gegeben hatte.

Am frühen Nachmittag hielten sie bei einem Gasthaus und saßen draußen an einem Holztisch neben einem Trog, an dem die Pferde der Rollkutscher getränkt wurden. Sie aßen Roggenbrot und Käse, tranken das berühmte böhmische Bier – und Ellen stellte Fragen, auf die sie die Antwort schon kannte, von denen sie aber auch wußte, daß sie gern beantwortet wurden. Wird Nora Coutts jetzt Earl-Grey-Tee von Harrods trinken? Wird Lenitschka *Beigli* für Marek backen mit Aprikosen *und* Nüssen? Werden die Gänse die Hängematte deiner Mutter bewachen? Ist es wirklich wahr, daß dein Vater Kohletabletten schluckt, wenn er auf die Jagd geht? Ihr fiel ein, daß sie den Namen von Mareks Wolfshund kannte, aber nicht den des Pekinesen seiner Mutter. Nun wollte sie auch wissen, wie der alte Mann hieß, der Bienen züchtete und immer sagte: »Schade, schade um die Musik«, wenn Marek fortging.

»Erzähl es noch einmal«, bat sie, und er erzählte von den überschüssigen Tauben, die in Waschkörben fortgebracht werden mußten, und vom Großvater, der Tschechow überlebt hatte und mit seinen Anglerfliegen beerdigt wurde – und mittendrin fand er, daß es viel wichtiger sei, den Arm um sie zu legen und sie zu küssen und die Anordnung der Sommersprossen auf ihrer Nase zu studieren.

»Die Sonne wird genau richtig stehen«, sagte er, als sie wieder in den Wagen stiegen. »Das Haus liegt nach Westen.« Sie würde die ockerfarbenen Mauern im satten Gold des frühen Abends sehen. »Es ist ein Haus, nicht mehr«, sagte er, um keine übertriebenen Hoffnungen bei ihr zu wecken. Aber sie liebte Pettelsdorf, lange bevor sie es gesehen hatte.

O Henny, dachte sie, wenn du hier sein könntest ... Wenn du wüßtest ... Aber Henny wußte es. Sie war es, die sie gelehrt hatte, das Glück nicht zu fürchten. »Es gehört Mut zum Glücklichsein«, hatte Henny gesagt. Ich bin mutig, dachte Ellen und blickte auf Mareks Hände, die auf dem Steuerrad lagen. Sie schwor sich, ihm Zeit und Ruhe zu geben, damit er arbeiten und allein sein konnte, aber nicht jetzt, nicht in dieser Sekunde, weil ihre Finger seine Knöchel berühren mußten für den Fall, daß diese Sekunde verging.

»Ich würde gern zuerst zu dem Brunnen gehen, von dem du mir in Kalun erzählt hast«, sagte sie. »Wo die Mädchen nach ihrer Verlobung für ihren Liebsten ein Glas Wasser holen.« Sie sah ihn etwas besorgt an. »Du wirst es doch trinken, oder? Auch wenn Wasser nur etwas für die Füße ist.«

»Ja, Ellen«, sagte er, und seine Stimme klang plötzlich rauh. »Ich werde es trinken.«

Sie fuhren eine weitere Stunde. Dann schienen die Bäume üppiger, ausladender zu werden, und die Straßenränder waren gemäht. Sie kamen zu einer Domäne.

Die Sonne sank hinter die Baumkronen. Im schräg einfallenden Licht leuchteten Weidenröschen und Fingerhut im Gras. Es war die Tageszeit, die Heimkommen bedeutete, wenn die Arbeit getan war und der Feierabend wartete.

Ellen lehnte sich aus dem Wagen und atmete tief die Gerüche des Waldes ein. Sie roch das Harz, die Pilze, den scharfen Geruch der Birken – und Rauch.

»Ein Freudenfeuer?« fragte Ellen. »Oder verbrennen sie Getreidestoppeln?«

Erst als sie Mareks Gesicht sah, merkte sie, daß etwas nicht stimmte. Und dann bekam sie plötzlich schreckliche Angst. Der Rauchgeruch wurde stärker, und sie hörten ein Rauschen, als brauste ein heftiger Wind durch die Bäume. Selbst jetzt dachte sie nur an einen Waldbrand. Daß etwas anderes brennen könnte, lag außerhalb ihrer Vorstellungskraft.

Marek hatte das Gaspedal durchgedrückt. Der kleine Wagen schoß nach vorn, bog um eine Kurve – und Ellen hörte sich wimmern wie ein weidwundes Tier.

Das Haus brannte. Flammen schlugen an den ockerfarbenen Mauern empor; sie schossen aus den geschwärzten Fensterhöhlen und loderten auf dem Dach. Und über all dem Rauch und der Hitze lag dieses entsetzliche, ohrenbetäubende Brausen.

Sie hätte ihn aufhalten sollen. Bis an ihr Lebensende kämpfte sie in ihren Alpträumen mit ihm, aber er war zu schnell. Er sprang mit einem Satz über die Wagentür und rannte.

Die Männer am Tor, Feuerwehrleute mit Helmen und Eimern, versuchten ihn aufzuhalten, aber er stieß sie beiseite und lief auf das Haus zu.

»Nein!« schrie sie ihm nach. »Komm zurück!«

Sie lief hinter ihm her. Obwohl es Wahnsinn war, lief sie hinter ihm her, aber die Männer hielten sie auf. »Nein«, sagten sie immer wieder auf tschechisch, während sie sich mit aller Kraft wehrte. »Nein!« Schließlich packten sie sie mit Gewalt und zwangen sie auf den Boden.

Als sie nach Atem ringend auf der Erde lag, sah sie hoch über dem brennenden Haus die Störche kreisen und ein letztes Mal über ihre zerstörten Nester fliegen. Dann wurden sie zu schwarzen Strichen zwischen Wolken aus Rauch und Ruß und verschwanden.

Zweiter Teil

27

In Sommer 1940 war Kendrick Frobishers Haus nicht naß. Es war ein prachtvoller Sommer. Es war der Sommer, als Frankreich fiel und das britische Expeditionskorps aus Dünkirchen evakuiert wurde. Noch nie hatte das Laub ein so sattes, leuchtendes Grün, und die Sonne schien auf blühende Wiesen, als die Deutschen die Maginot-Linie umgingen und nicht nur Frankreich, sondern auch Belgien und Holland überrannten. Vogelgezwitscher erfüllte die Luft in den Feuerpausen und begleitete die Flüchtlingstrecks auf den Straßen. Es war, als bereite der Sommer ein herrliches Requiem vor für den Tod von Europa.

In London, wo Ellen im Keller der National Gallery Sandwiches belegte, glänzten die Sperrballons am milchigen Himmel. Krankenschwestern, Luftschutzwarte und Büroangestellte lagen in der Mittagspause in den Parks auf dem Rasen. Den besorgten Angehörigen von Soldaten, die sich um die Anschlagtafeln drängten, um festzustellen, wer sicher über den Kanal zurückgekehrt war, wurde das Hoffen und Warten erträglicher dank des warmen Wetters.

Im Krieg müssen viele Sandwiches gemacht werden. Ellen machte sie mittags in der National Gallery, wo die erschöpften Londoner für einen Shilling die beste Musik hören konnten. Sie machte sie in einer Kantine in der Shaftesbury Avenue, und sie machte Sandwiches und Mahlzeiten aus Hackfleisch und Steckrüben in einem der Speiselokale, die die Regierung für Hilfsbedürftige eingerichtet hatte. Außerdem hielten sie zweimal wöchentlich Luftschutzwache auf dem Dach der Methodistenkirche in der Nähe von Gowan Terrace, weil sie sogar jetzt noch, drei Jahre, nachdem sie Marek zum letzten Mal gesehen hatte, am liebsten todmüde zu Bett ging. Und sie stellte sich der St. John's Wood Ambulance für Erste-Hilfe-Kurse zur Verfügung, bei denen sie von eifrigen Hausfrauen bandagiert und auf Gartentüren herumgetragen wurde.

Sie hätte gern noch mehr getan und hatte sich bereits beim örtlichen Hilfsdienst gemeldet, als sie Ende Juni nach Cumberland fuhr, um Kendrick zu besuchen.

Wie Patricia Frobisher erwartet hatte, war Kendrick für den Militärdienst für untauglich erklärt worden. Er wurde ins Ministerium für Ernährung beordert, wo er an der Ausgabe der ersten Lebensmittelmarken mitarbeitete und den Erlaß schrieb, der die Verwendung von Zuckerglasuren auf Hochzeitskuchen verbot.

Ellen hatte ihn hin und wieder gesehen, aber erst als er eines Tages in einem sichtlich verzweifelten Zustand bei einem Mittagskonzert auftauchte, erlaubte sie ihm, ihre frühere Freundschaft wiederaufzunehmen.

Kendricks Augen waren rotgerändert. Er war gekommen, um sich von ihr zu verabschieden, denn es war die Situation eingetreten, die Patricia Frobisher am meisten gefürchtet hatte. Kendricks Bruder William war zu Beginn des Krieges bei einem Flugzeugunglück ums Leben gekommen, und nun war sein älterer Bruder Roland seit dem Rückzug aus Frankreich vermißt.

»Es tut mir so leid«, sagte Ellen. Sie versuchte, Kendrick zu trösten, aber es schien, daß er sich nicht wegen seiner Brüder grämte, die ihn grausam behandelt hatten, sondern wegen seiner Mutter. »Wäre ich es doch gewesen«, sagte er. »Ich bin für niemanden von Nutzen ... Aber es mußte Roland sein!«

Ellen hatte sich sehr darüber aufgeregt, so sehr, daß sie versprach, Kendrick zu besuchen, der im Ministerium für Ernährung vollkommen glücklich gewesen war und jetzt vor der Aufgabe stand, der alleinige Besitzer von Crowthorpe zu sein – von Haus und Gut und stillgelegtem Steinbruch und 750 Hektar Wald.

Ellen hatte, eingedenk des düsteren Hauses in grauer Moor- und Hügellandschaft, ihren Regenmantel und Südwester, Gummistiefel und drei dicke Pullover eingepackt.

Aber als sie am Bahnhof ausstieg, war alles ganz anders. Strahlender Sonnenschein und dramatische purpurne Wolkenschatten lagen über der Landschaft, wo Mooskissen smaragdgrün und Schafe wie frisch gewaschen leuchteten und die Luft süß war vom blühenden Weißdorn. Entlang der Auffahrt von Crowthorpe blühten Azaleengehölze in leuchtendem Rosa und Gold. Das Haus selbst war eindeutig scheußlich: gefleckte Ziegel, nachgemachte Tudorbögen, schmale Kirchenfenster, aber es gab einen Küchengarten und Gewächshäuser, um die sich seit der Einberufung des Gärtners zwar niemand mehr kümmerte, aber in denen immer noch Tomaten und Gurken wuchsen; und nichts konnte die Rosen hindern, sich an den leberfarbenen Mauern hochzuranken.

Später dachte sie: Wenn es doch nur geregnet hätte! Aber das ganze Wochenende über zeigte sich der Lake District von seiner schönsten Seite. Die Luft war weich wie Seide, ein silbriger Hauch lag über den Seen von Crowthorpe Tarn, und als sie den Hügel erreichte, auf dem die Wanderer verschwunden waren, bot sich ihr eine Aussicht, die ihr den Atem nahm. In Kendricks Wäldern leuchteten die Sternhyazinthen wie blaue Seen, Eisvögel jagten am Fluß ... Wäre doch nur Patricia Frobisher hiergewesen, um mit eiserner Hand über das Haus zu herrschen und Ellens Bild von einem häßlichen, aber irgendwie doch schönen Crowthorpe, das wieder zum Leben erweckt werden könnte, zu unterdrücken!

Aber Patricia hatte ihrem Bruder gestattet, sie nach Kenia mitzunehmen nach dem schweren Schlag, den sie durch den Verlust zweier Söhne und die Tatsache, daß Kendrick nun der alleinige Besitzer ihres Zuhauses sein würde, erlitten hatte.

Vielleicht war es das helle Jerseykälbchen, das Ellen unter der Anleitung des Gutsverwalters aus einem Eimer füttern durfte, oder die zwei alten Dienstboten, die einzigen, die nicht gegangen waren, um in einem Rüstungsbetrieb zu arbeiten, und die sie zu sich in die Küche einluden und ihr Teekuchen anboten; oder der Anblick eines sonnendurchfluteten Sommerhäuschens, in dem sich ihre Tante Annie, der eine Gallenoperation bevorstand, wunderbar erholen könnte. Aber höchstwahrscheinlich war es der Anblick der drei blassen Kinder aus dem Londoner East End – Elsie, Joanie und Doris –, die hierher evakuiert und von Mrs. Frobisher wegen Kopfgrinds in die Waffenkammer verbannt worden waren, und die sich auf Ellen stürzten und sagten, sie wollten ihre Mum wiederhaben.

Während der Rückfahrt nach London dachte Ellen an ihre Mutter, die viel zu schwer im Krankenhaus arbeitete. Sie dachte an Sophie, die ein ruhiges Plätzchen bräuchte, um für ihren Schulabschluß zu lernen, und an Ursula, die bei ihren schrecklichen Großeltern in einem krankenhausähnlichen Haus zwischen Spucknäpfen und Bettpfannen wie eine Gefangene lebte. Für Margaret Sinclair, die in den Kellern des Informationsministeriums arbeitete und nur noch selten das Tageslicht sah, wären Wochenenden auf dem Land ein Segen. Bennet war von der Außenwelt völlig isoliert, weil er an einem geheimen Projekt in Bletchley Park arbeitete. Wenn die Bombenangriffe einsetzten, womit man jeden Tag rechnen mußte, könnte es keinen sichereren Platz in England geben als Kendricks Zuhause.

Trotzdem zögerte Ellen bis zu dem Tag, an dem ihr zwei Männer in Uniform begegneten, die das Abzeichen der tschechoslowakischen Luftwaffe trugen, und ihr das Herz nicht mehr bis zum Hals schlug; als sie erkannte, daß sie nicht mehr erwartete, Marek würde wieder auftauchen oder kommen, um sie zu holen ... daß er, tot oder lebendig, auf immer für sie verloren war.

Kendrick hätte es nicht gewagt, Ellen noch einmal um ihre Hand zu bitten. Niemand machte Ellen in jenen Jahren, seit Marek verschwunden war, einen Heiratsantrag. Als Ellen von Hallendorf zurückkam, hatte Isaac in Gowan Terrace Obdach gefunden und wartete auf sein Visum in die Staaten. Er hatte sofort erkannt, daß er keine Chancen mehr hatte, und bewies seine Liebe, indem er sie zufriedenließ. Und die jungen Männer, die ins Haus kamen, nachdem Isaac nach Amerika abgereist war, und die sich in Ellen verliebten – sie war jetzt vielleicht schöner denn je –, waren nicht so dumm, sich zu erklären, denn etwas im Wesen der stets freundlichen Ellen sagte ihnen, daß an so etwas nicht zu denken war.

Es war Ellen, die Kendrick den Vorschlag machte: Wenn er bereit sei, eine Ehe der altmodischen Art einzugehen, bei der die Bewirtschaftung seines Landes und die Betreuung der Kinder im Vordergrund stünden, sei sie bereit, seine Frau zu werden.

Sophie und Leon trafen sich während der Mittagspause im Hyde Park, um über die Neuigkeit von Ellens Verlobung zu sprechen. Sophies Vater lebte jetzt mit seinen Versuchsratten und mit Czernowitz in einem großen Haus in Surrey, und ihre Mutter befand sich in Schottland; deshalb wohnte Sophie während der Schulzeit in Gowan Terrace.

»Warum tut sie das?« fragte Leon. Er arbeitete in einem Filmstudio als Laufbursche, der hauptsächlich für den Tee zuständig war, genoß aber noch den Komfort seines herrschaftlichen Elternhauses in der Nähe von Marble Arch.

»Sie tut es aus Mitleid mit Kendrick. Aber ihr tun auch die evakuierten Kinder leid und Tante Annie, die operiert werden muß. Und sie will, daß wir alle nach Crowthorpe kommen, wenn wir bombardiert werden – und auch, wenn es keine Fliegerangriffe gibt.«

Sie schwiegen beide und dachten daran, wie Ellen mit Marek damals losgefahren war – so freudestrahlend und glücklich. Und dann ihre Rückkehr nach dem Brand.

»Glaubst du, daß er tot ist?«

Sophie zuckte die Achseln. »Manchmal wünschte ich, er wäre tot. Dann würde sie sich nicht so verletzt fühlen. Aber ob er nun tot ist oder nicht – es spielt keine Rolle mehr.«

»Nein.«

Ellen hatte ihnen erklärt, was in Pettelsdorf geschehen war und warum sie Marek nicht wiedersehen würde. Sie war noch das Herbstsemester geblieben, das letzte in Hallendorf, und dann hatte sie den Kindern beim Kofferpacken und Bennet bei der Räumung des Schlosses geholfen. Zwei Monate später war Hitler in Wien einmarschiert und jubelnd begrüßt worden. Finis Austriae ...

»Bis jetzt sind noch keine Störche gekommen«, hatte Lieselotte in jenem und im nächsten Frühjahr geschrieben. Doch dann wurde sie »der Feind«, und es kam keine Post mehr von ihr.

»Ich denke, ich sollte ihr gratulieren«, sagte Leon. »Ich komme am Sonntag mal bei euch vorbei.«

Aber am Sonntag warteten die Bewohner von Gowan Terrace und der eierfreie Kuchen, den sie zu Leons Ehren gebacken hatten, vergeblich. Und als sie bei ihm anriefen, läutete das Telefon in einem leeren Haus.

Die Hochzeit war für Dezember geplant, aber schon einige Zeit davor rechneten die Briten, die dem Feind völlig allein gegenüberstanden, mit einer drohenden Invasion. Sie reagierten darauf nicht mit Panik, denn das widersprach ihrer Natur, aber etwas paranoid. Täglich wurde von Nazis berichtet, die als Nonnen verkleidet über England abgesprungen waren. Alte Damen, deren Verdunklungsrouleaus einen Riß hatten, wurden abgeholt und vernommen. Und nun begann man, ausgerechnet jene »feindlichen Ausländer« zu verhaften und einzusperren, die von Hitler und Mussolini am meisten zu befürchten und den Faschismus schon bekämpft hatten, als hohe britische Diplomaten noch mit dem Führer Tee tranken und in Bewunderung erstarrten, weil die Züge in Deutschland pünktlich fuhren.

Österreichische und deutsche Professoren wurden aus den Hörsälen geholt, Ärzte aus den Krankenhäusern, Studenten aus Bibliotheken. Man erlaubte ihnen, einen Koffer mit persönlichen Dingen zu packen; dann wurden sie von der Polizei weggebracht. Italienische Lebensmittelhändler, deutsche Bäcker, die seit Jahren in England ansässig waren, verschwanden innerhalb einer Stunde, oft weinend und völlig verstört. Überall wähnte man Spione; nicht ein einziger Verräter unter Tausenden unschuldiger Flüchtlinge konnte toleriert werden. Die Lager, in die man diese Menschen brachte, waren keine Konzentrationslager, und die englischen Soldaten, die sie bewachten, keine SS-Soldaten; aber die Verwirrung und die Angst, besonders bei den älteren Menschen, waren entsetzlich.

Leon war zufällig zu Hause, als zwei Polizisten seinen Vater abholten. Als sie Leon fragten, wie alt er sei, log er, packte das Drehbuch ein, an dem er gerade schrieb, und wurde auf die Isle of Man in ein Internierungslager gebracht, für das die Regierung zahlreiche Ferienpensionen beschlagnahmt hatte.

Was die Pensionsinhaberinnen sagten, als sie ihre Häuser – »Bay View« und »Sunnydene« und »Resthaven« und wie sie alle hießen – mitsamt ihren Gartenzwergen, Zimmerlinden und blitzblanken *Bed-and-Breakfast*-Messingschildern räumen mußten, kam nicht in die Akten. Das Gelände wurde mit Stacheldraht umzäunt und mit Wachtürmen und hohen Gittertoren versehen. Die Lagerinsassen, ausschließlich Männer, wurden von Soldaten mit aufgepflanztem Bajonett bewacht. Völlig abgeschnitten von allem, was draußen in der Welt vor sich ging, blickten sie auf das Meer, das für sie unerreichbar war, und versuchten, den Alptraum, der sie umgab, zu verstehen. Sie hausten in Villen, in denen sich nichts befand außer Feldbetten und einigen Küchengeräten. Jeden Morgen beim Appell erhielten sie ihre Lebensmittelrationen, von denen sie nicht wußten, wie sie sie zubereiten sollten. Und täglich trafen neue »feindliche Ausländer« ein – Nobelpreisträger, alte Männer mit Diabetes, in den Gefängnissen des Dritten Reichs gefolterte Sozialdemokraten, die nach England gekommen waren wie auf der Suche nach dem Heiligen Gral.

Selbst dem Dümmsten in der britischen Armee war klar, daß Hitler kaum eine Chance hätte, den Krieg zu gewinnen, wenn er meinte, daß diese Männer für ihn spionieren würden. Doch hin und wieder ging bei dieser unsinnigen Aktion auch ein echter Nazi ins Netz. Wenn dann ein solcher Mann in einem Haus untergebracht wurde, in dem auch ein Dutzend Juden leben mußten, die größtenteils Unsägliches unter den Nazis gelitten hatten, seine Stiefel wichste und behauptete, Hitler würde auch England bald erobert haben, dann kann man sich vorstellen, wie es ihm erging. Er erhielt keine Lebensmittelrationen, seine Bettdecke wurde ihm gestohlen, und er wurde von allen geächtet. Die meisten kapitulierten und lernten, den Mund zu halten, nur ein gewisser Erich Unterhausen, ein junger Mann, blond und gutaussehend, wienerte weiterhin jeden Morgen seine Stiefel und grüßte stramm mit »Heil Hitler!«.

Doch eines regnerischen Morgens Ende Juli flog er plötzlich aus dem Fenster des ersten Stockes von »Mon Repos«, fiel auf einen Ligusterstrauch und landete in einer mit roten Salvien und Blaukissen bepflanzten Rabatte.

Der einzige Schaden, den er nahm, waren ein paar blaue Flecken, was allgemein bedauert wurde; trotzdem war dieses Ereignis für die Lagerinsassen der erste Lichtblick, seit Frankreich kapituliert hatte.

Der Mann, der diese Brutalität begangen hatte, wurde sofort ins Büro des Lagerkommandanten geführt, wo er seine Schuld eingestand, ohne sie jedoch zu bereuen.

»Wenn Sie Leute wie Unterhausen nicht von hier wegschaffen, riskieren Sie, daß es zu einem Mord kommt«, sagte er und verblüffte den Kommandanten mit seinem fließenden Englisch. »Überzeugte Nazis mit den Menschen hier zusammenzusperren ist heller Wahnsinn. Und Sie wissen genau, wer in diesem Lager die Nazis sind. Ich bin erst seit einem Tag hier, aber ich kann sie Ihnen nennen: Schweiger in ›Sunnydene‹, Pischinger in dem Haus mit der blauen Keramikkatze und der Bursche, den ich aus dem Fenster geworfen habe. Er ist der einzige, der vielleicht ein Spion sein könnte. Je eher Sie ihn in ein ordentliches Gefängnis bringen, desto besser, denn jeder, der auch nur einen Schuß Pulver wert ist, könnte von hier aus signalisieren. Und was Schweiger betrifft, so haust er mit ein paar Hitzköpfen der jüdischen Freiheitsbewegung zusammen, die ihn verhungern lassen.«

»Ich danke Ihnen, daß Sie mir sagen, was ich zu tun habe«, sagte der Kommandant und wurde mit einem liebenswürdigen Lächeln des großen breitschultrigen Mannes belohnt, der eine auffällige Narbe an der Stirn hatte. Dann sah er sich die Papiere an, die man ihm mit dem Gefangenen gebracht hatte.

»Sie sagen, Sie sind Tscheche.«

»Ich sage es nicht – ich bin es«, erwiderte der Gefangene ungerührt.

»Was tun Sie dann hier? Die Tschechen sind unsere Verbündeten.«

Marek schwieg. Die Tschechen waren vielleicht jetzt Verbündete der Engländer, aber erst nachdem sie in München verraten worden waren.

»Sie haben einen deutschen Namen.«

»Ja. Ich bin in einem Fischerboot herübergekommen. Wir sind von Tiefffliegern angegriffen worden und vor Dover gekentert. Ich hatte eine Gehirnerschütterung. Anscheinend habe ich mit den Hunden deutsch gesprochen.«

»Wieso mit den Hunden?«

»Jemand hat mich auf meiner Bahre in einen Hof gestellt, der gleichzeitig als Sammellager für Hunde diente, die die Tommys aus Frankreich herübergeschmuggelt haben. Die Jagdhunde meines Vaters wurden auf deutsch ausgebildet, und als ich zu mir kam –« Er schüttelte den Kopf. »Aber es geht hier nicht um mich. Ich bin ganz froh, aus dem Weg zu sein, bis die tschechische Luftwaffe wiederhergestellt ist. Aber Unterhausen muß weg und ebenso die anderen Nazis. Und der alte Professor Cohen muß in ein Krankenhaus. Er ist ein bedeutender Mann und sehr krank. Wenn er stirbt, wird man Fragen stellen – und das tut man bereits in Ihrem Parlament und anderswo.«

»Gibt es sonst noch etwas, das Sie uns sagen möchten?« fragte der stellvertretende Kommandant, ein forscher junger Leutnant, und grinste frech. Aber sein Vorgesetzter runzelte die Stirn. Ihm war klar, daß er in einem von den Behörden verursachten Schlamassel saß, was im Krieg schon mal vorkam, aber auch Leben kosten konnte.

»Die meisten Leute hier verstehen, was passiert ist«, sagte Marek, an den Kommandanten gewandt. »Daß Verwirrung aufkommen mußte, nachdem die Franzosen kapituliert haben, und daß das hier nicht ewig dauern wird. Aber wie Sie bestimmt wissen, hat es in einem der anderen Lager bereits zwei Selbstmorde gegeben. Diese Internierung von Menschen, die mehr von Hitler zu befürchten haben als alle anderen, ist eine höchst zweifelhafte Sache. Und wenn Hitler tatsächlich eine Invasion gelingen sollte, werden Sie ihm eine Menge Arbeit abgenommen haben. Dann hat er die Juden und Nazigegner gleich alle hübsch beisammen.«

»Was also wollen Sie?« fragte der Kommandant.

»Ein Klavier«, sagte Marek.

Als er aus dem Büro des Kommandanten kam, stand eine Gruppe aufgeregter Männer auf der Straße.

»Ich habe es doch gesagt!« rief ein junger Mann, der fast noch ein Junge war. Er rannte auf Marek zu und umarmte ihn stürmisch. »Ich habe ihnen gesagt, daß das nur Sie sein könnten! Wenn jemand Unterhausen aus dem Fenster geworfen hat, dann Sie! Aber Sie sind doch kein Deutscher. Wie sind Sie hierhergekommen?«

»Wie bist *du* hierhergekommen?« fragte Marek zurück und wurde plötzlich unsagbar zornig. »Du bist doch noch nicht mal sechzehn?« Sperrten sie jetzt schon Kinder in die Lager?

»Ich habe gesagt, ich sei älter«, erklärte Leon. »Als sie meinen Vater abgeholt haben, wollte ich, daß sie mich auch mitnehmen. Meine Mutter und meine Schwester sind in einem Lager auf der anderen Inselseite.«

Nun kam auch Leons Vater, Herr Rosenheimer, um Marek die Hand zu schütteln. Obwohl er noch in der Woche vor seiner Festnahme seine Einbürgerungspapiere erhalten hatte und über vierhundert britische Arbeiter in seiner Firma beschäftigte, wirkte er nicht verbittert. Er sagte, er versuche, mit der Situation zurechtzukommen. Er habe die Lagerinsassen (denen jeder Kontakt mit der Außenwelt verboten war) gebeten, das Zeitungspapier, in das ihre Bücklingsrationen eingewickelt waren, aufzuheben; auf diese Weise könne er wenigstens die Entwicklung an der Börse verfolgen.

Jetzt tauchten auch noch einige andere bekannte Gesichter auf: ein Flötist der Berliner Philharmoniker; ein Sekretär aus dem Büro der Universal Edition; Mareks alter Schneider aus der Kärntnerstraße ... und immer mehr Menschen liefen zusammen und freuten sich, als sie von Unterhausens Schicksal erfuhren.

Marek hatte nicht die Absicht, viel Zeit mit alten Geschichten zu verschwenden – und Leon, dessen Reminiszenzen nach Hallendorf und damit zu Ellen führen würden, mußte umgehend begreifen, daß die Vergangenheit kein Thema war.

»Im Keller des ›Palm Court Hotels‹ steht ein Klavier«, sagte Marek. »Das können wir haben. Wir müssen es in irgendeinen größeren Raum oder einen Schuppen bringen, weil wir ein Konzert geben werden.«

»Mit Ihrer Musik?« fragte Leon eifrig.

»Nein.«

»Was spielen wir dann?«

Marek sah die erschöpften Männer, die trostlosen Straßen, den Stacheldraht.

»Darauf gibt es nur eine Antwort, meinst du nicht auch?«

»Johann Sebastian Bach«, sagte der Flötist.

Marek nickte. »Genau so ist es.« Dann blickte er kurz zum Himmel, als erwarte er Hilfe von dort. Er erwartete sie weniger von Gott (dessen Musikalität nicht belegt war) als vielmehr von dem stets zu seinem Ruhme musizierenden Leipziger Thomaskantor. Wäre es ein Sakrileg, dachte er, wenn er Bachs Meisterwerk mit einem Chor körperlich und seelisch erschöpfter Amateure und einem Orchester – wenn er überhaupt eines zusammenbrächte – aufführen würde, das nur eine Travestie von dem sein könnte, was Bach gefordert hat? Doch es war dieses monumentale Werk, das vom schmerzlich klagenden *Kyrie* bis zum Jubel des *Resurrexit* das ganze Erdenleben umfaßte und das diese verstörten Menschen jetzt brauchten und verdienten.

»Wir werden die Hohe Messe in h-Moll aufführen«, sagte Marek entschlossen. »Und ich rate keinem, uns vorher zu entlassen!«

Nach dem Brand lag Marek zunächst im örtlichen Krankenhaus. Seine äußeren Verletzungen heilten rasch – eine Brandwunde an der Schläfe, wo ihn ein fallender Balken gestreift hatte, und die Rauchvergiftung, die ihm das Leben rettete, weil er ohnmächtig geworden war, bevor er tiefer in das brennende Haus eindringen konnte. Doch als sich ernstere Schäden zeigten, wurde er in ein Prager Krankenhaus verlegt, wo er mehrere Wochen zubrachte.

Die Ärzte und Psychiater, die ihn untersuchten, und die Nonnen, die ihn pflegten, führten die Symptome des Patienten anfangs auf den Kummer über den Tod der Eltern zurück. Aber als die Zeit verging und er immer wilder und verzweifelter wurde, erwogen sie die Möglichkeit eines Gehirnfiebers oder eines Gehirnschadens.

Marek hatte sich nicht gegen die Verlegung gewehrt, denn die Kontakte, die er für das brauchte, was er jetzt für sein Lebenswerk hielt, konnte er am besten in Prag bekommen, im Zentrum des tschechischen Widerstandes gegen die Deutschen.

Es dauerte nicht lange, bis er ein Dossier des Mannes beisammen hatte, der sein Elternhaus angezündet und seine Eltern getötet hatte. Oskar Schwachek, der auch den Fluchthelfer Franz erschossen und versucht hatte, Meierwitz zu ermorden, war Sudetendeutscher und seit seinem vierzehnten Lebensjahr Mitglied der Sudetendeutschen Partei, eines Ablegers der NSDAP. Er war schon als Kind ein Zündler gewesen, als Heranwachsender verhaltensgestört und bösartig, und nun, mit fünfundzwanzig Jahren, war er ein Mörder auf der Seite derer, die die Tschechoslowakei den Nazis ausliefern wollten.

Stepan und Janik hatten ihn am Tag vor dem Brand in der Nähe des Hauses gesehen. Die alte Lenitschka, die ebenfalls umgekommen war, hatte seine Eltern noch gewarnt. Jeder in Pettovice und jedes Mitglied des Widerstands hielt nach ihm Ausschau.

»Aber ich will ihn lebend«, sagte Marek. »Ich will, daß er weiß, wer ihn tötet. Und er soll nicht erschossen werden. Ich will, daß er langsam stirbt ... sehr langsam.«

Während er im Krankenhaus lag und sich die Ärzte den Kopf zerbrachen und die Nonnen an seinem Bett beteten, besuchte ihn seine Großmutter – gegen seinen Willen, denn er wollte in seinem jetzigen Zustand weder sie noch Ellen sehen.

Nora Coutts war auf einem Spaziergang gewesen, als das Feuer ausbrach, und hatte die Katastrophe überlebt. Aber sie war um zehn Jahre gealtert, und mit ihrem einst festen und entschlossenen Mund war etwas geschehen, so daß sie ihn manchmal mit der Hand bedecken mußte. Daß Marek von seinem Rachefeldzug so besessen war und sich, je mehr er zu Kräften kam, um so heftiger hineinsteigerte, schockierte sie tief.

»Deine Eltern sind gemeinsam und, soviel ich verstanden habe, einen ganz schnellen Tod gestorben. Was meinst du, wie ihnen zumute wäre, wenn sie wüßten, daß du den Rest deines Lebens mit diesem Haß vergiften willst? Was würden sie wohl sagen, wenn sie wüßten, was du Ellen antust?«

Aber Marek war taub und blind. Ellen war eine Gefahr. Ellen, die jeden Tag kam und still und geduldig an seinem Bett saß und darauf wartete, daß er wieder gesund wurde ...

Ellen, die so schön und unverdorben und wahrhaftig war, würde ihn schwach werden lassen. Sie verstand noch weniger als seine Großmutter, daß er nur noch dem Haß gehorchen durfte. Jetzt zählte nur noch eins: Schwachek zu finden, ihn sehr langsam zu töten und ihm in jedem Stadium seines Sterbens zu erklären, was mit ihm geschah und warum ... und wenn dies getan war, ins Gefängnis zu gehen oder sich aufzuhängen im Bewußtsein, daß Ellen nichts damit zu tun hatte und in Sicherheit war.

»Es wird keine Liebe und keine Hochzeiten mehr geben«, hatte er zu ihr gesagt, als sie ihn das erste Mal besuchte.

Aber sie hatte ihm nicht geglaubt. Sie glaubte wie die Nonnen, daß ihn der Schock vorübergehend aus dem Gleichgewicht geworfen hatte. Sie konnte verstehen, daß er den Mord an seinen Eltern rächen wollte, aber nicht, daß diese Rache sein einziges Lebensziel geworden war. Der Mann, der alles Lebendige liebte, konnte nicht ganz und für immer tot sein.

Aber die Wochen vergingen, und Marek wurde immer feindseliger, besessener, zorniger. Trotzdem gab sie erst auf, als ihr die Ärzte sagten, ihre Anwesenheit verschlimmere seinen Zustand und verzögere die Genesung.

Er stand am Fenster des Krankenzimmers, als sie ihm sagte, daß sie abreisen würde. Ein Schmetterling – ein Kleiner Fuchs – hatte sich ins Zimmer verirrt und stieß immer wieder gegen die Scheibe. Marek fing ihn, und Ellen hielt den Atem an, denn sie erwartete, daß er ihn zerquetschen würde, so wahnsinnig, wie er geworden war.

Aber er öffnete das Fenster und entließ ihn vorsichtig in den Sommernachmittag. Dieses Bild war ihre letzte Erinnerung an ihn – der Killer mit der Narbe auf der Stirn, der den Schmetterling in die Freiheit entläßt – und dann dieses kalte, tonlose »*Good bye*«.

Bald danach, am 30. September 1938, kam es zum Münchner Abkommen und dem Verrat an den Tschechen. Marek ging zur tschechischen Luftwaffe, flog sein Flugzeug nach Polen, als die Deutschen ein Jahr später in sein Land einfielen, kämpfte mit den Polen, und als sie geschlagen waren, mit den Franzosen.

Während eines Vormarsches der Deutschen in Nordfrankreich flog er bei einer französischen Aufklärungsstaffel, die aus der Luft und vom Boden angegriffen wurde und deren Piloten nie sicher sein konnten, ob das Flugfeld, von dem sie gestartet waren, noch da sein würde, wenn sie zurückkehrten.

Die Besetzung von Paris Mitte Juni 1940 machte diesen Abenteuern ein Ende. Die Mannschaften wurden gesammelt, erhielten ihre Rationen und ihren Sold, und danach waren sie sich selbst überlassen. Im Chaos der zurückweichenden Truppen und der Flüchtlingsströme wurde Marek von seiner Mannschaft getrennt, erreichte schließlich die Bretagne, wo sich ein Fischer bereit erklärte, ihn nach Dover zu bringen – und erwachte in einer Quarantäneanstalt für Hunde.

Die kläffenden, sabbernden Hunde waren ein erster Hoffnungsschimmer, denn eine Nation, deren Soldaten verrückt genug waren, auf der Flucht übers Meer herrenlose Hunde mitzunehmen, könnte auch verrückt genug sein, um nicht zu kapitulieren, nur weil anscheinend alles hoffnungslos war.

Eine Pointerhündin mit verängstigten Augen drängte sich an seine Bahre, und Marek beruhigte sie. Ein erschöpfter Sergeant, der versuchte, das menschliche und tierische Strandgut auszusortieren, das nach dem Debakel über den Kanal kam, hörte ihn deutsch sprechen, und bald danach befand er sich auf der Isle of Man, wo Erich Unterhausen seine Stiefel wichste und mit »Heil Hitler« grüßte.

28

Ellen hatte geplant, in aller Stille im Standesamt von Bloomsbury zu heiraten, ein paar Freunde nach Gowan Terrace einzuladen und am nächsten Tag nach Crowthorpe zu fahren.

Aber im September begannen die Luftangriffe auf London. Glasscherben wurden mit dem Herbstlaub von den Straßen gekehrt. Die Menschen, die nächtelang in Kellern oder Bunkern saßen, waren erschöpft. Und es gab neue Helden – die Jagdflieger, die jede Nacht aufstiegen, um gegen die Bomber zu kämpfen. Doris und Elsie und Joanie, die heimlich zu ihren Eltern nach London zurückgekehrt waren, wurden wieder nach Cumberland geschickt. Das Mädchen für alles in Gowan Terrace war zur Arbeit in einer Munitionsfabrik verpflichtet worden, und Ende Oktober wurde das Standesamt von einer Bombe getroffen.

Unter diesen Umständen erschien es sinnvoll, die Hochzeit in Crowthorpe zu feiern. Um die Dorfbewohner nicht zu brüskieren, mußte in der Kirche geheiratet werden – und das wiederum bedeutete, daß Sophie und Ursula Brautjungfern sein würden und daß man die Hochzeitsgäste bereits für einen Tag vorher einladen mußte, weil auf die Züge kein Verlaß mehr war.

Als sie den Damen, mit denen sie Sandwiches belegte, den Feuerwachen, mit denen sie sich abwechselte, und den Hausfrauen, die ihr am Donnerstag nachmittag Verbände anlegten, ihre Verlobung mitteilte, fühlte sich Ellen glücklich. Sie wußte, daß sie glücklich war, weil es ihr von allen Seiten gesagt wurde.

»Sie Glückliche, Sie werden auf dem Land wohnen, weit weg von allem.« Oder: »Was für ein Glück, sich nicht mehr um die Rationierung kümmern zu müssen. Es heißt, dort oben kann man Butter und Eier bekommen.« Oder: »Ich wünschte, ich wäre an Ihrer Stelle. Dann könnte man wieder einmal eine Nacht durchschlafen.«

Ellens Antwort war immer dieselbe. Sie lud jeden, der ihr zu ihrem Glück gratulierte, nach Crowthorpe ein: die Schwester des Milchmanns, die jetzt für ihren Bruder, der eingezogen war, die Milch ausfuhr; einen alten Mann, der in Gowan Terrace Briefkuverts zuklebte, und einen Krankenpfleger aus dem Krankenhaus ihrer Mutter. So glücklich zu sein war anscheinend nur zu ertragen, weil sie die Möglichkeit hatte, dafür frische Luft, Vogelgezwitscher und ungestörte Nächte anzubieten.

Aber vor allem wollte sie ihrer Familie eine Zuflucht geben – ihrer Mutter, die im Krankenhaus so schwer arbeiten mußte; Tante Annie, deren Operation verschoben worden war, weil die Krankenhäuser mit Bombenopfern überfüllt waren; Tante Phyllis, die die Buchhandlung führte, und natürlich den Hallendorfkindern.

»Ihr werdet doch kommen, nicht wahr?« bat sie. »Nicht nur für die Hochzeit. Ihr werdet bei uns bleiben, nicht wahr? Wir werden schöne Kaminfeuer haben, und es wird richtig gemütlich, ihr werdet sehen.« Und sie sagten, sie würden selbstverständlich kommen, obwohl Dr. Carr zu bedenken gab, daß sie ihre Patienten nicht lang allein lassen konnte, und ähnliches galt für Phyllis und Annie, die neben ihrer anderen Arbeit Petitionen zur Freilassung der internierten »feindlichen Ausländer« organisierten.

»Sie ist doch glücklich, nicht wahr?« fragte Dr. Carr ihre Schwestern, die ihr versicherten, sie seien davon überzeugt; außerdem sollte man nicht mit zu großen Erwartungen in eine Ehe gehen. »Klein anfangen und dann langsam aufbauen ist viel besser«, sagte Phyllis – eine Meinung, die Ellen teilte und Margaret Sinclair bei Sardinen auf Toast in »Lyon's Corner House« zu vermitteln versuchte.

»Früher haben die Menschen immer aus Vernunftgründen geheiratet«, sagte sie, und Margaret, der das Herz weh tat, mußte wohl oder übel dazu schweigen, denn sie war kein Vorbild für ein erfolgreiches Liebesleben. Bennet, der in einem Geheimversteck in Surrey saß und angeblich Codes knackte, hatte Tamara zu ihrer Mutter in den sicheren Norden gebracht; und nun, der Hoffnung beraubt, daß eine Bombe der russischen Ballerina ein schnelles und schmerzloses Ende bereitete, verbrachte Margaret ihre Freizeit in ihrem Wohn-Schlafzimmer für den Fall, daß Bennet nach London kommen konnte und eine Tasse Tee brauchte.

Sophie und Ursula (für die Ellen Kleider aus Fallschirmseide nähte) versuchten, sich gegenseitig aufzumuntern, aber ohne Erfolg.

»Sie erinnert mich an Sydney Carton«, sagte Sophie, »den Mann aus *Eine Geschichte aus zwei Städten* von Charles Dickens, der sagt: ›Es ist etwas weit, weit Besseres, was ich tue, als was ich je getan habe ...‹ und dann aufs Schafott geht.« Sie seufzte. »Ich wünschte, sie würden Leon freilassen. Er könnte wenigstens bei der Musik helfen.«

»Er fehlt dir wirklich, nicht wahr?« sagte Ursula.

»Ja. Und seine Familie auch. Sie waren unglaublich nett zu mir.«

Kendrick wurde aus dem Ernährungsministerium entlassen, weil er in Zukunft Ackerbau und Viehzucht betreiben würde – eine für die Nation lebenswichtige Tätigkeit –, und fuhr nach Cumberland. Er war überglücklich, aber auch ein wenig nervös, denn er war weder von seiner Mutter aufgeklärt worden – sie hatte Besseres zu tun – noch von einem netten Kindermädchen, weil die Mädchen, die Mrs. Frobisher einstellte, selten nett waren, sondern von einem Schulkameraden namens Preston der Jüngere.

Obwohl die entsetzlichen Dinge, die ihm dieser unsympathische Junge erzählt hatte, später durch die Berührung mit

Kunst und Literatur etwas andere Formen annahmen, bestand eine beträchtliche Lücke zwischen Kendricks Bild von Ellen als personifizierter Frühling oder als blumenbekränzte Saskia Rembrandt und dem, was nach den Hochzeitsfeierlichkeiten im Ehebett stattfinden sollte.

Die Hochzeit war für den 18. Dezember geplant, und jetzt kamen die deutschen U-Boote Braut und Bräutigam zu Hilfe. Patricia Frobisher bekam keinen Platz auf einem der mit Geleitschutz fahrenden Schiffskonvois von Afrika nach England und würde deshalb der Hochzeit nicht beiwohnen können.

Ellen, die den Tag, der sie so froh und glücklich machen würde, konzentriert und mit äußerster Akribie ansteuerte, sah darin das gnädige Wirken der Vorsehung. Jetzt konnte sie ungehindert ihre Pläne für Crowthorpe in die Tat umsetzen, zum Beispiel die richtige Unterbringung der evakuierten Kinder, die Einstellung von Mädchen aus dem Dorf (was Patricia abgelehnt hatte) sowie die Entfernung der grünen Linie, die Patricia in ihrer Begeisterung für die Sparmaßnahmen in Kriegszeiten in die Badewanne gemalt hatte, um den für ein Wannenbad erlaubten Wasserverbrauch anzuzeigen.

Nach den jüngsten Trauerfällen in der Familie Frobisher erwartete niemand eine großartige Hochzeitsfeier, und das entsprach auch dem Wunsch der Braut. Ellen und Kendrick luden außer den nächsten Verwandten nur noch einige Freunde aus der Studentenzeit ein, die Hallendorfkinder, denen es möglich war zu kommen, Margaret Sinclair – und Bennet, dem Ellen nie vergessen würde, wie freundlich er zu ihr gewesen war, als sie aus Prag zurückkam. Und da Ellen wußte, daß Bennet wahrscheinlich keinen Urlaub bekommen würde, tröstete sie sich mit der Hoffnung, daß ihr dann wenigstens Tamara erspart bleiben würde. Aber das Schicksal wollte es anders.

Als Ellen kurze Zeit vor der Hochzeit einen Besuch in Carlisle machte, liefen ihr zwei Frauen in Regenmänteln und Hüten aus Ölhaut über den Weg, deren Anblick niemanden ungerührt gelassen hätte. Beide schleppten schwere Einkaufsnetze und hatten von der Kälte ganz rote Nasen. Die eine war beträchtlich älter als die andere, aber die Ähnlichkeit war unverkennbar. Es waren Mutter und Tochter, die sich bei der wöchentlichen Einkaufstour sichtlich auf die Nerven gingen.

Doch erst als die Jüngere stehenblieb und grüßte, erkannte Ellen, daß die russische Ballerina vor ihr stand, die jetzt wegen des Krieges bei ihrer Mutter lebte, wo sie betrüblicherweise nur als Mrs. Smiths Tochter Beryl bekannt war.

»Ellen – wie schön, Sie zu sehen!«

Tamara freute sich aufrichtig. Das Bergwerksdorf auf der trostlosen Küstenebene, wo sie zu Hause war, lag nur fünfzig Kilometer von Crowthorpe entfernt. Sie kannte die Bedeutung der Frobishers und die Größe ihres Besitzes und wollte eine Einladung zur Hochzeit. Ellen, ganz entsetzt über den Statusverlust der sehnigen Sonnenanbeterin und Ikonenverehrerin, lud sie nicht nur zur Hochzeit ein, sondern auch zu der Party am Vorabend, weil es zu dem Zechendorf keine Busverbindung gab.

Eines Morgens Ende November wurden beim Lagerappell mehrere Männer zum Kommandanten befohlen: aus »Sunnydene« ein älterer Anwalt namens Koblitzer, der sich auf einen Stock stützen mußte, und ein Journalist namens Klaus Fischer; aus »Resthaven« Herr Rosenheimer und sein Sohn Leon; und aus »Mon Repos« (wo der aus dem Fenster geworfene Unterhausen inzwischen ins Gefängnis von Brixton überführt worden war) Markus von Altenburg.

Während sie auf der regennassen Straße zu dem Hotel am Lagertor gingen, in dem sich Captain Henleys Büro befand, fragten sie sich, was sie angestellt haben könnten.

»Wir brauchen einen Stuhl für Koblitzer«, sagte Marek, als sie vor dem Kommandanten angetreten waren, und es wurde ein Stuhl gebracht.

Trotz Mareks Forderung herrschte eine geradezu heitere Atmosphäre. Der Kommandant hatte sich als guter Freund der Lagerinsassen erwiesen. Ihm verdankten sie, daß sich die Zustände in den vergangenen zwei Monaten gebessert hatten. Selbst der unangenehme Leutnant wirkte entspannt.

»Ich habe eine gute Nachricht für Sie«, sagte der Kommandant. »Der Befehl für Ihre Entlassung ist da. Ich bitte Sie, Ihre Sachen zu packen und morgen früh um sieben Uhr für den Transport bereit zu sein. Die Fähre nach Liverpool geht um zehn. Sie erhalten Fahrkarten bis zu Ihrem jeweiligen Reiseziel.«

Die Männer sahen sich an und konnten es zunächst nicht fassen.

»Erlauben Sie mir die Frage: Warum werden wir entlassen?« sagte Leons Vater. »Wem verdanken wir unsere Freiheit?«

Captain Henley blickte auf seine Papiere. »Sie, Herr Rosenheimer, weil Sie in Ihrer Firma fast fünfhundert britische Arbeiter beschäftigen, und Ihr Sohn, weil er zu jung ist. Für Klaus Fischer hat sich die Society of Authors eingesetzt, weil er seit 1933 Bücher gegen den Nationalsozialismus geschrieben hat. Herr Koblitzer wird aus gesundheitlichen Gründen entlassen.«

Keiner der Genannten wies darauf hin, daß alle diese Informationen schon bei ihrer Verhaftung vorlagen. Doch ihre Freude war nicht völlig ungetrübt. Sie hatten Freundschaften geschlossen, die von ganz besonderer Art waren, und verschiedene Unternehmungen gestartet: Fischer leitete einen Literaturkurs, Rosenheimer hatte eine Wirtschaftsschule aufgezogen, und alle sangen in Mareks Chor.

Einer nach dem anderen trat vor, um zu unterschreiben,

daß er nicht mißhandelt worden war, und um seinen Ausweis in Empfang zu nehmen. Als Marek an der Reihe war, sagte der Kommandant: »Sie wurden vom Royal Air Force Depot in Cosford angefordert. Die Tschechen haben dort eine Fliegerstaffel aufgestellt.«

»Ich bin sehr froh, daß ich entlassen werde«, sagte Marek, »aber ich gehe nicht vor Ende nächster Woche.«

»Wie bitte?« Der Leutnant traute seinen Ohren nicht.

»Am Sonntag in einer Woche führen wir die Hohe Messe in h-Moll auf. Die Männer haben seit Monaten dafür geprobt. Es kommt überhaupt nicht in Frage, daß ich sie zum jetzigen Zeitpunkt im Stich lasse. Man wird das in Cosford verstehen.«

Der Kommandant war ein umgänglicher Mann, aber das war Meuterei. »Die Männer in diesem Lager werden entlassen entsprechend den vorliegenden Befehlen. Das ist kein Ferienlager.«

Den naheliegenden Kommentar dazu schenkten sich alle. Sie sahen nur Marek an.

»Wenn Sie wollen, daß ich vor dem Konzert gehe, müssen Sie mich mit Gewalt wegbringen. Ich werde mich wehren, und Klaus kann von einem Skandal berichten, wenn er wieder in London ist. Er ist ein ausgezeichneter Journalist. *Tschechischer Pilot von brutalen Soldaten mißhandelt* – so in der Art. Ich meine das völlig ernst.«

Niemand wußte darauf etwas zu sagen. Alle dachten an die Arbeit der letzten Wochen, wie das Vertrauen langsam gewachsen war, die Hindernisse überwunden wurden – und an die Freude, als die großartige Musik unter Mareks Anleitung Gestalt annahm. Niemand, der an diesem elenden Ort das *Agnus Dei* gesungen hatte, das mit den Worten endet: *Dona nobis pacem,* würde es jemals vergessen.

»Auch die Leute aus den anderen Lagern kommen zu dem Konzert«, erinnerte Marek den Kommandanten, der selbst wußte, daß er hundert Männern erlaubt hatte, das Konzert zu besuchen, und zusätzliche Partiturauszüge vom Domchor in Douglas besorgt hatte. Die Nachricht von dem bevorstehenden Konzert hatte auf der ganzen Insel Interesse hervorgerufen. Wenn sich die Moral im Lager gebessert hatte, wenn es bei ihm keine weiteren Selbstmorde und Nervenzusammenbrüche gegeben hatte, so lag dies zum Teil an der Hohen Messe in h-Moll.

»Es kann Sie doch sicher jemand vertreten«, sagte der Leutnant.

»Nein«, entgegnete Leon, der hier zum ersten Mal etwas sagte. »Das ist unmöglich.« Er trat einige Schritte auf den Kommandanten zu. »Ich will auch hierbleiben! Ich will erst entlassen werden, wenn Marek –«

»*Nein*«, sagte Marek gleichzeitig mit Herrn Rosenheimer, der sich wütend an seinen Sohn wandte. »Hör bitte auf, solchen Unsinn zu reden, Leon. Willst du vielleicht, daß deine Mutter vor Sorge stirbt?«

Frau Rosenheimer war drei Wochen zuvor entlassen worden, und wahrscheinlich hatten ihre Petitionen und Bestechungsgelder die Entlassung ihres Mannes beschleunigt.

Leon hätte vielleicht seinem Vater widersprochen, aber Mareks Gesicht machte ihm klar, daß es kein Pardon geben würde.

»Ich werde mich diesbezüglich mit dem Depot in Verbindung setzen«, sagte der Kommandant.

Es war eine Niederlage für ihn, aber als die Männer zu ihren Unterkünften zurückgingen, war er insgesamt recht zufrieden. Er hatte gehofft, wieder in den aktiven Dienst aufgenommen zu werden, aber er war zu alt, und so hatte man ihm diese undankbare Aufgabe übertragen. Doch manchmal, dachte er, wurde man auch belohnt. Er hatte sich immer für unmusikalisch gehalten, und jetzt summte er unwillkürlich die ersten Takte des *Sanctus*.

Er griff zum Telefon und verlangte die Nummer von Cosford.

Vor der Kommandantur hatten sich mehrere Männer versammelt, als sich herumsprach, daß wieder einige entlassen werden sollten.

»Marek, stimmt es, daß Sie morgen gehen?« fragte ein abgemagerter und sehr blasser Mann mit hochgeschlagenem Mantelkragen. Er hatte sich Tag für Tag trotz seiner schwachen Lunge zu den Proben geschleppt.

»Nein.«

Mehr sagte Marek nicht. Dafür machte sich Leon zum Sprecher seines glühend verehrten Helden. »Sie wollten ihn sofort entlassen, aber er will nicht – nicht vor dem Konzert.«

»Ist das wahr?«

Die Gesichter hellten sich auf, und man schüttelte Marek die Hand.

»Schon gut, das reicht«, sagte Marek leicht irritiert. »Ich sehe Sie um zwei Uhr bei der Probe.«

Als Leon an jenem Abend an der Tür von »Mon Repos« klopfte, zitterte er im kalten Wind, der von der Irischen See her blies, und vor Aufregung. Er war zu einem Entschluß gekommen, der ihm seinen ganzen Mut abverlangte. Seit Marek im Lager war, hatte er Leon zu verstehen gegeben, daß Hallendorf und Ellen Tabuthemen waren. Aber jetzt wollte er mit Marek darüber sprechen.

»Ich möchte mich verabschieden und Ihnen die Adresse meines Vaters in London geben. Er sagt, daß Sie jederzeit und für so lange, wie Sie wollen, bei uns willkommen sind – aber das wissen Sie ja. Wir haben einen großartigen Luftschutzkeller!«

»Danke.«

Leon holte tief Luft. »Ich habe von Sophie gehört«, sagte er.

Marek schwieg, aber seine Augen waren auf der Hut.

»Sie wird Brautjungfer sein bei Ellens Hochzeit.«

Leon hatte nicht erwartet, daß Marek darauf etwas antworten würde, aber er sagte: »Sie heiratet Kendrick Frobisher, nehme ich an.«

»Genaugenommen nicht«, sagte Leon. »Mehr seinen Gemüsegarten und seine Kühe und die bei ihm evakuierten Kinder. Das nasse Haus soll so etwas wie eine Zufluchtsstätte für uns alle werden.«

Marek schwieg und blickte auf eine Stickerei an der Wand, die die Besitzerin von »Mon Repos« vermutlich vergessen hatte. *Ob Osten, ob Westen, daheim ist's am besten,* war darauf zu lesen.

»Sie heiratet am 18. Dezember, eine Woche vor Weihnachten. Die Hochzeit findet um zwölf Uhr in der Dorfkirche von Crowthorpe statt. Crowthorpe heißt auch das Gut von Kendrick. Es liegt zwischen Keswick und Carlisle ...«

Er redete einfach weiter, wiederholte Zeit und Ort, nannte die nächste Bahnstation, bis Marek den Kopf wandte.

»Halt den Mund, Leon.« Seine Stimme verriet kein Gefühl, nur daß er sehr müde war.

»Ich könnte ihr sagen, daß Sie hier ... daß Sie frei sind. Sie weiß nicht, daß Sie in England sind. Sophie war sich nicht sicher, ob wir –«

Doch nun zeigte Marek Gefühl. Er wurde zornig.

»Du wirst nichts über mich zu Ellen sagen«, herrschte er Leon an. »Du wirst meinen Namen nicht erwähnen. Ich nehme dich beim Wort, Leon.« Doch dann hatte er sich wieder in der Gewalt und fügte ruhiger hinzu: »Du würdest sie nur verletzen.«

Leons Heldenverehrung legte sich für einen Augenblick.

»Ich könnte sie kaum mehr verletzen, als Sie es getan haben«, sagte er.

»Oh, Kind, du siehst wundervoll aus!« Dr. Carr trat einen Schritt zurück und betrachtete lächelnd ihre Tochter. »Ganz entzückend!«

Es war das, was alle Bräute von ihren liebevollen Müttern gesagt bekommen. Aber als sich Ellen in ihrem weißen Kleid vom Spiegel abwandte, war ihre Schönheit wirklich von einer ganz besonderen Art. Vielleicht lag es an dem düsteren Licht, das aus Dezembernebel und Regen durch das Buntglasfenster fiel, daß Ellen wie versunken aussah, wie eine lautlos unter Wasser schwebende Braut.

Sie hatte das Kleid, das sie an dem Opernabend in Wien getragen hatte, etwas geändert und trug dazu eine kurze Jacke, aber keinen Schleier. Ihre Locken wurden von einem Perlenkrönchen gehalten, das sie von ihrer vornehmen Großmutter Gussie Norchester geerbt hatte. Sophie holte eben den Brautstrauß aus Christrosen, den Ellen gebunden hatte. Diese Christrosen, die Ellen im feuchten und kalten Garten zufällig hinter einem Geräteschuppen gefunden hatte, waren ein überraschendes, Geschenk gewesen, denn es war nicht leicht, sich mitten im Winter, an das Bild von Crowthorpe zu erinnern, wie sie es an jenem Sommertag gesehen hatte. Aber sie würde ihr Wort halten. Sie würde alles tun, was sie sich vorgenommen hatte. Jeder, der hierherkam, sollte zu essen bekommen und Wärme und Behaglichkeit finden. Und der Gutsverwalter hatte vorgeschlagen, Ziegen zu halten, weil Ziegenmilch nicht rationiert war.

In Gedanken bei den Ziegen ging Ellen die Treppe hinunter.

Sophie und Ursula, die wärmende Schals über ihren Brautjungfernkleidern trugen, standen auf dem Treppenabsatz und sprachen mit Leon. Die drei waren so ins Gespräch vertieft, daß sie Ellen nicht kommen hörten. Dazu kam, daß die Treppe nur vom schwachen Schein einer Lampe in Form einer präraffaelitischen Jungfrau erhellt wurde.

»Janey ist absolut sicher«, sagte Leon. »Er war nicht im Zug. Sie hat gewartet, bis wirklich alle ausgestiegen waren. Und heute kommt kein anderer Zug mehr.«

»Er muß nicht unbedingt mit dem Zug kommen. Ich wette, Piloten kriegen Benzin. Er könnte auch noch mit dem Auto kommen.« Sophie, die sonst immer das Schlimmste befürchtete, war überzeugt, daß Marek kommen würde – daß er in letzter Minute hereinspazieren und Ellen holen würde.

»Können wir nicht etwas tun, um Zeit zu gewinnen?«

Sie dachten an Aniella in dem geschmückten Boot, das durch den überhängenden Stoff verlangsamt wurde. Wasser gab es in Crowthorpe genug, weiß Gott, aber Ellen machte die kurze Fahrt zur Kirche in dem alten Morris, der zum Gut gehörte.

»Wir könnten Zucker in den Tank tun«, schlug Ursula vor, die eine Leidenschaft für Gangsterfilme entwickelt hatte.

Aber Zucker war rationiert, und die Hochzeit war in einer halben Stunde.

»Er könnte immer noch kommen«, sagte Sophie. »Marek ist genau der Typ, um in letzter Minute hereinzuplatzen, und wenn er kommt, ziehe ich Ellen am Kleid, oder ich sage ihr, sie soll ohnmächtig werden oder irgendwas.«

Plötzlich hörten sie das Rascheln von Seide. Ellen kam die Treppe herunter.

»Marek ist hier?« sagte sie fragend, aber sehr ruhig. »Er ist in England?«

Die drei sahen sie bestürzt an.

»Ja«, antwortete Leon. »Ich war mit ihm im Internierungslager.«

»Und er weiß, daß ich heute heirate?«

Sie nickten stumm.

»Ich verstehe.«

Ängstlich blickten sie zu ihr auf.

Aber sie brach nicht zusammen, und sie weinte nicht. Sie stand nur sehr gerade da, und es war, als legte sich eine dünne Eisschicht über ihr Gesicht.

»Gib mir bitte die Blumen, Sophie«, sagte sie. »Wir müssen jetzt gehen.«

Kendrick wartete am Altar neben seinem besten Freund, einem Kommilitonen aus Cambridge, den niemand zuvor gesehen hatte. Als Ellen in die Kirche kam, blieb sie kurz stehen und ließ den Blick über die Gäste schweifen, die sich jetzt nach ihr umdrehten. Die Crowthorpe-Leute in ihren dunklen, schweren Mänteln froren am wenigsten, weil sie die eiskalte Kirche gewöhnt waren. Margaret Sinclair war da und lächelte ihr aufmunternd zu, aber Bennet fehlte; er mußte seine Codes entziffern. Da war Janey neben Frank, der als Soldat Uniform trug; eine ganze Schar stattlicher Tanten, echte und solche ehrenhalber, in ihren besten Hüten aus der Mottenkiste; und ein wenig abseits und gar nicht wie Beryl Smith aussehend saß, mit einer Geranie im Turban, die sie im Wintergarten von Crowthorpe geklaut haben mußte, die russische Ballerina Tamara Tatriatoff. Doch sie, die entsetzliche Tamara, hatte den vorangegangenen Abend erträglich gemacht. Sie hatte Kendrick ins Studio geschleppt und mit ihm Strawinsky gehört, so daß Ellen Zeit hatte, den Mädchen in der Küche bei den Vorbereitungen zu helfen.

Aber nun sollte die Trauung beginnen. Leon saß neben der alten Organistin an der Orgel. Er hatte darauf bestanden, ihr beim Umblättern der Noten zu helfen, obwohl sie ihm versichert hatte, daß sie die Stücke auswendig spielen könne. Umständlich hantierte er mit den einzelnen Blättern, vertauschte sie, ordnete sie, rückte sie zurecht – er wollte immer noch Zeit gewinnen. Ellen sah, wie er zu Sophie blickte, die kaum merklich den Kopf schüttelte.

Es blieb nichts mehr zu tun. Die ersten Takte von Vidals *Toccata* klangen durch die Kirche, Sophie und Ursula arrangierten die Falten an Ellens Kleid, und sie schritt langsam auf ihren Bräutigam zu.

Als sie den halben Weg bis zum Altar zurückgelegt hatten, hörten sie es ... Sophie, Ursula, Leon mit seinem scharfen Gehör, und auch Ellen. Sie hörten es trotz der Musik – das Knarren der schweren Eichentür in den rostigen Angeln und das Sausen des Windes, als sich die Kirchentür öffnete. Sophie zupfte einmal kräftig an Ellens Kleid, und Leon legte die Hand auf den Arm der Organistin, so daß sie steckenblieb.

Was sie dann sahen, war eine merkwürdige Umkehrung dessen, was Aniella widerfahren war. Ellen wandte sich um, und als sie die große, breitschultrige Gestalt in der Türöffnung sah, verwandelte sich ihr Gesicht, das vor innerem Stolz und Erdulden fast alt ausgesehen hatte. Sie wurde so schön und so strahlend, daß allen, die sie sahen, der Atem stockte.

Dann nahm der Nachzügler, ein Gutsbesitzer aus der Nachbarschaft und Kendricks Pate, den Hut ab und eilte verlegen zu seinem Platz.

Und die Zeremonie ging weiter.

Als Ellen den zwei alten Dienstmädchen erlaubt hatte, das große Schlafzimmer für das Brautpaar herzurichten, hatte sie einen Fehler gemacht. Sie hatte es nicht übers Herz gebracht, sie davon abzuhalten, den Kamin fegen zu lassen und das Bettzeug zu lüften, so gut es ging. Nachdem die Frobishermägde seit Jahren im Keller hausten, an Frostbeulen litten, kaum ans Tageslicht kamen und nicht oft Gelegenheit hatten, eigene Initiative zu entwickeln, wollte Ellen ihnen nicht auch noch die Freude an ihren alten Bräuchen nehmen.

Sie hatte sich das Zimmer nicht eigens angesehen, weil sie von ihrer Hochzeitsnacht nicht mehr erwartete, als sie irgendwie zu ertragen; und sie hatte auch nicht gewußt, daß es so vollgestopft war. Es gab runde Tische und eckige Tische, Messingtöpfe, Palmen, Kaminvorsetzer, Blasebälge, Kommoden mit Aufsätzen und einen ausgestopften Fischadler unter einem Glassturz. Über dem Bett, das hoch und für eheliche Zwecke ziemlich schmal war, hing ein Bild, das die befreiten Besatzungstruppen von Lucknow bei der Überquerung des Ganges zeigte, und die gegenüberliegende Wand zierte ein Gemälde mit einem bleichen toten Schäfer im Schnee, den zwei Collies bewachten, die anscheinend noch nicht gemerkt hatten, daß ihnen ihr Herr nichts mehr befehlen konnte.

Der Verwalter hatte einen Korb Brennholz heraufgeschickt, aber die enorme Größe des Kamins ließ das Feuer noch kleiner aussehen, als es war, und Kendrick hatte in einem plötzlichen Anfall von Männlichkeit mit dem Feuerhaken zwischen den Scheiten herumgestochert, so daß es beinahe ausgegangen war. Auf der Kommode im Ankleidezimmer standen Fotos von Roland und William in typischen Männerposen – beim Cricket, auf Tigerjagd oder bei der Parade in Sandhurst – und wie gewöhnlich keines von Kendrick, der jetzt in seinem gestreiften Pyjama das Schlafzimmer betrat, über einen gepolsterten Hocker stolperte und sagte: »O Ellen!«

Er klang eher ehrfurchtsvoll als leidenschaftlich, und ihm war offensichtlich kalt.

»Komm und werde erst einmal warm«, sagte Ellen, die bereits im Bett lag mit gebürstetem Haar und Kendricks Gestammel zufolge aussah wie Danae oder Kleopatra oder vielleicht auch wie Goyas Maya auf ihrem seidenen Diwan.

Aber sogar ihm wurde klar, daß die Zeit für Konversation vorbei war, und so schlüpfte er hastig neben sie unter die

Decke, wo er, obwohl er so dünn war, überraschend viel Platz einnahm, und besonders seine Füße waren sehr groß und eiskalt.

Sobald er im Bett lag, starrte er auf den toten, von Hunden bewachten Schäfer, und Ellen sah das Entsetzen in seinem Gesicht.

»Was ist los, Kendrick?«

»Ich habe immer dieses Bild angesehen, wenn mir Mami erklärt hat, was ich falsch gemacht habe. Ich mußte hier sitzen, während sie dort am Schreibtisch Briefe schrieb. Und hier hat sie mir auch meine Schulnoten vorgelesen.« Er schien völlig erstarrt von den Schrecken seiner Vergangenheit.

»Wir hängen die Bilder morgen um«, versprach Eilen, aber die Vorstellung, daß irgend etwas, das mit seiner Mutter zu tun hatte, verändert werden könnte, schien ihn noch mehr zu erschrecken.

Ellen legte sich wieder hin, unterdrückte ein Gähnen und wartete, ob Kendrick vielleicht wußte, wie es weitergehen sollte. Er könnte ja ein Buch darüber gelesen haben. Als dies nicht der Fall zu sein schien, streckte sie die Arme aus und zog ihren zitternden Gatten an sich. Sie ließ seinen Kopf auf ihrer Brust ruhen, und Kendrick fuhr fort, wenn auch etwas kurzatmig, ihr seine Verehrung zu versichern und sie mit verschiedenen Leuten zu vergleichen, deren Namen sie nicht verstand.

»Ich denke, wir sollten uns richtig ausziehen«, sagte Ellen und versuchte, den schulmeisterhaften Ton in ihrer Stimme zu unterdrücken.

Sie zog ihr Nachthemd aus, aber der Anblick ihres nackten, vom Feuer beleuchteten Körpers verwirrte ihn so, daß er sich hoffnungslos in seinem Pyjama verhedderte.

Ellen half ihm, sich zu befreien. »Mach dir keine Sorgen, Liebling«, sagte sie. »Wir haben jede Menge Zeit. Es ist alles in Ordnung.« Und das wiederholte sie in Abständen die ganze Nacht, wobei sie sich fragte, was sie eigentlich damit sagen wollte, während Kendrick zitterte und stammelte, wie sehr er sie bewundere und daß er zu nichts tauge und noch nie zu etwas getaugt habe, daß er sie aber mehr liebe, als sie irgend jemand jemals geliebt haben könnte.

»Würdest du dich vielleicht in einem anderen Zimmer wohler fühlen?« fragte sie, als der Morgen nicht mehr fern war.

Die Idee schien Kendrick zu gefallen. »Oben im Haus ist noch das alte Kinderzimmer. Als ich klein war, habe ich dort mit meiner Kinderfrau geschlafen.« Sein Gesicht hatte sich entspannt; anscheinend erinnerte er sich an ein goldenes Zeitalter. »Es ist ein ziemlich großes Zimmer, und man kann über die Bäume zum Fluß schauen.«

»Gut. Wir probieren es aus, sobald ich für die Fenster Verdunklungsvorhänge habe. Und jetzt mach dir keine Sorgen mehr, Liebling. Dort oben werden wir gut aufgehoben sein. Schlaf jetzt einfach.«

Aber Kendrick richtete sich plötzlich wie von Panik gepackt auf. »Du wirst mich doch nicht verlassen, Ellen, nicht wahr? Du wirst nicht fortgehen und mich allein lassen? Ich war immer allein, und ich könnte nicht –«

Er brach in Tränen aus, und Ellen, die gegen eine Müdigkeit ankämpfen mußte, die so bleischwer war, daß sie meinte, sie würde sie bis zum Mittelpunkt der Erde hinunterziehen, nahm ihn in die Arme.

»Nein, Kendrick, ich werde dich nicht allein lassen. Ich verspreche es. Ich werde dich nie allein lassen.«

Daraufhin wurde er ruhig und schlief ein, und er schnarchte (aber nicht auf unangenehme Weise), während Ellen wach lag, bis das Bild mit dem toten Schäfer im Schnee sichtbar wurde und ein neuer Tag anbrach.

»So kenne ich ihn gar nicht«, sagte Jan Chopek, als er in der Air-Force-Kaserne in Cosford vor dem Eisenbett stand, auf dem Marek lag und seinen Rausch ausschlief. »Ich habe ihn nie betrunken gesehen. Jedenfalls nicht so. Er hat mit den Polen gezecht und mit diesen Idioten von der Fremdenlegion in Frankreich – aber besoffen war er nie.«

»Nun, jedenfalls ist er es jetzt. Nur gut, daß er die nächsten achtundvierzig Stunden keinen Dienst hat.«

»Er hätte sich niemals betrunken, wenn er Dienst gehabt hätte«, sagte Jan. Der britische Fliegeroffizier zuckte die Achseln. Er hatte schon gemerkt, daß Marek bei den tschechischen Kameraden Heldenverehrung genoß.

Marek hatte sich systematisch vollaufen lassen. Er hatte sich in sein Zimmer zurückgezogen, seine Uniformjacke aufgeknöpft und die Flasche Wodka auf dem Bett liegend in sich hineingekippt, damit ihn niemand in sein Bett schleifen müßte. Ihm war nicht einmal übel geworden, aber alle Versuche, ihn wachzurütteln, erwiesen sich als vergeblich.

Zwischen seinem und Jans Spind hingen ein Abreißkalender und das Bild einer kurvenreichen Blondine, das ein Mann angebracht hatte, der von einem Luftangriff auf Bremen nicht zurückgekehrt war. Das Motto auf dem Kalenderblatt – es war der 18. Dezember – lautete: *Niemand kann zweimal im selben Fluß baden.*

»Er hat für dieses Wochenende Urlaub bekommen«, sagte Jan, »weil er in den Lake District hinauf wollte – warum, weiß ich nicht. Und dann hat Phillips einen Autounfall gebaut, und Marek mußte für ihn fliegen. Er hat nicht viel gesagt, aber ich glaube, er war ziemlich enttäuscht.«

»Nun, wir können nichts tun als warten, bis er wieder zu sich kommt«, meinte der Offizier.

Sechs Stunden später war es soweit, ungefähr um dieselbe Zeit, als Ellen ihr Brautbett verließ. Marek duschte, zog sich um und beschloß, daß das Schicksal gesprochen hatte. Er war sich nicht mehr so sicher, ob er wirklich nach Crowthorpe gefahren wäre, um wie ein Operettenheld in die Hochzeit zu platzen. Er hatte es vorgehabt, aber der Krieg war dazwischengekommen. Während Ellen getraut wurde, flog er über den Ärmelkanal, und es war besser so. Denn Oskar Schwachek, jetzt SS-Gruppenführer Schwachek, lebte noch, und so lange mußte Ellen vor allem, was kommen mochte, beschützt werden.

29

»Und? Hast du dich gefreut, als du es erfahren hast?« fragte Nora Coutts, als sie Marek im Lazarett besuchte.

Eineinhalb Jahre waren inzwischen vergangen. Im Sommer 1941 hatte Hitler den Krieg gegen Rußland begonnen. Damit war für die Engländer die Gefahr einer Invasion so gut wie gebannt, aber ihre Städte wurden weiterhin bombardiert, ihre Luftwaffe kämpfte mit letzter Kraft, und sie litten unter dem Krieg wie nie zuvor.

Marek hatte seit seiner Entlassung von der Isle of Man bei einer tschechischen Einheit Wellington-Bomber geflogen und war immer unversehrt zurückgekehrt, bis eines Tages sein Backbord-Motor einen Treffer abbekommen hatte und er mit seiner Crew abspringen mußte. Nun lag er mit einem gebrochenen Bein im Krankenhaus und mußte zu seinem Ärger erfahren, daß er aus dem aktiven Dienst entlassen und als Ausbilder nach Kanada geschickt werden sollte.

»Aber ich bin spätestens in einem Monat wieder einsatzfähig«, hatte er protestiert, jedoch ohne Erfolg.

»Wir brauchen erstklassige Leute, um die jüngeren Männer auszubilden«, hatte der Kommandant des Stützpunktes gesagt, der nur ungern darauf hinwies, daß für einen Mann über dreißig zwei Jahre harte Fliegerei genug waren, zumal für einen, der bereits durch die Hölle gegangen war, bevor er nach England kam.

Aber das war es nicht, worauf Nora Coutts anspielte. Man hatte sie als Mareks nächste lebende Verwandte von seiner Verwundung benachrichtigt, und nun saß sie neben seinem Bett und strickte für die Soldaten wollene Kopfschützer und Fäustlinge. Nora war eine Weltmeisterin im Stricken sowie im Rollbindenaufwickeln und Ausliefern von Essen auf Rädern und – seit der Rückkehr in ihre englische Heimat kurz vor Ausbruch des Krieges – eine Stütze des freiwilligen Frauenhilfsdienstes.

»Was hast du erwartet, Marek?« hakte sie nach.

»Daß ich mich freuen ... daß ich erleichtert sein würde«, sagte er und fragte sich, warum er seiner Großmutter von der Nachricht erzählt hatte, die er vor drei Tagen erhalten hatte. Wenn er nicht so benommen und verwirrt gewesen wäre, nachdem die Ärzte sein Bein geschient hatten, wäre er vernünftiger gewesen.

»Du hast befohlen, daß jemand getötet werden soll, und du wolltest wissen, wer es getan hat. Deinem Befehl wurde gehorcht. Schwachek ist tot. Und du willst dich darüber freuen? *Du*?«

»Ja.«

Als er ihr Gesicht betrachtete, aus dem so viel gesunder Menschenverstand sprach, erinnerte sie ihn an Ellen, und er begriff plötzlich, wie wahnsinnig er gewesen war. »Ich hätte es selbst tun sollen. Ich wollte, daß sie ihn finden, aber es wäre meine Aufgabe gewesen, ihn zu töten.«

»Nun, jetzt ist es geschehen. Es ging gar nicht anders.«

Mehr sagte sie nicht, denn sie wußte, daß sein Bein mehrfach gebrochen war, daß er sich die Schulter ausgerenkt hatte und daß er sich demnächst von seinen Kameraden und der Arbeit hier, die er liebte, verabschieden mußte.

Müde und von Schmerzen gequält, versuchte Marek noch einmal, das Triumphgefühl heraufzubeschwören, das er sich erhofft hatte – aber es wollte sich nicht einstellen. Schwachek war bereits nach Rußland abkommandiert. Der schreckliche Feldzug, bei dem die Deutschen starben wie die Fliegen, hätte Marek die Arbeit abgenommen. Seine Großmutter hatte recht – er war wahnsinnig gewesen.

»Denkst du manchmal an Ellen?« fragte sie plötzlich.

Marek wandte den Kopf zur Seite und lächelte.

»Was denkst du?«

Als Nora Coutts das Krankenhaus verließ, tat sie etwas, was bei ihr selten vorkam – sie zögerte.

Sie hatte nicht gezögert, als sie dem russischen Anarchisten sagte, er solle sich nicht unglücklich machen, und ebensowenig, als sie ihre sämtliche Habe zurückließ, um zu Fuß zur tschechischen Grenze zu gehen, wo sie eine Stunde vor dem Einmarsch der Deutschen ankam. Aber sie zögerte jetzt.

»Denkst du manchmal an Ellen?« hatte sie Marek gefragt, und sie hatte ihre Antwort erhalten.

Aber Ellen war verheiratet. Früher wäre die Sache damit erledigt gewesen; aber heute, wo die Menschen von Bomben oder Torpedos oder Kanonen getötet wurden ... war es da nicht doch wichtig, daß man klare Verhältnisse schuf, bevor man auseinanderging? Sie dachte keinen Augenblick, daß Ellen ihren Mann verlassen würde, und wäre schockiert gewesen, hätte ihr das jemand unterstellt. Aber würde es Ellen trösten zu erfahren, daß Marek jetzt seinen Wahnsinn einsah? Daß es für Marek ein Trost sein würde, Ellen noch einmal zu sehen, bevor sein Schiff nach Kanada ging, davon war sie überzeugt.

Zunächst beschloß sie, nichts zu unternehmen. Aber einen Monat nach ihrem Besuch im Krankenhaus wurde ein Truppentransporter, der nach Kanada unterwegs war, torpediert.

Zwei Tage später stieg sie in den Zug nach Norden.

Vom Bahnhof aus ging sie zu Fuß. Trotz ihrer 82 Jahre hätte sie sich geschämt, für eine Entfernung von dreieinhalb Kilometern ein Taxi zu nehmen. Marek war aus dem Krankenhaus entlassen worden und wartete auf seine Abkommandierung nach Kanada. Obwohl sie froh war, daß er keine Einsätze mehr flog, würde sie ihn sehr vermissen. Er meinte, sie sollte zu ihm nach Kanada kommen, aber sie wollte hierbleiben und hier sterben.

Wieder einmal wurde der Lake District seinem Ruf nicht gerecht. Es regnete nicht. Der Spätsommernachmittag war golden und heiter. Nach der Zerstörung in den Städten war diese unberührte Landschaft mit den dunklen Laubbäumen und murmelnden Bächen ein Paradies. Und auch beim Anblick von Crowthorpe erschrak sie nicht. Schließlich war sie noch zu Lebzeiten von Königin Victoria geboren. Die Giebel und Türmchen und unsinnigen Verzierungen störten sie nicht. Sie war in Folkstone in einer Villa aufgewachsen, die Kendricks Zuhause nicht unähnlich war.

Aber am Tor zögerte sie doch. Sie hatte niemandem gesagt, daß sie kommen würde. Niemand außer Ellen würde sie kennen; für alle anderen wäre sie nur eine alte Dame in derben Schuhen, die einen Spaziergang machte. Ihr Koffer stand noch am Bahnhof, weil sie sich alle Möglichkeiten offenhalten wollte. Sie beschloß, einen Weg einzuschlagen, der zur Rückseite des Hauses und weiter leicht bergan zu einem Hügel führte – in diesem Wandergebiet wahrscheinlich ein öffentlicher Weg –, um sich einen Eindruck von dem Ort zu verschaffen – und von Ellens Leben.

Sie hatte Marek nicht gesagt, was sie vorhatte, aus dem einfachen Grund, weil sie es selbst nicht genau wußte. Wollte sie sehen, ob Ellen glücklich war? Ganz einfach so? Doch es gab eine Frage, die ihr dieser Besuch vielleicht beantworten konnte.

Auf einer kleinen Wiese neben dem Haus sah sie eine Herde hübscher Angoraziegen. Mit ihren bimmelnden Glöckchen erinnerten sie Nora an das Geläute der Kuhglocken in Pettelsdorf, und sie empfand plötzlich bitteres Heimweh. Weiter unten am Bach spielten Kinder. Was sie sich zuriefen, klang unverkennbar nach London East End – evakuierte Kinder, dachte sie, die Ellen wahrscheinlich mit offenen Armen aufgenommen hat.

Am Küchengarten blickte Nora durch das Gittertor in der Mauer. Sie sah reifende Tomaten in den Gewächshäusern und gepflegte Gemüsebeete. Ein Mädchen mit einer Schubkarre näherte sich dem Tor, aber Nora war noch nicht bereit, sich zu erkennen zu geben, und wandte sich ab. An der Stelle, wo früher ein Rasenplatz gewesen sein mußte, befand sich ein kleines Kartoffelfeld. Wie nicht anders zu erwarten, führte Ellen Haushalt und Garten auf vorbildliche und höchst patriotische Weise, und dies in einer unübertroffen schönen Landschaft. Trotzdem fühlte sich Nora enttäuscht. Ja, es gab kein anderes Wort dafür, und das erschreckte sie sehr. Hatte sie gehofft, daß Ellen unglücklich sein würde, daß sie ihren Schritt bedauerte, vielleicht sogar schlecht behandelt wurde? Hatte sie gehofft, das Mädchen in die Arme zu nehmen und zu trösten, ihr zu sagen, daß Marek sie immer noch liebte und daß man Ehen für ungültig erklären konnte?

Nein, das hatte sie gewiß nicht gehofft. Nora war entsetzt, daß sie so etwas überhaupt denken konnte. Ihr Vater war Geistlicher, und sie hatte strikte Ansichten über die Heiligkeit der Ehe.

Sie ging weiter. Der Weg führte sie im Bogen hinter dem Haus herum, vorbei an einer Schar Zwerghühner, deren Gefieder in der Sonne glänzte, einem Gebüsch aus Spiersträuchern und Fingerhut, und plötzlich befand sie sich am Rand des Obstgartens.

Pflaumen und Kirschen waren bereits geerntet, aber die Äpfel hingen noch rot und golden und grün an den Bäumen. Zwischen den Bäumen waren Wäscheleinen gespannt, und ein Mädchen hängte Geschirrtücher und Kissenbezüge, Hemden... und Windeln auf. Sie bewegte sich anmutig, bückte sich über den Wäschekorb, schüttelte die einzelnen Stücke aus, bevor sie sie an der Leine befestigte; und weil Nora das Mädchen sofort erkannte, trat sie hinter die Spiersträucher zurück, von wo aus sie sie ungesehen beobachten konnte.

Ellen sah gut aus. Sie war von der Sonne gebräunt und fühlte sich in ihrem verschossenen Baumwollkleid und den flachen Sandalen sichtlich behaglich. Nora spürte förmlich, wie zufrieden sie war beim Anblick der sauberen, im Sommerwind wehenden Wäsche. Von den drei Waschkörben hatte Ellen zwei fast geleert. Nun wandte sie sich dem dritten zu, aus dem ein wimmerndes Geräusch gekommen war, und nahm sehr vorsichtig ein Baby heraus, legte sich über die Schulter und streichelte ihm den Rücken. Dieses Bild war der Inbegriff von Liebe, von Mütterlichkeit – das Kind an Ellens Hals geschmiegt, während sie leicht den Kopf neigte und mit ihm redete; dann das plötzliche Zappeln, als das Kind reagierte... Nora hatte das Gefühl, als wäre es ihre eigene Schulter, an der das Kind lehnte. So hatte sie Milenka gehalten, und Marek. Und bei dem Gedanken, daß dieses Kind Mareks Kind hätte sein können, Fleisch von ihrem Fleisch, fühlte sie plötzlich einen Schmerz, als hätte sie etwas sehr Liebes verloren.

Aber ihre Frage war beantwortet, und sie konnte nur froh sein, daß sie nicht zur Vordertür hereinspaziert war. Eine Ehe konnte annulliert werden – ein Erwachsener konnte seine Chance nutzen, und Kendrick mußte von Ellens Liebe zu Marek gewußt haben –, aber ein Kind konnte man nicht beiseite schieben.

Später im Zug, der nach Süden zu kriechen schien, dachte Nora noch immer an jene idyllische Szene – die reifenden Äpfel, der blaue Himmel, die tschilpenden Spatzen im Gebüsch ... und Ellen mit ihren im Wind wehenden Locken, die zärtlich und rhythmisch den Rücken des Kindes auf ihrer Schulter streichelte.

Ein Mann, dem es bestimmt ist, dem Kriegs-London den Rücken zu kehren, und das vielleicht für immer, wird von einigen Orten Abschied nehmen – von St. Martin in the Fields, wo er während der Abendandacht den Blindenchor noch einmal hören möchte; von Joe's »All Night Stall« an der Westminster Bridge, wo es den besten Aal in Aspik gab; vom Grill Room des »Café Royal« – und von den Mittagskonzerten in der National Gallery, eine der wenigen schönen Einrichtungen, die der Krieg mit sich brachte.

Wenn sich Engländer an ihre Heldinnen jener grausamen Kriegsjahre erinnern, denken sie an die Queen Mum, die in Stöckelschuhen über Trümmer stieg, um den ausgebombten Menschen Trost zu bringen; an die Rotkreuzschwestern, die mit den Soldaten an die Front gingen; und sie denken an Dame Myra Hess, die wundervolle Pianistin, mit ihren altmodischen Kleidern und dem streng zu einem Knoten zusammengebundenen grauen Haar, an ihre Musikalität und ihr Lächeln.

Denn es war diese durch nichts unterzukriegende Frau, die die besten Musiker im Land überredete, für einen Hungerlohn in der ausgeräumten Kunstgalerie zu spielen; die die Behörden drängte, das von Bomben beschädigte Gebäude zu reparieren, um dort in der Mittagszeit eine Oase für all diejenigen zu schaffen, denen Musik etwas bedeutete. Marek, der Myra kannte und liebte, war früh gekommen, weil er wußte, daß sich die Schlange der anstehenden Menschen an den Tagen, an denen sie selber auftrat, rund um den Trafalgar Square ziehen würde. Er hatte auch Grund, ihr dankbar zu sein; denn einer ihrer Schützlinge hatte hier seine Violinsonate gespielt, und während seiner Urlaubstage hatte er hier die besten Quartette gehört, die das Land zu bieten hatte. Die Musik und den Anblick der müden Hausfrauen, der Seeleute und Büroangestellten, die Myras Spiel hingerissen lauschten, würde er als bleibende Erinnerungen mit nach Übersee nehmen.

Er war für einige Tage nach London gekommen, während er auf die Mitteilung wartete, wann und wo sein Schiff abgehen würde, was stets bis zur letzten Minute geheimgehalten wurde. Er trug Uniform; sein Stock lag unter dem Stuhl auf dem Boden. Beim Gehen humpelte er noch, aber das Bein war so gut wie geheilt.

Ein dunkelhaariges Mädchen, das nach ihm hereingekommen war, hatte sich absichtlich neben den distinguiert aussehenden Fliegerleutnant gesetzt. Sie war eine Intellektuelle, die sich ihre Männer an Orten suchte, wo Intelligenz garantiert war – in Kunstgalerien, Konzerten, bei ernsthaften Theateraufführungen. Marek, der ihre Absicht durchschaute, war nicht geneigt, auf ihre Bemerkungen in der Pause einzugehen, obwohl er schon lange nicht mehr mit einer Frau zusammengewesen war.

Myra Hess nahm wieder am Flügel Platz. Sie spielte die Mozart-Sonate in a-Moll, und Marek schloß die Augen, um die Geradlinigkeit und Schlichtheit ihres Spiels zu genießen. Dann, mitten im langsamen Satz, heulten die Sirenen.

Musiker und Publikum hatten es längst aufgegeben, einfach weiterzumachen, als sei nichts geschehen. Wie immer bei Fliegeralarm erschienen von allen Seiten Museumswärter, die die Zuhörer in den Keller trieben – und auch Marek, der gehofft hatte, aus dem Gebäude zu entkommen, fand sich alsbald an einer unterirdischen Mauer lehnend, das dunkelhaarige Mädchen wie eine Klette an seiner Seite.

»Soll ich Ihnen aus der Kantine ein Sandwich besorgen?« fragte sie.

Marek blickte auf und starrte in Ellens Gesicht.

Sie war einen Tag vor dem fünfzigsten Geburtstag ihrer Mutter nach London gekommen mit Butter und Eiern vom Gutshof und Dahlien und Astern aus dem Garten. Zwei der Fenster von Gowan Terrace waren mit Brettern vernagelt; Säcke, aus denen der Sand rieselte, umgaben das Haus, aber die drei Schwestern fanden, das Holloway-Gefängnis sei wesentlich unkomfortabler gewesen.

Ellen hatte im Handumdrehen eine Party veranstaltet und ihrer Mutter wie stets versichert, daß sie rundum glücklich sei und genau das Leben führe, das sie sich gewünscht hatte.

Am folgenden Tag ging sie in die National Gallery, um ihren Sandwich-Damen in der Kantine einen Besuch abzustatten. Anschließend wollte sie nach oben gehen, um endlich einmal eines der Mittagskonzerte ganz zu hören und nicht nur wie früher, als sie hier arbeitete, hin und wieder ein paar Bruchstücke, wenn gerade jemand die Kantinentür öffnete.

Aber sie hatte Pech. Die Damen, die die Kantine leiteten, gehörten zur Aristokratie und waren für ihre ausgezeichneten Sandwiches ebenso berühmt wie für ihre eiserne Disziplin. Zufällig kam Ellen an dem Tag, als die Ehrenwerte Mrs. Framlington in ihrer U-Bahn-Linie wegen einer Zeitbombe aufgehalten wurde, und so stand Ellen, ehe sie sich's versah, wieder hinter dem Tresen und belegte Vollkornbrotschnitten mit Tomatenscheiben. Als die Sirenen losgingen, mußten auch die Kantinendamen in den Luftschutzkeller, wo sie ihre Tische mitten im Publikum aufbauten.

Als Ellen dort plötzlich Marek gegenüberstand, tat sie etwas Unerwartetes. Sie stellte die Platte mit den belegten Broten ab, ging hinüber zu ihm und zerrte mit einer so heftigen und besitzergreifenden Bewegung an seinem Ärmel, daß das dunkelhaarige Mädchen sofort verschwand. Erst dann und immer noch den Ärmel festhaltend, als drohte sie zu ertrinken, wenn sie loslassen würde, antwortete sie auf seinen Gruß und sagte seinen Namen.

Eine Stunde später saßen sie auf einer Bank im Saint James' Park. Sie sahen sich nicht an, sondern blickten auf die Enten, die vor ihnen auf und ab watschelten. Die Fleischrationen pro Kopf und Woche waren bei 225 Gramm angelangt, aber die Briten wären eher zu Kannibalen geworden, als daß sie sich an den Wasservögeln in ihren Parks vergriffen hätten. Ellen sah Marek nicht an, weil sie tief erschrocken war, als sie ihn erblickt hatte. Deshalb suchte sie sich harmlose Dinge aus: das welke Gras, die leeren Liegestühle und in der Ferne die goldenen Gitter des Buckingham Palace. Marek sah Ellen nicht an, weil er seine letzten Kräfte sammelte für das, was kommen mußte, und bereits spürte, daß sie nicht ausreichen würden.

Die Dinge, die sie normalerweise getan hätten, um ihre Fassung wiederzugewinnen, waren ihnen verwehrt. Sie konnten nicht durch die Straßen laufen, weil sein Bein noch steif war und schmerzte, oder später in einem Lokal tanzen, um sich auf schickliche Art in den Armen zu halten. Sie konnten nicht mitten am Nachmittag essen gehen und in einer abgeschiedenen Ecke gemütlich beisammensitzen.

»Ich muß nach Gowan Terrace zurück«, sagte Ellen mit kaum hörbarer Stimme. »Sie werden schon auf mich warten.«

»Das hast du schon gesagt«, erwiderte Marek. »Schon ein paarmal.« Aber als er sich ihr zuwandte, sah er, daß ihre Augen in Tränen schwammen.

»Wir gehen jetzt ins Dorchester und trinken Tee«, sagte er. »Tee ist etwas völlig Harmloses. Wir werden ihn ganz ruhig zu uns nehmen.«

Sie fanden ein Taxi, und es war tatsächlich beruhigend, Lapsang Souchon zu trinken und *petits fours* zu essen und auf den Hyde Park hinauszublicken, als lägen nicht vier Jahre zwischen ihnen, als gäbe es keinen Krieg. Er hatte ihr von Schwacheks Tod erzählt. Nun sagte er, daß er nach Kanada geschickt wurde; daß sie sich heute zum letzten Mal sehen würden – und mit einem Schlag war für Ellen die Intimität des Teesalons dahin, die sentimentale Musik verstummt, und sie saß zitternd in einer Hölle.

»Ich muß gehen«, sagte sie elend.

Er nickte und humpelte zum Empfang.

»Hast du eins bekommen?« fragte sie, als er zurückkam.

»Was soll ich bekommen haben?«

»Ein Taxi.«

Er schüttelte den Kopf. »Nein. Aber ein Zimmer für die Nacht.«

Sie wich erschrocken zurück. »Das kannst du nicht getan haben.« Er konnte unmöglich so grausam sein.

»Du mußt nicht mit mir schlafen. Du brauchst kein einziges Kleidungsstück auszuziehen. Aber bevor ich gehe, müssen wir richtig miteinander reden. Ich muß wissen, ob du glücklich bist und ob du mir vergeben kannst, was ich uns beiden angetan habe.«

Sie schwieg so lange, bis er Angst bekam. Dann hob sie den Kopf und sagte, was Mädchen vielleicht sagen, wenn nichts mehr hilft. Sie sagte: »Ich habe keine Zahnbürste dabei.«

Aber sie sprachen sehr lange nicht. Es gab einen Augenblick, als sie zum ersten Mal in seinen Armen lag und sie beide still waren wie Kinder kurz vor dem Einschlafen, da dachte sie, sie könnte vielleicht verhindern, was geschehen würde – sie müßte vielleicht nicht wissen, was ihr für den Rest ihres Lebens versagt bleiben würde. Vielleicht fürchtete auch Marek diesen Schmerz, den das Wissen bringen würde; denn auch er hielt sehr still, als ob nebeneinander zu liegen genügen könnte, um seine Sehnsucht zu stillen.

Aber natürlich genügte es nicht. Und später, als es geschehen war, wußte Ellen, daß es so schlimm war, wie sie befürchtet hatte – ja, daß es sogar noch schlimmer war: daß es sie umbringen würde, ohne die Liebe dieses Mannes zu leben. Und trotzdem mußte sie es versuchen.

»Und nun erzähl mir«, sagte Marek. »Ich will alles über dein Leben wissen.«

Es war dunkel geworden. Der Himmel war klar und übersät von Sternen. Daß sie heller leuchteten als in Friedenszeiten, verdankten sie dem Krieg, denn es strahlten keine Leuchtreklamen in den Himmel, und jedes Fenster war verdunkelt. Marek war zum Fenster gegangen. Nun kam er zum Bett zurück und küßte sie auf die Stirn, um ihr zu zeigen, daß er sie ungestört sprechen lassen würde. Und sie faltete wie ein Kind die Hände und begann:

»Ich habe Ziegen«, sagte sie. »Zwanzig Angoraziegen. Es sind sehr schöne Tiere. Kendrick mag keine Ziegenmilch, niemand mag sie, aber wir machen Käse daraus. Und sie riechen überhaupt nicht, sie sind sehr –«

»Danke«, sagte Marek. »Ich weiß über Ziegen Bescheid.«

»Ja.« Das mußte sie zugeben. Sie neigte den Kopf. »Und ich habe Zwerghühner – sehr schöne, mit weißen Federn und schwarzen Beinen. Ihre Eier sind nicht sehr groß – das erwartet man ja auch nicht –, aber sie schmecken gut. Und wir haben bei der Dorfausstellung für unsere Zwiebeln den ersten Preis gewonnen ...«

Sie plapperte weiter, und Marek, der nicht auch noch den Milchertrag pro Jerseykuh hören wollte, legte die Hand an ihre Wange und zwang sie sanft, ihn anzusehen. »Ich habe gehört, du wolltest Crowthorpe zu einer Zufluchtsstätte machen«, sagte er, um ihr ein neues Stichwort zu geben.

»Ja.« Sie schwieg eine Weile in Gedanken an das, was sie sich so fest vorgenommen hatte. »Das habe ich getan. Es ist nur so – wenn man eine Zufluchtsstätte hat, kann man nicht mehr groß auswählen. Ich meine, als die Menschen früher an die Tür einer Kirche klopften, konnte der Priester nicht sagen: ›Ich nehme dich und dich, und die anderen müssen wieder gehen.‹ Er mußte jeden aufnehmen.« Sie hielt inne und ließ die derzeitigen Bewohner von Crowthorpe im Geist Revue passieren.

»Die Bauernmädchen sind in Ordnung und auch die Evakuierten, die zu Anfang kamen, die kleinen Cockneys. Aber dann bekamen wir Leute aus Coventry und Birmingham, und sie hassen sich gegenseitig. Ihre Kinder machen Benzinbomben und werfen sie aus dem Fenster. Und die Menschen, die ich bei mir haben wollte, meine Mutter und Sophie zum Beispiel, können nicht kommen. Sophie ist in Cambridge, und Leon ist zu den Pionieren gegangen. Also bleiben mir Leute wie Tamara –«

»Tamara! Ist das dein Ernst?«

Sie nickte. »Sie ist nicht immer da. Aber sie kommt nicht mit ihrer Mutter aus, und sie stört mich auch nicht besonders, weil sie mit Kendrick Grammophon hört und er ihr von Dostojewski erzählt. Natürlich wäre es nett, wenn sie ihre Lebensmittelkarte mitbrächte und die Finger von den Blumen im Treibhaus lassen würde. Aber es ist nicht leicht für Kendrick, weil ich so viel zu tun habe ... und letztlich kommt es auf das alles gar nicht an. Es ist Krieg, und verglichen mit den Menschen überall auf der Welt –«

Sie hielt erneut inne und strich sich mit dem Finger über das untere Augenlid. Eine ähnliche Geste hatte Marek bei ihr gesehen, als sie einem Kind half, gegen die Tränen zu kämpfen.

»Ellen, ich verstehe das nicht«, sagte er, während er sie in die Arme nahm. »Ich verstehe nicht, was du sagst. Nora hat mir erzählt ... und deshalb bin ich nicht gekommen ... Es war nicht wegen Kendrick – er kann von mir aus zum Teufel gehen –, sondern wegen dir.«

»Nora?« fragte Ellen verwirrt. »Wieso weiß deine Großmutter ...?«

»Sie ist nach Cumberland gefahren, um dich zu besuchen«, begann er, aber als er daran dachte, was Nora in dem Obstgarten gesehen hatte, schnürte sich ihm die Kehle zu. »Du mußt sie in Frieden lassen, Marek«, hatte Nora gesagt. »Du mußt mir versprechen, sie in Frieden zu lassen.«

Er nahm sich zusammen und sagte, was Nora ihm erzählt hatte. »Deshalb bin ich nicht gekommen – wegen des Kindes.«

Ellen starrte ihn an. Ein Suchscheinwerfer tastete den Himmel ab, erhellte ihr Gesicht, und Marek sah die großen bestürzten Augen.

»O Gott!«

Die Traurigkeit in ihrer Stimme ließ ihn sein eigenes Elend vergessen. Irgendwie mußte er auf das eingehen, was jetzt ihr Lebensinhalt zu sein schien.

»Was ist es? Ein Junge oder ein Mädchen?«

Sie legte sich auf das Kissen zurück. »Ich weiß es nicht«, sagte sie müde. »Es war vielleicht Tyrone oder Errol oder Gary. Es sind so viele, und sie heißen alle wie Filmstars.«

Er nahm sie bei den Schultern und zog sie hoch. »Würdest du dich bitte genauer ausdrücken«, sagte er ungeduldig. »Mir ist nicht zum Spaßen zumute.«

Sie versuchte zu lächeln. »Ich habe dir doch von der Zufluchtsstätte erzählt und daß man nicht wählen kann. Die Leute von der Einquartierung haben mich gefragt, ob ich ledige Mütter aufnehmen würde. Sie sollen leichte Hausarbeiten verrichten und erhalten dafür Kost und Logis. Einen Monat nach der Geburt ihres Kindes gehen sie wieder. Dann können sie die Kinder in einer Krippe unterbringen und sich

Arbeit suchen. Der erste Teil dieser Abmachung funktioniert gut. Die Mädchen sind ganz nett. Meistens wurden sie von einem Soldaten schwanger, der in Übersee stationiert ist. Schlimm wird es, wenn sie gehen sollen.«

Aber er hörte ihr kaum noch zu. »Du meinst, du hast gar kein Kind? Und du erwartest auch keins?«

Sie schüttelte unglücklich den Kopf. Sie hätte sagen können, daß sie wahrscheinlich auch nie eines bekommen würde, aber sie tat es nicht, denn sie wollte Kendrick nicht bloßstellen. Der Umzug vom großen Schlafzimmer ins alte Kinderzimmer hatte nicht viel geändert. Kendrick stammelte weiterhin bewundernde Worte und bat sie jede Nacht aufs neue, ihn nicht zu verlassen, aber mehr geschah nicht. Als Ellen erkannte, daß sie bei Kendricks talentlosen Versuchen wahrscheinlich nie ein Kind bekommen würde, war sie zunächst todunglücklich; aber die vielen Babys ihrer unverheirateten Mütter hatten sie dann beruhigt. Nach dem Krieg würde es viele Kinder geben, die ein Zuhause brauchten. Dann würde sie eben ein Kind adoptieren.

Aber Marek war wie verwandelt. Er hätte sie nicht von ihrem Kind getrennt oder einem Mann sein eigen Fleisch und Blut weggenommen, aber nun gab es kein Hindernis mehr.

»Gott sei Dank«, sagte er. »Dann gehörst du mir.«

Beim zweiten Mal ist es immer besser; man ist sicherer, und es gibt schon ein Wiedererkennen, das zu den kostbarsten Elementen der Liebe zählt. Marek war jetzt ein Eroberer. Die Erleichterung, die Freude, die er empfand, übertrugen sich auf jede Geste. Und Ellen folgte ihm Zug um Zug... und als hinge ihr Leben davon ab, prägte sie sich ein, wie sich seine Haut anfühlte, seine Haare, die Muskeln an seinen Schultern...

Die Folge war, daß er ihr nicht glaubte, als sie am Morgen sagte, sie müsse zu Kendrick zurück.

»Du bist verrückt. Du bist vollkommen verrückt. Glaubst du, du machst den armen Teufel mit deinem Mitleid glücklich? Er hat doch bestimmt etwas Besseres verdient, meinst du nicht auch?«

Noch hatte er keine Angst. Noch war er siegessicher.

»Ich habe es versprochen«, sagte sie immer wieder. »Ich habe versprochen, ihn nicht allein zu lassen. Jede Nacht habe ich es ihm versprochen. Er war immer allein. Seine Brüder haben ihn herumgeschubst, und seine Mutter verachtet ihn. Das ganze Haus ist voller Fotos von Roland und William, und nirgends ist eines von Kendrick –«

»Um Himmels willen, Ellen! Was geht mich das an? Ich weiß noch, wie er in der Schule war. Er saß immer an irgendeinem Heizkörper. Solchen Menschen ist nicht zu helfen.«

Sie schüttelte den Kopf. »Ich habe es versprochen«, wiederholte sie. »Er hat solche Angst. Er läuft mir den ganzen Tag nach und sagt mir, wie sehr er mich liebt. Man wird nicht glücklich, indem man auf dem Glück anderer herumtrampelt.« Und dann sagte sie sehr ruhig: »Was soll aus der Welt werden, Marek, wenn die Menschen nicht halten, was sie versprochen haben?«

Sie sah, wie sich seine Kinnbacken spannten, und erwartete beinahe erleichtert einen seiner Wutausbrüche. Ein Mann, der Nazis aus dem Fenster warf und Kinder in den See stieß, würde jetzt bestimmt wütend werden und es ihr dadurch leichter machen.

Aber er verstand sie doch, wenn auch in letzter Minute. Er hielt sie sehr still und sehr fest im Arm, und das war beinahe mehr, als sie ertragen konnte.

»Wenn du es dir noch anders überlegst – ich bin bis zu meiner Abreise im tschechischen Club in Bedford Place.«

Aber sie schüttelte nur den Kopf. Dann legte sie seine Hand mit der Innenseite an ihre Wange, und dann sagte sie: »Ich muß jetzt gehen.«

Der Zug war genau das, was sie brauchte. Die Heizung funktionierte nicht, die Toilette war verstopft, im Gang hatte sich jemand übergeben. In einem solchen Zug konnte man den Tränen freien Lauf lassen. Eine alte Frau, die ihr in dem übelriechenden, kalten Abteil gegenübersaß, legte die Hand auf Ellens Knie und sagte: »Ja, ja, heutzutage gibt's immer einen Grund zum Weinen.«

Kendrick holte sie nicht vom Bahnhof ab, denn sie kam einen Tag früher als geplant zurück. Sie stieg schon am Tor aus dem Taxi und ging zu Fuß über die Auffahrt zum Haus. Vielleicht half die Nachtluft, ein paar Tränenspuren zu verwischen. Sie blieb kurz stehen und blickte zum Mond, der eben hinter einer Wolke hervorkam.

»Ich versuche, das Richtige zu tun, Henny«, sagte sie. »Ich versuche, ein anständiger Mensch zu sein. Du hast gesagt, nur darauf kommt es an. Darum hilf mir jetzt. Bitte!«

Aber Henny war nie ein Nachtlicht gewesen. Sie gedieh nur bei Tageslicht zwischen Butterflöckchen und goldenen Butterblumen. Der wilde und stürmische Nachthimmel entsprach nicht ihrem Wesen.

Am Hintereingang stellte Ellen ihren Koffer ab, sperrte die Tür auf und ging ins Haus. Alles war dunkel. Kendrick war vermutlich schon schlafen gegangen.

Leise ging sie nach oben, um niemand im Haus zu wecken. Als sie in den zweiten Stock kam, blieb sie stehen. Sie hörte Musik. Im großen Schlafzimmer, aus dem sie und Kendrick ausgezogen waren, spielte Musik – eine Musik, die so unvermutet an ihr Ohr drang, daß sie sie nicht gleich erkannte.

Stirnrunzelnd ging sie den Korridor entlang und öffnete die Tür.

Mareks Marschbefehl nach Liverpool, wo er sich zur Einschiffung melden sollte, kam einen Tag später. Seinen letzten Nachmittag in London verbrachte er allein in seinem Zimmer im tschechischen Klub und versuchte, seine Niedergeschlagenheit wenigstens soweit zu überwinden, daß er unten an der Bar noch einen Abschiedsschluck mit seinen Freunden trinken konnte. Er stand am Fenster und beobachtete die vorübergehenden Mädchen, die alle nicht wie Ellen aussahen. Manche gingen wie sie, nur weniger leichtfüßig und anmutig; manche wandten den hellbraunen Lockenkopf, nur hatten sie ein ganz anderes Gesicht.

Ein Mädchen überquerte die kleine Parkanlage, ein Mädchen mit einem Koffer in der Hand. Aber sie ging nicht am Haus vorbei; sie kam näher und hatte auch kein fremdes Gesicht. Sie kam die Stufen herauf, und als sie ihn am Fenster stehen sah, brach sie hilflos am Geländer zusammen.

Er rannte die Treppe hinunter. »Was ist los, mein Liebling«, sagte er, während er sie in die Arme schloß. »Um Gottes willen, Ellen, was ist passiert?«

Sie hob den Kopf, und er sah ihre Tränen.

»Die Polowetzer Tänze, das ist passiert! Oh, Marek, du wirst es nicht glauben«, stieß sie hervor, und dann sah er, daß sie Tränen lachte. »Die Polowetzer Tänze und das bessarabische Körperöl und die Wellenbewegungen – einfach alles. Aber ich kann dir das nicht hier erzählen. Es ist zu unanständig.«

Aber selbst oben in seinem Zimmer konnte sie sich nicht sofort beruhigen.

»Ich habe versprochen, ich würde ihn nicht allein lassen – aber er war nicht allein! Verstehst du, er konnte nicht ... er konnte nicht mit mir ... weil ich für ihn eine Göttin war. Aber Tamara ist keine Göttin. Sie ist eine elementare, eine dunkle Lebenskraft ... « Wieder brach sie in Lachen aus. »Sie haben versucht, es mir zu erklären ... Oh, du hättest sie sehen müssen! Sie hat ihn angeknurrt und ihn *galubtschik* genannt – und dann hat sie ihn auf das Bett geworfen, und der Fischadler ist umgekippt und auf beide draufgefallen!«

Aber später, als Marek sie fürs erste genug geküßt hatte und sie mit Anweisungen überschüttete, was sie alles tun mußte – zum Canada House gehen, Papiere besorgen, die Scheidung einreichen –, wurde sie plötzlich nachdenklich, und Marek stockte das Herz.

»Woran denkst du, Ellen? Mein Gott, nun sag schon!«

Sie sah ihn an, und weil es ihn vielleicht verletzen würde, was sie sagen wollte, legte sie die Hände beruhigend auf seine Brust.

»Ich habe gerade gedacht«, sagte sie sehr ernst, »daß ich etwas wirklich vermissen werde, und das sind meine Ziegen.«

Epilog

»Wir werden wieder ein Aniella-Fest feiern«, hatten sie sich in Hallendorf versprochen – Frau Becker und Jean-Pierre, der Metzger und Freya und die alte Frau, die gesagt hatte, es würde bestimmt regnen. »Das war heute nicht das letzte Mal«, hatten sie gesagt – Chomsky Arm in Arm mit dem Gemüsehändler, die Reporter, die Lieselotte knipsten, und alle, die diesen glücklichen Tag miterlebt hatten.

Und sie wiederholten das Fest, aber erst mußte noch vieles durchgestanden werden: das Kriegsende, die Niederlage für Österreich, die Entbehrungen der Nachkriegszeit, die Aufteilung des Landes in Besatzungszonen der Siegermächte.

Im Mai 1955 wurde dann der Vertrag unterzeichnet, der Österreich wieder zu einem unabhängigen Staat machte. Bald danach war das zerbombte Wiener Opernhaus wiederaufgebaut und eröffnete mit einer Galavorstellung des *Fidelio*. Für diejenigen, die keine Karten bekommen konnten, wurde die Musik mit Lautsprechern nach draußen übertragen, und viele, die vor der Oper standen und zuhörten, hatten Tränen in den Augen. Brigitta Seefeld ließ es sich nicht nehmen, den kleinen Skandal zu liefern, den solche Anlässe brauchten, indem sie, bevor der Vorhang hochging, empört den Zuschauerraum verließ, weil man ihr zugemutet hatte, eine Loge mit einer ihrer Rivalinnen zu teilen.

Im selben Jahr feierten die Hallendorfer wieder den Namenstag von Aniella. Lieselotte, jetzt Mutter einiger Kinder, hatte ihre Nichte Steffi überredet, die Heilige darzustellen, aber der Gemüsehändler und der Metzgermeister waren wieder die bösen Ritter. Chomsky, der inzwischen als Paterfamilias in Budapest ein bißchen unter dem Pantoffel stand, durfte nur als Zuschauer dabeisein.

Einige, die bestimmt wieder mitgewirkt hätten, lebten nicht mehr: Bruno war in Rußland gefallen; Jean-Pierre, der in der Résistance gekämpft hatte, war verraten und erschossen worden.

Aber Isaac war da mit seiner jungen Frau, die er kennengelernt hatte, als er ein Konzert im ehemaligen Konzentrationslager Bergen-Belsen gab. Sie hatte als Cellistin im Lagerorchester überlebt, konnte es aber noch immer kaum ertragen, nicht unmittelbar an Isaacs Seite zu sein. Bennet und Margaret waren da, und es war eine Freude, zu sehen, wie glücklich sie miteinander waren; und ebenso Sophie und Leon, die aus ihrem Kibbuz in Israel zurückgekehrt waren. Leons Israelbegeisterung hatte sich bald gelegt im Gegensatz zu Sophie, die das kameradschaftliche Zusammenleben genossen hatte. Jetzt wohnten sie wieder in London; sie hatten geheiratet und planten, zu Ursula an den Wounded Knee Creek zu fahren, um einen Film über die Indianer zu drehen.

Diesmal waren noch mehr Menschen zum Aniella-Fest gekommen als das erste Mal, und als es vorbei war – als Steffi zu ihrer Apotheose emporgeschwebt war und Marek den Agenten und Impresarios, die herbeigeeilt waren, zum wiederholten Mal erklärt hatte, daß die Musik ein Geschenk an die Leute von Hallendorf war und bleiben würde –, da kam im Dorf die Art von Freude auf, die sie in den schlimmen Kriegsjahren fast vergessen hatten.

»Und das verdanken wir euch«, sagten sie, während sie Marek und Ellen und ihren neunjährigen Sohn Lukas umringten. »Wir wissen, wie beschäftigt und bedeutend Sie sind«, sagten sie zu Marek. »Und trotzdem sind Sie bis von Kanada zu uns gekommen, um uns zu helfen.«

Erst am nächsten Morgen konnte sich Ellen davonstehlen und mit Lieselotte über den See rudern. Das Schloß diente während des Krieges als Erholungsheim; jetzt stand es wieder leer. Als sie das Boot am Steg festmachten und die Stufen hinaufstiegen, stand Ellen der Tag ihrer ersten Ankunft in Schloß Hallendorf so lebhaft vor Augen, als wäre es gestern gewesen. Der Duft von Verbenen und Jasmin, die emsig fliegenden Schwalben ... Hier war das Schilf, aus dem der tropfnasse Chomsky auftauchte, hier die Tür, aus der ihr Sophie, das erste der »wilden« Kinder, entgegengelaufen kam – und dort die Wiese, wo die sonnenbadende Tamara das Gras flachgedrückt und das Haferfliegen-Experiment des armen Langley ruiniert hatte. Aber wenn sie heute an den kleinen Kohlkopf dachte, der die resolute Patricia Frobisher einen Monat nach deren Rückkehr aus Kenia wieder verabschiedet hatte, mußte sie nur noch schmunzeln.

»Hier ist es«, sagte Lieselotte und wies auf ein kleines Holzkreuz unter der Zypresse. »Er ist bei uns drüben gestorben, aber die Kinder haben ihn hier beerdigt, weil ihn das vielleicht gefreut hätte.«

Ellen bückte sich, um die Inschrift zu lesen, die Lieselottes Älteste in deutschen Lettern säuberlich aufgemalt hatte.

HIER LIEGT ACHILLES
EINE SCHILDKRÖTE
ER LEBTE LANG UND GUT
ER RUHE IN FRIEDEN

O Gott, wie recht ich hatte, dachte Ellen. Als ich sah, was er für die Schildkröte getan hat, wußte ich, daß er mir helfen würde. Und sie empfand so viel Dankbarkeit und Freude, daß sie sich für einige Augenblicke an die sonnenwarme Balustrade lehnte und die Augen schloß.

Aber Lieselotte hatte ihre Freundin nicht wegen eines Grabs hierhergebracht. Sie drängte Ellen weiter, über den Hof mit dem Brunnen und dem Trompetenbaum.

»Hoffentlich sind sie da«, sagte sie. Dann nickte sie erleichtert und trat zur Seite.

Und da waren sie wirklich. Die seltsam mittelalterlich anmutenden Vögel standen Wache auf den riesigen Nestern, die sie auf Mareks Rad gebaut hatten.

»Sie sind in derselben Woche gekommen, in der wir beschlossen haben, das Aniella-Fest wieder zu feiern. Du hast gesagt, sie sind ein Segen für einen Ort, nicht wahr? Ich glaube, jetzt wird es uns wieder gutgehen.«

»Davon bin ich fest überzeugt«, sagte Ellen.

Während sie zu den Vögeln hinaufschaute, die so seltsam und doch so allgemein beliebt waren, hörte sie hinter sich Schritte, und als sie sich umdrehte, sah sie Marek, die Hand auf der Schulter ihres Sohnes, über den gepflasterten Hof kommen.

»Das ist dein Werk«, sagte Marek, während sich Lieselotte taktvoll zurückzog.

Ellen schüttelte den Kopf. »Es war dein Rad.«

»Aber es war deine Vision.«

Sie standen mit dem Jungen in ihrer Mitte und zollten den Vögeln ihren Respekt, die für eine Weile die einzigen Hüter des Schlosses sein würden. »Vielleicht sind es deine Störche«, wollte Ellen sagen, »vielleicht sind es die Störche aus Pettelsdorf«, aber sie sagte es nicht. Den Tschechen waren nur drei Jahre Frieden und Freiheit vergönnt gewesen, bevor die von Moskau unterstützten Kommunisten das Land wieder zu einem Polizeistaat machten und Pettelsdorf als Besitz eines kapitalistischen Unterdrückers konfiszierten. Marek war seit dem Krieg nicht mehr zurückgekehrt. Er hatte versucht, seinem Sohn zu erklären, daß es dort einmal einen Landbesitz gab, der eines Tages ihm hätte gehören sollen, aber es hatte Lukas nicht interessiert.

»Ich hätte nicht gedacht, daß Bäume jemandem gehören«, hatte er gesagt, während er auf den meilenweit unberührten Wald hinter ihrem Haus blickte.

Und jetzt, während er weiterhin höflich zu den Störchen hinaufschaute, sagte er: »Was meint ihr? Können wir bald nach Hause fahren?«

Ellen und Marek sahen sich an. Beide waren mit ihren Gedanken so mit der Vergangenheit beschäftigt, daß sie für einen Augenblick um eine Antwort verlegen waren. Meinte er mit nach Hause das kleine Haus, das ihnen Professor Radow, der ein Jahr nach dem Krieg friedlich gestorben war, vermacht hatte und wo sie zur Zeit wohnten? Hatte er vielleicht ihre Gedanken gelesen und meinte Pettelsdorf? Oder dachte er an Gowan Terrace, wo er auf dem Weg hierher unglaublich verwöhnt worden war?

Aber natürlich meinte er keinen dieser Orte, sondern das lichtdurchflutete Haus auf Vancouver Island, dessen große Fenster auf den Pazifischen Ozean hinausgingen. Er dachte an seinen jungen Neufundländer und an sein Segelboot und an seine kleine Schwester, die oft lästig, aber auch ganz nützlich war. Denn für Lukas gehörten das Schloß mit den Störchen, das verlorene Gut in Böhmen, der Palast in London, in dem ein König und eine Königin wohnten, ins Reich der Fabeln. Er liebte Geschichten, aber wonach er sich jetzt sehnte, war sein wirkliches und echtes Leben.

»Wie wäre es mit morgen?« fragte er, den Kopf leicht zur Seite geneigt.

Marek und Ellen sahen sich an. »Warum nicht?« sagte Marek, und die drei nahmen sich bei der Hand und machten sich auf den Weg zum Boot.

«Die Bredow zu lesen macht einfach Vergnügen.»
Brigitte

«Es ist selten,
daß jemand derart
taufrisch schreibt,
daß Erinnerungen so
lebendig werden...»
Die Welt

Leinen / 256 Seiten

«Ihr bisher
bester Roman.»
WamS

Leinen / 256 Seiten

Das schöne Buch
zum Schenken.

Schmuckeinband mit
Leinenrücken / 220 Seiten

Unterhaltungs-
lektüre im besten
Sinne.

Leinen / 194 Seiten

Scherz

BLANVALET

EVA IBBOTSON BEI BLANVALET

*»Diese Mischung aus Joan Aiken und Rosamunde Pilcher
liest sich weg wie Sahnetrüffel.«*
Ellen Pomikalko

Die Morgengabe 35007

Sommerglanz 35015

Ein Hauch von Jasmin 35072

Das Lied eines Sommers 35109